Die eine ist mit dem mächtigsten Mann des römischen Reiches verheiratet, doch niemand kennt ihre Gedanken und Gefühle: Calpurnia, die Gattin von Gaius Julius Caesar. Die andere ist Caesars Geliebte und machtvolle Herrscherin: Kleopatra. Als sie in Rom erscheint, geht nicht nur Calpurnia nervös zu den glanzvollen Festen der ägyptischen Königin. Wie viel Macht hat Kleopatra über den Diktator? Was geschieht mit der römischen Republik?

Da wird ein Mordanschlag auf Kleopatra verübt. Viele Patrizier erscheinen verdächtig – etwa Fulvia, die schöne, ehrgeizige Frau von Marcus Antonius, die fürchten muss, ihren Mann an die Ägypterin zu verlieren. Aber auch Brutus und seine Frau Porcia, die Caesar schon lange hassen. Denn Kleopatra will, dass Caesar mit dem römischen Senat bricht und sich zum König macht, mit ihr an seiner Seite.

Nun beginnt das Intrigenspiel um Treue oder Verrat, in dem alle Beteiligten ihre Leben in die Waagschale werfen. Und auf einmal wird davon geflüstert, man müsse Caesar ermorden, um die Republik zu retten. Auch Calpurnia erfährt von diesen Plänen. Auf welche Seite soll sie sich stellen – was ist ihre Pflicht, was sagt ihr Gefühl? Sie spürt, dass nicht mehr viel Zeit bleibt.

Dramatisch und einfühlsam zeichnet dieser historische Roman die mächtigen Frauen von Rom. Andrew Johnston eröffnet einen ganz neuen Blick auf die berühmtesten Ereignisse der römischen Geschichte.

Andrew Johnston wurde als Sohn einer deutschen Mutter und eines schottischen Vaters geboren und wuchs in Berlin auf. Er studierte Geschichte und Anglistik in Berlin und Neuengland und arbeitet heute als Literaturwissenschaftler. Sein historischer Roman ›Das Vermächtnis der Bourbonen‹ liegt im Fischer Taschenbuch Verlag (Bd. 15012) vor.

Unsere Adresse im Internet: www.fischer-tb.de

Andrew Johnston

CAESAR UND CALPURNIA

Roman

Fischer Taschenbuch Verlag

Veröffentlicht im Fischer Taschenbuch Verlag,
einem Unternehmen der S. Fischer Verlag GmbH,
Frankfurt am Main, Februar 2004

Lizenzausgabe mit Genehmigung des
Krüger Verlages, Frankfurt am Main

Druck und Bindung: Clausen & Bosse, Leck
Printed in Germany
ISBN 3-596-15937-7

Für Ute

PROLOGVS

geschrieben unter den Konsuln
Germanicus Tiberius Caesar und Gaius Fonteius Capito
im Jahre 765 nach Gründung der Stadt

Als der Imperator mich verbannte, war ich nicht überrascht. Im Gegenteil, ich hatte es erwartet. Auch war ich nicht erstaunt, wie man mir drohte, wie sehr man versuchte, mich einzuschüchtern. Nicht, dass es dessen bedurft hätte. Nach jener Unterredung in Nola wusste ich, dass ich nur mit größtem Glück überleben würde. Auch hat es mich nicht verwundert, wie schnell meine Freunde von mir abfielen, wie eilig sie die Trennung vollzogen. All das kam nicht überraschend. Und auch die Verbannung selbst, jenes barbarische Tomi, hatte ich mir bereits so trostlos ausgemalt, dass es von dem eigentlichen Elend des Ortes kaum mehr übertroffen werden konnte.

Was ich mir aber nicht hatte vorstellen können, war, wie weh mir das alles tun würde. Über Jahre hinweg habe ich mein Schicksal verflucht, habe ich darüber nachgegrübelt, warum es gerade mich treffen musste. Hätte der Imperator sich nicht jeden anderen aussuchen können, um ihn ins Vertrauen zu ziehen? Hätte nicht jeder andere ebenso gut den Kelch des Verderbens für ihn trinken können? Gewiss, ich war mit Julia befreundet, und die Schriften meiner Jugend gefielen ihm nicht. Da musste es ihm eine Freude gewesen sein, mich beiseite zu schaffen. Hätte er mich dann nicht einfach umbringen lassen können? Tot wollte er mich offenbar nicht. Im Gegenteil, er verbot mir sogar, Selbstmord zu begehen. Mehrmals, als mich in Tomi die Schwermut packte und ich versuch-

te, meinem Leben ein Ende zu setzen, lag plötzlich eine Hand auf meiner Schulter, und eine Stimme flüsterte mir ins Ohr: »Bedenke, der Erhabene erlaubt es nicht.«
Und die Hand zog mich zurück von jenen Klippen, von denen ich mich stürzen wollte. Drehte ich mich um, so blickte ich in das Gesicht eines der ungeschlachten Dorfbewohner, der mich hämisch angrinste. Für mich sahen sie alle gleich aus, denn ihre Augen verschwanden unter dem dichten schwarzen Haar, das ihnen über die Stirn fiel.
Ein anderes Mal bereitete ich mir in einem Trog ein heißes Bad. Ich stieg in Toga, Tunika und Sandalen hinein und öffnete mir mit meinem schärfsten Dolch die Pulsadern. Da packten mich von hinten Arme, entrissen mir die Waffe und verbanden mir mit Gewalt die Wunden. Das Wasser im Trog hatte sich schon rot gefärbt. Und wieder hieß es: »Der Kaiser hat es verboten.«
Da wurde mir klar, dass die Augen von Augustus ständig auf mir ruhten, dass meine Verbannung nicht die letzte Station war. Es war dem Caesar nicht gleichgültig, was mir geschah, ja, er wollte sogar, dass ich am Leben blieb.
Als ich das begriff, fürchtete ich, den Verstand zu verlieren. Bereitete es dem verbitterten Alten solche Freude, mich zu quälen? Sollte ich nur am Leben bleiben, um seine Grausamkeit zu befriedigen?
Doch auch das schien nicht der Fall zu sein. Denn mir war ausdrücklich gestattet worden, zu schreiben und zu dichten. So ausdrücklich, dass es fast nach einem versteckten Befehl aussah. Alles, was ich meinen Wachstafeln und Papyri anvertraute, wurde kontrolliert, aber fast alles durfte hinausgehen in die Welt. Ja, wann immer ein Schiff in Tomi eintraf, brachte es eine Sendung mit Schreibwerkzeug von bester Qualität. Mochte auch sonst manches in jenem entlegenen Nest überhaupt nicht erhältlich sein – Parfum, Salben oder Seidenstoffe

etwa –, an Schreibgerät fehlte es nie. Und das, obwohl dort außer mir und dem örtlichen Beamten niemand lesen und schreiben konnte.
Eines Tages, als ich wieder einmal versuchte, mein Schicksal zu ergründen, kam mir der Gedanke, dass Augustus damit vielleicht ein ganz klares Ziel verfolgte. Hoffte er, ich würde etwas Bestimmtes schreiben, was er unbedingt in seinen Besitz bringen wollte? Und konnte es sein, dass er nicht wagte, mich zum Schreiben aufzufordern? Zuerst zweifelte ich an meiner Eingebung. Zu sehr schien sie mir die Frucht meiner dichterischen Eitelkeit. Tagelang kletterte ich an der Felsenküste herum und beobachtete die Krabben, die in den Pfützen zwischen den Klippen den Sand aufwühlen. Unentwegt fragte ich mich: Was will der Kaiser nur? Was soll ich bloß schreiben?
Endlich verstand ich, worum es ging. Es war genau das, worüber ich zu niemandem sprechen sollte. Es war das Geheimnis des Imperators, jenes Geheimnis, das ich angeblich nicht preisgeben durfte, das ich aber offenbar dennoch in Worte fassen sollte. Augustus wollte, dass ich das, was er mir anvertraut hatte, für die Nachwelt überlieferte. Nur zu seinen Lebzeiten durfte es nicht nach außen dringen.
Deshalb hatte er sich mir geöffnet, mir, dem berühmten Dichter, der doch von Politik nichts verstand. Ich sollte dem Kaiser den Griffel führen. Damit aber kein Wort zu früh in die Welt dringen konnte, musste ich für immer verbannt bleiben. Verraten konnte mir der Kaiser seinen Wunsch nicht. Denn hätte ich davon gewusst, hätte ich mich vielleicht geweigert, hätte das Ganze womöglich lustlos und ohne innere Teilnahme niedergeschrieben. Oder ich hätte am Ende angefangen, dem zu misstrauen, was der Imperator mir erzählt hatte. Ich hätte mich vielleicht gefragt, ob das alles überhaupt stimmte, und es sogar mit einem eigenen Kommentar versehen. Deshalb sollte ich glauben, ich würde die Geschichte gegen des Kaisers Ge-

bot niederschreiben. So konnte man damit rechnen, dass ich in meinem Hass die ganze Wahrheit offenbaren würde, so wie der Herrscher sie mir geschildert hatte. Der Kaiser vertraute meinem Talent, er glaubte, die Geschichte würde der Welt für immer erhalten bleiben, wenn ich sie in Worte fasste.
Deshalb wählte er damals auch diese Inszenierung, das einsame Haus auf dem Lande, in das er mich mitten in jener stickigen Sommernacht bringen ließ. Und es war nicht irgendein Haus, es war ihr Haus. Ich weiß noch, wie ich durch die Räume geführt wurde. Alles lag im Dunkel; nur eine einzige Fackel leuchtete mir den Weg durch die verwinkelten Gänge, vorbei an unzähligen altmodischen Fresken, die die Wände völlig zu bedecken schienen. In einem Empfangszimmer erwartete mich der Kaiser. Ich konnte ihn kaum sehen und erkannte ihn erst an der Stimme. Allein auf das Bild an der Wand hinter ihm fiel etwas Licht. Es zeigte einen kraftvollen jungen Mann, der eine schöne Frau umarmte. Halb schien sie sich nach ihm zu sehnen, halb stieß sie ihn von sich.
War dies das Haus der blinden Rutilia, das seit gut fünfzig Jahren kein Fremder mehr gesehen hatte? Es war einst von den begabtesten Künstlern ihrer Zeit ausgemalt worden.
Er ahnte meine Frage und beantwortete sie, bevor ich sie stellen konnte: »Ja«, sagte er leise, und seine Stimme klang alt und müde, »dies ist Rutilias Villa, die alle Welt ihrer Bilder wegen rühmt, oder vielmehr: rühmte, denn schon lange hat kein Besuch sie mehr betreten. Die letzte Bewohnerin ist vor zwei Jahrzehnten hier gestorben. Das war Calpurnia, die Frau Caesars. Sie hatte es von Rutilia, ihrer Tante, geerbt. Nach der Ermordung des göttlichen Julius zog sich Calpurnia hierher zurück, und später vermachte sie mir das Haus. Ich gehöre zu den wenigen Menschen, die bis zuletzt immer wieder zu ihr gekommen sind. Heute hat man sie fast vergessen.«
Hier machte er eine Pause, die erste von unzähligen. Er sprach

so langsam, dass ich immer wieder glaubte, er sei fertig, aber schließlich redete er die ganze Nacht hindurch.
Erst nach einer ganzen Weile fuhr er fort, noch leiser als zuvor: »Dabei war sie immerhin die Gemahlin des größten Mannes der Weltgeschichte, als dessen Nachfolger ich heute ein Riesenreich beherrsche. Die Geschichte ist wahrlich nicht gerecht. Manchmal glaube ich, dass immer nur die Falschen in Erinnerung bleiben. Denkt man an meinen Großonkel Caesar, dann fällt stets sofort der Name Kleopatra. Caesar und Kleopatra, Antonius und Kleopatra. Immer das Gleiche, immer die Gleichen. Immer die Grellen und Auffälligen, die sich mit großer Geste an die Rampe drängen. Nur von denen, die es wirklich verdienen, von denen hört man nichts. Aber Calpurnia war ja auch so anders; vielleicht paßt sie gar nicht in die Annalen. Wahrscheinlich wird niemand je ihre Geschichte erzählen« – und dann erzählte er sie mir.
Nachdem ich begriffen hatte, welche Rolle mir der Kaiser zugedacht hatte, spielte ich lange mit der Idee, ihn zu enttäuschen und bei meinen Briefen und Klagegedichten zu bleiben. Schließlich musste ich ihn für die Ungeheuerlichkeit meiner Verbannung nicht auch noch belohnen. Doch dann beflügelte mich mein Ehrgeiz. Gibt es ein bedeutenderes Thema als Caesar und diejenigen, die ihr Leben mit ihm teilten? Gibt es eine größere Herausforderung für einen Poeten, als eine Geschichte ganz neu zu schreiben, von der alle meinen, dass sie sie im Grunde schon längst kennen? Eine Wahrheit zu verkünden, die gegen alle Erwartungen und Vorurteile ankämpfen muss? Meine Aufgabe war so schwer wie verlockend, sie bedurfte der höchsten Erzählkunst.
Aber so ist es ja auch: Selbst die unwahrscheinlichsten Geschichten werden wahr, sobald sich ein Dichter ihrer annimmt. Kein vernünftiger Mensch würde etwa auf den Gedanken kommen, dass Romulus und Remus von einer Wölfin

gesäugt wurden oder, noch absurder, dass die Gründer Roms aus Troja stammen. Und doch, dank Livius und Vergil, scheinen selbst die Klügsten nicht daran zu zweifeln, so unsinnig es auch klingt.
Um Leben und Tod des göttlichen Caesar und der Menschen, die zu ihm gehörten, steht es noch viel schwieriger. Caesar ist keine ferne Legende aus alten Sagen. Wir alle kennen die Geschichte von seiner letzten großen Liebe zu Kleopatra. Wir alle wissen, wie der Diktator im Theater des Pompeius ermordet wurde, wie er aus dreiundzwanzig Wunden blutete, unter der Statue seines großen Gegners zusammenbrach und röchelte: »Auch du, mein Sohn Brutus!« Zumindest denken wir alle, dass wir es wissen.
Wie aber, wenn es sich gar nicht so zugetragen hat? Wenn es eigentlich ganz anders war? Doch wer würde das schon glauben? Wenn alle meinen, die Wahrheit bereits zu kennen, dann kann nur der Dichter sie von ihrem Irrtum abbringen; der Dichter, der das Lügen gewohnt ist. Dies hat der Imperator in seiner Verstandesschärfe durchschaut und mir damit den höchsten Tribut gezollt, der einem Schriftsteller zuteil werden kann.
Und daher werde ich dem Kaiser zu Willen sein und versuchen, mit allem Geschick des Poeten die wirkliche Geschichte in das Gedächtnis der Menschen zu heben, so wie sie mir der göttliche Augustus in einer heißen Sommernacht selbst erzählt hat, bevor er mich für immer in die Verbannung schickte, damit ich für ihn die Wahrheit erfinde.

LIBER PRIMVS

I

Die Geräusche der Straße wurden lauter, jenes Summen allmorgendlicher Geschäftigkeit, das erst mittags ein wenig nachlassen würde. Rom erwachte. Der leichte Morgennebel hatte sich verzogen, und die Sonne verwandelte das Kapitol in einen feurigen Vulkan, während die Tempeldiener die schnatternden heiligen Gänse fütterten. Auch wenn Calpurnia die Vögel von ihrem Bett aus nicht hören konnte, so zeigte ihr doch der rote Streifen, der durch den Fensterladen drang, dass der Tag anbrach.

Calpurnia stand immer früh auf, ließ sich aber nie wecken. So hatte sie es in ihrem Elternhaus gelernt. So hielt sie es noch heute. Das gefiel ihrem Gemahl. Nicht dass er es jemals erwähnte. Und nicht, dass ihr das noch viel bedeutet hätte. Er ließ ihr jede Freiheit, übte nie Kritik, sprach aber auch selten ein lobendes Wort. In ihren bald fünfzehn Ehejahren hatte Calpurnia gelernt, dies nicht für Gleichgültigkeit zu halten, jedenfalls nicht für die übliche Gleichgültigkeit zwischen Eheleuten; zu eindeutig war, wie genau er auch die scheinbar unwichtigsten Einzelheiten bemerkte und wie er sie einordnete in das, was Calpurnia früher das ›Große Mosaik‹ genannt hatte, früher, zu Anfang ihrer Ehe, als sie noch damit beschäftigt war, ständig über ihren Ehemann nachzusinnen. Das ›Große Mosaik‹ waren seine Gedanken. Oft bekam man einen einzelnen bunten Stein vorgeführt, der mit vielen anderen in einem gewaltigen inneren Zusammenhang zu stehen schien. Einen Zusammenhang, den man aber nicht begreifen konnte, solange man nur die einzelnen Steinchen kannte. Seit sie mit ihm verheiratet war, sah sich Calpurnia so, als stünde sie in einem prachtvollen, dunklen Saal, in den nur Licht drang, wenn ein Blitz einschlug. Dann sah man für einen Sekundenbruchteil im gleißenden Licht einen Ausschnitt des Mosaikfußbodens. Aber es reichte nicht, um zu erkennen, was die Tausenden von Steinchen eigentlich darstellten. Wenn alle darüber staunten, dass man nie wisse, was ihr Mann vorhätte, was er dächte, ob er scherzte oder es ernst meinte, so konnte Calpurnia nur zustimmen. Aber es beschäftigte sie einfach nicht mehr so sehr.

Calpurnia erhob sich und ging barfuß in ihr Ankleidezimmer. Sofort folgten ihr ihre Leibdienerin Aspasia und zwei Sklavinnen. Sie zogen ihr das Nachthemd aus, wuschen sie von Kopf bis Fuß mit einem Schwamm ab und brachten Salben für Gesicht und Hände. Mit Schminke und Parfüm ging Calpurnia sehr zurückhaltend um. Auch künstliche Locken verschmähte sie, jedoch nicht aus Bescheidenheit. Sie blieb sehr bewusst bei ihrem strengen Scheitel und dem einfachen Knoten, denn sie besaß etwas, das bei Römerinnen selten war: grüngraue Augen, die um die Pupille honigfarben glänzten. Von dieser eigenwilligen Kostbarkeit wollte sie nicht ablenken.

Während Aspasia Calpurnia die Haare kämmte, nachdem sie ihre Herrin fast eine halbe Stunde lang massiert hatte, meldete ein Sklave den Besuch Fulvias an, deren Sänfte bereits die Straße hinaufschwankte.

Es verhieß nichts Gutes, wenn Fulvia schon am Morgen erschien, denn für gewöhnlich verließ sie das Haus nie vor der Mittagszeit. Es musste etwas Außerordentliches vorgefallen sein, um die Frau des Marcus Antonius so früh aus dem Bett zu treiben.

Daheim trug Calpurnia keinen Schmuck, aber wegen Fulvia ließ sie sich jetzt Ringe und Armreifen vorlegen. Nichts gefiel ihr so recht. Seit Servilia, eine frühere Geliebte ihres Mannes, ihr vor Jahren erzählt hatte, dass viele römische Damen ihren

Stil zu schlicht fänden, erschien Calpurnia in Gesellschaft nicht mehr ohne Gold und Edelsteine – und ärgerte sich zugleich darüber, dass sie sich so von der öffentlichen Meinung beeinflussen ließ. Schließlich griff sie wahllos in die Schale mit dem Schmuck, legte Ohrringe an und steckte sich einen schweren ägyptischen Ring an den Finger, auf dem ein riesiger Türkis in Form eines Skarabäus prangte. Mit einem Seufzer erhob sie sich, um Fulvia zu begrüßen.

Als sie das Tablinum, den Empfangsraum, betrat, lag Fulvia schräg auf einer Liege. Der linke Arm und das rechte Bein baumelten herunter, während sie sich mit der rechten Hand eine große Weintraube über den Mund hielt und die Beeren einzeln abbiss. Dabei wippte ihr rechter Fuß leicht. Wie unbequem diese Pose sein musste. Fulvia war stolz auf ihren Ruf der Verwegenheit und genoss es sichtlich, der angeblich so prüden Calpurnia ihre Reize zu zeigen. Calpurnia hüstelte, Fulvia überhörte dies jedoch geflissentlich. Erst als Calpurnia direkt neben ihr stand, richtete sie sich mit gespieltem Erstaunen auf: »Calpurnia, ich hatte dich gar nicht gehört.«

Fulvia sprang auf, tänzelte ein wenig, umarmte Calpurnia und küsste sie auf beide Wangen. Dann setzte sie sich auf die Liege, zog die Beine hoch, stützte das Kinn auf die Knie und hielt Calpurnias Hand so fest, dass sie sich zu ihr auf die Liege setzen musste.

Ein bisschen verträumt ließ Fulvia ihren Blick über Calpurnias Körper gleiten, fast so, als sei sie leicht verliebt. Auch dies gehörte zu ihrer Vorstellung von Verwegenheit: der gezielt kultivierte Anschein, sie sei auch an Frauen erotisch interessiert. Am Ende blieb ihr schwärmerischer Blick an Calpurnias Augen hängen. Diese schlug sofort die Lider nieder, um nicht zu verraten, wie dumm sie das Ganze fand. Doch dann zwang sie sich, Fulvia erneut anzusehen, und spürte erleichtert, wie ihr die Röte wieder aus den Wangen schwand.

Fulvia hielt sich nicht mit den üblichen Höflichkeitsfloskeln auf: »Calpurnia, meine Liebe, du siehst heute wieder so ernst, ja fast verhärmt aus. Muss ich mir Sorgen machen? Ich weiß, dass du mich ein wenig verachtest, weil ich leichtsinnig bin. Aber mein Mann ist es auch, und er ist mir gegenüber nachsichtig, man könnte sogar sagen großzügig …«
Calpurnia hob ein wenig die Brauen: Das stimmte nicht ganz, wie sie wusste. Antonius schätzte es durchaus nicht, dass sich Fulvia mit Dolabella eingelassen hatte, der vierzehn Jahre jünger als Antonius war. Aber es war nicht zur Scheidung gekommen. Zu wichtig waren Fulvias Beziehungen, ihr Ansehen und ihr politischer Sachverstand.
Fulvia überging den Zweifel, den sie in Calpurnias Miene las: »Das ist alles ganz einfach. Ich wette, dein Mann ist auch nicht anders. Schließlich rühmt jedermann seine Milde. Lass dich ein wenig gehen. Du bist zu streng mit dir und anderen, Calpurnia.«
Calpurnia bemühte sich, entspannt zu lächeln: »Ich verachte weder dich noch deinen Ehemann, Fulvia. Im Gegenteil, eure Fröhlichkeit hat mir schon manche heitere Stunde bereitet.«
Calpurnia durchschaute Fulvias Spiel, sie altjüngferlich wirken zu lassen. Umso mehr ärgerte sie sich über ihre eigene steife Antwort. Warum brachte sie es nicht fertig, Fulvia mit einer ironischen Antwort zu verunsichern? Denn Fulvias Unbekümmertheit war nur vorgetäuscht. Sie war bei aller scheinbaren Natürlichkeit eine berechnende und ehrgeizige Frau, eine blendende Gastgeberin, eine zweifache Witwe, die mit den viel versprechendsten Männern ihrer Zeit verheiratet gewesen war, Publius Clodius Pulcher und Gaius Scribonius Curio. Und jetzt hatte sie Marcus Antonius, den ungehobelten, den aufbrausenden, den begnadeten Soldatenführer aus alter Familie erwählt, von dem jeder wusste, dass er noch eine ganz große Rolle spielen würde.

Fulvia plapperte unbekümmert weiter: »Beschäftigt es dich manchmal, dass er sich damals von Pompeia hat scheiden lassen?«

Calpurnia zuckte zusammen. Wie konnte Fulvia es wagen? Was ging sie das an? Calpurnia runzelte die Stirn, doch Fulvia fuhr fort, als hätte sie nichts bemerkt. Sie beantwortete ihre Frage selbst: »Aber das war ein Sonderfall. Schließlich war Pompeia einfach zu dreist, Clodius Pulcher auf das Fest der Guten Göttin einzuschmuggeln. Ein Liebhaber im Hause des Pontifex Maximus, des obersten Priesters von Rom, bei einem Fest, bei dem nur Frauen zugelassen sind. Das war natürlich ein Skandal, ein Sakrileg. Sie haben ihn damals ja beinahe erschlagen. Clodius in Frauenkleidern, wirklich zu absurd.«

Fulvia lachte über diese alte Geschichte, als sei sie erst gestern passiert. Warum nur fand sie es nötig, sie wieder hervorzukramen? Vielleicht wollte sie darauf hinweisen, dass Caesar Calpurnia ohne diesen Skandal nie geheiratet hätte. Er musste sich damals sofort von seiner Frau scheiden lassen und brauchte dringend Ersatz.

Calpurnia mochte nicht an Pompeia erinnert werden. Nicht weil sie eifersüchtig war. Ihr Mann hatte seine zweite Frau nie geliebt und ihr gleich nach der Scheidung die Erlaubnis gegeben, Clodius zu heiraten. Daher war Pompeia sowohl Calpurnias als auch Fulvias Vorgängerin. Was Calpurnia verletzte, auch nach all diesen Jahren, war die Art, wie ihre Ehe zustande gekommen war. Nach der Scheidung hatte Caesar sich hastig auf die Suche nach einer neuen Gattin begeben, denn ein Pontifex Maximus ohne Gemahlin war undenkbar. Es war Servilia, seine beste Freundin und Dauergeliebte, gewesen, die ihm Calpurnia zugeführt hatte. Die Wahl war auf Calpurnia gefallen, weil sie die Tochter eines der wichtigeren unabhängigen Senatoren war, die Tochter von Lucius Calpurnius Piso, weil sie als tugendhaft und verständig galt, weil sie nicht hässlich war. Die Höhe der Mitgift war zudem gleichgültig, und auf dem Heiratsmarkt hatte es in jenem Jahr nicht viel Auswahl gegeben.

Fulvia starrte an die Decke, als hinge sie ihren Gedanken nach und spreche nur mit sich selbst: »Im Grunde hätte sich dein Gemahl gar nicht scheiden lassen müssen. Pompeia wurde doch für schuldlos erklärt. Ich frage mich oft, warum er es trotzdem getan hat. Eigentlich hat er damit den Skandal nur noch angeheizt. Sicher, er hat gesagt, dass die Frau des Pontifex Maximus nicht einmal in Verdacht geraten dürfe, aber irgendwie überzeugt mich das nicht. Ich wüsste gern, was wirklich hinter der Scheidung steckte.« Fulvia schaute Calpurnia an: »Meinst du, dass er vielleicht doch auf Clodius eifersüchtig war? Zumindest in seiner Eitelkeit gekränkt?«

Calpurnia konnte die geschmacklose Unterhaltung darüber, warum ihr Mann sich von ihrer Vorgängerin hatte scheiden lassen, kaum noch ertragen. Warum wollte Fulvia sie damit peinigen? Um Fulvias Blick auszuweichen, betrachtete Calpurnia ihren Ring. Doch gab es kein Entrinnen, denn auch Fulvia wandte nun ihre Aufmerksamkeit dem Schmuckstück zu. Bevor sie es überhaupt richtig gesehen hatte, rief sie schon aus: »Nein, was für ein prachtvoller Ring …«

Dann lächelte sie plötzlich: »Wie ich dich bewundere, Calpurnia. Diese Mischung aus Feingefühl und Würde. So kommst du allen Gerüchten, allem Klatsch und Gerede zuvor. Mir war ja ohnehin klar, dass das alles für dich kein Problem darstellen würde. Trotzdem fürchtete ich mich ein bisschen, das Thema anzusprechen. Nun aber sehe ich, dass du damit wunderbar zurechtkommst. So viel Größe und diplomatisches Geschick würde selbst Servilia nicht aufbringen.«

Calpurnia war zu überrascht, um sich darüber zu ärgern, dass Fulvia wie in fast jedem Gespräch nun auch noch den Namen der berühmtesten der vielen Geliebten ihres Mannes erwähn-

te. Auch jetzt noch ging Servilia in seinem Haus ein und aus, als gehörte sie zur Familie.
Calpurnia verstand einfach nicht, was Fulvia von ihr wollte. Irgendwie musste der Ring sie darauf gebracht haben, ›das Thema‹ anzuschneiden. Und, das begriff Calpurnia erst jetzt, dieses Thema war überhaupt nur der Grund, warum Fulvia gekommen war. Das ganze Gerede über den alten Skandal hatte sie nur für das Eigentliche vorbereiten, hatte sie mürbe machen sollen.
Aber was war ›das Thema‹, und was hatte der Ring damit zu tun? Calpurnia spürte eine Leere in der Magengrube. Sie wusste nicht, was sie antworten sollte. Sie brauchte Fulvia nicht anzuschauen, um zu wissen, dass sie belauert wurde. Fulvia wartete auf eine Reaktion.
Calpurnia riss sich zusammen und sagte kühl: »Warum sollte es ein Problem geben, Fulvia? Für mich besteht jedenfalls keins.«
Fulvia war offenkundig enttäuscht, wollte sich aber noch nicht zufrieden geben: »Du hast ja Recht. Eine vernünftige Frau weiß heute mit solchen Dingen umzugehen. Gerade wenn man einen Mann wie deinen hat. Er hat aus seinem Spaß an der Verführung noch nie ein Hehl gemacht. Trotzdem, ich finde, Kleopatra ist schon etwas Besonderes.«
Kleopatra – daher also Fulvias Interesse für den ägyptischen Ring.
Fulvia bohrte weiter: »Weißt du denn schon, wo ihr sie unterbringen werdet? Es heißt, sie soll in euren Gärten auf der anderen Seite des Tibers wohnen.«
Endlich verstand Calpurnia. Kleopatra kam nach Rom. Er hatte sie hergeholt. Und er würde sie in seinem Park am anderen Ufer des Flusses wohnen lassen, wohin er sich jederzeit ohne Schwierigkeiten würde rudern lassen können. Calpurnia spürte, wie ihr die Farbe aus dem Gesicht wich. Und deshalb dreh-

te sie sich um und griff nach einer Schale Nüsse, die auf einem Tischchen stand.
Als sie sich eine Hand voll genommen hatte, tat sie einen tiefen Atemzug und strahlte Fulvia an: »Ich selbst bin für eine prachtvollere Behausung, am besten auf dem Palatin, wie sie einer Königin zukommt. Aber vielleicht ist es für die öffentliche Meinung schonender, wenn wir sie bescheiden und unauffällig unterbringen. Man darf schließlich keine republikanischen Gefühle verletzen. Den Römern ist in der Gegenwart von Königen nie ganz wohl. Im Übrigen hat in den Gärten durchaus ein kleiner Palast Platz.«
Dass Fulvia gern etwas anderes gehört hätte, merkte man ihr an. Aber da ihr Besuch so offenkundig keinen Erfolg gebracht hatte, wechselte sie das Thema und empfahl Calpurnia eine Sklavin, die sich besonders auf die Frisierkunst verstand und die sie sogleich herüberschicken wollte. Dann verabschiedete sie sich hastig mit dem üblichen Ritual der Küsse und Umarmungen.
Calpurnia atmete erleichtert auf. Sie konnte zwar nicht sicher sein, ob sie Fulvia getäuscht hatte, aber zumindest hatte sie sich nicht einschüchtern lassen.
Calpurnia wollte das Tablinum gerade verlassen, um allein sein zu können, als ein weiterer Gast gemeldet wurde. Erschöpft ließ sie sich in einen Korbstuhl sinken, schloss die Augen und rieb sich mit Daumen und Zeigefinger erst die Lider und dann die Nasenwurzel. Kaum hatte sie die Neuigkeit erfahren, wussten auch alle anderen schon Bescheid.
Als sie erneut Schritte vernahm, erhob sie sich schnell und deutete eine Verbeugung an. Vor ihr stand Aulus Hirtius in der Toga mit dem Purpurstreifen der Senatoren und lächelte gequält. Während sein Gesicht fast so blass wie seine Gewänder war, schienen es seine Ohren mit dem Purpur aufnehmen zu wollen. Die scharfen Linien, die von den Nasenflügeln zu

den Mundwinkeln herabliefen, und die tiefen Furchen auf der Stirn ließen ihn älter wirken, als er war. Seine dichten Löckchen waren auch schon fast alle ergraut. Irgendetwas war ihm peinlich. Er wusste offenbar nicht recht, wie er das Gespräch beginnen sollte, und sah sich daher im Empfangsraum um, als hätte er ihn zum ersten Mal in seinem Leben betreten.
Calpurnia atmete auf, Hirtius war jedenfalls gewiss nicht gekommen, um sie zu demütigen.
Endlich räusperte er sich: »Ich habe gerade Fulvia hinausgehen sehen. Offenbar bin ich trotz der Frühe heute nicht dein erster Gast. Jemand anderes hat mich dieser Ehre beraubt.«
Calpurnia musste lachen: »Was für nette Dinge du mir heute doch wieder sagst, Hirtius.«
Hirtius wich ihrem Blick erneut aus und seufzte: »Es hilft nichts. Ich kann mir vorstellen, warum Fulvia hier aufgetaucht ist. Es wird sich wie ein Lauffeuer verbreiten. Gestern Abend speisten wir noch spät mit Caesar in Caere. Außer mir waren Dolabella, Antonius und Asinius Pollio geladen. Die Stimmung war nicht ganz entspannt, du weißt ja, dass Antonius und Dolabella sich nicht übertrieben schätzen. Jedenfalls erhielt Caesar im Laufe des Abends eine Botschaft, mit der sich Kleopatra selbst einlud. Das heißt, sie will für einige Zeit ihren Wohnsitz nach Rom verlegen. Und er stimmte mit Begeisterung zu und diktierte sofort das Antwortschreiben in unser aller Gegenwart. Kleopatra wird in wenigen Monaten hier eintreffen – der genaue Zeitpunkt steht noch nicht fest – und sich für eine unbestimmte Dauer in der Stadt einquartieren.«
Jetzt, da Hirtius seine Unglücksbotschaft überbracht hatte, entspannten sich seine Züge ein wenig, und er machte einen Schritt auf Calpurnia zu, wagte auch zum ersten Mal, ihr kurz in die Augen zu sehen.
Calpurnia lächelte und erwiderte: »Du hast richtig geraten.

Fulvia hat mir genau das Gleiche mitgeteilt. Offenbar muss Antonius ihr sofort einen Boten nach Rom geschickt haben. Und sie hatte dann nichts Eiligeres zu tun, als mich von den interessanten Neuigkeiten in Kenntnis zu setzen. Nun gut, jetzt weiß ich ja alles. Ich danke dir, dass du dich bemüht hast, mir diese Botschaft als erster zukommen zu lassen. Aber in einer Stadt wie Rom lassen sich eben keine Geheimnisse hüten. Nicht einmal von dir.«
»Wie immer bewundere ich deine Gefasstheit. Ich wünschte, ich könnte dir das ersparen ...« Hirtius zögerte und sah sie gerade an: »... und ich habe keinen Zweifel, dass auch er dich rechtzeitig informieren wollte. Er schickte sich an, sofort in die Stadt zurückzukehren. Er wird bald wieder da sein.«
Calpurnia antwortete nicht ohne einen Hauch von Schärfe: »Er hat es mir gegenüber noch nie an der nötigen Ehrerbietung fehlen lassen. Warum du glaubst, mir besondere Gefasstheit zuschreiben zu müssen, verstehe ich also nicht. Ich brauche sie nicht. Ich bin Caesars Frau. Ich stehe an der Seite eines einzigartigen Mannes, der sich genau die Freiheiten nimmt, die in unserer Stadt üblich sind und die er mir im Übrigen genauso gewährt wie ich sie ihm.«
Kaum hatte er Calpurnias Ton vernommen, hatte Hirtius die Augen schon wieder auf dic Marmorplatten am Boden geheftet. Ohne aufzublicken, bemerkte er leise, während er mit dem Fuß die Kreise auf dem steinernen Belag nachzog: »Nur nimmst du dir diese Freiheiten nicht. Du verschmähst, was er dir bietet. Dabei könntest du so viel leichter leben.«
Calpurnia schwieg. All dies ging Hirtius nichts an. Wollte ihr denn heute alle Welt Ratschläge erteilen, wie sie ihr Leben führen sollte?
Hirtius richtete sich auf und schaute ihr wieder in die Augen: »Jedenfalls wird er wohl noch im Laufe des Morgens hier eintreffen.«

»... und er ist auch schon hier«, vernahmen sie eine Stimme vom Eingang, drehten sich um und sahen dort Caesar mit verschränkten Armen an den Türrahmen gelehnt stehen.
Wie immer war seine Toga betont locker geschlungen und ihr Rand mit goldenen Stickereien verziert, auf ihrem schimmernden Blau schwammen Delphine nach griechischem Vorbild. Caesar trat ein, ließ die Toga auf einen hölzernen Armlehnstuhl gleiten, ohne auch nur in der Bewegung innezuhalten, nahm Calpurnia kurz und sachte in die Arme, bevor er sich in einer einzigen Drehung Hirtius zuwandte, ihm auf die Schulter klopfte und heiter zuzwinkerte. Dann nahm er auf dem Stuhl Platz, den seine Toga drapierte, schlug ein Bein über das andere und kratzte sich mit jenem inzwischen berühmten einzigen Finger im Nacken. Ganz Rom schwärmte von dieser Geste. Selbst Cicero hatte einmal bemerkt, dass man Caesar all seine Gesetzesbrüche kaum zutrauen würde, wenn man ihm dabei zusah, wie er sich mit nur einem Finger kratzte. Und obwohl nun fast jeder, der in Rom auf sich hielt, versuchte, Caesar nachzumachen, so fehlte doch den meisten ganz entschieden die vollendete Leichtigkeit jener Bewegung. Nur Cato war damals dazu übergegangen, sich mit allen fünfen zu kratzen und dies noch dazu in einer betont heftigen Bewegung.
Hirtius schlang seine Toga fester um den Arm und hob die Hand zum Gruß, da unterbrach ihn Caesar: »Du willst uns doch nicht jetzt schon verlassen?«
Hirtius schüttelte nur den Kopf: »Die Pflicht ruft«, und ärgerte sich über die Banalität seiner Formulierung. Hastig wandte er sich zum Gehen. Calpurnia und Caesar blieben allein zurück.
»Mir war nicht klar, dass Hirtius dich so sehr schätzt. Das freut mich für dich. Ich kenne kaum einen besseren Mann in Rom als ihn«, eröffnete er das Gespräch.

Calpurnia rieb sich mit der flachen Hand die Nasenspitze: »Auch ich wusste nichts davon, aber es ist mir auch gleichgültig, was Hirtius im Innern seines Herzens fühlt.«

»Ich habe es nie für nötig gehalten, es eigens zu erwähnen, aber du weißt, dass du dir meinetwegen keinen Zwang auferlegen musst. Ich habe volles Vertrauen in deinen Takt.«

»Du bist nicht der Erste, der mich heute zu mehr Lebenslust auffordert. Fulvia war auch schon hier. Sie hat mir von Kleopatras Reiseplänen berichtet. Und auch sie hat mich aufgefordert, mir mehr Vergnügen zu gönnen.«

Caesar verzog das Gesicht: »Obwohl ich ihr grundsätzlich zustimme, halte ich sie nicht für eine geeignete Ratgeberin in derlei Fragen. Ich hoffe bloß, sie verdirbt mir meinen Dolabella nicht. Nun ja, es bleibt jedenfalls dabei, dass deine Rücksichtnahme auf mich nicht gar so streng sein muss.«

Calpurnia sagte sehr langsam und betont: »Fulvia und du, ihr seid euch offenbar einig, dass meine Handlungsweise vor allem auf Rücksichtnahme dir gegenüber beruht. Könnte es nicht sein, dass ich aus freien Stücken und ganz für mich allein entschieden habe, mich gegenwärtig nicht auf bestimmte Abenteuer einzulassen?«

Caesar hatte bisher zerstreut mit den Fingern auf der Armlehne herumgetrommelt. Damit hörte er jetzt auf: »Verzeih mir, ich habe es durchaus nicht so darstellen wollen. Mir schien nur, da Aulus Hirtius ein so ganz und gar ausgezeichneter Mann von erwiesener Treue ist ...«

»... dass deine Ehefrau ruhig mit dem Mann schlafen kann, der dir so ergeben ist, dass er sogar deine Bücher in deinem eigenen Stil zu Ende schreiben kann, ohne dass man den Unterschied merkt!« brach es aus Calpurnia hervor.

Sie atmete schnell und heftig und hatte zu ihrer eigenen Überraschung die Hände zu Fäusten geballt. Caesar starrte sie mehr verblüfft als entsetzt an. Für einige Sekunden blickten sich die Eheleute in die Augen. Calpurnia stand angespannt mitten im Raum, Caesar saß scheinbar unbewegt, doch an seinem Hals traten die Muskeln und Sehnen hervor.

Der Moment verging so schnell, wie er gekommen war. Caesar lächelte, trat vor Calpurnia hin, deutete eine Umarmung an und ging mit einem »Wie immer du es willst« zur Tür. Dort drehte er sich noch einmal um, als wollte er etwas sagen, doch dann wandte er sich ab und verließ den Raum.

II

Die Schiffe schaukelten auf und nieder, während kleine Wellen hart gegen die Bordwände klatschten. Meer und Himmel hatten die gleiche gelblich-graue Farbe angenommen. Wenn nicht gerade der scharfe Nieselregen den Seeleuten um die Ohren fuhr, konnten sie in der Ferne das Land erkennen, einen mattbraunen Streifen; mitunter, wenn die Entfernung wuchs, nur ein paar undeutliche Flecken. Da sich die Sonne ihren Priestern in der ägyptischen Flotte beharrlich verweigerte, blieben der Goldbeschlag an Masten und Schiffsschnäbeln, die silbernen Ruderblätter, die purpurnen Segel, die bunten Standarten stumpf. Die Sonnensegel mit ihren goldenen Fransen hatte man sogar einholen müssen; der Wind hatte sie zu arg gezaust.

Die Königin stand an der Reling ihres Flaggschiffes mit dem vergoldeten Rumpf und sehnte sich nach dem Festland. Der Regen hatte nachgelassen, und der Eunuch, den sie mit der undankbaren Aufgabe betraut hatte, ihr jede Veränderung des Wetters zu melden, war pflichtgemäß in die königliche Kabine geeilt und hatte zitternd und niesend die leichte Besserung gemeldet. Achtlos hatte sich die Königin einen Umhang über die Schultern geworfen und war hinausgetreten, wobei sie so tat, als bemerkte sie die erleichterten Hofdamen nicht, die hastig an die Reling geeilt waren, um sich zu übergeben. Seit mehr als einer Woche kreuzte die ägyptische Flotte nun schon vor Ostia, dem Hafen Roms. Widrige Winde hinderten sie jedoch, vor Anker zu gehen oder gar in den Hafen einzulaufen.

Dies war besonders bitter, als die Überfahrt wunderbar ruhig verlaufen war, ein maritimer Triumphzug, bei dem die Herrscherin in einem Hafen nach dem anderen das Staunen der Bevölkerung erregt hatte. Kleopatra war jeweils kurz an Land gegangen und hatte die Huldigung der führenden Persönlichkeiten des Ortes entgegengenommen, ein paar wohlgesetzte Worte gesprochen, großzügige Geschenke verteilt – meist goldene Medaillen mit ihrem Bildnis – und manchmal sogar ein Bankett gegeben. Nun aber hieß es warten, war man der Willkür des Wetters völlig ausgeliefert.

Kleopatras Admiral hatte vorgeschlagen, einen anderen Ankerplatz zu suchen, der geschützter war, und dann den Rest des Weges zu Lande fortzusetzen. Die römischen Straßen seien für ihre Qualität doch bekannt. Davon aber hatte die Verkörperung der Göttin Isis nichts wissen wollen. Die Herrscherin verlangte, in Ostia italischen Boden zu betreten oder nirgends. Dabei wäre der Hafen von Neapel so viel einfacher gewesen. Denn Ostias kleines Hafenbecken war hoffnungslos überlastet und konnte selbst bei ruhiger See nicht einmal zwei Drittel der ägyptischen Flotte fassen.

Die Königin stapfte an der Reling entlang und schlug mit der linken Faust rhythmisch auf die hölzerne Kante; es klang wie die Trommel, nach der sich die Galeerensklaven richten mussten. Ihr Philosoph Philostratos ging neben ihr her und zeigte ein möglichst ausdrucksloses Gesicht, während er sich hin

und wieder mit der Hand durch den dichten, schwarzen Bart fuhr, um die Wassertropfen abzuschütteln.
»Ist es nicht erstaunlich, dass die Hauptstadt des größten Reiches seit Alexander keinen Hafen besitzt, der ihrer würdig ist?« fragte sie.
»Ja, ja. Aber es heißt, die Getreidespekulanten verhinderten den Ausbau, weil sich durch den zu kleinen Hafen die Getreidemengen in knappen Zeiten noch weiter drücken und damit die Preise in die Höhe treiben lassen. Und weil die Republik die stadtrömische Menge mit verbilligtem Getreide beschenkt und gar nicht anders kann, als überteuertes Korn zu kaufen, verdienen sich die Herren Ritter ...«
»Ich danke dir, Philostratos.« Obwohl die Königin ökonomische Fragen durchaus faszinierend fand, stand ihr im Moment nicht der Sinn danach.
Mit sanfterer Stimme versuchte es Philostratos erneut: »Er hat Pläne machen lassen, um den Hafen von Ostia zu vergrößern, und auch schon mit den Vermessungsarbeiten begonnen.«
Kleopatra lächelte: »Mein Lieblingsphilosoph ist ein gar zu einfältiger Höfling. Er glaubt offenbar, dass schon der bloße Hinweis auf Caesar genügt, um meine Laune zu verbessern. Leider ist diese Methode viel zu durchschaubar.«
»In der Medizin werden oft Heilmittel angewendet, deren Wirkungsweise dem Patienten vertraut sind, etwa, wenn man ein gebrochenes Bein schient. Das gebrochene Bein wächst wieder gerade zusammen, auch wenn der Patient weiß, warum, und man die ganze Zeit die Schiene sehen kann.«
»Und du meinst, dass auch die Schmeichelei wirkt, obwohl ihr Empfänger um sie weiß? Ich glaube, du hast leider Recht.«
Kleopatra starrte auf das feindselige Meer hinaus. Nach einiger Zeit sagte sie: »Ich vermisse Alexandria, ich vermisse die Annehmlichkeiten des königlichen Palastes, ich vermisse die schönste Stadt der Welt.«

Dann schwieg die Herrscherin. Mochte Rom auch alles beherrschen, so fand sie, bot die Stadt doch wenig im Vergleich zu ihrer eigenen Metropole. Rom lag nicht einmal am Meer, während Alexandria sogar zwei Häfen besaß, die durch einen steinernen Damm von nie gesehener Länge getrennt waren, auf dem man trockenen Fußes zur Insel Pharos gehen konnte. Auf der Insel, die die Hafenbecken schützte, stand ein Leuchtturm – das höchste Gebäude der Welt –, dessen Feuer selbst dann freundlich leuchtete, wenn man aus irgendwelchen Gründen nicht sogleich in den Hafen einlaufen konnte. Und alle Straßen der Stadt verliefen gerade und schnitten sich rechtwinklig, während Rom, wie sie zu ihrem Entsetzen gehört hatte, aus einem Gewirr schmutziger Gassen bestand, das sich zwischen sieben erbärmlichen Hügeln wand. So lebten die Herren der Welt, denen sie sich beugen musste. Ob ihr geliebtes Alexandria jemals die Rolle spielen würde, die ihr Gründer ihr zugedacht hatte?
Philostratos sagte vorsichtig: »Caesar hat Alexandria ja durchaus gemocht.«
»O ja, und wie«, lachte sie, »ich glaube, er hat seinem Verwalter nie gestanden, wie viel er wirklich zwischen den Tavernen und Theatern von Kanopos für seine Lustknaben ausgegeben hat.«
»Sie wären ihm sicher billiger gekommen, wenn die Herrscherin mit ihrem erlesenen Geschmack ihn nicht immer dazu angestachelt hätte, die wirklich anmutigsten auszuwählen.«
Die Königin wandte ihr Gesicht ab. Für einen Moment glaubte Philostratos, zu weit gegangen zu sein, doch als sie sich ihm wieder zuwandte, schien nur Amüsiertheit aus ihren Augen zu sprechen. Da allerdings setzte der Regen wieder ein und peitschte wie ein gewaltiger nasser Vorhang über das Deck, sodass Kleopatra eilig in ihre Kabine flüchtete.
Der erstarkende Wind ließ die Wellen anwachsen und mit ih-

nen die weißen Schaumkronen. Das Schiff ächzte, während es sich immer heftiger hob und senkte.
»Schwere See«, murmelten die Admiräle. Einer schlug vor, die Königin sollte auf ein kleineres Schiff umsteigen, das seetüchtiger war als dieses schwerfällige Prunkschiff mit seinen viel zu hohen Decks. Doch der kommandierende Admiral schüttelte den Kopf. Nur die höchste Gefahr würde die Königin umstimmen. Das hier, erklärte er seinen Kollegen, sei noch gar nichts. Dennoch, je mehr sich die Wellenberge auftürmten, desto wahrscheinlicher wurde es, dass sich die Flotte zerstreute und einzelne Schiffe verloren gingen.
Zwei Stunden später schien ein Sturm unausweichlich. Die Schiffe tanzten auf und nieder, und die Seeleute spannten Taue über das Deck, damit sie sich trotz der nassen, schwankenden Planken festhalten konnten. Die anderen Schiffe der Flotte trieben bereits davon, und das Festland war nicht mehr zu sehen. Schließlich begab sich der kommandierende Admiral zu den königlichen Kabinen, um Kleopatra zu sprechen. Dort lagen Hofdamen und Eunuchen am Boden, stöhnten oder übergaben sich. Die Herrscherin hielt sich abseits und blickte nur hin und wieder ärgerlich auf das Geschehen. Philostratos lehnte an der Kabinenwand und tat, als ginge ihn das alles nichts an.
Der Admiral verneigte sich, doch ein plötzlicher Ruck des Schiffes warf ihn beinahe der Königin direkt in den Schoß. Er sprach hastig: »Poseidon ist uns heute nicht gewogen. Der Wind ist angeschwollen, wir haben Sturm. Wir sollten schnell Kurs in Richtung Süden nehmen und versuchen, Neapel zu erreichen. Die Flotte droht ihren Zusammenhalt zu verlieren. Erlaube uns jetzt, das Signal zur Abfahrt zu geben, und wir haben gute Aussichten, mit allen Schiffen in Neapel anzukommen.«
Es war offensichtlich, wie Kleopatra mit sich kämpfte, unwil-

lig, sich mit dem Unvermeidlichen abzufinden. Philostratos und der Admiral blickten sie so erwartungsvoll an, dass sie ihnen brüsk den Rücken zudrehte. Bevor sie ihnen jedoch einen neuen Befehl erteilen konnte, meldete ein Seemann, dass ein Fischerboot auf das Flaggschiff zusteuere. Der Admiral wollte den Boten schroff zum Schweigen bringen, da war die Herrscherin auch schon an ihm vorbeigeeilt und, ohne sich auch nur einen Umhang über die Schultern zu legen, an Deck gestürmt, wo sie sich an den Tauen entlang zur Reling vorkämpfte. Dort klammerten sich Seeleute und Offiziere fest und starrten gebannt auf die aufgewühlte See. Als Kleopatra herankam, machten sie Platz, so gut es ging, und hielten die Königin fest, die sich weit vorbeugte.
Ein kleines Fischerboot wurde neben dem Flaggschiff hin- und hergeworfen. Die Brecher schlugen über seine Planken hinweg. Die fünf Männer an Bord, die sich mit Seilen am Mast festgebunden hatten, waren völlig durchnässt und konnten sich nur schreiend miteinander verständigen. Sie winkten und machten Zeichen, dass sie an Bord kommen wollten. Die ägyptischen Offiziere gestikulierten zurück und versuchten, die Besatzung des Kahns zu bewegen, Kurs auf die offene See zu nehmen. Die Gefahr der Situation war offensichtlich: Nur zu leicht konnte das kleine Fahrzeug gegen den Rumpf des königlichen Flaggschiffes geschleudert werden und zerschellen. Der kommandierende Admiral begann, eine entsprechende Warnung in die tosenden Fluten hinunterzubrüllen, aber Kleopatra streckte herrisch die Hand aus, zog ihn zu sich heran und schrie ihm ins Ohr: »Wir müssen sie an Bord nehmen, koste es, was es wolle.«
Seeleute ließen schwere Taue über die Bordwand fallen. Das Boot hatte sich dicht ans Flaggschiff herangekämpft, da krachte es, und der Mast brach ab, das dreieckige Segel riss sich los und begrub die Männer auf dem Boot. Das kleine Fahrzeug

wurde von einer Welle gegen das ägyptische Schiff geworfen und sogleich wieder fortgeschleudert. Das leichte Gefährt war kaum noch zu steuern. Einer der Männer war vom Mast getroffen worden und wand sich blutüberströmt auf den glitschigen Planken. Eine zweite große Welle erfasste das Boot, riss es in die Höhe und warf es erneut gegen die Bordwand des ägyptischen Flaggschiffes. Entsetzt blickten die Ägypter auf die Besatzung des kleinen Fahrzeugs herab. Den Männern gelang es jedoch genau in dem Augenblick, als ihr Boot das große Schiff streifte, die Seile zu ergreifen, die am Rumpf des Flaggschiffes hin- und herschwangen, und sich festzuklammern. Die Seeleute oben an Deck begannen kräftig zu ziehen, sich gegen den Wind und die Schieflage ihres Schiffes stemmend. Schließlich schafften sie es, die Fremden an Bord zu hieven. In diesem Moment bäumte sich eine weitere Woge auf und schleuderte das Fischerboot wieder gegen den Rumpf des ägyptischen Flaggschiffes. Knirschend brachen die Planken auseinander.

Die Neuankömmlinge lagen schwer atmend und erschöpft auf dem nassen Deck. Drei, darunter der Schwerverletzte, wirkten wie Fischer – wenngleich besonders kühne und kräftige. Die beiden anderen waren ganz offenbar bedeutendere Persönlichkeiten. Der ältere, ein nicht sehr großer, schlanker Mann, trug einen breitkrempigen, nun völlig durchweichten und erbärmlich zerknautschten Strohhut, wie ihn die Griechen auf Reisen benutzten. Auf ihn sprang die Königin unvermittelt zu und umarmte ihn. Nun erkannten auch die anderen den hohen Gast und bemühten sich, sich so feierlich zu verneigen, wie es ihnen möglich war, ohne auszurutschen.

Noch bevor man unter Deck ging, erklärte Caesar, dass es notwendig sei, sofort Kurs auf Neapel zu nehmen. Die Königin erhob nun keine Einwände mehr. Man brachte den Diktator

in die hinterste königliche Kabine, das Schlafgemach der Herrscherin. Um seinen Begleiter, Aulus Hirtius, kümmerte man sich in den vorderen Räumen.
Ohne viele Worte mit Kleopatra zu wechseln, streckte sich Caesar auf ihrem Lager aus, zu müde, um auch nur die störenden Kissen beiseite zu räumen. Er schloss die Augen und atmete gleichmäßig wie ein kleines Kind. Die Königin saß neben ihm auf dem Bett und zeichnete kleine Spiralen in das nasse Haupthaar, das nun nicht mehr sorgfältig nach vorn gekämmt, sondern strähnenweise in alle Richtungen verklebt war.
Er war kein junger Mann mehr, gänzlich ergraut, mit einer Glatze, die sich ohne Gnade fast bis zu seinem Hinterkopf erstreckte. Nicht, dass Kleopatra dies als einen besonderen Makel empfunden hätte. Caesar selbst sah es so, und zwar seit seinem dreißigsten Lebensjahr, als sein Haar schon sehr schütter geworden war. An den Schläfen pulsierten große blaue Adern. Der Hals war dürr und faltig, und die Schlüsselbeinknochen ragten wie Stangen aus seinem Körper hervor.
Kleopatra strich vorsichtig über seinen Kopf, beugte sich dann über Caesar und berührte mit den Fingern leicht seine Brust. Im flackernden Licht der Öllämpchen zeichneten sich die Rippen überscharf ab. Sie sahen aus wie ein rau geflochtener Korb. Narben übersäten den Körper – das Erbe allzu vieler Schlachten und Entbehrungen. Fast kam es der Königin vor, als sähe sie den Leib eines alten Bettlers. Bei ihrer letzten Begegnung war dies noch nicht so gewesen. Schlank, drahtig hatte er immer gewirkt, doch nun schien er beinahe ausgezehrt. Sie glitt mit dem Zeigefinger die Rippen entlang, fuhr von einer zur nächsten. Langsam hoben sich die Rippen und senkten sich dann wieder im Rhythmus von Caesars Atem. Wenn sich der Brustkorb ausdehnte, wirkte der magere Körper so angespannt, dass Kleopatra fürchtete, er könnte bersten.

Dass Caesar nach einem solchen Abenteuer sofort entspannt einschlafen konnte, hätte die Königin eigentlich nicht mehr überraschen dürfen, und dennoch war sie erstaunt.
Plötzlich, sie hatte den Kopf eher zufällig ein wenig gewendet, entfuhr ihr ein leiser Schrei: Seine Augen waren offen. Er hatte seine Atmung nicht verändert. Nichts hatte darauf schließen lassen, dass er erwacht war, während sie ihn gestreichelt hatte. Möglicherweise hatte er sie die ganze Zeit beobachtet.
Die Königin wich zurück. Caesar aber starrte an die Decke und folgte dem Schaukeln eines vergoldeten Öllämpchens.
»Ich sehe, du bist aufgewacht.«
»Ich habe überhaupt nicht geschlafen. Ich habe nur geruht.«
»Dann kann ich dich ja auch nicht fragen, ob du geträumt hast.«
»Ich habe nachgedacht.«
»Und worüber?«
»Ich habe überlegt, wie ich am schnellsten neue Legionen für Spanien aufstellen kann.«
»Wieso Spanien?«
»Die Nachricht erreichte uns erst vor wenigen Stunden. Man hat den jungen Pompeius in Spanien zum Imperator ausgerufen. Er soll in die Fußstapfen seines Vaters treten. Er hat zahlreiche Veteranenlegionen um sich geschart, und meine Feinde strömen ihm zu. In wenigen Wochen werde ich aufbrechen müssen. Und das, obwohl ich gerade die meisten meiner Soldaten entlassen habe.«
Kleopatra schlug mit der flachen Hand auf ein Kissen, ihre Wangen röteten sich: »Kaum bin ich gekommen, verlässt du mich schon. Ich bin enttäuscht. Was soll ich in Rom ohne dich?«
Mit einem Ruck richtete er sich auf und blickte ihr geradewegs in die Augen. Er fragte: »Warum bist du eigentlich gekommen?«

Kleopatra wich erneut zurück: »Ich verstehe deine Frage nicht. Forderst du jetzt eine Liebeserklärung ein? Ist es nicht klar, warum ich gekommen bin? Warst du nicht selbst begeistert, als ich vorschlug, für eine Weile bei dir in deiner Stadt zu leben? Und überhaupt: Habe ich dir in den letzten anderthalb Jahren nicht Brief um Brief geschrieben, Geschenk um Geschenk gesandt? Sicher, das könnte auch gar nichts besagen. Es sind bloß äußere Zeichen meiner Liebe, gewiss. Sie sind schwach und obendrein fälschbar. Aber doch eindeutig und gültig, wenn sie auf Vertrauen, auf Gegenliebe stoßen. Hast du sie vergessen? Ich begreife nicht, worauf deine Frage zielt.«

»Weißt du, wie viele Briefe, wie viele Geschenke ich bekomme? Der Atem der Schmeichler liegt mir in den Ohren, dass es mich umweht wie ein Orkan. Aus Gallien, Spanien, Griechenland, ja selbst aus Armenien und Judäa fließt ein unablässiger Strom von Gaben, eine kostbarer, erlesener, seltener als die andere. Viele Geschenke sind mit einer Bittschrift versehen, aber beileibe nicht alle. Einige geben sich als bloße Huldigungen. Vorgestern kam aus Armenien eine türkisfarbene Alabasterschale, die größte, die die Welt je gesehen hat, heißt es. Gestern kam aus Gades ein Ring, der einst Hannibal gehört haben soll. Aus rötlichem Gold mit einer braungelb geflammten Kamee. Weißt du, welches Bild in den Stein geschnitten war?«

Kleopatra lächelte: »Ein Elefant?«

»Ein Elefant!«

Sie lachten. Er schob sich dicht an sie heran, blickte ihr, den Kopf leicht zur Seite gelehnt, in die Augen und strich ihr mit dem Handrücken über die Wange. Versonnen wiederholte er ihre Worte: »Ein Elefant, ein Elefant.«

Dann schwieg er, während er den Zeigefinger zu ihrem Hals heruntergleiten ließ, den Druck unmerklich erhöhend. Seine

Augen folgten dem Finger. Kleopatra zuckte plötzlich leicht, da zog er seine Hand zurück und ließ seinen Arm wie leblos an seiner Seite herabfallen. Ohne sie anzublicken, fuhr er fort: »Du bist so klug und witzig wie früher und hast vor nichts Ehrfurcht.«

»Vor dir habe ich Ehrfurcht.«

»Nein, eigentlich nicht. Und wenn, dann so wie alle anderen auch, die bei aller Ehrfurcht unentwegt versuchen, den Diktator hinters Licht zu führen, um sich irgendwelche lächerlichen Vorteile zu verschaffen.«

Kleopatra nahm seine Hand in die ihre. Sie war klein, kräftig, aber klein. Wären die Finger auch nur ein wenig kürzer gewesen, hätten sie plump gewirkt.

»Schaffen sie es denn?« fragte die Königin lächelnd.

»O ja, und wie! Ich bin alt und eitel geworden. Ich falle auf jeden zweiten Betrüger herein. Früher war es nur jeder Dritte. Wer mich heute an meiner Eitelkeit packt, kommt leicht zum Ziel.«

»Ich glaube dir nicht. Du spielst nur eine Rolle. Du bist wachsamer denn je, deine Augen sind überall. Meine Spione berichten mir, du hättest die Gedichte Catulls schon in den Händen gehabt, bevor er die Reinschriften hatte anfertigen lassen können.«

Wieder lachte ihr Gegenüber. Sein Blick kehrte zu ihrem zurück: »Du schmeichelst weit geschickter als irgendjemand, den ich kenne. Und dabei solltest du als Königin doch kaum Gelegenheit haben, dich in dieser Kunst zu üben. Schließlich sind es doch die anderen, die dir schmeicheln.«

»Ich lerne aus ihren Fehlern. Glaube mir, ich habe viel Studienmaterial. Da die Schmeicheleien alle an mich gehen, bin ich diejenige, die am besten weiß, wo die Fehler liegen. Ich brauche im Umgang mit dir dann nur noch zu vermeiden, was ich bei meinen Untertanen missbillige.«

»Du setzt voraus, dass ich das gleiche missbillige wie du. Ist das nicht ein wenig vermessen?«

Kleopatra hob eine Augenbraue und tat erstaunt: »Vermessen? Nicht unbedingt. Wenn ich sage, dass wir in Bezug auf Schmeicheleien den gleichen Geschmack haben, dann heißt das ja nicht unbedingt, dass ich mich für ebenbürtig halte, sondern vielleicht nur, dass ich dich verstehe wie sonst niemand, weil ich dich liebe.«

»Du sprichst auffällig oft von Liebe.«

»Eigentlich nicht, erst das dritte Mal. Du sprichst allerdings auffällig wenig davon. Das war einmal anders.«

»Bist du nach Rom gekommen, um zu mir von Liebe zu sprechen?«

Kleopatra schnaubte leicht: »Es gibt weniger ehrenwerte Themen.«

Caesar entzog ihr seine Hand, fuhr sich über die Augen und sank in die Kissen zurück: »Ich zweifle nicht, dass du sie anschneiden wirst.«

Kleopatras Ton war kalt und hart, als sie antwortete: »Zweifel wären in der Tat unbegründet. Auch die weniger ehrenwerten Themen werde ich ansprechen. Keine Angst, ich werde nicht die Frau spielen, die von Liebe spricht, während die Männer von Staatsangelegenheiten reden. Ich habe vor, weder dich noch mich zu langweilen. Aber die beiden Dinge gehören in diesem Fall zusammen.«

»Und was sind die Staatsangelegenheiten, über die du mit mir reden willst?«

Diesmal schnaubte die Königin heftiger: »Als ob du das nicht wüsstest. Die Zukunft meines Reiches natürlich. Wird die Römische Republik es nun einziehen oder nicht?«

»Das hängt allein davon ab, ob ich das will oder nicht. Und im Moment habe ich keinerlei Neigung in dieser Richtung. Schließlich habe ich dich ja erst vor kurzem mit Waffengewalt wieder in deine Rechte als Königin eingesetzt. Ägypten und seine Reichtümer stehen seit über siebzig Jahren unter römischem Schutz, und wenn Rom in dieser Zeit nicht immer wieder von Bürgerkriegen heimgesucht worden wäre, so wäre dein Königreich wahrscheinlich längst eine römische Provinz. Das wissen wir beide. Dieses Schicksal steht deinem Land auch jetzt noch bevor. Solange ich lebe, bist du Königin, was danach kommt, weiß niemand. Es sind letztlich Ebbe und Flut in der römischen Staatskasse, die dein und deines Reiches Schicksal über kurz oder lang besiegeln werden.«

»Es ist nicht allein mein Schicksal noch allein das meines Landes, um das es mir zu tun ist. Auch um dich geht es hierbei, stärker als du denkst.«

»So?«

Ihre Stimme wurde wieder weicher: »Ich habe einen Sohn von dir, er heißt Kaisarion.«

»Ich hatte erwartet, dass du das erwähnen würdest. Aber selbst wenn ich der Vater wäre, was ich zwar vermute, wofür es aber keinen Beweis gibt, würde dies keinen Unterschied machen.«

Mit beiden Händen packte Kleopatra ihn am Handgelenk, beugte sich dicht zu ihm hinunter und zischte: »Denkst du wirklich, ich hätte es nötig, zu einem so dummen und abgeschmackten Mittel zu greifen, wie dir eine falsche Vaterschaft unterzuschieben? Wenn du schon kein Vertrauen in meine Selbstachtung hast, dann zweifle wenigstens nicht an meiner Intelligenz.« Dann wurde sie etwas ruhiger: »Du hast keinen Sohn, keinen Erben. Selbst Pompeius hat Nachfolger, mehrere Söhne, zum Teil deine Enkel, die Kinder deiner Tochter Julia. Du aber hast keine. Es sei denn, man denkt an deinen kleinen Großneffen Octavius mit seinen hängenden Schultern, seinen wollenen Beinkleidern und seinen kleinen abstehenden Henkelohren.«

Caesar öffnete die Augen, befreite seinen Arm und konnte sich eines Lachens nicht erwehren: »Du hast ihn doch noch nie gesehen.«
Die Königin setzte sich wieder gerade hin und meinte trocken: »Glaub mir, mächtiger Caesar, manche Dinge sprechen sich herum.«
Caesar stützte sich auf und schüttelte den Kopf: »Und ... Kaisarion – so hast du ihn doch genannt, nicht wahr – soll mir da aushelfen? Mit so einem Namen? Und noch dazu auf Griechisch. Wenn ich ihn morgen früh anerkannte und als meinen Erben einsetzte, würden mich die Römer am Mittag auslachen und vielleicht am Nachmittag umbringen.«
»Das kann dir ohnehin täglich passieren«, erwiderte die Königin ungerührt, »insbesondere seit du dazu übergegangen bist, immer öfter auf deine spanische Leibgarde zu verzichten. Umso mehr brauchst du einen Sohn. Ich habe ihn. Nimm ihn dir.«
»Wie stellst du dir das vor?«
Kleopatra zuckte mit den Schultern: »Lass dich von Calpurnia scheiden und führe ihn als deinen Sohn und Erben in dein Haus ein.«
»Was geschieht dann mit dir?«
»Wir können später heiraten, wenn sich die Römer an den Gedanken gewöhnt haben.«
»Als Sechzehnjähriger habe ich mich geweigert, mich scheiden zu lassen, als mir die Häscher Sullas in den Sümpfen das Messer an die Kehle setzten. Glaubst du, ich würde mich heute anders verhalten?«
»Ich kenne die Geschichte«, sagte Kleopatra spöttisch, »aber im Alter von sechzehn warst du nicht der mächtigste Mann der Welt. Du hattest keinen anderen Einsatz in dem Spiel als dein Leben, und du wusstest, dass es für dich nur eine Möglichkeit gab zu überleben, nämlich Sulla zu beeindrucken. Und

da Sulla dir sehr ähnlich war, ging das am besten mit Verrücktheiten. Deine Standhaftigkeit war wohlkalkuliert. Warum versuchst du, mich mit solchen Legenden zu beeindrucken? Oder fängst du inzwischen selbst an, all jene Mythen zu glauben, die sich um dein Haupt ranken?«

Ohne zu antworten, ließ sich Caesar wieder rückwärts aufs Bett fallen. Für ihn war das Gespräch offenbar beendet. Ob er nun schlief oder nicht, konnte Kleopatra nicht ausmachen. Und ansprechen wollte sie ihn jetzt nicht mehr.

Kleopatra atmete tief und ließ das Laken los, in das sich ihre Finger gekrallt hatten. Winzig kleine Stofffetzen hatten sich unter ihre Nägel gegraben. Sie schluckte, einmal, dann ein zweites Mal und wischte sich mit dem Handrücken die Augenwinkel. Mit einem Ruck schwang sie sich vom Bett. Einen Moment verharrte sie, die Hand auf der Brust, in ihrer Kabine; dann trat sie zu ihren seekranken Dienerinnen hinaus, denen das huldvolle Lächeln ihrer Herrscherin neuen Mut machte.

Am nächsten Morgen lief das königliche Schiff bei spiegelglatter, blauer See in die Bucht von Neapel ein. Im Hafen fand auch die restliche Flotte wieder zueinander. Auf den Kais standen Tausende und jubelten der Königin zu, während sie neben Caesar an Land ging. Kein Wölkchen regte sich am Himmel. Nur über dem Vesuv in der Ferne stiegen einzelne Rauchfäden auf.

LIBER SECVNDVS

I

Calpurnia saß mit hochgezogenen Beinen in einem Lehnstuhl und ließ die Augen über eine Schriftrolle gleiten. Ein einzelner Lichtkegel fiel aus einem hohen Fenster auf ihren Leseplatz, der restliche Raum lag im Halbdunkel. In dieser Ecke der Bibliothek wurde es nur früh am Morgen hell, wenn die Sonne ganz im Osten stand. Neben ihr lagen auf einem hohen Tisch weitere Schriftrollen. Tiefe Regale säumten die Wände, aus denen Schriftrollen und immer noch mehr Schriftrollen quollen. Caesar besaß eine der besten Bibliotheken Roms. Sie enthielt nicht nur nahezu alle erhaltene griechische und lateinische Literatur, sondern allerlei Schriftstücke auf Etruskisch und in oskischer, sabinischer und umbrischer Sprache – Texte, die nur noch wenige Gelehrte entschlüsseln konnten. Calpurnia hielt sich nirgends im Haus so gern auf wie zwischen den Büchern. Jahrelang hatte sie wahllos alles verschlungen, dann hatte sie einen eigenen Geschmack entwickelt; je rätselhafter und archaischer die Werke waren, desto mehr schätzte sie sie. Besonders von den alten Texten gab es oft keine vollständigen Exemplare mehr oder nur Abschriften, die beschädigt und fehlerhaft waren. Über den schwer verständlichen Stellen verbrachte Calpurnia mitunter ganze Tage und hatte sich dadurch bei dem erlauchten Kreis der klügsten Bibliothekare und Philologen der Stadt ein Ansehen erworben, wie es keine andere Römerin besaß.

Auch jetzt war sie mit einer Handschrift beschäftigt, doch war es diesmal keine von denen, deren Schriftzeichen schon stark verblasst waren und die man ganz dicht an die Augen führen musste, um zweifelhafte Buchstaben zu entziffern. Im Gegen-

teil: Es war eine elegante Prachthandschrift mit klaren, großzügig hingemalten Lettern und vergoldeten Knäufen an beiden Enden der Rolle.
Hin und wieder legte sie das Schriftstück auf den Tisch, rieb sich mit der flachen Hand kurz die Nasenspitze und starrte an das einzige freie Stück Wand. So war sie in sich versunken, als die Stimme des Diktators sie herausriss: »Calpurnia, ich störe dich nur ungern. Aber ich bin gekommen, um mich zu verabschieden. Ich reise nach Spanien ab.«
Caesar stand am Eingang. Er hatte seinen roten Feldherrnmantel umgeschlungen und trug einen vergoldeten Brustpanzer. Er war nicht für die Reise, sondern für die Parade gekleidet. Sein Gesicht lag im Schatten, sodass Calpurnia seine Züge nicht genau erkennen konnte. Sie stand auf und machte ein paar Schritte auf ihren Ehemann zu. Jetzt waren sie beide im Schatten, und sie konnte sehen, wie hohl seine Wangen waren und wie grau seine Haut. Sie sagte: »Ich wäre froh, wenn das alles bald vorbei wäre.«
»Ich auch.«
»Wenn ich in deine müden Augen schaue, fange ich beinahe an, dir zu glauben.«
»Ich habe schlecht geträumt und zu wenig geschlafen.«
»Hast du dich bereits von der Königin verabschiedet?«
»Ja«, sagte Caesar und räusperte sich.
Immer, wenn Calpurnia sein Verhältnis mit der ägyptischen Monarchin berührte, tat der Diktator so, als sei er peinlich berührt, fast, als sei er es seiner Frau schuldig. Meistens reichte ihm ein kleines Hüsteln, ein Niederschlagen der Lider oder ein kurzer Blick an die Decke, bevor er sich wieder ganz entspannt gab. Diesmal war es jedoch anders. Er blieb verlegen.
Calpurnia schaute ihren Mann erwartungsvoll an. Er fing an: »Ich möchte dir noch etwas sagen, bevor ich fortgehe.«
»Hat es mit der Königin zu tun?«

»Ja.«
»Nun?« fragte Calpurnia, während in ihrem Kopf das Wort ›Scheidung‹ hämmerte.
»Ich habe mich entschlossen, Kaisarion, den Sohn …«
»Ich weiß, wer Kaisarion ist«, unterbrach sie ihn schneidender, als sie es wollte.
»Ja natürlich, entschuldige … Ich habe mich entschlossen, Kaisarion als meinen Sohn anzuerkennen. Aber sei beruhigt: Die ganze Angelegenheit wird ohne Folgen für dich bleiben …«, hier machte er eine kurze Pause, »… es tut mir Leid, wenn dich dieser Entschluss verletzt.«
Calpurnia wusste nicht, ob sie erleichtert sein sollte oder nicht. Sie antwortete: »Das mag sein. Aber verzichten würdest du deswegen nicht auf diese Entscheidung.«
»Nein. Aber du hast wirklich keinen Grund zur Sorge. Dieser Schritt wird nämlich keine besonderen Auswirkungen haben. Das Einzige, was er vielleicht zuwege bringen wird, ist, dass sich Kleopatra wohler fühlt – und später auch der Kleine, wenn er groß genug ist, diese Dinge zu verstehen. Ansonsten aber ist der Vorgang eine reine Formalität. Er wird weder politisch noch rechtlich ins Gewicht fallen. Octavius ist und bleibt mein Alleinerbe.«
Calpurnia holte tief Luft und rieb sich wieder die Nasenspitze mit der Handfläche: »Ich bin nicht verletzt.«
Dann zögerte sie. Bedeutete es denn überhaupt einen Unterschied, ob nun Kaisarion oder Octavius der Erbe Caesars wurde? Doch sie fuhr fort: »Im Gegenteil: Ich finde es richtig, dass du deine Verantwortung dem Kind gegenüber anerkennst – und auch der Mutter gegenüber.«
»Ich danke dir für dein Verständnis.« Caesar klang erleichtert.
Calpurnia schüttelte den Kopf: »Es gibt da nichts zu danken. Es kostet mich keine Mühe. Ich bin auf die Königin nicht eifersüchtig.«

»Ich bewundere deinen Großmut. Du kennst keine Eifersucht.«

»Das habe ich nicht gesagt. Ich habe gesagt: Ich bin auf die Königin nicht eifersüchtig.«

Es schien Calpurnia, als hätte Caesar ein Kopfschütteln angedeutet. Nach einer Pause fragte er sie: »Bedauerst du es, dass wir keine Kinder haben?«

Calpurnia presste die Hände flach an ihre Oberschenkel, damit sie sich nicht zu Fäusten ballten. Wie konnte er nur solch eine Frage stellen? Sie antwortete jedoch gefasst: »Ich bedaure es sehr.«

»Hättest du gern ein Kind von mir gehabt?«

»Ich hätte gern ein Kind gehabt.«

»Es wäre dir nicht wichtig gewesen, dass ich der Vater gewesen wäre?«

»Doch. Ich hätte mir ein Kind von dir gewünscht. Ich bin mit dir verheiratet. Von wem hätte ich sonst ein Kind haben sollen?«

»Würdest du dich noch immer über ein Kind freuen?«

»Ja«, seufzte Calpurnia, »aber das ist letztlich eine müßige Frage. Es ist nicht eben wahrscheinlich, dass ich schwanger werde, nicht wahr?«

»Gewiss. Wenn wir in all den Jahren unserer Ehe keines zustande gebracht haben, dann würden wir wohl auch jetzt kein Glück haben. Ganz abgesehen davon haben wir ja schon lange nicht ...«

Calpurnia nickte langsam und verschränkte die Arme vor der Brust: »Ich bin dir dankbar, dass du eben ›wir‹ gesagt hast. In solchen Fällen lastet der Vorwurf fast immer auf der Frau, besonders, wenn ein Mann seine Zeugungsfähigkeit schon unter Beweis gestellt hat.«

»Ich meine es ganz ernst ...«

»Ich weiß, dass du es ernst meinst«, unterbrach ihn Calpur-

nia. »Gerade deshalb bin ich froh. Hättest du es nur aus Höflichkeit gesagt, wäre ich dir nicht dankbar gewesen.«
»... die Ärzte wissen, dass diese Angelegenheiten schwieriger sind, als der Volksmund es wahrhaben will. Ich hatte auch mit Pompeia keine Kinder. Und kaum hatte sie Clodius Pulcher geheiratet, wurde sie schwanger, und das nicht nur einmal.«
Caesar trat jetzt tiefer in den Raum hinein: »Es ist natürlich noch nicht zu spät. Es käme auf einen Versuch an. Schließlich hast du noch ein paar Jahre ... nicht mehr viele ... aber ...«
Calpurnia wandte sich ab, schüttelte den Kopf und schwieg. Caesar schaute an ihr vorbei und ließ seine Augen über das Tischchen mit der Schriftrolle gleiten.
Nachdem sie sich so eine Weile gegenübergestanden hatten, blickte Calpurnia ihren Mann wieder an und sagte: »Jetzt ziehst du ohnehin in den Krieg. Wer weiß, wann du aus Spanien zurückkehrst. Nach ein paar Monaten schon? Nach ein paar Jahren? Und niemand weiß, ob nicht schon der nächste Feldzug bevorsteht.«
»Dieser hier wird kurz werden.«
»Das habe ich schon sehr oft aus dem Munde von Feldherren gehört. Kein General, der nicht behauptet, in drei Monaten werde alles vorbei sein. Als du dich entschieden hattest, Gallien zu erobern, gingst du auch davon aus, dass ein fünfjähriges Prokonsulat für diese Aufgabe genug sein würde. Aber dann brauchtest du noch mal fünf Jahre.«
Caesar lächelte ein wenig verstimmt: »Du scheinst nicht viel Vertrauen in meine Kriegskunst zu haben.«
»Ich habe kein Vertrauen in den Krieg.«
»Es hat nicht den Anschein, als wolltest du mir den Abschied besonders leicht machen.«
»Ich verstehe nicht, warum Frauen ihren Männern den Abschied immer leicht machen sollen, so als würden sie sich selber nicht verabschieden. Wer den Krieg liebt, tauscht für die

Trennung am Ende vielleicht mehr ein als die, die zu Hause bleiben.«
Caesar ging an ihr vorbei und trat an das Tischchen. Er ließ gedankenverloren die Finger über den Papyrus des entrollten Textes streichen. Er schloss die Augen: »Ich habe es immer geliebt, den Papyrus zu streicheln, wie einen kostbaren Stoff. Auch seinen Duft finde ich oft geradezu betörend«, fügte er hinzu und hob die Rolle in die Höhe, damit er an ihr riechen konnte. So verharrte er einen Moment und fuhr dann fort: »Wusstest du, dass du bei den Bibliothekaren der Stadt hoch im Kurs stehst? Sie sehen dich fast schon als eine der ihren und preisen dich in den höchsten Tönen.«
»Ich weiß.«
Caesar öffnete die Augen und betrachtete prüfend den Text, den er in den Händen hielt. Er begann laut vorzulesen:

... niemand hat sich der Tyrannei so konsequent entgegengestellt wie er; kein anderer hat so früh und so deutlich vor den Gefahren gewarnt, die der Republik von dem Ehrgeiz einiger weniger drohten; von denen, die Soldaten und Abenteurer um sich scharten, um das Gemeinwesen unserer Väter umzustürzen, die altbewährte Verfassung unseres Staates mit Füßen zu treten und schließlich die ganze Macht an sich zu reißen ...

Caesar lachte hell auf: »Oje, so schreibt nur einer: Cicero. Und wenn ich ihn recht kenne, dann gibt es auch nur ein einziges Thema, dem er sich mit solcher Inbrunst zu widmen imstande ist: er selbst und seine Verdienste ... Immerhin – du musst hoch in seiner Gunst stehen. Mir hat er sein neuestes Werk noch nicht zugeschickt ... Verrate mir nicht, wie es heißt, ich möchte es selber sehen. Wahrscheinlich ›Vater des Vaterlandes‹ oder so ähnlich ...«

Während er sprach, rollte Caesar hastig das Buch auf, um den Titel zu finden.

»Aha«, rief er triumphierend. »Da haben wir es. Der neueste Cicero heißt ... *CATO.*«

Caesar ließ die Rolle sinken. Er atmete tief.

Calpurnia wich seinem Blick aus. Es war klar gewesen, dass dieser Schlag Caesar hart treffen würde. Denn in seinem neuesten Buch schrieb Cicero, der beste Redner und Schriftsteller Roms, durchaus nicht über sich selbst, sondern feierte darin Cato, Caesars schärfsten, Caesars unversöhnlichsten Gegner. Cato hatte Caesar von Anfang an unnachgiebig bekämpft, hatte ihm auch die kleinste Gesetzesübertretung unerbittlich nachgetragen und stets auf die peinlich genaue Einhaltung der alten Ordnung, auf den Vorrang des Senats gepocht. Dass die aristokratische Verfassung kaum noch funktionierte, hatte Cato niemals eingestanden. Er hätte lieber auf alle neuen Eroberungen Roms verzichtet, als zuzusehen, wie die großen Feldherren immer mächtiger wurden und dem Senat ihren Willen aufzwangen. Er hatte Caesars Krieg um Gallien nicht gebilligt und prophezeit, dass Caesar die Alleinherrschaft anstrebte. Ja, er hatte sogar vorgeschlagen, Caesar den Galliern auszuliefern – als Wiedergutmachung für den ungerechten Krieg, den dieser angefangen hatte. Und Cato war der Einzige gewesen, der sich Caesar im Bürgerkrieg nicht ergeben hatte. Obwohl Cato wusste, dass Caesar ihm kein Haar gekrümmt und ihn mit aller Ehrerbietung behandelt hätte, beging er nach der Niederlage in Utica lieber Selbstmord, als sich von der Gnade des Mannes abhängig zu machen, den er für den schlimmsten Feind der Freiheit hielt. Indem Cato sich das Leben nahm, verweigerte er Caesar die Rolle des Großzügigen, die dieser so liebte, und riss zugleich den Schleier der Milde fort, mit dem Caesar seine Tyrannis zu bedecken suchte. So wenig Caesar auch für den Tod Catos konnte, so sehr

würde dessen Blut doch immer an seinen Händen kleben. Dies war das Thema, dem Cicero sein jüngstes Werk gewidmet hatte. Die ganze Stadt würde es gierig verschlingen.
Nach einem Moment des Schweigens legte der Diktator die Rolle auf dem Tischchen ab und sprach: »Leider habe ich jetzt die Stelle verloren, an der du stehen geblieben warst. Das tut mir Leid.«
»Ich werde sie wieder finden.«
»Ich muss jetzt fort. Ich werde dich über die Ereignisse in Spanien auf dem Laufenden halten.«
Damit hob er die Hand zum Gruß und ging.

II

In der Ferne ragte die südlichste Bergkette Hispaniens auf; hinter ihr lag nur noch das Meer und auf der anderen Seite Mauretanien. Aber nicht auf die Berge hatte Caesar seinen Blick gerichtet, sondern auf die Ebene davor, wo sich zwei dichte Teppiche von Legionären weniger als eine Meile gegenüberlagen. Die Mittagsstunde war fast angebrochen, und die Sonne brannte erbarmungslos.
»Wie viele sind es?«, fragte der Diktator.
»Dreizehn Legionen, aber nicht in voller Mannschaftsstärke. Außerdem bestehen sie zum Teil aus schon recht alten Veteranen, zum Teil aus noch ganz frischen und unerfahrenen Rekruten«, antwortete Aulus Hirtius. »Endlich«, dachte er bei sich, »beschäftigt sich Caesar wieder mit den wesentlichen Dingen.«
Den Morgen hatte der Imperator damit verbracht, sein Gedicht, *Iter*, »Der Weg«, zu korrigieren, und die taktischen Dis-

positionen anderen überlassen. Und als die Priester gekommen waren, um vor der Schlacht den Göttern zu opfern, hatte Caesar sie keines Blickes gewürdigt, sondern stattdessen Stichpunkte für einen geplanten Kanal durch den Isthmus von Korinth diktiert. Die fünf Priester waren sichtlich beleidigt gewesen, dass ausgerechnet der Pontifex Maximus, der höchste Priester Roms, so wenig Achtung vor ihrem Amt bezeugte. Ihnen blieb nichts übrig, als zu stehen und zu warten. So stand auch der große, weiße Stier blumengeschmückt und mit vergoldeten Hörnern zwischen Caesars Offizieren und blinzelte aus seinen warmen, braunen Augen, wann immer eine Fliege auf seinen Lidern herumkletterte. Mit natürlicher Würde missachtete das Tier die allgemeine Anspannung, schien im Unterschied zu den Menschen weder Hunger noch Durst zu kennen und richtete seinen Blick nur ganz selten auf die Ebene hinab, fast als wüsste es, dass sich dort ohnehin nichts tun würde, bevor nicht die Priester ihm ihre Dolche in den Nacken gestoßen und dann mit gekonnten Schnitten bis zu seiner Leber vorgedrungen waren. Bevor sie nicht, während sein leuchtend rotes Blut über sein glänzend weißes Fell lief, die Leber herausgetrennt und dem Haruspex, dem Opferschauer, überreicht hatten. Bevor dieser nicht aus der dampfenden Leber die Omina für die Schlacht herausgelesen hatte. Vor das kriegerische Schlachten hatte die Tradition das religiöse gesetzt.
Alle warteten. Die abergläubischen unter den Offizieren waren bereits unruhig geworden, von den einfachen Soldaten in der Ebene ganz zu schweigen. Nur der Diktator widmete sich unbekümmert den Problemen der griechischen Küstenschifffahrt. Schließlich begannen die Legionäre unten so laut zu murren, dass es selbst auf dem Feldherrnhügel hörbar wurde.
Da gab Caesar das Wachstäfelchen zurück, das sein Schreiber und er unablässig hin- und hergereicht hatten, stieg vom Pferd und trat zu den Priestern. Er setzte eine ernste Miene auf, be-

grüßte sie beinahe demütig und tätschelte dem Stier den Nacken. Dieser reagierte jedoch nicht auf die diktatorischen Zärtlichkeiten. Dann zog sich Caesar den roten Feldherrnmantel über den Kopf und verwandelte ihn so in eine priesterliche Toga. Dies war das Zeichen für die Priester und alle Anwesenden, ihre Häupter ebenfalls zu bedecken. Dem Stier wurden weiße und rote Wollbinden um die Stirn gelegt, die an seinen Ohren herabbaumelten und fröhlich hin und her schwangen. Dann kam die breite Wolldecke über den Rücken.

Fünf Priester schritten feierlich mit bronzener Opferschale, Kanne und Beil, mit Schöpfkelle und Doppelaxt auf das Tier zu. Sie führten den Stier zu dem Altar aus Feldsteinen, auf dem ein Rasenstück ausgebreitet lag. Man hatte es in Italien fein säuberlich ausgeschnitten und nun drei Monate lang mitgeschleppt und bewässert, denn man hatte zu Recht befürchtet, dass die staubigen Ebenen Spaniens diese unabdingbare Voraussetzung für den Opfervorgang nicht würden bieten können.

Einer der Offiziere war wegen seines schlohweißen Haares zum Gehilfen der Priester bestimmt worden und rief die im weiten Rund um den Altar Stehenden dazu auf, zu schweigen. Die Priester und Caesar ließen sich Wasser über die Hände gießen, um sich für das Opfer zu reinigen. Ein weißes Wolltuch wurde ihnen gereicht, damit sie sich die Hände abtrocknen konnten. Einer der Priester bespritzte den Stier mit Wein. Nun war das Tier geweiht und konnte seines Schmuckes beraubt werden. Die Decke und die Wollbinden wurden heruntergerissen. Nur die goldenen Hörner blieben ihm. Spurinna, der führende Priester, ein hagerer alter Mann, der unter buschigen Brauen misstrauisch hervorschaute, nahm das Opfermesser mit der eisernen Klinge und dem Elfenbeingriff und zeichnete in einer weit ausladenden Geste eine Linie auf den Rücken des Tieres, die vom Kopf bis zum Schwanz verlief.

Caesar stand in einigem Abstand von diesem Schauspiel und regte sich nicht.
Hirtius fragte sich, ob der Imperator wohl auch von dem Ritual gefangen sei. Hirtius selbst glaubte nicht an die Götter, jedenfalls nicht an die römischen mit ihren Donnern und Blitzen. Er hatte schon zu tief aus dem Becher der griechischen Philosophie getrunken, um sich von diesen Dingen beeindrucken zu lassen. Wie aber stand es mit Caesar, fragte sich Hirtius, während er ihn fast verstohlen betrachtete. Caesar hielt sich für den Liebling der Venus, die ihm Glück brachte. Glaubte er aber wirklich an sie? Oder war sie nur ein Name für das Glück, eine elegante Formel für ein Quäntchen Aberglauben, mit dem man die anderen ein bisschen beeindrucken konnte? Denn an sich schien es ja, als glaubte Caesar an gar nichts.
Der Diktator rückte unmerklich etwas näher an den Stier heran. Spurinna streckte seinen hageren Arm aus. Ein Diener reichte ihm die Schriftrolle mit dem Opfergebet. Laut, fast krächzend las der Priester. Seine weit aufgerissenen Augen folgten Zeile um Zeile dem geschriebenen Text, als ob er, der schon viele tausend Male geopfert hatte, diese Worte zum ersten Mal in seinem Leben sähe. So aber verlangte es der Brauch. Nachdem die etruskischen Worte verhallt waren, ohne dass irgendjemand – außer Caesar vielleicht – sie verstanden hätte, fragte der Opferdiener Spurinna auf Etruskisch, ob er fortfahren sollte. Der Priester bejahte in derselben Sprache.
Zum ersten Mal schien der Stier zu begreifen, dass das Schauspiel mit ihm zu tun hatte. Er tänzelte leicht mit den Vorderhufen, überlegte es sich dann anders, hob den Kopf ein wenig und blickte erst den Priester, dann Caesar an. Doch er schaute in die falsche Richtung, denn schon hatte der Opferdiener dem Tier die flache Seite seines Beils mit aller Kraft auf die Schläfe geschlagen. Der Stier zuckte, die Augen schienen herauszuquellen, er krachte dumpf zu Boden und rollte auf die

Seite. Nun drang der Opferstecher mit einem gezielten Schnitt in die Halsschlagader ein. Dem Stier lief das Blut übers Fell und tropfte auf den Sand, wo sich erst ein Rinnsal bildete, dann noch eins und noch eins. Nun suchten die Priester nach den Eingeweiden. Spurinna war hinzugetreten und schaute seinen knienden Kollegen zu, wie sie im Innern des Stierbauches mit ihren Messern bohrten, wie sie sich durch die Innereien des Tieres wühlten, wie sie nach seiner Leber suchten. Caesar hatte sich inzwischen kaum merklich an die Seite des Alten begeben, der ihn keines Blickes würdigte, sondern nur streng in die schwarze, dampfende Höhle mit den blutigen Rändern starrte.
Die Minuten vergingen. Die Priester schwitzten, ihre Arme waren bis zu den Ellenbogen mit Blut bedeckt, das inzwischen die Fliegen anzog, während die Blutlachen im Sand bräunlich trockneten. Die Männer mussten sich immer tiefer in den Bauch des Stieres beugen, bis sie von oben bis unten besudelt waren. Doch so sehr sie auch gruben und kneteten und hackten und schnitten, so wenig stießen sie auf eine Leber.
Gebannt sahen Offiziere und Soldaten zu, wie sich die Priester den Weg zum Willen der Götter durch die Innereien eines Rindes bahnten, und verstanden nicht, was vor sich ging. Sie reckten ihre Hälse; manche standen, ohne es zu merken, auf den Zehenspitzen. Nur Hirtius warf mitunter einen fragenden Blick auf Caesar, der aber so gefangen schien wie sie alle.
Endlich standen die beiden Priester auf. Die Offiziere seufzten erleichtert, und ihr Aufatmen wurde durch die Reihen des ganzen Heeres getragen – nun konnten die Omina gelesen werden. Doch die Diener der Götter traten mit leeren Händen vor ihr Oberhaupt hin.
Der Stier besaß keine Leber. Spurinna schwieg, während sich seine Brauen bedrohlich zusammenzogen. Die Menge stöhnte, es hallte vom Feldherrnhügel hinunter und wehte über

Caesars Legionen hinweg, bis selbst der Feind auf der anderen Seite der Ebene es hören konnte.
Entsetzen packte Hirtius. Man musste das Opfer schnellstens wiederholen, bevor das Omen als böse gedeutet wurde, und wenn es sein musste, den ganzen Tag opfern, bis sich ein gutes Zeichen einstellte, man hatte schließlich noch zwanzig weitere Stiere bereitstehen, alle so weiß und zahm wie der erste. Ob die Priester die Leber mutwillig übersehen hatten, um sich an Caesar für sein Desinteresse zu rächen? Egal, Caesar musste schnellstens ein neues Opfer anordnen, bevor der Aberglaube der Truppe zu arg beansprucht wurde. Caesar aber rührte sich nicht, während sich alle Augen ihm zuwandten.
Hirtius spürte, wie ihm die Angst von der Magengrube in die Brust stieg und den Hals zuschnürte: Wenn Caesar nicht schnell handelte, würde sich dieses Zeichen festsetzen, würden die Soldaten von der Furcht ergriffen werden, würde sich Panik im Heer ausbreiten. Schon kam Hirtius der Verdacht, dass Caesar das Opfer stolz missachten würde, nur um den Priestern zu zeigen, dass er von ihnen nicht abhängig war. Wie oft hatte er sich nicht schon in kleinem Kreis über die religiösen Sitten lustig gemacht und ihren Missbrauch beklagt. Aber darauf kam es doch gar nicht an: Noch nie war eine Schlacht siegreich ausgegangen, wenn man das Zeichen der Götter nicht beachtet hatte.
Vor zweihundert Jahren hatte ein römischer Admiral eine karthagische Flotte vor Drepanum angegriffen, obwohl die heiligen Hühner an Deck sich geweigert hatten zu fressen. Nicht ein Körnchen hatten die Tiere damals aufgepickt. Als es den Priestern selbst durch gutes Zureden nicht gelungen war, die Vögel zum Fressen zu bewegen, war der cholerische Admiral auf die Hühner zugesprungen, hatte sie an den Hälsen gepackt und über Bord geworfen: »Wenn sie nicht fressen wollen, dann sollen sie eben trinken!«

Die Römer wurden vernichtend geschlagen. Jedes Kind kannte diese Geschichte. Und die Soldaten sowieso. Wenn Caesar jetzt nicht handelte, konnte das den Untergang bedeuten.
Der Imperator wandte sich langsam von dem Kadaver ab, breitete die Arme weit aus, fiel auf die Knie, so langsam er konnte, und rief dem Himmel mit getragener Stimme entgegen: »Ich danke euch, ihr Götter, für dieses Zeichen. Nie zuvor ward einem Feldherrn die Gnade eines solchen Wunders gewährt. Der Sieg ist unser.«
Einen Moment lang schwiegen alle. Der Alte stand neben Caesar und rührte sich nicht. Seine Miene war steinern. Selbst die Luft schien stillzustehen. Ein Pferd scharrte mit den Hufen und wieherte halblaut. Da riss Aulus Hirtius sein Schwert aus der Scheide und stieß es in die Höhe. Hunderte, dann Tausende folgten seinem Beispiel und brüllten: »Caesar, Caesar«. Sie sprangen in die Luft; es schien, als bebte der Boden davon.
Als das Getöse endlich abebbte, erhob sich Caesar wieder und entblößte das Haupt. Die Zeremonie war beendet, aus dem obersten Priester war wieder der Feldherr geworden.
Höchst zuvorkommend verabschiedete sich Caesar von den Opferschauern, insbesondere dem alten Spurinna schüttelte er herzlich beide Hände.
Der greise Priester beugte sich leicht vor und sagte leise etwas zu Caesar. Hirtius verstand es kaum: »Hüte dich vor den Iden des März.«
Caesar sah den Priester an, ging aber nicht darauf ein. Er schwang sich auf sein Pferd und ritt an den Rand des Abhangs, von wo man die Ebene am besten überschauen konnte. Er richtete den Blick auf den Feind. Von dorther wehte der Wind.
So verharrte er fast eine Stunde, bis er endlich die eigentlich überflüssige, weil schon allzu oft diskutierte Frage stellte: »Wie viele?«

»Zahlenmäßig sind wir also eindeutig unterlegen«, schloss der Imperator aus Hirtius' Antwort. »Wie ist die Stimmung?«
Asinius Pollio, ein Vertrauter Caesars, der Hirtius an Ergebenheit nicht nachstand, berichtete: »Sie ist nicht so schlecht. Das Zahlenverhältnis hat sich allerdings herumgesprochen.«
Ein Windstoß blies Caesar sein Halstuch ins Gesicht. Er wischte sich mit der Hand Sand aus den Augen und blinzelte. Dann streichelte er den Hals seines Pferdes und betrachtete die Berge, die weit hinter den Feinden die Ebene eingrenzten.
»Ist es nicht erstaunlich, wie schmutzig die braune Ebene sich vor uns ausbreitet und wie rein und blau die Berge dort hinten trotzdem aufragen?«
Hirtius und Pollio erwiderten nichts und warfen sich einen kritischen Blick zu.
Dann sagte Caesar: »Die Stimmung unter den Soldaten wird bald besser sein.«
Er drehte sich im Sattel halb um und wandte sich an König Bogud von Mauretanien, der auf einem Pferd saß, dessen Zaumzeug mit Troddeln und Quasten überladen war: »Nun, mein König, du hörst, meine Männer sind ein wenig ängstlich heute früh. Wie steht es mit unserer mauretanischen Reiterei, kann ich mich wenigstens auf sie verlassen?«
»Sie gehört dir, Caesar. Sie wird dir bis ans Ende der Welt folgen.«
»Heute wird das wohl noch nicht nötig sein, aber glaub mir, ich werde darauf zurückkommen.«
»Heißt das, dass du gegen die Parther ziehen willst?«
»Du bist mir schon wieder einen Schritt voraus. Ja, ich werde im nächsten Jahr gegen die Parther ziehen. Es wäre mir eine Ehre, dich dabei an meiner Seite zu wissen.«
»Es wäre mir eine Ehre, dem größten Feldherrn seit Alexander zu folgen.«
»Ich bin gewiss nicht der größte Feldherr seit Alexander«, er-

widerte Caesar lachend. »Du aber, König Bogud, du bist der größte Reiterführer seit Alexander. Ja, du bist der größte Reiter seit ihm. Der Ruhm der Parther und ihrer Pferde wird unter dem Donnern mauretanischer Hufe untergehen.«
Bogud lächelte zufrieden und kraulte seinem Roß die Mähne. Einer seiner Offiziere kam und überbrachte eine Botschaft. Der König entfernte sich kurz. Caesar nutzte die Gelegenheit, um Pollio ins Ohr zu zischen: »Ich werde dich gleich mit Bogud fortschicken. Achte darauf …«
Pollio ergänzte den Satz: »… ich weiß schon, die Reiterei soll nicht zu früh in den Kampf eingreifen.«
Caesar nickte ungeduldig: »Ja, ja, ja, natürlich. Das ist doch selbstverständlich. Worauf du aber vor allem achten sollst, ist, dass Bogud mir bis zum Ende der Schlacht nicht mehr unter die Augen kommt. Ich kann sein Geschwätz kaum noch ertragen.«
Pollio lächelte mit dem Mund, doch seine Augen verengten sich. Unwillkürlich blickte er zum König hinüber, als ob er sichergehen wollte, dass der afrikanische Monarch nichts gehört hatte.
Bogud kehrte zurück und fragte ungestüm: »Wann greifen wir endlich an?«
»Wir warten. Die Wetterkundigen meinen, der Wind werde sich drehen. Außerdem muss die Sonne höher steigen und in unserem Rücken stehen. Der Feind soll geblendet werden und dabei noch diesen ekelhaften roten Staub schlucken«, antwortete Caesar, während er sich den Sand von seinem vergoldeten Brustpanzer klopfte, auf dem sich die prachtvollen Muskeln eines athletischen jungen Mannes abzeichneten, aus dem aber der hagere Hals eines alten ragte.
Hirtius wandte ein: »Sollten wir nicht lieber angreifen, bevor die Stimmung noch schlechter wird? Die Erfahrung lehrt, dass unter mutlosen Soldaten die Feigheit eher noch wächst,

wenn die Schlacht auf sich warten lässt. Und auch wenn wir die Sonne im Rücken haben, wird die Mittagshitze uns ebenso quälen wie den Feind, und uns mangelt es schon länger an Wasser. Die Zeit arbeitet für unsere Gegner.«

Anstatt Hirtius zu antworten, wandte sich Caesar an König Bogud: »Was sagst du, mein König, sollen wir auf die Angsthasen Rücksicht nehmen, oder entscheiden wir lieber selbst, wie unser Schlachtplan aussieht?«

»Wir kämpfen, wann es uns paßt, mein Feldherr. Und vor der Hitze Spaniens fürchten wir Mauretanier uns ohnehin nicht. Bei uns brennt die Sonne noch viel unbarmherziger.«

»Gut gesprochen! So sei es.«

Zwei Stunden vergingen. Caesar und sein Stab saßen auf ihrem Hügel und blickten auf die Ebene hinunter, wo die beiden Heere sich kaum rührten. Hin und wieder rief ein Pompeianer einen Spottvers oder ein Schimpfwort herüber, was aber wegen der Entfernung und dem inzwischen tatsächlich gedrehten Wind nicht zu verstehen war. Nur dem schwachen Klang des Gelächters, das den Worten nachwehte, war zu entnehmen, dass es sich um etwas Komisches handelte.

Immerhin, dachte Hirtius, den Wind hatte Caesar richtig vorausgesagt: Nun trieb er den Pompeianern den Sand ins Gesicht.

Asinius Pollio und Bogud hatten den Feldherrnhügel verlassen und sich zur Reiterei begeben, die die Flügel schützte. Auch die anderen Offiziere hatten ihre Positionen bezogen, sodass nur noch eine kleine Gruppe den Imperator umgab. Die Sonne hatte den höchsten Punkt längst überschritten und brannte gnadenlos herunter.

Hirtius wurde immer ungeduldiger: »Die Zenturionen melden mir, dass die Legionäre murren. Jetzt haben wir den Wind im Rücken und fast auch die Sonne. Lass uns endlich angreifen.«

»Die Zeit läuft uns nicht davon. Es wird ohnehin eine lang-

weilige und blutige Schlacht. Eine fast endlos platte Landschaft, auf der zwei riesige Menschenhaufen brutal zusammenstoßen und sich so lange zerfleischen, bis der eine auseinander bricht. Und die, deren Reihen geschlossen bleiben, werden erschöpft innehalten und zusehen, wie die Reiter den Fliehenden nachsetzen und ihnen mit ihren krummen mauretanischen Säbeln die Köpfe abschlagen.«
Hirtius wusste keine Antwort. Er nahm seinen Helm ab, pustete den Sand hinunter und wischte sich den Schweiß von der Stirn und mit ihm die zahlreichen Sandkörner, die dort klebten. Als er sich den Helm wieder aufsetzte und den Riemen unter seinem Kinn festzog, fragte Caesar:
»Wie fandest du Ciceros *Cato*?«
Nur mühsam konnte Hirtius seine Verärgerung verheimlichen. Hatte man nicht schon genug Zeit vertrödelt? Doch er antwortete: »Ich habe Ciceros Stil nie bewundert. Er ist mir zu gedrechselt, zu verspielt. Es fehlen ihm die Kälte, Schärfe und Knappheit, die ich an deinem so liebe.«
»Ich bin ausnahmsweise nicht an Schmeicheleien interessiert. Im Übrigen weichst du mir aus, denn du weißt genau, dass es mir um den Inhalt geht. Dass Ciceros Eleganz letztlich zu prunkvoll und selbstgefällig ist, haben wir oft genug besprochen.«
Hirtius seufzte: »Cicero singt das Loblied der alten Republik. Dabei gehört sie längst der Vergangenheit an. Sein Buch gleicht dem Versuch, einem Leichnam Leben einzuhauchen. Rom beherrscht den halben Erdkreis, es kann nicht mehr wie eine kleine Gemeinde regiert werden. Cato wollte das nie verstehen. Wenn die Staatsgewalt nicht in die Hände der großen Feldherrn gelegt wird, drohen Bürgerkrieg und Anarchie. Und der größte Feldherr bist du. Es war letztlich auch Catos Sturheit, die uns dazu zwang, das Blut unserer Landsleute zu vergießen. Cato hielt an seinen Grundsätzen fest, weil er einfach

nie darauf gekommen wäre, die Dinge auch einmal von einem anderen Standpunkt zu sehen. Wer in der Politik handeln will, muss zuallererst begreifen, dass sich die Welt ständig verändert. Wer dauernd nur unsere Vorfahren nachahmt, steuert auf die Katastrophe zu. Die Herrschaft des Senats ist ein für alle Mal vorbei, sie kehrt nicht wieder – und sie war im Grunde bereits vorbei, bevor Cato überhaupt geboren war. Nur Narren und Träumer preisen ihn und mit ihm eine Freiheit, die es schon lange nicht mehr gibt.«

Caesar sprach, als hätte er Hirtius gar nicht zugehört: »Cato besaß nichts als falsche Moral, Sturheit und Missgunst. Er konnte den Erfolg anderer nicht ertragen und bekämpfte alle, die mehr Glück hatten, die besser waren als er. Wer für Rom eine Schlacht gewann, den erklärte er gleich zum Feind des Vaterlandes. Sein Selbstmord war eine lächerliche Inszenierung. Er wollte es mir nicht gönnen, dass ich ihm das Leben schenkte. Er wusste, dass ich es getan hätte. Und alle anderen wussten es auch. Seinen großartigen Selbstmord, den alle als *die* Heldentat unserer Zeit bejubeln, hat Cato geradezu herbeigesehnt. Er hat danach gegiert, sich das Leben zu nehmen, mich so als Tyrannen zu brandmarken und sich selbst unsterblich zu machen.«

»Es ist das Vorrecht der Glücklosen, wenigstens ihre Katastrophen auszukosten.«

»… und dafür noch geliebt und bewundert zu werden.«

»Deine Soldaten lieben und bewundern dich, Caesar.«

»Nur weil ich sie bezahle. Und weil sie hoffen, dass ich sie nach dem Krieg mit Land versorgen werde, sodass sie ihr Leben als fette Bauern beschließen können. Das ist ihr Begriff von Ruhm.«

Plötzlich stieß Caesar seinem Pferd die Hacken in die Seite und sprengte vom Feldherrnhügel hinunter, sein Stab folgte nach einer Schrecksekunde. Während der Diktator auf seinem

weißen Hengst dahinjagte, wehte sein roter Feldherrnmantel im Wind. Eine braune Staubwolke wirbelte ihm nach. Die Soldaten brachen in Jubel aus und schlugen rhythmisch mit Schwertern und Speeren auf ihre Schilde. Als er einmal die ganze Front abgeritten war und das Lärmen der Truppen entgegengenommen hatte, verharrten seine Offiziere erwartungsvoll in der Mitte der Front, denn sie erwarteten die Rede ihres Feldherrn vor der Schlacht. Aber Caesar ritt einfach weiter und kehrte hinter die Reihen seiner Soldaten zurück.
Wie es schien, hatte Caesar an diesem Tag keine Lust auf eine Ansprache. Seine Soldaten würden ohne die anfeuernden Worte ihres Imperators in den Kampf ziehen müssen. Hirtius und den anderen blieb nichts anderes übrig, als ihrem Feldherrn zu folgen.
Caesar zog sein Schwert und wies auf seine Feinde. Hörnerklang und Trompetenstöße gaben das Signal zum Vorrücken. Zwanzigtausend Mann setzten sich in Marsch, den Schild am linken Arm, in der linken Hand den schweren Wurfspieß, und in der rechten den kurzen. Ihre Helme hatten sie mit Tüchern ausgestopft, um sich gegen die glühende Bronze zu schützen. Reihe um Reihe wälzte sich nach vorn. Über den Massen ragten die Feldzeichen der Legionen hervor. Keine besondere taktische Disposition bestimmte ihre Aufstellung. Man würde dem Gegner ganz einfach frontal begegnen. Die feindliche Formation verdichtete sich, als die Truppen des Diktators fast in Wurfweite gekommen waren. Die beiden Heerhaufen unterschieden sich an Kleidung, Waffen und Rüstungen kaum. Viele der gegnerischen Soldaten hatten früher für Caesar gekämpft, waren ihm einst von Pompeius ausgeliehen worden und später in dessen Dienst zurückgekehrt. Nun kämpften sie für seinen Sohn. Sie konnten mit keiner Gnade rechnen und würden sich verbissen verteidigen. Obendrein waren sie in der Überzahl und besser versorgt.

Zum ersten Mal in den dreizehn Jahren, die er mit Caesar auf Feldzügen verbracht hatte, fiel Hirtius kein wirklich überzeugender Grund ein, warum man diese Schlacht gewinnen sollte.
Beide Heere schossen gleichzeitig gewaltige Geschosshagel auf den Gegner ab. Erst kamen die leichten Wurfspieße, dann wenig später die schweren und davor, danach und währenddessen Schleudersteine und Pfeile, die singend durch die Luft schwirrten. Krachend bohrten sich die Spieße durch das Leder und Holz der Schilde, wo sich die eisernen Schafte verbogen, sodass man sie nicht mehr herausziehen und zurückwerfen konnte. Wie Schlangen wanden sich die verbogenen Spieße um sich selbst und zwangen die Soldaten, ihre Schilde fallen zu lassen, weil diese nun schwer und unhandlich geworden waren. Glücklich der, der seinen Schild noch am Arm trug, als nach einem kurzen Laufschritt die beiden Massen aufeinander stießen und die Krieger mit den Kurzschwertern aufeinander einhackten. Die Spieße, Pfeile und Steine ließen beide Heere bluten. Verwundete humpelten und schleppten sich vom Kampf fort. Tote und Schwerverletzte blieben hinter den Formationen zurück, die über sie hinweggezogen waren.
Im Gedränge konnten sich die Soldaten kaum mehr bewegen, das Dickicht der Leiber war undurchdringlich. Wer stolperte, wurde eher von den eigenen Kameraden niedergetrampelt, als dass ihn eine feindliche Klinge durchbohrte. Der Staub machte es den Befehlshabern fast unmöglich, die Schlacht zu überblicken. Doch das Klirren der Waffen und die Schreie der Verwundeten waren so laut, dass jeder Befehl sinnlos geworden war. Nicht einmal Hornsignale hätte man hören können. Die Menschenhaufen verkeilten sich so ineinander, dass es auch nichts mehr zu befehlen gab.
Die Schlacht führte sich von selbst, führte sich von selbst zu Caesars Ungunsten. Denn während die Soldaten grimmig

aufeinander einhieben und über ihre gestürzten oder verletzten Kameraden hinwegkletterten, die sich wie Wälle unter den Kämpfenden auftürmten, begann das Zentrum von Caesars Heer zu weichen. Die Front wurde langsam eingedrückt und schien dem Feind nicht mehr standhalten zu können. Die ersten Soldaten lösten sich aus dem Pulk – mehr aus Erschöpfung, denn aus Einsicht –, zogen sich vom Kampf zurück, betrachteten schwer atmend die zum Zerreißen gespannten Reihen Caesars und entschieden sich zur Flucht. Erst ließen sie den Schild fallen, so sie ihn noch besaßen, und gingen nur langsam fort. Dann aber begannen sie zu laufen und versuchten schließlich rennend, den Zenturionen auszuweichen, die sich ihnen entgegenstellten.

Caesar trieb sein Pferd an, ritt hinter der Front auf und ab, streckte seine Hände nach den fliehenden Truppen aus und brüllte ihnen hinterher, damit sie umkehrten. Doch was er rief, konnte keiner verstehen, zu groß war der Lärm, der um ihn tobte. Seine Gesten wurden verzweifelter, herrischer, hektischer. Sein Gesicht verzerrte sich vor ohnmächtiger Wut. Selbst wenn er einen Soldaten zu fassen bekam, riss dieser sich los, wagte nicht, seinem Feldherrn ins Auge zu sehen. Einen griff Caesar an der Schulter und zwang ihn stehen zu bleiben, doch der Legionär schüttelte ihn nur um so heftiger ab.

Da sprang Caesar vom Pferd, überließ die Fliehenden sich selbst und eilte mit gezogenem Schwert zum Zentrum der Front. Rücksichtslos warf er sich ins Gedränge und kämpfte sich an die vorderste Linie vor. Er hielt nur inne, um einen Schild vom Boden aufzuheben, dann stürmte er weiter. Hirtius zögerte nicht, tat es Caesar nach und versuchte, so gut er konnte, seinem Befehlshaber auf den Fersen zu bleiben. Er konnte Caesar heiser rufen hören: »Kennt ihr denn keine Scham? Wollt ihr euren Feldherrn den Händen von Kindern und Greisen ausliefern?«

Die erschöpften Soldaten in der ersten Reihe wichen ihm aus, ließen ihn durch, selbst der Feind hielt für einen Moment inne, als er erkannte, dass es der Diktator selbst war, der da ganz vorn aufgetaucht war, den halb zerhackten, blutbespritzten Schild eines einfachen Soldaten am Arm.
Caesar drehte sich zu seinen Soldaten um, die wenige Schritte entfernten Gegner nicht beachtend: »Soll dies mein Schicksal sein? Hat mein Glück mir deshalb so viele Siege geschenkt, um mich heute schmachvoll sterben zu sehen, von meinen Soldaten im Stich gelassen? Dann soll dies mein letzter Tag sein, das Ende dieses Feldzugs!«
Erwartungsvoll, mit dem Rücken zum Feind sah er seine Männer an. Doch es rührte sich niemand. Die Waffen in ihren müden Händen, standen sie im weiten Halbkreis um ihren Feldherrn, mit schmutzigen, von Blut und Staub geschwärzten Gesichtern, aus denen sich die Falten der Älteren wie weiße Adern hervorhoben. Die Legionäre blieben regungslos stehen und hörten stumm die Stimme Caesars, die sich nur mühsam gegen den Schlachtenlärm vom linken und rechten Flügel behaupten konnte.
»Flieht nur, ich werde euch nicht folgen. Ich werde mit meinen Wunden in der Brust sterben. Merkt euch aber gut den Ort, wo ihr euren Imperator, euren Führer aus dreißig Schlachten verraten habt!«
Dann kehrte er ihnen endgültig den Rücken und schritt auf den Feind zu, der die Szene bestaunt hatte. Hirtius wollte sich aus der Menge lösen und Caesar folgen, doch seine Beine schienen wie in Blei gegossen.
Da löste sich beim Feind die Spannung. Ein Pfeil, ein Wurfspieß, dann noch einer und noch einer, dann sogar Steine, ja Schwerter kamen geflogen und prasselten auf Caesar nieder, der ihnen nur mühsam seinen Schild entgegenhalten konnte. Auf einmal spürte Hirtius wieder Kraft in seinen Beinen. Er

rannte, er brüllte, er schwang sein Schwert, und um ihn herum rannte und brüllte alles, und schon war Caesar umgeben von wild dreinhauenden Männern, Feinden wie Freunden, zwischen denen er völlig verschwand.
Hirtius wollte sich in das Dickicht aus gepanzerten Leibern pressen, wollte ganz nah an Caesar heran, den er nicht mehr sehen konnte, doch er prallte gegen einen taumelnden Körper. Ein großer, schwerer Mann mit einer klaffenden Wunde, dort, wo einst sein Ohr gewesen war, stürzte sich wimmernd auf Hirtius, klammerte sich an ihm fest, zerrte ihn zu Boden. Sein Blut spritzte Hirtius ins Gesicht. Hirtius war zwischen den Armen des Mannes eingeklemmt, konnte sein Schwert nicht nutzen und den Fremden nicht abschütteln, von dem er nicht einmal wusste, ob er Freund oder Feind war. Das Gewicht des gepanzerten Hünen war zu groß: Hirtius knickten die Knie ein. Dann brach der Fremde über ihm zusammen. Hirtius lag am Boden, fast erdrückt von dem einohrigen Soldaten, der sich nicht mehr bewegte, keinen Laut mehr von sich gab. Hirtius wollte den Körper beiseite rollen, doch hatte er nicht genug Kraft. Er schloss die Augen, um sich für einen zweiten Versuch zu sammeln; als er sie wieder öffnete, starrte er direkt in die Sonne, eine gleißend weiße Scheibe in einem gelblichen Himmel. Erneut schloss Hirtius die Augen, und ein riesiger violetter Punkt drängte sich in sein Gehirn. Er drehte den Kopf und wagte wieder zu blinzeln. Wo eben noch die Schlacht gewogt hatte, war niemand mehr. Die Masse der Kämpfenden begann zu laufen, der Feind musste zurückgewichen sein. Dann hörte Hirtius nur noch das gewaltige Summen in seinen Ohren.

Als er wieder erwachte, lag er in Caesars Zelt auf einer Liege ausgestreckt. Asinius Pollio erzählte ihm, dass König Bogud mit seiner Reiterei das feindliche Lager überfallen hatte, kurz

bevor sich Caesar in die vorderste Linie gedrängt hatte. Da war unter den Pompeianern eine Panik ausgebrochen und sie hatten sich in wilder Flucht aufgelöst.
Und als Asinius Pollio geendet hatte, hörte Hirtius Caesar am anderen Ende des Zeltes seinen Sekretären diktieren: »Schon oft habe ich um einen Sieg, nie zuvor jedoch um mein Leben kämpfen müssen.«

III

Seit dem Morgengrauen drängten sich die Massen auf dem Marsfeld. Der Diktator veranstaltete Spiele, um seinen spanischen Sieg zu feiern. Bei Munda hatte er die Söhne des Pompeius geschlagen. Einer war tot, der andere geflohen, die spanischen Provinzen lagen fest in Caesars Hand. Der Widerstand gegen ihn war gebrochen.
Obwohl es hieß, dass man die größten Tribünen errichtet hatte, die es je zu sehen gegeben hatte, waren viele in aller Frühe gekommen, um sich nur ja einen Sitzplatz zu sichern. Tatsächlich standen drei Arenen nebeneinander, in denen jeweils tausend Gladiatoren kämpfen konnten. Man sagte, dass Caesar sogar plane, einen Circus aus Stein zu bauen, in den fast die ganze Stadt passen würde.
Die riesigen Holzgerüste füllten sich schnell mit Besuchern, die Kissen und Decken mitgebracht hatten, um es sich bequemer zu machen. Überall auf den Treppen hatten sich wohlhabende junge Männer postiert, um in die aufsteigenden Reihen der Bänke zu spähen. Entdeckten sie eine schöne Frau, die ohne Sitzunterlage erschienen war, stürzten sie sich auf sie und streckten ihr ein Kissen entgegen. So konnte sich manche junge Dame kaum retten vor Hilfe, und während sie sich größte

Mühe gab, anmutig zu erröten, geschah es, dass wachsame Mütter oder Tanten den Herren einfach ihre Kissen entrissen und sich selber darauf setzten. Ein erfahrener junger Verehrer hatte allerdings vorgesorgt: Gefolgt von einem numidischen Sklaven, der einen ganzen Stapel bestickter Seidenkissen trug, trat er auf die älteren Verwandten zu, um ihnen unter demütigen Verbeugungen die Sitzunterlage zu überreichen und sich dann erst der Erwählten zuzuwenden, die hingerissen von so viel Aufmerksamkeit gar nicht dazu kam, zu argwöhnen, warum denn der Sklave neun Kissen dabeihatte, obwohl sie doch nur mit zwei Verwandten in den Circus gekommen war.
Zwischen die Zuschauer, die die Treppen auf und ab strömten, mischten sich Händler, die Zuckerwerk, Salziges oder Schläuche mit verdünntem Wein verkauften und Mühe hatten, sich durch die Konkurrenz hindurchzukämpfen, zu der auch etliche Wahrsager gehörten.
Weit weniger geschäftig ging es auf den Tribünen zu, die für den Ritterstand errichtet worden waren, und dort, wo die Senatoren saßen, herrschten wie immer Gemessenheit und Würde.
Auch Brutus und sein Stiefvater Cassius waren erschienen und lehnten sich an die hölzerne Balustrade, von der aus sie in den Sand der Arena hinunterblicken konnten, der noch immer in unschuldig feinem Weiß erstrahlte. Caesar hatte ihn eigens vom Meeresstrand kommen lassen. Der Sand war von solcher Qualität, dass auch Ringer und Pankratiasten würden auftreten können.
Während Brutus und Cassius leicht gelangweilt in die Arena hinabschauten, sahen sie nicht, dass ein etwa sechzigjähriger Mann die Treppen zu ihnen herunterkam. Ihn schmückten nicht nur Bauch und Glatze, sondern auch ein überraschend kurzer Mund mit vollen Lippen und eine Nase, die dem Schnabel einer Eule glich. Ausgeprägte Krähenfüße liefen von

seinen Augenwinkeln fort. Erst als sie sein leichtes Schnaufen hinter sich vernahmen, bemerkten Brutus und Cassius den Neuankömmling und drehten sich zu ihm um. Brutus zeigte echte Freude, während Cassius wenig begeistert seinem Stiefsohn das Gespräch überließ.
»Cicero, vom Lande zurück, wie schön!«
Cicero war vom Auf und Ab der Treppen noch ganz außer Atem: »Ich wollte eigentlich noch eine Woche länger bleiben, zumal mir meine Tochter Gesellschaft leistete, aber die Königin hat mich eingeladen. Sie will mir einige Papyri überreichen. Offenbar hat sie die Reden des Demosthenes in einer besonders gereinigten Form für mich abschreiben lassen.«
Brutus und Cassius wechselten einen Blick, sodass Cicero eine kleine Pause machte und dann fortfuhr: »Ich hoffe, ihr denkt nicht, ich ließe mich bestechen. Ich hasse die Königin mehr als ihr. Ja, ich verachte mich sogar dafür, dass ich mir den allgemeinen Sprachgebrauch angewöhnt habe und nur noch von der ›Königin‹ spreche, als ob sie auch unsere Herrscherin wäre. Doch alle sprechen so, und es ist einfach zu anstrengend, sich dauernd irgendwelche Ersatzformeln auszudenken, wie die ›Herrscherin des Königreichs Ägypten‹ oder ›Königin Kleopatra von Ägypten‹.«
»Du brauchst dich nicht zu entschuldigen«, lächelte Brutus. »Das passiert mir auch. Und auch ich habe schon Papyri von ihr angenommen und werde auch weitere annehmen. Ägypten wird in den nächsten Jahren bestimmt noch einmal erobert, und wenn die Bibliothek von Alexandria wieder in Flammen aufgeht, dann haben wir wenigstens ein paar Schätze in Rom geborgen.«
Cassius warf ein: »Ich muss euch leider enttäuschen, aber diese Ausrede gilt nicht. Als Caesar in Alexandria war, geriet nur ein Lager im Hafen in Brand. Zwar verbrannten dort vierzigtausend Papyri, doch sie waren unbeschrieben. Die

Zerstörung der Bibliothek ist eine Legende, die seine Gegner streuen.«
Brutus und Cicero blickten einander wie ertappt an. War ihre Unterhaltung auch in scherzhaftem Ton geführt worden, so verbarg sie doch eine wirkliche Unsicherheit. Cicero fühlte sich immer verpflichtet, gegen seinen Ruf der Wankelmütigkeit anzukämpfen. Zwar hatte er einst die Verschwörung des Catilina aufgedeckt, aber sich später immer wieder von den großen Feldherrn Caesar und Pompeius einspannen lassen und Kompromisse zwischen denen gesucht, die jeden Zoll der alten Republik verteidigten, und jenen, die sich immer brüsker über die alte Ordnung hinwegsetzten. Die strengsten Verteidiger der Republik hielten ihn daher nicht für verlässlich und ließen ihn das spüren.
Cassius hatte nicht vor, Cicero zu schonen, und stieß nach: »Ich bin überhaupt überrascht, Cicero, dich hier bei den Gladiatorenkämpfen zu sehen. Ich dachte, du verabscheust die Spiele. Was verschafft uns heute die seltene Ehre, dich deinen Ekel vor der Bestialität überwinden zu sehen?«
Seine letzten Worte gingen in plötzlich aufbrausendem Fanfarenklang und Jubel unter, die von außen in das Tribünenrund eindrangen.
Cicero zuckte nur mit den Schultern und antwortete: »Das da.«
Der Lärm kündete davon, dass der Diktator auf dem Marsfeld eingetroffen war. Cassius fragte verächtlich: »Fürchtest du den Unmut des Diktators, wenn er dich nicht bei seinen Spielen sieht?«
Cicero streckte sich empört: »Kennst du mich so schlecht? War ich es nicht, der einst Catilina und seinen Abenteurern Einhalt gebot, der …« Er stockte. Selbst ihm ging seine Lächerlichkeit auf, die mechanische Art, wie er bei der leisesten Kritik sofort auf seine längst vergangenen Taten zurückkam.

Brutus legte ihm begütigend die Hand auf die Schulter und verfiel unwillkürlich in die Formeln, die Cicero meistens selbst gebrauchte, wenn er sich als treuen Anhänger der Republik darstellte: »Schon gut, schon gut. Wir wissen, wie sehr du dich um das Vaterland verdient gemacht hast. Nicht umsonst hat man dir den Ehrentitel eines ›Vaters des Vaterlandes‹ verliehen. Lass dich von Cassius nicht ärgern.«

Cicero sprach ein wenig besänftigt weiter: »Die Ohren des Diktators sind überall, und wenn nicht die seinen, dann die seiner ägyptischen Geliebten. Wer ein wirklich vertrauliches Gespräch führen will, tut es am besten in aller Öffentlichkeit … Wie lange noch werden wir tatenlos zusehen, wie wir Stück für Stück unserer Freiheit beraubt werden? Jeden Tag denkt man sich im Senat neue Ehrungen für ihn aus, überträgt man ihm neue Macht, wirft man sich ihm untertäniger zu Füßen. Er ist jetzt einziger Befehlshaber aller Legionen, alle Feldherrn sind ihm untergeordnet und nicht mehr dem Senat. Nicht die Volksversammlung wählt mehr die Konsuln, er tut es ganz allein. Jetzt soll er auch noch Diktator auf Lebenszeit werden – für immer! Überall stehen seine Statuen, ja, man zeigt bei Prozessionen sein Standbild zusammen mit denen der Götter. Den Titel ›Imperator‹ hat man ihm als erblichen Vornamen verliehen, und sogar der Monat seiner Geburt heißt jetzt nach ihm: Julius statt Quinctilis, wie es seit Menschengedenken üblich war. Sein Haus hat einen Giebel bekommen wie ein Palast, wie ein Tempel. Man verwandelt ihn in einen König, in einen Gott – und wir lassen es geschehen.«

In diesem Moment brach das Publikum in frenetischen Jubel aus. Der Diktator hatte seine Loge betreten, begrüßte alte Freunde und die herandrängenden Senatoren, während er so tat, als bemerkte er das Gebrüll der Volksmassen überhaupt nicht. In seinen roten Schuhen, seiner Purpurtoga und mit seinem goldenen Lorbeerkranz hob er sich deutlich von den

Senatoren ab, deren weiße Togen mit dem Purpurstreifen um ihn herum wogten.

Jetzt war der Moment gekommen, jetzt musste man die Treppen hinaufsteigen und den Diktator begrüßen. Dennoch zögerten Brutus und Cassius. Ciceros Worte waren zu eindeutig gewesen, als dass sie einfach übergangen werden konnten. Zudem versperrte Cicero den Treppenaufgang zu Caesars Loge. Cassius versuchte, Brutus in die Augen zu schauen, dieser vermied jedoch jeden Blickkontakt.

Ärgerlich wandte sich sein Stiefvater von ihm ab. Ein peinliches Schweigen breitete sich in der kleinen Gruppe aus, das in dem allgemeinen Geschrei des Publikums besonders drückend wirkte. Brutus starrte auf seine Sandalen, und Cicero, vom eigenen Mut berauscht, sah erst den einen, dann den anderen seiner Gesprächspartner trotzig herausfordernd an.

Schließlich wurde es Cassius zu bunt. Cicero, der Feigling und Schwätzer, der ständig seine eigenen Reden zitierte, sollte ihn nicht in die Ecke drängen. »Was willst du tun, Cicero?« schrie er, während um ihn herum das Gebrüll der Massen seinen Höhepunkt erreichte.

Caesar würde sich gleich an die Bürger Roms wenden, doch er ließ die Menge noch ein wenig warten, ließ sie ihren Jubel bis zum Äußersten steigern, kostete in majestätischer Ruhe die Huldigung der Massen aus.

»Willst du ihn etwa …«, setzte Cassius, so laut er konnte, an, um gegen das allgemeine Tosen anzukämpfen.

Da erhob der Diktator mit einer fast wegwerfend unauffälligen Geste seine Hand, beinahe, als würde er es sich gleich noch einmal überlegen, als käme es nicht wirklich darauf an. Und doch wurde es mit einem Mal ruhig im Rund der Arena, sodass nur Cassius' heiser-hysterische Stimme zu hören war, als er seinen Satz fast kreischend vollendete: »… ermorden?«

LIBER TERTIVS

I

Fulvia verzog das Gesicht. Ein winziger Kiesel hatte sich in ihrer rechten Sandale verfangen und drückte. Gern wäre sie das Steinchen losgeworden, doch dies hätte das kunstvolle Flechtwerk zerstört, mit dem ihre Sklavinnen in fast zweistündiger Arbeit ihren Fuß umwickelt hatten. Hunderte von hauchdünnen silbernen Fäden – jeder einzelne so teuer, dass man davon einen Sklaven für ein Jahr ernähren konnte – schmiegten sich in immer neuen Verschlingungen bis über den Knöchel hinauf. Kein einziger Faden konnte aus diesem lückenlos schimmernden Netz entfernt werden, ohne dass nicht sofort auch alle anderen in Unordnung geraten wären.
Für einen Moment hatte Fulvia ernsthaft überlegt, ob sie die Barke nicht umkehren lassen sollte, das aber hätte mindestens eine Stunde Verspätung bedeutet. Und bei diesem Bankett hieß es pünktlich sein. Es war eine intime Veranstaltung mit nicht mehr als fünfzig Gästen, die absolute Spitze der römischen Gesellschaft und die wichtigsten Persönlichkeiten des ägyptischen Hofes. Natürlich hätte sie nach anderen Sandalen schicken können, aber dies hätte ihrem Kleid den besonderen Pfiff geraubt. Denn das silberne Netz, das sich ihre Füße hinaufwand, wurde in dem raffinierten Spiel ebensolcher silbernen Fäden wieder aufgegriffen, mit denen auch ihr lichtblaues Gewand durchwirkt war, das zum Saum hin immer mehr zu Silber wurde.
Ärgerlich ließ sie sich in die Kissen zurückfallen, nur um sofort aufzuschrecken, denn schließlich waren die silbernen Fäden ihres Kleides für jeden Druck anfällig, und so durfte Fulvia sich nirgends anlehnen oder heftig bewegen, sondern musste

möglichst still und aufrecht sitzen. Sie machte den Rücken nun ganz steif und gerade, doch sofort zogen leichte Schmerzen bis hinauf in den Nacken, und sie musste sich wieder vorbeugen.
Antonius, der neben ihr auf den Kissen lümmelte, schaute durch die offenen Vorhänge aus der Kabine hinaus und betrachtete gelangweilt die Villen all jener Römer, die trotz ihres Reichtums und ihrer Bedeutung leider nicht zu diesem Fest eingeladen waren. Er seufzte selbstzufrieden, ließ sich zurücksinken und seine Hand auf Fulvias Knie fallen.
Seine nicht untypische, plumpvertrauliche Geste kam Fulvia etwas zu heftig vor, auch fürchtete sie zusätzliche Druckstellen auf ihrem Kleid, doch ließ sie sich nichts anmerken und entfernte die allzu besitzergreifende Hand nicht. Stattdessen verfolgte sie bewundernd die Adern, Sehnen und Haare, die sich auf dem wohl kräftigsten Unterarm der römischen Nobilität ineinander verschlangen. Obwohl sie ihren dritten Mann nicht vornehmlich aus Liebe geheiratet hatte, stellte sie immer wieder überrascht fest, wie begehrenswert sie ihren Gatten fand, wie stolz sie auf seinen athletischen, fast groben Körper war, wie sie den Sklavinnen, hin und wieder auch den Lustknaben und vor allem natürlich seinen Geliebten das Recht neidete, diese Kraft zu berühren. Und doch machten seine Muskeln sie auch unruhig.
Fulvia wünschte sich mitunter, Antonius würde seine Rolle als Kraftkerl nicht so deutlich herausstreichen, so wie er jetzt breitbeinig zwei Drittel der Liege beanspruchte und alle paar Minuten den Kopf hob, um wie zufällig die Muskeln seiner Oberschenkel anzuspannen. Diese Vulgarität schadete ihrem Mann, hinderte ihn daran, die politische Rolle einzunehmen, die Fulvia für ihn anstrebte, nämlich jene des designierten Nachfolgers des Diktators. Antonius wurde gefürchtet, seiner Grobheit, seiner Brutalität und seiner militärischen Fähigkeiten wegen – und doch nicht ganz ernst genommen.

Das war ungünstig. Schlimmer, so schien Fulvia, war jedoch die Möglichkeit, dass er ihre Kultiviertheit nicht ernst nahm. Schlimmer war die Demütigung, die sie hinter seinem Kraftspektakel witterte. Es war die Rache dafür, dass sich seine Erfolge in den letzten Monaten eben nicht nur seiner Tatkraft, seiner Rücksichtslosigkeit und seinem soldatischen Geschick verdankten, sondern auch ihren Beziehungen, ihrem glanzvollen Auftreten, ihrem Gespür dafür, wer wichtig war und wer nicht.

Die Dämmerung brach herein, und in den Gärten am Ufer wurden Fackeln angezündet, die mit Duftstoffen bestrichen waren. Ihr Wohlgeruch wurde mit dem leisesten Windhauch über das Wasser geweht. Fulvia betrachtete noch immer den Körper ihres Mannes. Seine Tunika war sehr knapp geschnitten, seine Toga wie immer mehr als lose geschlungen. Er wirkte ein wenig wie einer jener populären Meistergladiatoren, die es geschafft hatten, sich in der Arena Ruhm und Ansehen zu erkämpfen, die sich die Liebe des Publikums erfochten hatten und wie durch ein Wunder weder verstümmelt noch getötet worden waren; die durch Gewinne und Geschenke reich geworden waren, deren sich eine römische Dame von Vermögen, aber ohne Ruf angenommen hatte, die jetzt eine eigene Gladiatorenschule besaßen, über Adoption das römische Bürgerrecht erhalten hatten und mit Stolz auf den weniger erlesenen Festen der römischen Gesellschaft ihre goldbestickten Togen zur Schau stellten, um zu zeigen, wie weit sie, ehemalige Sklaven und zum Tode Verurteilte, es gebracht hatten. Forderte Antonius diesen Vergleich absichtlich heraus? Stammte er doch aus einem der ältesten Geschlechter Roms. Wollte er vielleicht sagen: »Wer einen Namen hat, wie ich, der kann sich alles leisten«? Oder wollte er ausdrücken, dass in einer Zeit beständiger Bürgerkriege sich das Leben eines Staatsmannes von dem in der Arena kaum unterschied? Oder, dieser Gedan-

ke machte Fulvia am meisten Angst, begriff er etwa gar nicht, was er da tat?
Antonius wandte seinen Blick von den vorüberziehenden Häusern und Gärten ab und traf auf den seiner Frau, den er mit einem selbstbewussten Lächeln quittierte, um dann die Augen zu schließen und die Düfte auf dem Wasser tief einzuatmen. Fulvia wusste, dass er diese ausgeprägte Gelassenheit für sie inszenierte, denn er spürte ihre Unruhe.
Feste bei der ägyptischen Königin waren Höhepunkte des gesellschaftlichen Lebens, aber nicht ohne Gefahren. Nirgends wurde heftiger um Ruf und Ansehen gekämpft. Seit Kleopatra in Rom weilte, schienen alle Römer sie zur Richterin über Rang und Status erkoren zu haben. Wen die Herrscherin einlud, der gehörte dazu, wer bei den kleineren Veranstaltungen dabei sein durfte, der konnte sich zum inneren Zirkel zählen, wer bei den philosophischen Diskussionen mit Philostratos erwünscht war, dem sagte man gar eine große Zukunft voraus. Dass es dabei nicht vornehmlich oder jedenfalls nicht ausschließlich um Philosophie ging, war klar, denn sonst hätte man schließlich ihren Gemahl nicht regelmäßig eingeladen, der Caesar, Cicero und Brutus geistig nicht das Wasser reichen konnte. Aber gerade das weckte Fulvias Argwohn. Wie, wenn Antonius nur eingeladen wurde, um ihn lächerlich zu machen, um seine intellektuellen Unzulänglichkeiten zur Schau zu stellen? Denn darin war Ägyptens Königin eine Meisterin, lächelnd und scheinbar wohl wollend jemanden subtil dem Spott preiszugeben, oft, ohne dass es das Opfer selbst merkte.
Bisher jedoch waren Fulvias Befürchtungen grundlos geblieben. Die Königin bemühte sich, soweit man es erkennen konnte, ganz ernsthaft um Antonius und schaffte es, ihn in den philosophischen Debatten besser dastehen zu lassen, als man es hätte erwarten können. Denn obwohl Antonius die philosophische Bildung fehlte und er die griechische Literatur

nur allzu oberflächlich kannte, besaß er doch eine natürliche Beredsamkeit und war nicht ohne Scharfsinn, den seine Feinde Bauernschläue nannten. Nein, dumm war ihr Mann nicht, nur hatte er eben kein Interesse an den Spielereien, mit denen die bedeutenderen Römer sich neben Krieg und Politik sonst noch die Zeit vertrieben.

Antonius selbst hatte die Einladungen zu diesen Gesprächsrunden ursprünglich ausschlagen wollen, aber Fulvia hatte ihn beschworen, auf jeden Fall hinzugehen, und eigenartigerweise hatte es sogar einen Wink von Caesar gegeben, dass er die Gegenwart des Antonius bei den philosophischen Runden schätzte. Dies hatte Fulvia ein wenig beruhigt: Wollte Caesar Antonius vielleicht auf die Rolle seines Nachfolgers vorbereiten? Dienten die geistvollen Gespräche möglicherweise als Schule für künftige Diktatoren? Oder war es vielleicht nur, wie sie manchmal vermutete, dass Caesar die körperliche Gegenwart ihres Mannes schätzte? Schließlich machten sich Caesars Soldaten sogar auf den Triumphzügen ihres Feldherrn darüber lustig, dass er sich im Felde bei Bedarf auch einen wohlgestalteten Legionär für sein Nachtlager holte.

Mit einem kleinen Ruck stieß das Boot an die Kaimauer. Antonius sprang auf und reichte seiner Gattin die Hand.

Im Park vor Kleopatras Villa war eine Zeltstadt errichtet worden, ein Palast aus feinstem Leinen, der von innen so hell erleuchtet war, dass sich auf den fast durchsichtigen Stoffwänden die Silhouetten der Gäste abzeichneten. Ein Spalier aus Sklaven mit Duftfackeln führte zum Eingang, wo jedem Neuankömmling zur Begrüßung ein Becher Wein gereicht wurde. Gespannt betrat Fulvia das Zelt. Antonius ging dicht hinter ihr, wurde aber von Aulus Hirtius angesprochen und blieb vor dem Eingang zurück. Antonius bedeutete ihr mit einem Blick, schon voranzugehen. Einen Moment zögerte Fulvia, doch dann siegte ihre Neugier.

Wo sie einen Hof oder eine Halle aus Zeltbahnen erwartet hatte, öffneten sich drei aus Stoffwänden gefügte Gänge, die nach links, nach rechts und geradeaus führten. Unschlüssig traten die Neuangekommenen erst hierhin, dann dorthin, um sich endlich je nach Neigung für einen zu entscheiden.
Auch Fulvia wusste zuerst nicht, welchen sie wählen sollte. Als sie aber aus dem Augenwinkel heraus Servilia ins Zelt schreiten und auf den rechten zusteuern sah, ging sie rasch in den linken Gang und kam nach wenigen Schritten an eine Biegung, auf die eine Gabelung folgte. Ohne viel zu überlegen, wählte sie noch einmal den linken Gang und kam bald wieder an eine Biegung. Die überraschenden Richtungsänderungen weckten ihre Abenteuerlust. Neugierig bog sie um die Ecke. Erst jetzt sah sie sich um. Es war dunkler geworden: Dämmriges Licht drang durch das hauchzarte Leinen, doch welcher Art die Lichtquellen waren, ließ sich nicht erkennen. Dort, wo das Leuchten herkam, waren die Stoffbahnen mit ägyptischen Hieroglyphen in Türkis, Orange und Ocker bemalt, die von schwarzen Kartuschen umrandet waren. Manchmal waren es auch kleine kultische Bilder von merkwürdigen Gottheiten, deren Oberkörper von vorn, deren Beine, Füße und Köpfe aber seitlich abgebildet waren. Steif und leblos blickten Katzen, schakal- und falkenköpfige Männer an den Betrachtern vorbei. Ihre braunen Schultern waren breit und ihre weiß umwickelten Hüften schmal, dabei aber so eckig und übertrieben, dass sich kein Eindruck von Schönheit einstellte. Der genauere Sinn dieser Darstellungen blieb Fulvia unverständlich. Von fern hörte sie Geräusche, schwaches Stimmengewirr, doch die Zeltwände schluckten den Lärm. Eindeutiges konnte Fulvia nicht ausmachen. Sie ging einfach weiter, nahm hin und wieder eine Abzweigung und warf nur noch kurze Blicke auf die Götterdarstellungen.
Plötzlich spürte Fulvia, dass sie allein war – allein in einem

Labyrinth. Kein anderer Gast hatte sich in diesen Teil des Irrgangs verlaufen. Sie schritt den Gang entlang, der sich schon viele Meter nicht mehr gegabelt hatte, folgte mit den Augen der Struktur des Stoffes und betrachtete wieder mit größerer Aufmerksamkeit die kleinen Bilder an der Wand, die in immer unregelmäßigeren Abständen auftauchten, so, wie auch das Licht in immer unregelmäßigeren Abständen durch die Wände schimmerte und zudem immer schwächer wurde. Störte es sie, allein zu sein? Für einen Moment war sie geradezu erleichtert. Es gab also noch eine kleine Pause, bevor sie sich den Risiken und Anstrengungen der königlichen Abendgesellschaft stellen musste. Und immerhin, ein Labyrinth vor einem königlichen Gasthmahl, das war doch wirklich ein Einfall. Fulvia versuchte zu überschlagen, was dies die Herrscherin wohl gekostet hatte, gab jedoch auf. Es war schier unmöglich, die Ausmaße des gewaltigen Irrgangs zu ermessen.
Fulvia nahm einen tiefen Schluck aus ihrem goldenen Becher. Der Wein schmeckte harzig. Aber er entspannte sie nicht. Vielleicht hätte sie doch etwas essen sollen, bevor sie aufgebrochen war? Mit leerem Magen auf ein Fest zu gehen war unklug, wie Miltiades, ihr griechischer Leibarzt, ihr immer wieder eingeschärft hatte. Und dieser Wein war dazu schwer und nicht mit Wasser vermischt, stellte sie fest, während sie den Becher ein letztes Mal an die Lippen führte. Dann war er leer. Fulvia ging ein paar Schritte, dann ertappte sie sich dabei, wie sie das Gefäß von einer Hand in die andere gab, weil ihr Schweiß den Becher klebrig werden ließ. Unwillig warf sie ihn zu Boden. Dann schaute sie sich um. Aber noch immer war sie allein. Sie erschrak ein wenig über ihre kindische Heftigkeit. Dass sie sich so wenig in der Gewalt hatte, verhieß nichts Gutes für den weiteren Abend.
Fulvia beugte sich vor, um den Becher wieder aufzuheben. Dabei fiel ihr auf, warum der Fußboden so weich war und den

Schall so sehr schluckte: Es war feiner Sand. Weißer Staub klebte an den goldenen Becherwänden, wo Fulvias Hände ihren Schweiß hinterlassen hatten. Zu gern hätte sie das Gefäß am Saum ihres Kleides abgewischt und vom Zeugnis ihrer Unruhe befreit, doch sie beherrschte sich. Die Flecken hätten den Stoff verdorben. Fulvia richtete sich auf. Ein sanfter Duft wehte vorbei, kaum merklich. Sie roch an ihrer flachen Hand: Rosenwasser. Der Sand war parfümiert.

Ein Schatten schreckte sie auf. Jemand befand sich in diesem Gang. Im Dämmerlicht erkannte sie ihn erst auf den zweiten Blick: Caesar. Er war plötzlich aus der Gegenrichtung um die Ecke gebogen. Er schien zu lächeln. Seine Augen konnte sie im Halbdunkel kaum erkennen. Es dauerte einen Moment, bis sie sich gefangen hatte.

»Du hältst mich wohl für den Minotaurus?« fragte er spöttisch. »Habe ich solch einen Stiernacken?«

»O nein, Caesar, im Gegenteil. Dein Hals ist schon fast zu zart für einen Mann.«

Caesar nickte nur stumm, winkte und ging vorbei. Gern hätte Fulvia sich ihm angeschlossen, denn die unerwartete Begegnung war ihr in die Knochen gefahren, und die Einsamkeit des Labyrinths bedrückte sie. Wem würde sie wohl noch begegnen? Aber sie war zu stolz.

Hatte Caesar ihre Antwort als Stichelei oder als Lob aufgenommen? Überhaupt hätte sie klüger antworten sollen. Caesar hatte auf die Sage von Theseus angespielt, sie hätte etwas erwidern müssen, wie: ›Du bist kein Minotaurus, sondern ein Theseus.‹ Oder vielleicht: ›Lass mich deine Ariadne sein, die dich aus diesem Labyrinth hinausführt.‹ Aber wenn es darauf ankam, fielen ihr gegenüber dem Diktator selbst solch mäßig geistreiche Bemerkungen nie ein. Dabei musste man bei Caesar auf derlei gefasst sein. Jede Begegnung war eine Probe. Und meistens ging es um ihn selbst. Immer wieder fragte er verschlüsselt danach, was man von ihm hielt. Er nötigte seine Gesprächspartner, sich zu offenbaren, plump zu schmeicheln oder brillant zu parieren. Fulvia war jedes Mal gescheitert, fand sie. Wie wohl Calpurnia damit zurechtkam? Oder verschonte er sie mit seinen Prüfungen?

Sie zwang sich weiterzugehen. Es wurde dunkler, so dunkel, dass sie fast nichts mehr erkennen konnte. Dafür aber schienen die Wände des Labyrinths näher zu kommen, so nahe, dass Fulvia sich vorantasten konnte, indem sie ihre Arme seitwärts streckte. Wenn sie jetzt jemandem begegnete, würde sie ihn nicht sehen und mit ihm zusammenstoßen. Auch die Wände hatten sich verändert, wo zartes Leinen gewesen war, hing jetzt schweres Gewebe, das Schall und Licht schluckte und das sich Fulvia nicht anders als schwarz denken konnte. Schon lange hatte sie nichts mehr gehört. Selbst ihre eigenen Schritte nicht, denn der Sand ließ jeden Aufprall versinken. Die Luft war still. Zwischen die leinenen Bahnen war mitunter noch ein Windhauch gedrungen. Nun aber gab es nichts, was noch irgendwie eine Richtung hätte anzeigen können, nichts außer den Wänden, die sich kaum merklich verengten. Fulvia blieb stehen und ließ die Arme sinken. Schweiß stand ihr auf Stirn, Nasenflügeln und Handflächen. Ihr Mund war trocken, die Zunge geschwollen, als wollte sie den Mundraum völlig ausfüllen. Fulvia keuchte. Ihr Herz klopfte so stark, dass sie glaubte, dass man es von außen hören konnte. Aber es war ja niemand da. Die Stille war vollkommen. Während sie die Hände unablässig öffnete und wieder zu Fäusten ballte, versuchte sie, sich zu beruhigen. Wovor hatte sie Angst? Ihr konnte doch nichts passieren. Sie befand sich auf einer Abendgesellschaft der Königin von Ägypten. Dies war ein kunstvolles Labyrinth, das die Gäste zerstreuen sollte. Hier drohten keine Gefahren. Der Frau des Marcus Antonius konnte, ja durfte nichts zustoßen.

Fulvia schloss die Augen und presste die Hand gegen ihr Herz. Sie versuchte, langsamer und regelmäßiger zu atmen. Ein Irrgang war harmlos, ein großes, teures Spielzeug. Hier lauerte kein Minotaurus. Die Ägypter hatten schließlich jahrtausendealte Erfahrung mit Labyrinthen. Es war nur natürlich, dass die Königin auf die Traditionen ihrer Heimat anspielte. Wo kamen in Ägypten nur Labyrinthe vor? Krampfhaft versuchte Fulvia, sich zu erinnern. Je mehr Wissen über Labyrinthe sie hervorkramte, desto mehr glaubte sie sich der Gefahrlosigkeit dieses Ortes versichern zu können. Doch da fiel ihr ein, wo die Ägypter Labyrinthe untergebracht hatten. In Pyramiden und anderen Königsgräbern, hieß es, wären Grabräuber durch endlos verschlungene Gänge in die Irre geführt worden, hätten den Weg nicht mehr gefunden und wären schließlich jämmerlich verhungert. Fulvia lachte bitter. Wie geschmacklos diese Inszenierung war und doch wie wirksam. Aber sie würde sich nicht beeindrucken lassen. Nicht einmal Kleopatra sollte ihr so zusetzten dürfen.
Fulvia streckte die Arme aus und machte einen kräftigen Schritt nach vorn. Da hörte sie ein sanftes Pfeifen, fast ein Säuseln. Sie versuchte, sich nur auf das Geräusch zu konzentrieren. Es schien aus der Wand zu kommen. Sie blieb stehen und legte das Ohr an den Stoff. Zuerst glaubte sie, sich zu irren, denn sie hörte nichts mehr. Dann aber schwoll das Murmeln wieder an. Es klang nach einer Stimme, die in einer fremden Sprache Beschwörungen und Zaubersprüche flüsterte. Einige Sekunden lauschte Fulvia, ohne zu begreifen. Dann konnte sie es nicht mehr ertragen und rannte los, blind dem Gang folgend. Aber nach wenigen Metern stieß sie gegen ein Hindernis: die Stoffwand, weich und dennoch undurchdringlich. Fulvias Hände krallten sich in den dicken Stoff, sie keuchte und lehnte sich gegen das schwarze Material, das sich unter ihrem Gewicht ausbeulte, aber nicht nachgab. Sie vergrub ihr

Gesicht darin und zwang sich mit aller Kraft, nicht zu weinen. Man würde die geröteten Augen sehen können.
Lange verharrte sie so, bis ein warmer Lufthauch ihre Wange streifte. Sie öffnete die Lider. In der Ferne sah sie einen sanften Schimmer. Endlich Licht. Stolpernd eilte sie darauf zu und hatte es fast erreicht, da konnte sie auch Stimmen, Musik und Düfte unterscheiden. Ihre Sinne, die im Labyrinth überscharf geworden waren, schmerzten von den neuen Reizen. Sie ging ein wenig gemessener. Gierig sog sie den Klang ein, strich sich vorsichtig über ihr Kleid und trat um die Ecke, hinter der der Schimmer hervorkam. Es schloss sich sofort eine zweite Biegung an und dann war Fulvia so geblendet, dass sie die Augen zukneifen musste. Sie blinzelte in eine gleißende Helligkeit hinein.
Fulvia stand in einem gewaltigen Zelt aus duftigen, fast durchsichtigen Bahnen, die sich in den Zweigen eines künstlichen Baumes verfingen: eine riesige Zeder aus dem Libanon, Stamm und Zweige aus Silber, die Nadeln aber aus Gold. An unsichtbaren Fäden hingen Hunderte von Nachtigallen aus Silber, Türkisen und Amethysten. Wann immer ein Windstoß in die Baumkrone drang, schwankten die künstlichen Vögel hin und her, und die winzigen Schellen klirrten leise, die in ihren Schnäbeln versteckt waren. Fulvia war so gebannt, dass sie gar nicht bemerkte, dass alle Gäste sie anblickten. Sie war die Letzte, oder beinahe die Letzte, die aus dem Labyrinth hervorgekommen war.
Kleopatra thronte dicht unter dem Baum. Sie war umgeben von Liegen, auf denen sich bereits Antonius, Brutus und seine Frau Porcia, seine Mutter Servilia, dann Cicero, Calpurnia, Aulus Hirtius, Asinius Pollio sowie Philostratos ausgestreckt hatten. Zwei Liegen waren noch frei. Eine davon, der Ehrenplatz gleich rechts neben der Königin, wurde von einem purpurnen Baldachin mit goldenen Fransen geschmückt und war

dem Diktator vorbehalten. Gleich auf der anderen Seite Kleopatras lag Antonius, neben dem sich Calpurnia ausgestreckt hatte. Der Boden des Zeltsaales war wie im Labyrinth mit feinem, weißen Sand bedeckt.
Fulvia errötete ein wenig, als sie sich als Objekt der allgemeinen Aufmerksamkeit erkannte. Wenigstens konnte jetzt niemand mehr merken, wie blass vor Schrecken sie eben noch gewesen war.
Kleopatra winkte Fulvia heran, ging ihr einige Schritte entgegen und legte ihr herzlich den Arm um die Schulter, während sie sie zu der unbesetzten Liege zur Linken Calpurnias führte: »Willkommen, Fulvia. Wie ich sehe, bist auch du wohlbehalten aus meinem kleinen Spiel hervorgegangen. Ich hoffe, es hat dir nichts ausgemacht.«
Fulvia antwortete: »Im Gegenteil, ich habe es sehr genossen. Das war eine ausgefallene Idee.«
Erleichtert stellte sie fest, dass der Schweiß, der ihr vor wenigen Minuten auf Stirn und Nase gestanden hatte, inzwischen getrocknet war.

Fulvia sah sich um. Es standen etwa fünfzig Liegen im Saal. Sie waren in drei Gruppen um eine große Freifläche angeordnet, wo wohl Akrobaten, Musiker oder Athleten auftreten würden. Im Moment aber waren die Gäste noch sich selbst überlassen. Calpurnia unterhielt sich mit Antonius, Kleopatra hatte sich zu Cicero hinübergebeugt, und auch alle anderen waren in Gespräche vertieft. Trotz der überwältigenden Pracht sollte es offensichtlich ein zwangloser Abend sein. Kleopatra trug wie immer ein sehr einfaches griechisches Kleid, schlichten goldenen Schmuck und kaum Schminke, die man ihr hätte anmerken können. Denn dass die Königin Ägyptens gänzlich ungeschminkt vor die Öffentlichkeit trat, konnte sich Fulvia nicht vorstellen.

Die Monarchin hatte das schwarze Haar zu einem schlichten Knoten zurückgebunden; ihr Gesicht schien nur aus ihren großen, durchdringenden Augen und ihrer gebogenen, vielleicht einen Hauch zu großen und fleischigen Nase zu bestehen. Immer wieder glitt ihr freundlicher Blick über ihre Gäste, so als ob sie sie auffordern würde, sich nur ja zu vergnügen.
Aber die Gesellschaft war unruhig. Ohne dass man es genau hätte festmachen können, schien die Atmosphäre erwartungsvoll gespannt. Fulvia verstand jetzt, warum. Der wichtigste Gast des Abends, Caesar, war noch nicht aus dem Labyrinth hervorgekommen. Und ohne das Haupt der römischen Republik durfte das Bankett nicht beginnen.
Am wenigsten konnte Aulus Hirtius seine Anspannung verbergen. Die tiefen Falten, die von seinen Nasenflügeln zu den Mundwinkeln führten, schienen sich in Furchen, ja Abgründe zu verwandeln, während er immer wieder versuchte, den Blick Calpurnias zu erhaschen, die jedoch nichts zu bemerken schien und weiter zwanglos mit Antonius plauderte.
Wie eigenartig. Nie hätte Fulvia gedacht, dass Antonius irgendetwas interessant finden könnte, was Calpurnia zu sagen hatte. Sie war doch reichlich humorlos und sprach nie über Politik. Und Pferde, Krieg, Gladiatorenkämpfe, Athleten und die besten Methoden zur Ausbeutung asiatischer Provinzen gehörten sicherlich auch nicht zu ihren Lieblingsthemen. Aber natürlich war sie die Ehefrau des Diktators und selbst hier, auf dem Fest der königlichen Geliebten ihres Ehemannes, gebührte der Gattin Caesars Respekt. Und den entbot ihr Antonius, ebenso selbstverständlich. Seine provokante Grobheit war eine bewusste Herausforderung. Wenn es darauf ankam, wusste er sich zu beherrschen und zu tun, was die Situation erforderte – sofern er es wollte, jedenfalls. War es nötig, dann konnte er eben auch einer Calpurnia schmeicheln.

Nicht alle Gäste reagierten auf die Abwesenheit des Diktators so nervös wie Aulus Hirtius, der seine Erregung kaum noch unterdrücken konnte und mit den Nägeln seiner Zeigefinger die Haut rund um seine Daumennägel abschabte. Was fürchtete er wohl mehr: dass sich der Diktator tatsächlich verlaufen haben könnte und sich vor der römischen Gesellschaft lächerlich machte, dass man einen Anschlag auf ihn verübt hatte – oder dass er einen Anfall seiner geheimnisvollen Krankheit gehabt hatte und im Labyrinth an seiner eigenen Zunge erstickt war? Zu gern hätte Fulvia einmal einen solchen Anfall erlebt, doch bisher war es noch nie in der Öffentlichkeit dazu gekommen. Der Volksmund behauptete, dass diese Anfälle ein Zeichen göttlicher Begünstigung seien. Fulvia hielt dies für lächerlich.

Die Spannung, die Caesars Abwesenheit auslöste, hatte inzwischen die ganze Gesellschaft erfasst. Kaum jemand machte noch Scherze, kaum jemand vermochte sich auf ein Gespräch zu konzentrieren. Aller Augen streiften ständig über die Ausgänge des Labyrinths, doch dort zeigte sich nichts.

Unvermittelt breitete sich künstliche Heiterkeit aus. Alle taten angestrengt so, als fiele ihnen das Problem nicht auf. Die Stimmen wurden lauter und gehetzter, die Gesprächspausen auffälliger, das Bemühen, sie zu beenden, verkrampfter. Die Wartenden fielen sich gegenseitig ins Wort und gingen immer weniger auf das Gesagte ein, Bemerkungen wurden abgehackter und immer öfter wiederholt, und dabei rollte man wild mit den Augen und nickte heftig.

Cicero fand die Situation durchaus komisch. Er spitzte seine kurzen, vollen Lippen und hätte gern einen Witz gemacht, der das allgemeine Überspielen der Lage enttarnte, das Lächerliche bloßlegte. Aber das wagte er nicht. Übertrieben aufmerksam lauschte er den Ausführungen Kleopatras über die beklagenswerte Tatsache, dass der maßlose Erfolg der *Ilias* alle

anderen alten Trojaepen verdrängt und der Vergessenheit überantwortet hätte und man daher über die griechische Literatur jener frühen Zeit nun allzu wenig wüsste. Betont patriotisch entgegnete er, dass es vielleicht an der Zeit sei, diesem Mangel durch ein lateinisches Epos über die Irrfahrten des Aeneas und seine Eroberungen in Latium abzuhelfen.
Kleopatra erwiderte nur: »Die Geschichte von Aeneas ist sicherlich nicht uninteressant, aber findest du nicht, dass sie der *Odyssee* ein bisschen zu ähnlich ist? Es wäre gewiss besser, wenn die Römer sich für ihr Epos auch wirklich einen eigenen Stoff aussuchten, anstatt einfach einen griechischen oberflächlich nachzuahmen.«
Schließlich war es Cicero nicht mehr möglich, sich zu zügeln, und er wechselte fast ungehörig das Thema: »Die ganze Gesellschaft ist in drei Teile geteilt, deren einer sich direkt unter dem Baum, deren anderer sich links von ihm und deren dritter sich rechts von ihm befindet. Aber derjenige, dem wir normalerweise solche Einteilungen verdanken, scheint uns heute Abend im Stich zu lassen.«
Aulus Hirtius fuhr zornig auf, besonders, weil sich Cicero mit seiner Formulierung über Caesars schriftstellerisches Werk lustig machte, indem er den Anfang des Buches über den Gallischen Krieg parodierte. Aber noch bevor sich seine Wut Luft machen konnte, erklang die Stimme des Diktators von oben: »Fragst du dich, wie lange ich noch eure Geduld missbrauchen werde, Cicero? Nun, hier ist die Antwort darauf.«
Und während alle verwundert in den Baum hinaufschauten, ließ sich Caesar von einem dicken Ast herabfallen. Beim Aufprall ächzte er ein wenig und wirbelte den feuchten Sand auf. Die Gäste lachten und klatschten, weil Caesars Auftritt sie tatsächlich völlig überraschte, aber auch, weil er Ciceros schwerfällige Anspielung mit einem Zitat aus dessen catilinarischen Reden brillant parodiert hatte.

Fulvia grinste schadenfroh. Cicero war ja immer so stolz auf seinen geistreichen Humor und musste sich ständig so aufplustern. Niemand verstand es so gut wie Caesar, ihn zusammenzustutzen. Solange es Männer wie Caesar gab, würde ein Cicero keine Rolle mehr spielen. Es kam nicht auf die schönen Reden an, die Legionen waren es, die zählten.

Jetzt, da der Diktator sich neben der Königin niedergelassen hatte, konnte das Bankett beginnen, die Musik wurde lauter und die Sklaven trugen die ersten Speisen herein. Es erstaunte Fulvia, wie hungrig sie war. Die Angst im Labyrinth hatte offenbar Kraft gekostet. Gierig aß sie von den ägyptischen Spezialitäten, Krokodil- und Nilpferdfleisch zum Beispiel, welche mit raffinierten Soßen gereicht wurden, auch deshalb, weil das exotische Fleisch eigentlich nicht besonders schmackhaft war. Aber es handelte sich um seltene und teure Gerichte, solche, die der Repräsentation einer Herrscherin am ehesten dienten.
Caesar aß wie immer, als sei er nicht wirklich hungrig, und schaffte es, seine Finger kaum in die Soße zu tunken und selbst die fettigsten Bissen so zu greifen, dass ihm nichts über den Handrücken lief oder auf die Toga tropfte. Obwohl Kleopatra und er Cicero immer wieder einluden, sich an ihrem Gespräch zu beteiligen, war ihr Umgang miteinander so eingespielt und vertraut, dass sich alle anderen wie Außenseiter vorkamen. Langsam verstummten die Einzelgespräche, und die Gäste wurden Teilnehmer oder auch nur Zeugen einer Unterhaltung, in der Kleopatra und Caesar entschieden den Ton angaben.
Wie jung Kleopatra wirkte, wenn man genau hinschaute, dachte Fulvia. Man vergaß immer wieder, dass sie in ihren frühen Zwanzigern war. Die königliche Würde machte sie fast alterslos. Sie, Fulvia, galt als eine der schönsten Frauen Roms,

aber ihr fehlte die Sicherheit der Königin. Ob der Bruder der Monarchin, König Ptolemaios XIV., ihr offizieller Gemahl und Mitkönig, ebenso selbstbewusst und selbstverständlich seine Rolle ausfüllte? Man bekam ihn ja fast nie zu sehen. Er war noch ein Jüngling und praktisch der Gefangene seiner Schwester. Und er war klüger als sein älterer Bruder und Vorgänger, König Ptolemaios XIII., der sein Zerwürfnis mit Kleopatra mit dem Leben bezahlt hatte. Oder war es damals der XIV. gewesen und jetzt der XV.? Diese Zahlen konnte sich Fulvia nie merken.
Caesar wirkte viel älter als Kleopatra – er war es ja auch. Er musste ungefähr fünfundfünfzig sein, hätte aber gut fünfundsechzig sein können, manchmal zumindest, dachte Fulvia. Aus der Nähe sah man die faltige Haut seines Halses, die Altersflecken auf den Händen und die vielen kleinen Fältchen um die Augen. Caesars Auftreten wirkte immer jugendlich, und auch jetzt drückte sein Körper noch höchste Spannung aus. Er glich einer Raubkatze, jederzeit bereit, zum Sprung anzusetzen. Aber wirkten die Augen nicht müder als sonst?
Fulvia lauschte nur mit halbem Ohr und wandte sich den Akrobaten zu, die in der Freifläche zwischen den Liegen auftraten, sich zu menschlichen Pyramiden aufbauten und gegenseitig durch die Luft schleuderten. Indem sie dem Spektakel zu folgen vorgab, konnte sie sich unauffällig aus dem Gespräch zurückziehen, was sie umso lieber tat, als der Königin und Philostratos wegen ausschließlich Griechisch gesprochen wurde. Obwohl Fulvia eine ausgezeichnete Erziehung genossen hatte und Griechisch durchaus beherrschte, fühlte sie sich dabei doch nie ganz wohl. Vor allem die Aussprache barg Tücken – der eigentümliche Laut, bei dem man die Zunge an die oberen Schneidezähne führen musste und den das römische Alphabet mit ›th‹ wiedergab, wollte ihr einfach nie gelingen, und sie landete irgendwo zwischen t und d, wofür

sie sich besonders in Gegenwart Caesars und Ciceros schämte.

Auch Calpurnia sprach nicht viel, hatte aber offensichtlich keine Schwierigkeiten mit dem Griechischen, ja besaß sogar eine ausgezeichnete Aussprache und Betonung, wie Fulvia neidisch feststellte. Auch schien Calpurnia stets zu wissen, worum es ging, während Fulvia immer wieder das Gefühl hatte, dass man sie weit hinter sich gelassen hatte. Man sprach wie so oft über griechische Literatur, ein Lieblingsthema der Königin, die ohne sichtbaren Aufwand ein Zitat nach dem anderen einfließen ließ. Und wie so oft glitt das Gespräch hinüber zu dem Ruhm, den die Literatur den Dichtern und ihren Helden verschaffte. Dieses Thema ermüdete Kleopatra, Caesar und Cicero niemals. Ganze Abende hatte Fulvia schon dabei zugebracht, wie die drei das Wesen des Ruhmes diskutierten, wie sie sich dabei spreizten und gegenseitig mit spitzfindigen Definitionen und Unterscheidungen überboten, als seien sie einem ungeheuren Mysterium auf der Spur. All das ekelte Fulvia. Letztlich ging es ihnen doch nur um die Macht. Merkten sie denn gar nicht, wie lächerlich sie sich mit solchem Gerede machten, wie durchschaubar ihre Pose war?

Kleopatra lobte gerade ein Epinikion Pindars. Fulvia überlegte fieberhaft, was nur wieder ein ›Epinikion‹ war, ach ja, ein Preislied. Es handelte sich um ein Werk, das Pindar gedichtet hatte, als er schon weit über siebzig Jahre alt gewesen war. Darin rühmte der Poet einen jungen Aristokraten aus Aegina, der bei den Pythischen Spielen den Ringkampf gewonnen hatte. Mit großer Begeisterung trug Kleopatra die letzten Zeilen des Gedichtes vor, die die Vergänglichkeit menschlichen Strebens und Wirkens schilderten.

Ausgeliefert an den Wechsel des Tages! Was ist schon ein Einzelner? – Schatten eines Traums der Mensch …

Bevor sie jedoch fortfahren konnte, gab es einen Trompetenstoß und Athleten traten in das Zelt. Rasch verwandelten sie die Freifläche, wo eben noch die Akrobaten umhergesprungen waren, in eine Arena. Kleopatra hielt inne, weil ihre Worte im Lärm untergingen.
Was allerdings auch unterging, war eine Bemerkung Calpurnias, die eingeworfen hatte: »Traum eines Schattens der Mensch …«
Fulvia begriff erst nicht recht, der Wein, der Krach und der Aufmarsch der Athleten hatten sie abgelenkt. Nun aber hatte Kleopatra die Kraftmenschen mit ihren ölglänzenden und nur durch ein Lendentuch bedeckten Körpern gegrüßt und wandte sich wieder Calpurnia zu: »Was hast du gesagt?«
Calpurnia antwortete: »Es handelt sich um ein wunderschönes Gedicht. Auch ich liebe diese Zeile.«
Sie hatte sich zurückgelehnt, als sei nichts geschehen. Wären da nicht ihre unmerklich hin- und herschwingenden Perlenohrringe gewesen sowie das rhythmische Auf und Nieder des riesigen Perlengehänges, das ihre Brust bedeckte, hätte man Calpurnia für ganz entspannt halten können.
Fulvia wollte schon einwerfen: »Du hast doch etwas ganz anderes gesagt«, besann sich aber eines Besseren, während sie die Reaktionen der Zuhörer verfolgte.
Cicero schien nichts bemerkt zu haben und nickte freundlich und herablassend. Caesars Miene war undurchdringlich; doch nur einen Moment zuvor hatte Fulvia gesehen, wie sich Überraschung auf seinem Gesicht gemalt hatte – und Caesar war nur schwer zu erstaunen. Es war nicht nur Calpurnias Bemerkung selbst gewesen, die er mit einem kurzen Flackern seiner Lider beantwortet hatte, sondern vor allem ihren bewussten Verzicht darauf, ihre Worte zu wiederholen. Auch Kleopatra hatte es bemerkt. Sie gab den Athleten das Zeichen anzufangen und blickte dann verstohlen zu Calpurnia hinüber. Cae-

sars Frau kannte das Gedicht Pindars offenbar genauer als die Königin, die doch immer so stolz auf ihre literarische Bildung war. Wie peinlich für sie! Aber warum hatte Calpurnia den kleinen Triumph nicht ausgekostet? Diese Frage stellte sich augenscheinlich auch die Königin. Fulvia musste sich geradezu zwingen, die Augen von Kleopatra abzuwenden, damit es nicht auffiel, wie sehr sie diese kleine Szene beschäftigte.

Die Athleten begannen, zuerst traten Faustkämpfer auf. Kleopatra wandte sich wieder ihren Gästen zu und verkündete mit hocherhobenem Haupt: »Nur der Ruhm bewahrt uns davor, wirklich nicht mehr als Traum eines Schattens zu sein. Der Ruhm bewahrt uns für die Ewigkeit, und daher ist er das Höchste, nach dem wir streben können.«

Caesar nickte nur; fast schien es, als hätte er auf einmal lieber ein anderes Thema angeschnitten. Doch Cicero fügte pathetisch hinzu: »Der Ruhm verewigt nicht nur diejenigen, die ihn erringen, sondern auch all diejenigen, die sich ihnen entgegenstellen. Selbst die Verlierer werden durch ihn noch geadelt, denn des Siegers Name gilt nichts, wenn nicht bekannt ist, wen er besiegte.«

»Gewiss«, antwortete Caesar, »nur wer große Gegner besiegt hat, der verdient wirklich Ruhm. Und nur wenn wir uns der Größe der Besiegten erinnern, können wir wahrlich ermessen, was die Sieger geleistet haben.«

»Doch gibt es auch Fälle«, entgegnete Cicero mit gespielter Harmlosigkeit, »wo der Ruhm der Besiegten den der Sieger überstrahlt, wo die Größe des Besiegten in der Niederlage größer ist als die Größe seiner Niederlage und weit größer noch als die Größe des Siegers.«

Seine Worte verursachten eine eigentümliche Stille. Von den übrigen Liegen im Saal drangen fröhliche Gespräche; lautes Lachen kündete davon, dass Ägyptens schwere Weine wirkten. Die Schellen in den Vogelschnäbeln klirrten noch immer im Wind, die Faustkämpfer hatten inzwischen ernsthaft zu kämpfen begonnen, und man hörte ihr Ächzen und das dumpfe Klatschen der Treffer. Aber auf den Liegen unter dem Baum war es ruhig geworden. Porcia, die bisher eher gelangweilt neben ihrem Mann Brutus gelegen hatte, blickte Cicero ausdruckslos an, und auch alle anderen blickten zu ihm, teils fragend, teils warnend und zum Teil auch verächtlich und wütend, wie etwa Aulus Hirtius. Allein Caesar schien vollkommen entspannt.

Woher stammte die plötzliche Spannung in der Runde? Fulvia fiel es schwer, sich zu konzentrieren. Sie hatte inzwischen leichte Kopfschmerzen, und Hitzewellen rollten ihr über die Haut. Sie vertrug offenbar den Wein nicht. Da fiel es ihr ein: Cicero spielte auf Cato an, den Vater Porcias. Daher also Porcias versteinerte Miene. Cicero berührte das Thema mit voller Absicht in ihrer Gegenwart, damit die Szene noch dramatischer wirkte.

Aber Fulvia hatte das ständige Trauern um Cato satt. Der alte Starrkopf hatte sich doch schließlich selbst umgebracht. Dazu noch die edle Porcia, ewig erstarrt in der Pose des armen Opfers! Wer hatte sich denn damals um sie, Fulvia, gekümmert, als man ihren Mann Clodius mit eingeschlagener Schädeldecke ins Haus getragen hatte? Auf offener Straße ermordet von seinen politischen Gegnern – und es war noch nicht einmal richtiger Krieg gewesen! Nur drei Jahre später war ihr zweiter Mann Curio in der Schlacht gegen den grausamen König Juba von Numidien gefallen – immerhin, diesmal in einem echten Krieg. Zumindest der Anblick des toten Curio war ihr erspart worden. Juba hatte dessen Leiche so zerstückeln lassen, dass man sie gar nicht mehr hätte nach Hause schicken können.

Caesar brauchte nicht auf Ciceros Provokation einzugehen, denn Kleopatra kam ihm zuvor: »Die Größe in der Niederlage mag schön sein, aber der Sieg ist mir lieber. Die Größe in der Niederlage nutzt niemandem, außer vielleicht dem, der sie zeigt. Dem Sieger aber bleibt die Möglichkeit, Gutes zu tun, beispielsweise indem er seine Gegner begnadigt, auch wenn sie töricht und verbrecherisch handelten. Es ist besser, anderen gegenüber gnädig als sich selbst gegenüber hart zu sein. Letzteres befriedigt nur die eigene Eitelkeit. Wirklichen Ruhm verdient nur, wer anderen nützt.«

Porcia starrte die Gastgeberin bloß angewidert an, sagte aber nichts. Caesar schwieg ebenfalls, die Königin hatte ihn ja auch verteidigt. Ohne dass es eigens ausgesprochen werden musste, erschien Catos Freitod nun trotzig und sinnlos. Cicero griff das Thema nicht noch einmal auf. Er hatte die Grenzen des Schicklichen bereits gestreift und seine Meinung deutlich genug ausgedrückt. Was er sonst noch dazu dachte, konnte man ja in seinem Cato-Buch nachlesen. Und wie sich herumgesprochen hatte, war Caesar selbst im Begriff, eine eigene Schrift zu veröffentlichen, einen *Anti-Cato.*

Die Spannung begann sich zu lösen, die Zuhörer wandten sich bereits wieder ab und flüchteten vor den Risiken des allgemeinen Gesprächs in private Unterhaltungen, da sprach Calpurnia mit geröteten Wangen und einem leichten Beben in der Stimme: »Ich gebe dir Recht, Königin. Es sollte nur darauf ankommen, ob eine Sache den Menschen nutzt. Aber brauchen wir dann überhaupt noch den Ruhm? Reicht es nicht einfach, Taten zu vollbringen, die den Menschen nutzen? Deren Wert erweist sich sofort und bedarf nicht erst der Bestätigung durch zukünftige Generationen. Die Wirkung des Guten entfaltet sich unabhängig davon, ob die Kunde davon durch die Jahrhunderte hallt. Und Ruhm erringen allzu oft auch Menschen, die niemandem als sich selbst genutzt haben.«

Diese Bemerkung erstaunte alle. Einige Zuhörer lächelten

freundlich und ein wenig nachsichtig, wie über eine gutmütige Naivität – so etwa Kleopatra und Cicero. Aulus Hirtius war erstarrt und blickte auf den Boden seiner Trinkschale. Antonius' Miene verriet Neugier.
Caesar antwortete seiner Frau wie ein weiser Lehrer einem eifrigen, aber noch etwas unreifen Schüler: »Es ist das Privileg einer Frau, die hier in Rom weniger Gelegenheit hat, selbst Ruhm zu erwerben, als dies mitunter ihren Geschlechtsgenossinnen in anderen Ländern möglich ist«, hierbei deutete er kurz eine Verbeugung vor Kleopatra an, »die selbstlose Tugend zu feiern, die sich nur um das Wohl der Menschheit und nicht um die eigene Unsterblichkeit schert. Du beschämst uns alle, Calpurnia.«
Calpurnias strenger Haarknoten wippte leicht, und ihre Stimme verriet mühsam unterdrückten Unwillen, als sie erwiderte: »Warum muss weibliche Tugend immer selbstlos sein? Ich jedenfalls nehme sie ganz bestimmt nicht für mich in Anspruch. Aber wenn wir immer nur den Ruhm im Auge haben, übersehen wir allzuleicht die Opfer, die er fordert und von denen niemand mehr spricht. Wäre der Ruhm so verteilt wie die Lasten, könnte ich mich vielleicht noch ein wenig mit ihm anfreunden. Aber der Ruhm geht nur an wenige, und dafür bluten müssen viele …«
In diesem Augenblick erhob sich Applaus und verschluckte Calpurnias Worte. Soeben hatte der letzte Faustkampf geendet. Kleopatra winkte, und ein Zeremonienmeister überreichte dem Sieger eine große goldene Medaille mit dem Bild der Herrscherin. Als sie sich wieder ihren Gästen zuwandte, nutzte Kleopatra die Gelegenheit, um das Gesprächsthema zu wechseln, indem sie auf das hohe Können der nun auftretenden Athleten hinwies.

Es waren Pankratiasten. Waren die Faustkämpfer zwar leichtfüßig, aber dennoch ungewöhnlich groß und kräftig gewesen, so waren diese Athleten auch sehr muskulös, doch schlanker, wendiger und kleiner. Fulvia mochte Pankratiasten, weil sie von allen Athleten die schönsten waren. Die meisten Faustkämpfer und Ringer fand sie zu plump, wahre Fleischberge, die zu nichts anderem als ihren athletischen Disziplinen zu gebrauchen waren.

Die Römer waren von den griechischen Spielen nicht durchweg begeistert. Besonders das Pankration, eine Verbindung aus Ringen und Boxen, bei der auch am Boden gekämpft wurde und wo nur Tod oder Aufgabe eines Gegners den Kampf beendeten, galt vielen als zu brutal. Wie heuchlerisch, dachte Fulvia, wo die meisten doch keinerlei Einwände hatten, wenn sich die Gladiatoren in der Arena gegenseitig abschlachteten. Ist die gleiche Tat so verwerflich, wenn sie ohne Schwert und Dreizack vollbracht wird?

Die Pankratiasten begannen mit Schaukämpfen, die ihre Geschmeidigkeit bewiesen; zuvor hatten sie sich gegenseitig mit dem feinen weißen Sand des Bodens beworfen. Der blieb an ihren öligen Körpern kleben und ließ sie wie Gespenster aussehen, ein Eindruck, den die flackernden Fackeln noch verstärkten. Ob die Kämpfer jetzt wohl den Rosenwasserduft ihrer Gegner riechen konnten, fragte sich Fulvia.

Hatten die Faustkämpfer die Neugier der Gäste nicht sonderlich geweckt, sahen sich nun alle dank Kleopatras ausdrücklichen Hinweises die Pankratiasten an; vor allem Caesar musterte sie hingebungsvoll.

Fulvia fühlte immer eine gewisse Schadenfreude, wenn Caesar sein Begehren nicht verbergen konnte. Mochte er auch fast jede attraktive Frau von Stand verführt haben, so ging es ihm im Grunde, meinte Fulvia, ja doch nur um Männer. Obwohl Fulvia die Vorurteile der strengeren Großvätergeneration nicht teilte, ekelte sie sich immer ein wenig vor Männern, deren körperliche Lust anderen Männern galt. Sie verbarg dies aber, weil es unter den Spitzen der Gesellschaft als vulgär und altmodisch angesehen wurde. Besonders unangenehm war es ihr aber bei Caesar. Auch jetzt stieg die Verachtung wieder in ihr auf.

Die Pankratiasten zogen die Aufmerksamkeit ihres Publikums ganz auf sich. Insbesondere das letzte Paar, zwei ausgezeichnete Kämpfer, die sich so ähnlich waren, dass sie Zwillingen glichen, faszinierte die Zuschauer. Ihre ebenso schlanken wie kräftigen Körper wanden sich umeinander, flogen wieder auseinander, stießen erneut so heftig zusammen, dass oft kaum erkennbar war, welcher Athlet einen Vorteil errungen hatte. Schließlich waren die Gäste erleichtert, als der Kampf glimpflich ausging. Der eine Ringer rutschte aus und geriet mit dem Arm in einen Griff seines Gegners, aus dem er sich nicht mehr befreien konnte. Schmerzverzerrt signalisierte der Verlierer mit der freien Hand, dass er aufgab, gerade rechtzeitig, bevor ihm der Arm gebrochen wurde. Kleopatra war befriedigt, sie schätzte ihre Athleten und wünschte sich bei den begabteren keine unnötigen Verletzungen.

Der Sieger streckte den Arm aus und trat unter den Zurufen des Publikums vor. Er atmete schwer. Der Schweiß lief ihm als Bächlein zwischen den Brustmuskeln herunter, hinterließ eine dunkler glänzende Bahn im weißen Sand an seinem Körper, floß in einem kleinen Katarakt über die Bauchmuskeln hinweg und verschwand in dem schweißdurchtränkten Lendenschurz. Die außergewöhnliche Schönheit des recht jungen Kämpfers gefiel dem Publikum, und der Athlet, der offenbar bisher nicht allzu oft bei solchen Gesellschaften aufgetreten war, trat mit naivem Stolz vor seine Zuschauer hin und nahm ihren Applaus fast genauso begeistert entgegen, wie er gespendet wurde.

Fulvia war hingerissen von dem Athleten, ließ dann aber einen schnellen Blick über die Zuschauer gleiten. Auch Calpurnia war ganz in den Bann des siegreichen Kämpfers geschlagen. Sieh an, dachte Fulvia, so sehr Calpurnia auch über Dichtung und Philosophie reden mochte, so schien sie doch auch ein Auge für den jungen Helden zu haben. Das paßte eigentlich gar nicht zu ihr.
Fulvia schaute wieder zu dem Athleten hinüber, der inzwischen auf Kleopatra zuschritt, um seinen Siegespreis entgegenzunehmen. Da bewegte sich in ihrem Augenwinkel ein Schatten, und ein neuer Kämpfer lief an ihr vorbei. Schon in der nächsten Sekunde aber erkannte Fulvia, dass es sich dabei mitnichten um einen Athleten handelte, sondern vielmehr um ihren Mann, Antonius, der sich von seinen Sandalen getrennt, die Toga fortgeworfen und die Tunika abgestreift hatte und nur im Lendentuch mit elastischen Schritten auf die Freifläche zusteuerte. Sein Auftritt löste bei den Gästen teils Erstaunen, teils amüsiertes Wiedererkennen aus. Antonius, der Kraftkerl, hatte wieder zu viel getrunken und musste sich beweisen. Jetzt würde er den Sieger zum Kampf herausfordern und seine eigenen Fähigkeiten im Allkampf zur Schau stellen.
Fulvia biss die Zähne zusammen und versuchte unauffällig, die Reaktionen der anderen zu erhaschen. Cicero hielt sich theatralisch die Hand vor Augen und schüttelte den Kopf. Porcia hatte sich halb abgewandt und tat gelangweilt, während Brutus Antonius mit einer eigentümlichen Mischung aus Neid und Verachtung anzustarren schien. Servilias Blick war amüsiert, ruhte aber nicht auf dem neuen Athleten, sondern auf ihr, Fulvia. Leicht errötend suchte sich Fulvia einen Punkt in der Ferne und wagte erst wieder zu Servilia zurückzuschauen, als sie sich sicher sein konnte, völlig gleichgültig zu scheinen. Der größte Fehler, dachte Fulvia, den man bei Servilia be-

gehen konnte, war, vor ihr Angst zu haben, schon weil Servilias Gesichtsausdruck immer spöttisch wirkte. Je älter sie wurde, desto steiler ragten ihre Augenbrauen auf, die rechte mehr als die linke, und desto mehr entfernten sich ihre Augen in ihrer jeweiligen Blickrichtung. Selbst wenn sie einen anzuschauen schien, wusste man nie genau, worauf ihr Blick gerade wirklich ruhte.
Kleopatra hatte sich vorgebeugt und betrachtete Antonius unverhohlen von oben bis unten; aber auch Calpurnia sah sich die Szene neugierig an. Soweit Fulvia es erkennen konnte, schien Caesars Frau Antonius weder zu tadeln noch zu belächeln.
Antonius und der strahlende Held, der die Herausforderung natürlich angenommen hatte, traten in die Mitte der kleinen Arena. Aus einer goldenen Kanne ließ sich Antonius mit Öl begießen, das er mit Hilfe eines Sklaven gleichmäßig auf seinem Körper verteilte. Dann bestäubte er sich mit dem Sand vom Fußboden. Auch sein Gegner ölte sich mit Hilfe eines Trainers neu ein und bedeckte sich mit Staub.
Inzwischen waren viele Fackeln erloschen. Es war noch dunkler geworden. Die weißen Körper wirkten noch geisterhafter. Die beiden Kämpfer beugten sich vor und begannen, sich Auge in Auge zu umkreisen.
Antonius war in den späten Dreißigern. Obwohl muskulös, war er kein Berufsathlet oder im Pankration sehr geübt. Zudem hatte er auch an diesem Abend wieder viel Wein getrunken und sich bis vor kurzem den Bauch mit ägyptischen Leckerbissen voll geschlagen. Andererseits hatte der junge Mann bereits drei Kämpfe hinter sich, wovon einer besonders anstrengend gewesen war. Wer siegen würde, war daher keineswegs klar, und das an Gladiatorenkämpfe gewöhnte Kennerpublikum schloss sofort Wetten ab. Selbst Cicero konnte der Versuchung nicht widerstehen und setzte auf den Berufsathleten, wofür ihm Brutus einen missbilligenden Blick zuwarf.

Voller Ekel beobachtete Fulvia, wie die beiden weißen Figuren einander am Kopf zu fassen suchten oder nach den gegnerischen Beinen griffen und sich dabei gegenseitig auswichen. Antonius liebte es, die römische Gesellschaft mit gezielten Schamlosigkeiten vor den Kopf zu stoßen und sich vor großem Publikum zu produzieren, aber vor Caesar und vor allem in Gegenwart der ägyptischen Königin hatte er immer den Anstand gewahrt. Dass er gerade jetzt den Athleten spielen musste, traf Fulvia tief.

Sosehr sie auch Gelassenheit vortäuschte, so sehr brannten ihre Ohren vor Scham. Tat er es, um sie zu demütigen? Setzte er mutwillig alles aufs Spiel, was Fulvia ihm an gesellschaftlicher Anerkennung erkämpfte? Begriff er denn nicht, dass nur derjenige die Nachfolge Caesars würde antreten können, der das Ansehen der Senatoren und Ritter besaß? Durch seinen Leichtsinn konnte sich Antonius nur lächerlich machen. Oder hatte das Ganze etwa Methode? Wollte er vielleicht jemanden beeindrucken? Caesar? Immerhin folgte dieser interessiert dem Kampf, der allerdings noch immer nur aus Finten zu bestehen schien. Kleopatra? Sie konnte Fulvia überhaupt nicht deuten. Fast war es, als würde die Königin inzwischen mit Absicht Desinteresse signalisieren. Calpurnia jedenfalls konnte wohl nicht sein Ziel sein, obwohl auch sie aufmerksam zuschaute.

Die Zuschauer raunten, und Fulvia wandte sich wieder dem Kampf zu. Die beiden Athleten hatten sich an Nacken und Ellbogen gefasst und zogen mit gewaltiger Kraft aneinander. Die Beine weit zurückstreckend, hingen sie aneinander wie der Bogen einer Brücke. Keiner konnte den Griff des anderen brechen, und beinahe schien es, als würde der Kampf sich nicht mehr entwickeln, da ließ Antonius blitzschnell vom Nacken seines Gegners ab, tauchte seitlich an ihm vorbei, während er dessen Ellenbogen nach oben schob und zugleich mit seinem

Knie gegen das des anderen drückte. Der verlor das Gleichgewicht, fiel ächzend nach vorne und wurde von Antonius von hinten umschlungen. Antonius hatte einen Arm seines Gegners zu fassen bekommen und drehte ihn um. Nach wenigen Sekunden gab der junge Mann auf, indem er die Finger seiner freien Hand erhob. Antonius sprang sofort auf, während sich der Verlierer auf den Rücken rollte und die Hände vors Gesicht schlug.

Antonius verbeugte sich lachend vor den Zuschauern, die ihn mit lautem, aber nicht ganz ernsthaftem Jubel bedachten. Dann ergriff er die Hand des Besiegten und zog ihn hoch. Er nahm einen Becher Wein, den Kleopatra ihm bringen ließ, tat einen tiefen Schluck und reichte ihn an den Geschlagenen weiter. Er gab ihm einen schmatzenden Kuss, ließ ihn los und sprang zur Liege der Königin hinüber. Die Hände in die Hüften gestemmt, rief er: »Nun, Herrscherin? Bekomme auch ich einen Siegespreis?«

Wortlos nahm Kleopatra von einem Kissen, das ihr ein glatzköpfiger Sklave hinhielt, eine goldene Medaille mit ihrem Bildnis und legte sie in Antonius' fordernde Hand. Er lachte, warf die Medaille in die Höhe, fing sie wieder auf, küsste sie und begab sich dann zu seiner Liege zurück, wo er sich nochmals nach allen Seiten verneigte. Er ließ sich auf die Polster fallen, auf deren dunklem Samt sich Spuren aus Öl und Sand abzeichneten.

Auf der Barke ließ sich Fulvia von ihren Sklavinnen als erstes die silbernen Fäden ihrer Sandalen aufschneiden, um endlich den kleinen Stein zu entfernen, der sie den ganzen Abend über gequält hatte. Neben ihr schnarchte ihr Gemahl trunken und zufrieden. Ihn umgab ein Geruch aus Schweiß, Öl und Rosenwasser. Er hatte sich auf der gemeinsamen Liege so weit ausgebreitet, dass für Fulvia nur der Rand blieb.

LIBER QVARTVS

I

Kleopatra wickelte ihren Mantel fester, um sich vor dem Nachtwind zu schützen. Philostratos schien die Kälte nicht zu spüren. Aufrecht schritt er neben seiner Herrin her und blickte nur hin und wieder über seine Schulter, um zu sehen, ob ihnen die vier numidischen Leibwächter auch folgten. Von dem gewaltigen Festzelt, das vor wenigen Tagen noch den Park geschmückt hatte, war keine Spur mehr geblieben.

»Mein Philosoph friert nicht?«

»Ich habe mich gegen die Kälte abgehärtet. Wer weiß, vielleicht wird mir meine Unempfindlichkeit noch einmal nützen.«

»Nicht, solange ich lebe. So lange kannst du damit rechnen, dass du niemals zu frieren brauchst.«

»Die Gnade einer Königin ist so unstet wie Fortuna selbst.«

»Wenn du meinst, dass ich deine Worte schmeichelhaft finde, so irrst du dich.«

»Meine Königin ist gereizt …«

»… weil mein Philosoph allzu platte Weisheiten von sich gibt.«

»Meine Königin benutzt die Plattheit meiner Worte nur als Vorwand; ihr Ärger hat andere Ursachen.«

»Mein Philosoph könnte aufhören, mit mir in der dritten Person zu sprechen.«

»Der Philosoph der Königin folgt auch sprachlich nur dem Vorbild seiner Herrscherin.«

»Du weißt ohnehin, welche Ursache mein Zorn hat. Ich wollte, dass Caesar Kaisarion als seinen Sohn anerkennt und ihn der römischen Gesellschaft als solchen vorstellt, dann sollte er

Kaisarion zu seinem Alleinerben erheben und später zu seinem Nachfolger machen – in jeder Hinsicht ...«

In diesem Augenblick eilten zwei der Leibwächter mit gezücktem Schwert lautlos an Kleopatra vorbei und verschwanden zwischen den Bäumen eines kleinen Hains. Die beiden anderen rückten mit erhobenem Schild dicht an die Herrscherin und ihren Vertrauten heran und starrten in die Dunkelheit, in der ihre Kameraden verschwunden waren. Kleopatra drängte sich dicht an Philostratos und blickte sich um, doch es war nichts zu sehen. Im Gehölz knackte es, dann blieb es ruhig. Wenig später kam ein Pfiff, und die Numider tauchten wieder auf. Es drohte keine Gefahr.

Die Königin wandte sich wieder an ihren Philosophen: »Caesar hat Kaisarion zwar als seinen Sohn anerkannt, aber juristisch folgt daraus nichts. Es ist eine bloße Geste. Und selbst wenn er Kaisarion als seinen Erben benannte, wäre dies ein rein rechtlicher Schritt, ohne Folgen für die Politik. Im Moment ist Octavius sein Erbe, ein bartloser Knabe, der ständig friert und altklug daherredet. Nun ja, eins ist immerhin gewiss – eine traurige Gestalt wie Octavius wird niemals Caesars Nachfolge antreten. Aber das ist ein schwacher Trost.«

Die beiden Spaziergänger waren an der marmornen Mole angekommen, wo die Boote anlegten, die die Villa der Kleopatra vom Fluss her ansteuerten. Ihre eigene Barke schaukelte an der Kaimauer. Leise klatschten die Wellen gegen die hölzerne Bordwand. Philostratos fand ihren Rhythmus beruhigend, Kleopatra war viel zu erregt, um darauf zu achten.

Auf dem schwarzen Fluss trieben zahlreiche Fahrzeuge – Barken, Ruderboote und Lastkähne. Ihre Fackeln und Öllämpchen leuchteten wie auf einem dunklen Spiegel, dessen Bild verschwamm, denn die konzentrischen Wellen, die von jedem Fahrzeug ausgingen, ließen die Lichter noch mehr flackern. Auf dem Fluss summte es unaufhörlich: Schiffer, die sich von

Kahn zu Kahn grüßten. Manche waren nachts unterwegs, um Getreide aus Ostia anzuliefern, andere brachten neue Sklaven für den Markt, und wieder andere fuhren reiche Ausflügler, die auf dem Tiber ihre Gelage abhielten.

Für all das hatte die Königin jedoch keinen Sinn. Kleopatra lehnte sich an einen der beiden gewaltigen Obelisken, die auf zwei massiven Mauervorsprüngen links und rechts neben den Stufen aufragten, die zum Wasser hinunterführten. Da die Mauern breiter waren als die Obelisken, lief um die Monumente ein schmales Gesims, das hinten, zum Fluss hin, etwas breiter wurde.

Kleopatras Kopf verdeckte die Kartusche mit den ägyptischen Hieroglyphen, die den Namen der Herrscherin auf der Basis des Obelisken feierten. Angestrengt starrte sie ins Dunkel des Gartens zurück, während hinter ihr auf dem Fluss Roms Vergnügungssüchtige ihre Trinklieder sangen. Auf einer Barke, auf der es besonders lebhaft zuging, erklangen Flöten und Tamburine.

Als der Bootsführer von Kleopatras Barke seine Königin erkannte, verbeugte er sich tief und begann das Boot klarmachen zu lassen. Philostratos aber schüttelte den Kopf. Der Kapitän verstand und befahl, die Barke ein wenig das Ufer entlangzurudern, denn offenbar wollte die Königin auf der Mole allein sein. Fast lautlos tauchten die vergoldeten Ruderblätter in den Tiber ein. Sie fingen die schwirrenden Lichter auf dem Fluss ein und warfen einen matten Glanz in die Nacht zurück. Philostratos nickte beifällig. Der Kapitän war kein Dummkopf, er verstand sein Handwerk. Wer seiner Königin die Wünsche erfüllte, noch bevor sie überhaupt geäußert wurden, würde es bei Hof weit bringen. Die Monarchin selbst aber übersah mit herrscherlicher Gleichgültigkeit, was um sie herum vorging.

»Philostratos, ich glaube, ich habe einen Fehler gemacht. Ich kann von Caesar weit weniger erwarten, als ich mir erhoffte. Ich bin eigens nach Rom gekommen, weil ich glaubte, ihm mit Kaisarion ein unwiderstehliches Angebot machen zu können. Und er hat mich abgewiesen, noch bevor ich nur einen Fuß an die Küste Italiens gesetzt hatte. So liebenswürdig und zärtlich er noch immer ist, hat er sich doch verändert. Er spricht mit mir nicht mehr über Politik.« Sie seufzte: »Ich habe mich lächerlich gemacht.«

»Warum glaubtest du, Caesar würde deine Wünsche erfüllen? Weil er dich liebt?«

»Hältst du deine Königin für so dumm? Allein auf flüchtige Gefühle baue ich meine politischen Pläne nicht. Ich dachte, dass sich Caesar vor allem einen Sohn wünschte und dass ich diejenige sei, die ihm einen geben könnte. Außerdem ging ich davon aus, Caesar hätte sich von den Herren Senatoren bereits so weit entfernt, dass er gar nicht anders könnte, als sich seine Verbündeten außerhalb zu suchen. Aber obwohl er sie hasst – und sie ihn hassen –, scheint er sich nicht einfach von ihnen lossagen zu können. Nun ja, und natürlich glaubte ich schon, dass er mich liebt. Jetzt bin ich mir nicht mehr sicher.«

Philostratos schwieg. Er wusste, dass Kleopatra wünschte, er würde sie nach ihren Gefühlen für Caesar fragen. Aber diesen Wunsch wollte er ihr nicht erfüllen. Stattdessen starrte er in das schwarze Wasser.

»Du verweigerst mir die Frage, auf die ich warte.«

»Wenn du die Frage ohnehin beantworten willst, warum sollte ich sie dann noch stellen?«

»Ich kann die Frage nicht beantworten.«

»Umso unsinniger wäre es, wenn ich sie stellte.«

»Warum willst du mir nie helfen? Glaubst du, es würde dich deine geistige Freiheit kosten?«

»Vielleicht. Vor allem aber würde es dir erlauben, auf die deine zu verzichten.«

»Warum lege ich mir nicht einen echten Hoffnarren statt eines Philosophen zu?«
»Weil der dich noch weniger ungeschoren ließe.«
Kleopatra überhörte Philostratos' Bemerkung und legte die flachen Hände zwischen sich und den Obelisken, denn der Marmor war kalt: »Ich glaube, es ist sinnlos, Caesar zu lieben.«
Bevor Philostratos antworten konnte, hörten sie auf dem Fluss ein lautes Krachen. Soweit man in der Dunkelheit erkennen konnte, waren zwei große Boote beim Wenden zusammengestoßen und von einem dritten gerammt worden. Eins war ein Frachtkahn, die anderen beiden transportierten zechende Festgesellschaften. Wo eben noch Zimbeln, Harfen und Trinklieder durch die Nacht geweht hatten, wurde nun geflucht und gezetert. Die Königin und ihr Philosoph beobachteten den Unfall. Auf dem längsten Boot war eine Öllampe umgekippt, der girlandengeschmückte Baldachin geriet in Brand. Während die angeheiterten Gäste am unteren Ende des Kahns mit den Insassen der anderen Fahrzeuge stritten und sich die Boote immer mehr ineinander verkeilten, griffen die Flammen rasch um sich.
Plötzlich sah Philostratos, wie sich wohl ein Dutzend schwarzglänzender Körper aus dem Dunkel der Kaimauer löste und ihn und die Königin rasend schnell einkreiste. Einige schwärmten aus und stürmten geradewegs auf die Leibwächter zu, die sich weiter entfernt niedergelassen hatten. So plötzlich und so lautlos waren die Gestalten erschienen, dass die Leibwächter völlig überrascht waren. Einer konnte noch um Hilfe rufen, doch dann waren sie auch schon überwältigt und lagen mit geschlitzter Kehle oder gebrochenem Genick im Gras.
Sechs der Fremden stürzten sich auf Kleopatra und Philostratos. Beide flüchteten sich hinter den Obelisk. Hinter ihnen

war der Fluss, vor ihnen die Feinde. Die dunklen Gestalten tasteten sich einer hinter dem anderen auf den schmalen Simsen beiderseits des Obelisken vor.
Philostratos wickelte sich den Mantel um den Arm und hielt ihn einem Angreifer entgegen, der sich vorsichtig auf ihn zu schob. Nur hinter dem steinernen Ungetüm, dort, wo die Königin stand, wurde der Sims breiter, sodass man ohne Schwierigkeiten stehen konnte. Allein mit dem Mantel um dem Arm, das wusste Philostratos, würde er den Attentäter kaum abwehren können, zumal auf der anderen Seite des Obelisken auch ein Mann vorrückte. Die Königin und ihr Philosoph konnten ihre Angreifer gut erkennen, jetzt, da hinter ihnen die Kähne auf dem Tiber lichterloh brannten und die Menschen auf der Flucht vor den Flammen kreischend von Bord sprangen und auf das Ufer zuschwammen.
Die Mörder waren Gladiatoren. Ihre Haare hatten sie zu Knoten zurückgebunden und waren nur mit Ledergürtel und Lendentuch bekleidet. Von ihren Muskeln tropfte noch das Wasser. Hohe Wangenknochen und tiefliegende Augen kündeten von ihrer barbarischen Herkunft, tiefe Narben in den Gesichtern von zahlreichen überstandenen Kämpfen. Sie mussten im Wasser neben der Mole auf einen günstigen Moment gewartet haben, im Schutze der königlichen Barke.
Jetzt war der Gladiator auf Armeslänge herangekommen und hieb nach Philostratos. Kleopatra schrie auf. Der Gladiator auf der anderen Seite des Obelisken hatte das hintere Gesims erreicht. Philostratos fuhr herum, packte die Königin am Arm und sprang mit einem kraftvollen Satz in den Fluss. Seine Herrin riss er mit sich. Die Klingen der beiden Männer verfehlten die Fliehenden nur um Haaresbreite.
Die Gladiatoren waren überrascht. Während sie noch zögerten, hinterherzuspringen, gelangten die ersten Schwimmer von den brennenden Booten an Land und zogen sich keuchend

die Marmorstufen hinauf. Der Fluss war jetzt voller Menschen, die aus Angst vor den Flammen ins Wasser gesprungen waren. Wie sollten die Gladiatoren im Dunkeln unter den Schwimmern die Herrscherin und Philostratos erkennen? Als aber der eine Gladiator selbst in den Tiber springen wollte, war es schon zu spät. Leibgardisten der Königin waren am Obelisk angekommen und beschossen die Gladiatoren mit Pfeilen. Auf dem Vorsprung zusammengedrängt, konnten die Verwundeten sich weder wehren noch fliehen. Sie waren gefangen.

Kleopatra und Philostratos schwammen zwischen Blumenkränzen und halbtrunkenen Zechern an Land und stiegen die Treppe hinauf, wo inzwischen Soldaten der königlichen Leibgarde die Opfer des Bootsunfalls zusammendrängten, während Sklavinnen warme Decken um die zitternde Königin und ihren Gelehrten schlangen. Als sie auf den Palast zueilte, befahl Kleopatra ihrem Palastvorsteher, einem alten, glatzköpfigen Eunuchen, dessen Miene seine Todesangst verbarg, dass nichts, aber auch gar nichts von diesem Ereignis nach draußen gelangen dürfte.

Sie hatten die Privatgemächer der Königin fast erreicht, da sagte Philostratos zu seiner blassen und zitternden Monarchin: »Der Bootsführer. Er hat die Barke fortrudern lassen, sodass die Ruderer uns nicht zu Hilfe eilen konnten. Und im Schatten der Barke müssen die schwimmenden Mörder abgewartet haben. Er war mit ihnen im Bunde. Wenn nicht auf dem Fluss der Brand ausgebrochen wäre, hätten wir die Attentäter viel zu spät bemerkt, und es wären auch keine Leibgardisten an die Mole gekommen. Wir hatten großes Glück.«

Doch Kleopatra interessierte sich kaum für die Einzelheiten des Anschlags, den sie soeben überlebt hatte. Sie zog bereits die politischen Schlussfolgerungen: »Selbst unter Caesars

Schutz sind wir in Rom nicht sicher. Im Gegenteil. Wir haben jetzt nur eine Wahl: Wir müssen ein für alle Mal einen Keil zwischen ihn und die Senatoren treiben. Ihre Feindschaft muss so massiv werden, dass selbst Caesar es nicht mehr übersehen kann. Dann hat er keine andere Möglichkeit, als sich mir zuzuwenden.«

Philostratos starrte die Königin nur an. Eben noch hatte sie in höchster Lebensgefahr geschwebt, und nun schmiedete sie schon wieder Pläne, als hätte sie der Mordanschlag nicht weiter berührt.

II

Als Marcus Junius Brutus die gewundene Straße zum Palatin hinaufschritt, die zum Hause seiner Mutter führte, fielen ihm die Männer auf, die zu zweit an den Straßenecken standen und sich allzu zwanglos unterhielten. Antipater, sein griechischer Sekretär, der drei Ellen hinter seinem Herrn ging, erhöhte unmerklich die Schrittgeschwindigkeit, bis er nahe genug an seinen Meister herangekommen war, um ihm ins Ohr zu flüstern. Antipater beherrschte die Kunst des Lippenlesens: »Sie unterhalten sich auf Griechisch, einige stockend und mit Akzent, die meisten, wie mir scheint, mit dem Dialekt Alexandrias.«

»Und worüber sprechen sie?« fragte Brutus.

Antipater antwortete nicht; Brutus wollte sich erstaunt umdrehen, besann sich dann aber. Sein Sekretär würde schon wissen, warum er nicht antwortete.

Brutus liebte es, die Hügel Roms mit schnellen, aber gemessen wirkenden Schritten zu erklimmen. Nichts paßte weniger zur Würde eines römischen Patriziers, als zu keuchen oder aber bergauf den Gang zu verlangsamen. Ein römischer Senator war Beherrscher der Welt, seine Geschäfte waren die des Erdkreises. Niemals sollte man ihm ansehen, ob er in Eile war, noch ihn jemals wegen Müßigkeit tadeln dürfen. Brutus war stolz darauf, dass er in jahrelanger Disziplin gelernt hatte, kraftvoll und abgezirkelt zugleich zu schreiten und größtmögliche Geschwindigkeit mit scheinbarer Ruhe zu verbinden. Jetzt, vor diesen übertrieben unbeteiligten Männern, achtete er besonders auf seinen Gang.

Nach der letzten Biegung waren sie fast auf dem Gipfel des Hügels angekommen, wo nur noch die vornehmsten Mitglieder der Nobilität und einige sehr reiche Bankiers aus dem Ritterstand lebten: Hier wehte fast immer eine leichte Brise, und der Gestank der Gassen und Kloaken drang nur an sehr heißen und windstillen Tagen hinauf.

Vor dem Haus seiner Mutter hatte sich eine Menschentraube gesammelt, die um eine verschleierte Frau herumstand. Ihre dunklen Gewänder waren nach griechischer Mode vielfach gefaltet und gerafft. Sie stieg eilig in eine von zwölf Sklaven getragene Sänfte. Davor und dahinter standen einige Gladiatoren. Der kleine Tross brach auf. Brutus tat, als bemerkte er den Zug nicht, und klopfte an die schwere Tür zu Servilias Haus, während er Antipater fragte: »Warum hast du vorhin nicht geantwortet?«

»Die anderen waren der Kunst des Lippenlesens ebenso mächtig wie ich. Ich wollte ihnen keine Anhaltspunkte geben.«

Der Verwalter seiner Mutter kam ihnen entgegen und führte die Gäste durchs Atrium, wo Antipater zurückblieb. Brutus fehlte die Zeit, die neuen Fresken zu bewundern, mit denen seine Mutter die Halle hatte bemalen lassen. Hatte es zuvor so ausgesehen, als schmückten große, unnatürlich bunt leuchtende Marmorplatten die Wände, täuschten nun gemalte Säulen und Bögen größere Tiefe vor. Brutus wäre gern stehen ge-

blieben, um das Kunstwerk, das seit einigen Tagen römisches Stadtgespräch war, zu betrachten, um die verblüffend echt wirkenden Tonnengewölbe mit ihren Kassetten zu studieren, die die Fläche der Wand zu durchdringen schienen und in eine endlose Ferne wiesen. Aber er konnte sich nicht aufhalten, denn er wollte unbedingt wissen, wer die Besucherin gewesen war, die das Haus kurz vor seiner Ankunft verlassen hatte.
Servilia empfing ihren Sohn auf einer Liege in einem dunklen Raum. Sie hatte eine reich bestickte Stola um die Schultern geschlungen. Ihr noch immer rabenschwarzes Haar war besonders kunstvoll zurechtgemacht. Sie hatte die runden Formen einer römischen Dame, ohne jedoch dick geworden zu sein, wie es so mancher noblen Matrone ihres Alters erging. Servilia richtete sich leicht auf, damit ihr Sohn ihr beide Wangen küssen konnte, und wies ihm dann einen Korbstuhl. Ein Sklave brachte mit Wasser vermischten Wein in einer flachen Tonschale. Das Zimmer duftete sanft nach Salbei.
Brutus begann das Gespräch nicht sofort. Er suchte nach einem Thema, fand aber keins. Servilia machte es ihm leichter:
»Wie gefallen dir die neuen Fresken im Atrium?«
»Gut, glaube ich. Ich habe nicht so genau hingeschaut.«
»Ich werde ein paar griechische Büsten vor die Bögen stellen lassen, vielleicht verstärkt das den Eindruck der Tiefe noch.«
»Gefiel der neue Wandschmuck auch deiner Besucherin?«
Servilia ärgerte sich nicht über die Neugier ihres Sohnes, sondern über seinen plumpen Versuch, sie zu verbergen: »Wenn du wissen willst, wen ich da gerade empfangen habe, dann frag doch lieber gleich.«
»War es Kleopatra?«
»Ja.«
»Du bekommst private Besuche von der Königin Ägyptens?«
»Das ist nichts Ungewöhnliches. Kleopatra verkehrt in vielen

Häusern. Die ägyptische Hofetikette sieht private Besuche der Herrscherin eigentlich nicht vor, deshalb kommt sie im Gewande einer griechischen Dame.«

Brutus erwiderte: »Wenn sie inkognito kam, warum hast du sie dann empfangen? Eine Dame der römischen Gesellschaft sollte sich nicht mehr als unbedingt nötig mit dieser orientalischen Kurtisane abgeben. Nur weil andere Römerinnen ihrer Neugier nicht widerstehen können, musst du es ihnen doch nicht gleichtun.«

Servilia wusste, dass ihr Sohn sie absichtlich provozierte: »Ist das nicht ein bisschen heuchlerisch? Schließlich gehst du doch auch zu ihren Gesellschaften. Kleopatra wollte meinen Rat. Ich verweigere meinen Rat niemandem, der um ihn bittet. Im Übrigen scheint mir die Bezeichnung Kurtisane nicht ganz zutreffend. Und auch ›Orientalin‹ ist falsch. Sie wurde als Griechin geboren und ist als solche aufgewachsen.«

Brutus ließ sich nicht abspeisen: »Du verweigerst deinen Rat nicht einmal einer Frau, die ihren eigenen Bruder erst heiratete und ihn dann umbringen ließ und die jetzt schon wieder mit dem zweiten ihrer Brüder verheiratet ist, einem bartlosen Kind?«

»Die Bräuche Ägyptens mögen uns fremd erscheinen … Wenn man mich gezwungen hätte, meinen Bruder zu heiraten, wäre ich wahrscheinlich auch versucht gewesen, mich seiner zu entledigen.«

»Ich finde das nicht komisch.«

»Aber du findest ja auch sonst nicht sehr viel zum Lachen. Dein Sinn für Komik war noch nie sehr ausgeprägt. Schon als Kind …«

»Stört es dich nicht, dass Kleopatra ein Verhältnis mit Caesar hat?«

»Caesar ist, du wirst es nicht glauben, ein erwachsener Mann …«

»Der einst in unserem Hause ein und aus zu gehen pflegte.«
»Der noch heute in unserem Hause ein und aus zu gehen pflegt ... du willst wissen, ob ich eifersüchtig bin, weil mein früherer Geliebter jetzt einer anderen seine Gunst schenkt? Ja, ich bin eifersüchtig. Ich werde seinetwegen bis ans Ende meiner Tage eifersüchtig sein. Aber ich habe mich daran gewöhnt. Vergiss nicht, dass ich es war, die ihm vorschlug, Calpurnia zu heiraten, nachdem er sich von Pompeia hatte scheiden lassen. Ich kann meiner Eifersucht ins Auge sehen.«
Für einen Moment stockte die Unterhaltung. Beide Gesprächspartner waren von der Direktheit des Schlagabtauschs überrascht. Servilia war nicht gewohnt, dass ihr Sohn so zielgerichtete und heikle Fragen stellte. Normalerweise vermied Brutus peinlichst, was immer nach Skandal aussehen könnte. Von Caesar sprach er selten und wenn, dann mit eigentümlicher Kälte. Und stets im Zusammenhang mit Literatur, Politik und Staatsangelegenheiten oder auch, wenn es um Philosophie oder Religion ging – aber die Rolle, die Caesar jahrelang im Haus seiner Eltern gespielt hatte, erwähnte er nie.
Servilia blickte ihren Sohn an. Die maskenhafte Starre in seinem Gesicht, die er sich schon als Kind angewöhnt hatte, seine Neigung, schräg an einem vorbeizublicken, hatten ihr früher manchmal Angst gemacht. Nun hatte sie sich damit abgefunden, wie auch mit seiner in früher Jugend entwickelten Art, sie ständig zu korrigieren und zu kritisieren.
Brutus schien in sich versunken. Seine Hände spielten mit dem Purpursaum seiner Toga, den er vor und zurück faltete oder zu einem Rohr zusammendrehte. Servilia betrachtete ihn erwartungsvoll. Würde er es wagen, nach dem zu fragen, was ihm wirklich wichtig war?
Brutus streckte seine langen Beine weit von sich und starrte an die Decke: »Ist Caesar mein Vater?«

Servilia setzte sich gerade hin. Nie hätte sie geglaubt, dass er ihr diese Frage stellen würde, obwohl es die Frage war, die ihn schon seit seiner Kindheit umtrieb. Die Frage, mit der sich seit dreißig Jahren ganz Rom an langweiligen Tagen vergnügte.

»Warum stellst du mir diese Frage?«

»Warum muss ich sie überhaupt stellen? Wäre es in all den Jahren nicht an dir gewesen, mir die Wahrheit zu sagen?«

»Es muss dir der Name reichen, den du trägst. Ist Brutus nicht gut genug für dich? Er ist einer der edelsten Namen Roms. Ich brauche dir nicht zu sagen, dass der Begründer der Republik so hieß.«

»Es geht mir nicht um den Namen, sondern darum, wessen Sohn ich bin.«

»Du vergisst dich. Du hast überhaupt kein Recht, mir solche Dinge zu unterstellen.«

»Wieso ›unterstellen‹? Jeder weiß, dass du jahrelang die Geliebte Caesars warst, ja noch heute bist du seine engste Vertraute. Und jeder kennt deinen damaligen Lebenswandel.«

»Du wagst es, so mit deiner Mutter zu sprechen?«

»Deine Sätze klingen nach einem Komödiendialog. Berufe dich mir gegenüber bitte nicht auf die guten Sitten oder die Bräuche der Väter. Wir leben nicht mehr in einer Welt, in der es feste Regeln gibt, nach denen man seine Mutter oder seinen Vater behandeln muss.«

»Warum willst du das denn überhaupt wissen? Was nutzt es dir?«

»Warum fällt es dir so schwer, es mir zu sagen? Was nutzt es dir, es mir zu verschweigen?«

Mutter und Sohn wichen erschöpft ihren gegenseitigen Blicken aus. Vom Peristyl her konnte man das Rauschen der Fontäne hören. Eine Fliege summte, kam näher und ließ sich auf Brutus' Handrücken nieder, wo sie auf seinen angeschwollenen Adern herumkletterte. Mit der freien Hand schlug er nach

ihr, doch sie war zu schnell und schwirrte in panischem Zickzack davon.
Brutus blickte Servilia direkt in die Augen und sagte tonlos: »Warum fragst du nicht, was es ihm nutzen könnte?«
Servilia verstand erst nicht. Was sollte das jetzt wieder? Da traf es sie wie ein schwerer Schlag auf die Brust, und sie musste sich abwenden, um Luft zu holen. Es ging um eine Verschwörung gegen Caesar. Sie hatte so etwas schon lange befürchtet. Sollte die Frage der Vaterschaft dabei tatsächlich eine Rolle für Brutus spielen? Doch wie würde die Antwort ihn beeinflussen? Würde ein ›Ja‹ ihn zur Aufgabe seiner Pläne bewegen, oder würde es ihn nur noch entschlossener machen? Und welche Wirkung würde ein ›Nein‹ haben? Niemals war Servilia so bewusst gewesen, wie wenig sie ihren Sohn kannte. Sie forschte in seinem blassen, marmornen Gesicht. Seine selbstgewählte Versteinerung begann brüchig zu werden. Schweißperlen standen ihm auf der Stirn.
»Planst du seinen Tod?«
»Jeder ehrenhafte Römer sollte ihn planen.«
»Du hast meine Frage nicht beantwortet.«
Brutus hielt ihren Blick nicht mehr aus, schaute wieder zur Decke und sagte heiser: »Noch plane ich seinen Tod nicht.«
»Willst du damit sagen, dass deine Entscheidung von meiner Antwort abhängt? Willst du mir so viel Macht über dich einräumen?«
»Ich kann mir selbst nicht vorstellen, was deine Antwort bewirken wird.« Hier zwang er sich, seine Mutter wieder anzusehen: »Ich will es einfach wissen.«
»Dann höre: Er ist es nicht. Brutus war dein Vater. Du bist ein völlig eheliches Kind und trägst deinen Namen zu Recht.«
Brutus öffnete den Mund und riss die Augen auf. Offensichtlich war er fest davon ausgegangen, Caesars Sohn zu sein. Kein Wort brachte er heraus.

Zu Servilias eigener Überraschung bereitete seine Verwirrung ihr keine Genugtuung. »Nun«, fragte sie, »wirst du versuchen, ihn zu töten?«
»Das weiß ich noch nicht … Es geht hier ja schließlich nicht um meine persönlichen Gefühle, sondern um das Wohl der Republik.«
»Bist du enttäuscht?«
»Ich bin erleichtert.«
»Das glaube ich dir nicht. Auch wenn du es nicht zugibst, wärst du gern sein Sohn gewesen.«
»Hättest *du* es lieber gehabt, wenn ich sein Sohn gewesen wäre?«
Nun schwieg Servilia. Sie studierte das Gesicht des Mannes, der ihr gegenübersaß. Unter seinen Augen lagen dunkle Ringe, seine Blässe hatte nichts Steinernes mehr an sich. Er hatte sich in seinen Stuhl zurückgelehnt und presste mit aller Kraft die Faust gegen die Stirn.
Servilia erhob sich und blickte an Brutus vorbei in den Garten. Die Sonne war höher gestiegen und ließ die Wassertropfen funkeln, die vom oberen Becken des Springbrunnens in das untere fielen.
Servilia machte einen Schritt auf ihren Sohn zu, fast hätte sie ihre Hand auf seine Schulter gelegt, doch er zuckte leicht, und sie vollendete die Bewegung nicht.
Nun stand auch Brutus auf, deutete eine kurze Verbeugung an und ging hinaus.

III

Das Mädchen saß hinter einer riesigen Bauchamphore und wischte sich eine Träne ab. Es unterdrückte ein Schluchzen. Das Atrium war ganz still, unerträglich heiß und unerträglich still. Alle Bewohner hatten sich in die dunkelsten Nischen des Hauses zurückgezogen und verharrten regungslos, denn auch nur die Zehen zu strecken, tauchte den ganzen Körper in Schweiß. Nicht einmal die Insekten schienen sich zu rühren. Die Vierjährige hatte sich hinter der großen Vase im Atrium versteckt, weil man sie daran hatte hindern wollen, die Fäden am Webstuhl einer Sklavin mit einem Messer zu traktieren. Seine Amme hatte schon mehrmals halblaut nach ihm gerufen, aber das Mädchen rührte sich nicht. Nun stand die Amme wenige Schritte von der Vase entfernt und beschwor es mit gepresster Stimme: »Calpurnia, Calpurnia«.
Das Mädchen hielt die Luft an, um sich nicht durch sein Atmen zu verraten. Calpurnia hätte eigentlich nicht hinter dieser Vase sitzen dürfen. Es handelte sich um eine seltene Antiquität, ein Werk des Malers Euphronios, das ihr Onkel von seiner Statthalterschaft in Griechenland mitgebracht hatte. Das Gefäß war viel zu kostbar, als dass kleine Kinder in seiner Nähe spielen durften. Calpurnia fürchtete sich vor ihrem Onkel, vor seiner Schweigsamkeit und Strenge. Wie hatte er die Vierjährige erstarren lassen, als sie bei der Ankunft ungestüm ins fremde Haus gelaufen war. Ein einziger strafender Blick des einstigen Konsuls hatte sie auf den Fleck gebannt. Beinahe hätte sie die Türschwelle mit dem linken Fuß betreten, das aber brachte Unglück, denn das Glück kam von der rechten Seite. Nie durfte ein Gast einen solchen Fehler begehen. Seither drängte sie sich immer hinter ihre Mutter oder Amme, wenn ihr Onkel den Raum betrat.
Schließlich konnte Calpurnia die Luft nicht länger anhalten,

sosehr sie auch beide Hände auf Mund und Nase drückte. Der Atem entfuhr ihr mit einem leisen Pfiff. Gierig sog sie die Luft ein. Ob die Amme sie wohl gehört hatte?
Plötzlich kitzelte etwas Calpurnia im Gesicht. Sie schloss den Mund: Als sich ihre Zähne berührten, knirschte es ein wenig: Sand. Er war von der Decke herabgerieselt. Sie fühlte ihn auf ihrem Kopf, den sie vorsichtig betastete. Da kitzelte es auch auf der Hand. Es kam immer mehr Sand. Wie eine kleine Wolke, dann eher wie ein feiner Regen umhüllte er sie. Der weiße Sand bedeckte ihre Arme und ihr Gesicht. Er drang in die Falten ihrer Haut und kratzte. Calpurnia reckte sich und versuchte, den Sand abzustreifen, als ihr auffiel, dass das Rufen ihrer Amme aufgehört hatte. Calpurnia streckte den Kopf hinter dem Gefäß hervor.
Alles war plötzlich so viel stiller. Sie kam sich sehr allein vor. War die Familie ohne sie in den Olivenhain gegangen, um sie für ihre Unartigkeit zu strafen? Oder zu dem Bach im Pinienwald, in dem die winzigen Fische hin- und herjagten, wenn man sie mit dem Stock erschreckte?
Da rieselte wieder Sand von der Decke, doch diesmal viel Sand, so viel, dass er Calpurnias Arme vollends weiß färbte. Erst jetzt blickte sie nach oben, zur Decke, um zu sehen, wo der Sand herkam. Ein schwarzer Riss war zwischen den Balken erschienen, der aussah wie die Blitze, die Neptun schleuderte, und mit dem Blitz kam ein Krachen wie Donner. Auf einmal schwankte alles, und die Vase kippte knarrend hin und her. Und dann waren da noch mehr schwarze Blitze, die die Wände hinunterkrochen, und auch aus ihnen regnete Sand. Schneller und immer schneller jagten schwarze Linien im Zickzack über die Mauern.
Calpurnia duckte sich. Sie fürchtete vor allem, dass die Vase umfiel. Würde man nicht denken, sie sei schuld? Da sprang die Amme mit zwei Sätzen auf Calpurnia zu, riss sie hoch und

rannte mit ihr nach draußen. Freie, Sklaven, Tiere, alle schrien und liefen, so schnell sie konnten, über den Hof. Im Dach des Pferdestalls klaffte ein riesiges schwarzes Loch, und im Boden tat sich eine gewaltige Spalte auf, die den alten Schweinehirt verschluckte. Er streckte noch die Hände nach den anderen aus, dann war er nicht mehr zu sehen.

Auch im flachen Gelände blieb man nicht stehen, sondern rannte, bis das Wiehern der Pferde, die im Stall eingeschlossen waren, nicht mehr zu hören war. Die Menschen schienen in der Hitze ewig zu laufen. Wohin, merkte Calpurnia erst viel später, denn als sie sah, wie die Erde den alten Mann auffraß, drückte sie die Lider so fest wie möglich zusammen.

Draußen nahm ihr Vater sie auf den Arm und sagte ihr, dass sie sich nicht zu fürchten bräuchte und dass dies kein Grund zum Weinen sei. Und so hatte sie nur geseufzt, während sie ihren Kopf in seinem Nacken vergraben und ihre Arme um seinen Hals geschlungen hatte …

Calpurnia war aufgewacht. Sie zog die Decke hoch. Im Traum mochte es brütend heiß gewesen sein, doch die Morgendämmerung war kühl. Die Erinnerung an das große Erdbeben, das sie als Kind erlebt hatte, kehrte immer wieder. Ihr Onkel war dabei umgekommen, erschlagen von einem Balken, als er die Statuetten der Hausgötter im Atrium retten wollte.

Calpurnia streifte die Decke ab, erhob sich und schlang sich eine dicke Stola um die Schultern. Auf Zehenspitzen, um ihre Sklavinnen nicht zu wecken, schlich sie sich durch den Vorraum ihres Schlafgemachs. Sie trat in den großen Säulenumgang, der das Peristyl umschloss, um frische Luft zu atmen.

Im Grau des Himmels waren nur noch die allerhellsten Sterne zu erkennen. Nach Osten, zum Esquilin hin, wurde es schon heller. Unfrisiert und noch im Schlafgewand spazierte sie zur Halle am Ende des Peristyls, wo Caesar einen Teil seiner Kunstsammlung aufbewahrte. Hier standen griechische

Statuen in Marmor und Bronze, hingen Gemälde der berühmtesten griechischen Maler. Wie bei einem Atrium gab es eine Öffnung im Dach, damit Licht auf die Kostbarkeiten fallen konnte, eine Öffnung, die bei schlechtem Wetter mit einem Wachstuchsegel verschlossen wurde. Es war noch zu dunkel, als dass man viel hätte erkennen können. Die Bilder waren sperrige graubraune Flächen, die an den Wänden hingen oder auf Gestellen mitten im Raum standen. Erst gestern hatte Varro Caesar als großen Sammler gerühmt und seinen erlesenen Geschmack gepriesen. Calpurnia fand, dass es nicht so schwer war, griechische Kunst zu sammeln, solange man nur wusste, dass die Werke von Apelles und Zeuxis, Phidias und Lysipp als schön galten, und solange man bereit war, die entsprechenden Preise für sie zu zahlen.
Im Zentrum des Saales stand ein schwarzes Ungetüm, ein überlebensgroßer Speerträger in Bronze, der eine Hand in die Hüfte gestemmt hatte und mit der anderen einen Speer hielt, der vom Boden senkrecht in die Höhe ragte. Die Figur war leicht gedreht, sodass Calpurnia die fleischige Muskulatur der Brust von der Seite erkennen konnte und das kräftige, ausladende Gesäß. Der bronzene Mann hatte etwas Schweres an sich, als könnte er jeden Augenblick im Boden versinken und alles andere mit sich in den Schlund reißen. Gegenüber hatte man die lebensgroße Statue eines römischen Senators aufgestellt, der in seine Toga gehüllt reglos in die Ferne starrte und trotz seiner Würde im Vergleich zu dem kraftstrotzenden Hünen klein und unscheinbar wirkte. Es schien, als würde er bewundernd zu dem jungen Griechen aufblicken. Warum sonst hätte der Staatsmann in Marmor seinen Kopf leicht in den Nacken werfen sollen?
Da bewegte er sich leicht, und Calpurnia hielt überrascht inne. Auf einmal erkannte sie im Halbdunkel die ihr vertraute Kopfform: Es war kein Standbild, es war Caesar. Er hatte sie

weder gesehen noch bemerkt, aber auf dem linken Ohr hörte er ja auch nicht mehr so gut. Calpurnia geriet immer in leichte Erregung, wenn sie ihrem Ehemann begegnete. Das geschah meist nur aus Zufall, wenn es sich nicht um einen festlichen Anlass, um irgendeine offizielle Gesellschaft handelte. Würde es ihm wohl recht sein, dass sie ihn hier entdeckte?

Wenn er daheim war, was in ihren knapp fünfzehn Ehejahren nicht allzu oft vorgekommen war, fühlte Calpurnia sich noch immer ein wenig wie ein Gast in seinem Haus. Es waren seine Gärten, seine Bibliothek, seine Kunstsammlungen, seine Empfangsräume. Und die vielen Gäste waren seine Gäste, selbst dann, wenn sie Calpurnia besuchten. Die meisten von ihnen schienen Calpurnia für ihresgleichen, für eine Fremde zu halten. Viele erkannten sie nicht, wenn sie ihr in einem Empfangsraum oder im Säulengang begegneten, oder erst zu spät, um ihr dann verlegen übertrieben Respekt zu zollen. Manche grüßten sie nur flüchtig, als sei sie eine Bittstellerin aus der Provinz, wovon ihre schlichte Frisur zu zeugen schien. Andere behandelten sie mit einer gewissen anzüglichen Frechheit, wie eine Frau, die augenscheinlich keine große Dame der römischen Gesellschaft war, eine arme Verwandte vielleicht, die man mit ein bisschen männlicher Freizügigkeit provozieren durfte.

Calpurnias ungewöhnliche Gestalt – sie war größer und schlanker als die meisten Römerinnen – und ihre eigentümlichen Augen forderten so manchen alten Haudegen heraus. Ein Sklavenhändler aus Neapel, der Caesar um Vermittlung bat, als er Mietshäuser aus dem Erbe des Crassus kaufen wollte, war besonders unverschämt gewesen. Er hatte sie gefragt, ob sie eine germanische Fürstentochter sei, die als Geisel in des Diktators Haus lebte. Als er seinen Irrtum bemerkte, war er vor ihr auf die Knie gefallen, hatte ihr einen rubingeschmückten Armreif angeboten und ihr zwanzig der besten thrakischen Gladiatoren versprochen. Calpurnia hatte ihr Lachen kaum unterdrücken können. Sie hätte ja eigentlich gekränkt sein müssen, aber solche Verwechslungen machten ihr auch Spaß. Undenkbar, dass Fulvia oder Servilia so etwas passiert wäre. Aber das war vielleicht auch besser so, denn den beiden wäre die Komik der Situation bestimmt nicht aufgefallen.

Calpurnia überlegte, ob sie sich lautlos entfernen sollte. Der Traum bedrückte sie. Sie hatte seit Jahren nicht mehr an das Erdbeben gedacht. Obwohl Calpurnia nicht an Omina glaubte, weckte die Erinnerung an das Unglück eine unbestimmte Angst in ihr. Sie wollte Caesar jetzt nicht treffen. Und sie hatte es oft genug erlebt, dass auch er auf plötzliche Begegnungen nicht unbedingt erpicht war. Während sie noch unentschlossen dastand, machte Caesar einen Schritt nach vorn und fasste mit der Hand nach dem Knie des speertragenden Kolosses. Inzwischen hatte der Himmel fast schon ein Hellgrau angenommen, und die ersten, noch undeutlichen Schatten zeichneten sich auf dem Boden ab. Auch der Caesars. Er schaute an der Statue hoch und beugte den Kopf noch weiter zurück. Sie konnte jetzt die platte Stelle an seinem Hinterkopf erkennen, die so gar nicht zu seinem römischen Patrizierhaupt paßte. Witzbolde behaupteten, dass sich Caesar nur zum Pontifex Maximus hatte wählen lassen, um sich die priesterliche Toga über den Kopf ziehen und seinen kleinen Makel verdekken zu dürfen. Calpurnia lächelte.

Da schien es ihr, als neigte sich sein Kopf unnatürlich weit nach hinten, während er das Knie des Athleten geradezu umklammerte. Der Diktator wurde auf einmal starr und zitterte heftig, während sich seinem Mund erstaunliche Geräusche entrangen, kurze, überschrille Schreie, wie sie Calpurnia noch nie gehört hatte. Ein Anfall! In all den Jahren, in denen Caesar ja meist im Krieg gewesen war, hatte Calpurnia nie seine

Krankheit erlebt. Eine Krankheit, von der alle raunten, die Caesar selbst jedoch nie erwähnte. Calpurnia wurde so überrascht, dass sie regungslos stehen blieb. Starr und zitternd wie er war, verlor Caesar das Gleichgewicht und stürzte zu Boden: Man hörte einen dumpfen Schlag, als sein Hinterkopf auf den Marmor traf. Am Boden wälzte sich der Diktator in wilden Zuckungen hin und her. Von seinen Augen war allein das Weiß zu erkennen. Jetzt löste sich Calpurnias Starre. Sie stieß einen leisen Schrei aus und lief zu Caesar. Aber da waren schon drei Gestalten an ihr vorbeigeeilt – einer hätte sie beinahe beiseite gestoßen – und hatten sich auf Caesar geworfen, drückten seine Arme und Beine zu Boden und steckten ihm gewaltsam einen Holzpflock in den Mund. Ihre gezielten Bewegungen zeugten davon, dass sie aus langer Übung handelten.

Schließlich regte sich der Kranke nicht mehr. Die drei Männer legten den Bewusstlosen auf ein großes Tuch und trugen ihn fort. Calpurnia erkannte die drei Leibsklaven Caesars, Bedienstete, die ständig um ihn waren. Erst jetzt merkte Calpurnia, dass ihre Zähne einen Halbkreis tiefer Druckstellen in ihren Handrücken gegraben hatten.

LIBER QVINTVS

I

Er saß auf einem Sessel und diktierte drei Sekretären, die ihm zu Füßen hockten. Im Schein der Öllämpchen ritzten sie abwechselnd jeweils dann ihre Kurzschriftzeichen in die Wachstäfelchen, wenn er sie direkt ansprach. Wenn der Diktator pausierte oder sich an einen der Kollegen wandte, warteten sie ab und unterdrückten das Gähnen. Es war lange nach Mitternacht.

Neben Caesars Sessel stand ein vergoldeter Bronzeständer, an dem ein besonders ausgefallenes Öllämpchen hing. Die Flamme züngelte aus einem Löwenhaupt, das im Todeskampf einem Gladiator entgegenfauchte. Das Tier lag auf dem Rücken und erwartete den entscheidenden Schwerthieb des Gepanzerten. Erst beim näheren Hinsehen erkannte Hirtius, dass der Löwenrumpf nichts anderes war als das unmäßig verlängerte Glied des kleinen Gladiators, das sich in steifer Übergröße emporstreckte.

Caesar unterbrach seinen Satz – es ging wieder einmal um die Getreideversorgung –, lächelte Hirtius an und sagte: »Geschmacklos, nicht wahr? Ein Geschenk, ich habe vergessen, von wem …«

»Warum stellst du es auf, wenn du es geschmacklos findest?«

»Ich habe immer schon Gefallen an geschmacklosen Gegenständen gefunden, wusstest du das nicht?«

Hirtius erwiderte nichts, unwillig, auf Caesars ablenkende Bemerkung einzugehen.

Einen kindlichen Tonfall nachahmend, fragte Caesar: »Spielst du heute Abend nicht mit mir, Hirtius?«

»Es ist sehr spät.«

»Umso mehr freue ich mich über deinen Besuch.«
»Ich wünschte, er hätte einen angenehmeren Grund.«
»Das wünschte ich auch.«
»Also weißt du schon Bescheid?«
»Nein, aber du würdest nicht so spät hier erscheinen, nur um mit mir die Zeit totzuschlagen. Aber im Grunde wünschte ich nicht, dass dein Besuch einen angenehmeren Grund hätte, sondern ich wünschte mir, er hätte gar keinen Grund.«
Wieder ging Hirtius nicht auf die Worte des Diktators ein. Caesar ließ jedoch nicht locker: »Du kommst nur noch selten vorbei, wenn dich nicht gerade dringende Geschäfte zwingen. Fast habe ich das Gefühl, Hirtius meidet meine Gesellschaft.«
Die Sekretäre blickten ins Leere und bemühten sich, die Unterhaltung der beiden Männer betont unbeteiligt zu überhören.
Ein Sklave kam mit einem Sessel für Hirtius, der sich niederließ und umständlich das Kissen zurechtrückte, um dann noch eine ganze Weile so zu tun, als sei er vor allem damit beschäftigt, eine möglichst bequeme Haltung einzunehmen. Caesar wechselte das Thema: »Was gibt es?«
»Vor vier Tagen wurde ein Anschlag auf das Leben der Königin verübt. Zwölf Gladiatoren kamen vom Fluss her, drangen in ihren Garten ein und töteten ihre Leibwächter. Nur durch einen glücklichen Zufall kamen sie und Philostratos mit dem Leben davon.«
»Ein ganzes Dutzend gedungener Mörder! Davon hat sie mir nichts erzählt. Ich war gestern und vorgestern bei ihr. Sie hat das Attentat mit keinem Wort erwähnt.«
»Vielleicht misstraut sie dir.«
»Deine Theorie wäre auch dann nicht überzeugender, wenn weniger Genugtuung zwischen deinen Worten hindurchschimmerte.«

Hirtius erschrak. Noch nie hatte er in Caesars Gegenwart so offen gesprochen. Kritik mochte er mitunter üben, aber Gehässigkeit hatte er seinen Feldherrn niemals spüren lassen.
Eine Pause trat ein, in der beide Männer versuchten, das Ausmaß der Entfremdung abzuschätzen. Schließlich war es Caesar, der die Unterhaltung sanfter fortsetzte: »Du würdest sie lieber heute als morgen wieder in Ägypten sehen, das weiß ich. Aber das würde auch nichts ändern …«
›Nichts woran?‹ dachte Hirtius, ohne es auszusprechen, während Caesar weiterredete.
»… sag mir lieber, warum wir bis heute nichts erfahren haben.«
»Kleopatra hat alle Spuren verwischen lassen, soweit es ging«, antwortete Hirtius. »Die Leichen der Leibwächter und der Gladiatoren, sofern sie denn überhaupt tot sind, sind verschwunden – und möglicherweise einige Augenzeugen dazu. Wir haben von der Geschichte nur gehört, weil zur gleichen Zeit ein Bootsunfall auf dem Tiber stattfand und einige Personen vermisst werden, die angeblich gesehen wurden, wie sie sich ans Ufer vor dem Palast retten konnten. Nachdem sie von Kleopatras Sklaven und Wachen in Empfang genommen wurden, sind sie nie wieder aufgetaucht.«
»Warum diese Vertuschung? Vor allem aber: Gibt es schon einen Verdacht, wer hinter dem Attentat steckt?«
Hirtius hielt sich die Hand vor den Bauch – ein leichtes Stechen in der Magengrube. Das Schicksal der verschwundenen Ausflügler schien dem Diktator völlig gleichgültig zu sein. Doch auch diesen Gedanken behielt er für sich und erwiderte: »Die Königin hat viele Feinde – hier und in ihrer Heimat. Es könnte sich um eine rein ägyptische Angelegenheit handeln. Wenn nicht, dann geschah es vermutlich, weil jemand ihren Einfluss auf dich fürchtet. Es geht das Gerücht, du wolltest dich scheiden lassen, Kleopatra heiraten und mit ihr nach

Alexandria ziehen, um das Imperium von dort aus zu regieren. Seitdem du Kaisarion als deinen Sohn anerkannt hast, werden solche Dinge an jeder Straßenecke geflüstert.«

Caesar nickte: »Dass diese Hirngespinste geglaubt werden! Du fürchtest doch nicht etwa Ähnliches, oder?«

»Natürlich nicht.«

Aber Hirtius hatte seine Antwort etwas zu mechanisch hervorgestoßen. Und Caesar hatte es bemerkt.

Caesar schüttelte sanft den Kopf: »Wir werden unser Wissen für uns behalten. Auch Kleopatra soll nicht erfahren, dass wir nun eingeweiht sind. Aber wir müssen besser aufpassen. Nichts, was sie tut oder ihr angetan wird, darf uns entgehen. Und wir sollten auch verhüten, dass uns weitere Römer abhanden kommen.«

»Wirst du deine privaten Besuche bei ihr fortsetzen?«

»Gewiss«, antwortete Caesar fast mitleidig.

Hirtius murmelte eine Abschiedsfloskel und ging.

II

Fulvia war verärgert. Sie hasste den dichten Verkehr des frühen Nachmittags, die verstopften Straßen, das ständige Gebrüll und die widerlichen Gerüche. Sie verabscheute die Betrunkenen, die stumpfsinnig an den Straßenecken lehnten, die Bettler, die Verstümmelten der Bürgerkriege, die protzigen Sänften reich gewordener Konkubinen, die spät aufgestanden waren, den verbliebenen Vormittag im Bad verbracht hatten und sich nun mit offenen Vorhängen durch die Straßen tragen ließen, miteinander wetteiferten oder auf neue Gönner hofften. Von oben bis unten mit schwerem Goldschmuck be-

hängt, scherten sie sich nicht um Caesars Gesetze gegen übertriebenen Luxus.
Warum diese plötzliche Nachricht von Dolabella? Zur Mittagszeit, ohne Vorwarnung, mit dem dringenden Wunsch nach einer sofortigen Begegnung. Es war sonst schon schwierig genug, von einem Augenblick zum nächsten das Haus zu verlassen. Nun aber war es noch schwieriger geworden, ihn zu treffen, deutlich schwieriger. Antonius' Eifersucht hatte sich in letzter Zeit mehrfach so heftig entladen, dass Fulvia gar nichts anderes mehr blieb, als auf Treffen mit Dolabella zu verzichten. Dies war neu: Bisher hatte man die Liebschaften des anderen kommentarlos geduldet, nun wurden sie zum Problem.
Obwohl Fulvia die Beziehung zu Dolabella eigentlich gern fortgesetzt hätte – sie schätzte seinen Witz, seine jugendliche Unbekümmertheit, die, anders als bei Antonius, so ganz ohne Weingenuss zustande kam und der jede Gewalttätigkeit fehlte –, war es ihr im Moment vor allem darum zu tun, allen Streit mit ihrem Gemahl zu vermeiden. Daher hatte sie mit Bedauern entschieden, sich von ihrem Geliebten zu trennen. Wäre er nicht zehn Jahre jünger als sie, hätte Fulvia vielleicht eine Scheidung erwogen. Alle sagten Dolabella eine große Zukunft voraus. Aber er war einfach noch zu jung, zu jung für sie und zu jung für die Rolle in der Politik, die er als ihr Mann hätte spielen müssen. Und Antonius war mächtiger geworden. Dass Antonius wichtiger war als alle anderen Männer im Umkreis Caesars, wichtiger als Asinius Pollio und Aulus Hirtius, wichtiger als Brutus, war inzwischen allgemein anerkannt – und es verdankte sich nicht zuletzt auch ihrem Zutun. Gerade deshalb brauchte er sie aber inzwischen ein bisschen weniger als am Anfang ihrer Ehe. Jetzt, wo sie ihn beinahe da hatte, wo sie ihn immer hatte haben wollen, musste sie vorsichtig sein, durfte sie die Ehe nicht aufs Spiel setzen. Sie durfte ihm kei-

nen Vorwand bieten und musste sich zugleich unentbehrlich machen. So würde sie ihr Verhältnis mit Dolabella wohl beenden müssen, so Leid es ihr tat. Es schmerzte sie wirklich, fast ein bisschen zu sehr, dachte sie, wenngleich nicht so sehr, dass sie dabei nicht auch ein wenig Genugtuung empfand, dass sie es war, die sich von ihm, dem zehn Jahre Jüngeren, trennte.
Die Sänfte machte einen Ruck und blieb stehen. Der Straßenlärm drang noch schriller durch die dichten Vorhänge. Fulvia kannte die engen Gassen der Hauptstadt lange genug, um sich nicht zu beunruhigen. Zu dieser Tageszeit kam man kaum voran, wie viele Sklaven mit ihren Stöcken auch versuchen mochten, den Weg zu bahnen.
Fulvia drehte das kleine Wachstäfelchen, das Dolabella geschickt hatte, hin und her. Seine Botschaft war verschlüsselt, das gehörte zum Spiel. Sie hatten ein eigenes System geheimer Signale entwickelt, wobei es nicht auf den Text ankam, sondern nur darauf, dass er ein oder zwei besondere Wörter enthielt, die einen ganzen Zusammenhang andeuteten. »Deine Wangen schimmern wie Eos am Morgenhimmel« beispielsweise hieß: »Ich würde dich gern heute Abend sehen: Mach einen Höflichkeitsbesuch bei deiner Tante und komm bei mir vorbei.« Hier war es das Wort »schimmern«, auf das es ankam. Die Botschaft hätte ebenso gut lauten können: »Der dichte Nebel heute Morgen macht mich schwermütig, ich kann die Wellen des Tibers nicht mehr schimmern sehen.« Ähnlich verhielt es sich mit den Worten »Strahl« oder »strahlen«. »Vor dem gleißenden Strahl deiner Ungnade schmilzt mir der Lebensmut wie das Wachs in Ikarus' Flügeln« bedeutete: »Ich muss sofort mit dir sprechen. Wir treffen uns im üblichen Mietshaus in der Subura.« Dies war die Nachricht, die Fulvia heute erhalten hatte. Und weil die Subura zu den dichtest besiedelten und ärmsten Bezirken der Stadt gehörte, dauerte es sehr lange, bis die Sänfte ihr Ziel erreichte.

Fulvia teilte den Vorhang der Sänfte und reckte den Hals, um zu sehen, warum es nicht weiterging. Eine kleine Prozession war aus einer Seitenstraße hervorgekommen und hielt den Verkehr auf. Kahlgeschorene Tempeldiener schwangen Gefäße, aus denen Weihrauchschwaden aufstiegen, und sangen mit gespielter Verzückung in einer Sprache, die Fulvia nicht erkannte. Ihnen folgten die Priester und dann ein Häuflein Gläubiger, deren Verzückung echter wirkte, deren Gesang hingegen zeigte, dass sie die religiösen Lieder nicht verstanden, die sie intonierten. Fulvia schüttelte den Kopf. Seit Kleopatra in Rom weilte, griffen ägyptische Kulte um sich. Fulvia wollte sich hinter ihre schützenden Vorhänge zurückziehen, da roch es ekelhaft stechend, und etwas Raues, Warmes fasste nach ihrem Arm. Sie schrie, wandte sich um und blickte in die zerklüfteten Züge eines ehemaligen Legionärs, dem eine riesige Narbe wie ein Graben quer übers Gesicht lief. Ein Auge fehlte, und er lallte sie aus einem weit aufgerissenen, zahnlosen Mund an. Schnell sprangen ihre Sklaven herbei, drängten den Humpelnden brutal zur Seite und stießen ihn an den Straßenrand. Fulvia war so erschrocken, dass sie vergaß, die Pflichtvergessenheit ihrer Sklaven zu rügen. Sie schloss die Vorhänge und wartete, bis die Sänfte wieder zu schaukeln anfing.

Schließlich hatten sie ihr Ziel erreicht, eine besonders dunkle Seitenstraße, die sich wie eine schmale Spur zwischen hohen Mietshäusern hinzog. Nur an einer Stelle fiel deutlich mehr Licht in die Schlucht, dort musste wohl ein Grundstück unbebaut geblieben sein. Oder das Haus war abgebrannt. Brände gab es in diesen engen Gassen fast täglich; ein Wunder, dass nicht schon die ganze Stadt in Flammen aufgegangen war. Crassus hatte ja sein Vermögen damit gemacht, dass er brennende Mietshäuser zu Niedrigstpreisen aufkaufte, um sie dann von seiner privaten Feuerwehr löschen zu lassen. Er war

dadurch so reich geworden, dass er seinem Lieblingsaal ein perlengeschmücktes Silberhalsband im Werte von mehreren hunderttausend Sesterzen hatte anfertigen lassen.
Fulvia betrat das Haus und ließ ihre Sklaven draußen zurück. In dem dämmerigen Flur, der zum Innenhof führte, hing ein Geruch von abgestandenem Bier und gekochtem Kohl. Die Wände waren mit obszönen Sprüchen, manchmal auch Zeichnungen bekritzelt. Einige stellten wohl die Bewohner des Hauses dar, doch Fulvia entdeckte unter einer Schmiererei auch die Namen des Diktators und der ägyptischen Königin. Aus Angst, vielleicht auch auf ihren eigenen Namen zu stoßen, wandte sie sich ab.
Sie stieg die enge Treppe hinauf, es ging ins vierte Stockwerk. Zuerst hatte sie Dolabellas Wahl eines geheimen Treffpunktes für originell gehalten. Heute fand sie den Ort bloß ekelhaft. Sie hatten sich hier nur zwei- oder dreimal getroffen, denn es war bisher eher Takt als wirkliche Geheimhaltung vonnöten gewesen. Immerhin herrschte heute nicht so viel Lärm wie sonst, keine schreienden Kinder oder zankenden Dirnen verstopften die Aufgänge, niemand schlief seinen Rausch auf dem Treppenabsatz aus. Irgendein öffentliches Spektakel musste die Mehrheit der Bewohner davongelockt haben. Die Stufen knarrten verräterisch, während Fulvia leicht außer Atem von Geschoss zu Geschoss kletterte. Manche Mietshäuser waren so schlecht gebaut, dass sie einfach in sich zusammenstürzten. Sehr Vertrauen erweckend wirkte auch dieses nicht.

Als sie im vierten Stock angekommen war, roch sie frischere Luft. Sie öffnete die Tür zu den Räumen, die Dolabella gemietet hatte, und blickte zum Fenster hinüber, froh, wieder echtes Tageslicht zu sehen. Statt eines Nachbarmietshauses sah sie nur das Gebäude auf dem übernächsten Grundstück, dann blickte sie hinunter und stellte fest, dass das Gebäude nebenan tatsächlich zusammengestürzt war. Deshalb drang auch so viel Sonnenlicht in diese Wohnung; Dolabella hatte klug gewählt. Weil sie bisher immer in den Abendstunden hierher gekommen war, hatte sie sich noch nie zuvor über diese Umstände Gedanken gemacht.

Sie steckte kurz den Kopf aus dem Fenster. Unten war nur eine große Geröllhalde zu sehen, in der eine Gruppe Halbwüchsiger hockte und streunende Hunde herumschnüffelten. Während sie noch den Schutt betrachtete, kam ihr der Gedanke, dass Dolabella ja gar nicht da war, um sie zu begrüßen. Dass er es wagte, sich auch noch zu verspäten! Sie hörte ein Geräusch hinter sich, einen Schritt, glaubte sie, und wollte sich schon umdrehen und Dolabella ihren Unmut kundtun, da legte sich eine große, starke Hand auf ihren Mund und ein noch kräftigerer Arm um ihren Hals. Sie wurde in einer einzigen Bewegung herumgewirbelt und fand sich von zwei hoch gewachsenen Männern, Gladiatoren vielleicht, gegen die Wand gepresst. Es war so schnell gegangen, dass sie keinen Laut hatte von sich geben, geschweige denn sich wehren können.

Fulvia war so überrumpelt worden, dass sie nicht einmal Angst bekommen hatte. Erst jetzt, als ihr Brustkorb sich heftig hob und senkte, begriff sie, dass sie möglicherweise in Lebensgefahr schwebte. Die Männer starrten sie wortlos an. Ihre Augen verrieten nichts. Allerdings versuchten sie auch nicht, ihrer Gefangenen Gewalt anzutun. Sie schienen abzuwarten.

Fulvia versuchte ihre Furcht zu unterdrücken, während sie mit rasender Geschwindigkeit die Möglichkeiten durchspielte, die sich ihr boten, die Gefahren, die ihr drohten. Ein Mordanschlag war dies nicht, sonst wäre sie schon tot. Offenbar brauchte man sie für irgendetwas.

Die beiden Angreifer hielten ihr Opfer an der Wand fixiert, ohne auch nur anzüglich zu grinsen, obwohl sie es mit einer der attraktivsten Frauen Roms zu tun hatten. Selbst wenn Fulvias Reize sie kalt ließen, so würden sich solche Männer normalerweise die Gelegenheit nicht entgehen lassen, eine Dame der besten Gesellschaft zu demütigen. Hätte sich nicht eine breite Hand unangenehm auf ihren Mund gedrückt, hätte Fulvia die starken Fremden fast respektvoll genannt. Sie handelten wohl im Auftrag einer außergewöhnlich mächtigen Persönlichkeit. Jetzt begriff Fulvia, warum es im Haus so still gewesen war: Jemand hatte es fertig gebracht, das ganze Mietshaus räumen zu lassen. Und die Nachricht von Dolabella! Sie musste gefälscht sein. Jemand kannte ihr geheimes Zeichensystem. Irgendjemand musste sowohl sie als auch Dolabella genau beobachten lassen und über gut platzierte Spione in beiden Haushalten verfügen. Es gab nur zwei Menschen in Rom, denen solche Mittel zur Verfügung standen ... Weiter kam Fulvia nicht mit ihren krampfhaften Überlegungen. In diesem Moment erschien ein bärtiger Mann mit lachenden Augen im Türrahmen. Philostratos. Fulvia entspannte sich sofort. Selbst in ihrer Angst erkannte sie, dass dem Philosophen der Königin seine Rolle nicht gefiel. Er nickte kurz, und die beiden Männer ließen Fulvia los. Sie blickte ihn misstrauisch an.

»Ich hatte eigentlich erwartet, Dolabella hier zu treffen«, begrüßte Fulvia ihn.

»Ich hoffe, ich stelle keine zu große Enttäuschung für dich dar.«

»Ich bin nicht zu Scherzen aufgelegt. Für einen Moment dachte ich, einem Attentat zum Opfer zu fallen.«

»Sei unbesorgt, es handelt sich um ein Missverständnis, das wir aufklären mussten. Man hat dich eines Verbrechens bezichtigt, mit dem du nichts zu tun hast.«

»Was für ein Verbrechen?«

»Ein Versuch, die Königin von Ägypten zu ermorden.«

Fulvias Brust zog sich zusammen: »Wer hat mich dessen beschuldigt?«
»Männer, die es auf das Leben der Königin abgesehen hatten.«
»Und deshalb habt ihr mich hierher gelockt und überfallen?«
»Wir mussten sichergehen, dass du unschuldig bist. Es lag in deinem eigenen Interesse.«
»Und jetzt glaubst du zu wissen, dass ich unschuldig bin? Wie kommst du darauf? Einfach nur, indem du den Raum betrittst und mich ein paar Sekunden lang anschaust? Ich habe keinerlei Fragen beantwortet, keine Erklärungen abgegeben. Findest du es nicht ein wenig lächerlich, mich in dieser Weise in eine Falle zu locken und dann nach einem kurzen Blick in meine gewiss sehr ausdrucksvollen Augen zu befinden, ich sei unschuldig? Wozu dieser ganze Aufwand? Sollte ich vielleicht nur eingeschüchtert werden? Hätte das nicht auch ein bisschen geschickter inszeniert werden können? Mir scheint, die Königin lässt ihr berühmtes Stilgefühl vermissen.«
»Deine Wut ist verständlich, Fulvia. Glaube mir, diese Aufgabe ist mir sehr unangenehm, und auch die Königin hat den Befehl nicht leichten Herzens erteilt.«
»Mir scheint, die Königin ist verunsichert, vielleicht sogar in Angst. So sehr in Angst, dass sie am helllichten Tag die Gesetze der Römischen Republik missachtet.«
»So würde ich das nicht nennen. Die Königin hat es immer vorgezogen, zu tun, was sie will, und sie wird es auch hier in Rom tun. Ich glaube, dass du klug genug bist, die Freiheiten, die sich die Königin nimmt, nicht zu unterschätzen. Noch bist du am Leben, aber nur, weil es ihr so gefällt ...«
»Was mich am meisten erstaunt, ist, dass du dich dafür hergibst. Wie vereinbarst du solche Überfälle nur mit deiner Philosophenehre? Hat Platon nicht gesagt, die Philosophen sollten Könige werden? Was für eine Regierung hätten wir, wenn solche Denker herrschten?«

»Wir leben in Zeiten, in denen sich keiner dem Sog der Macht entziehen kann. Das höchste Ziel des Philosophen ist es, die Wahrheit zu erkennen. Die Macht aber ist Teil der Wahrheit. Wer so tut, als gäbe es sie nicht, belügt sich selbst. Ein Philosoph kann dazu beitragen, dass die Macht nicht zur einzigen Wahrheit wird. Deshalb bin ich hier. Die Königin hält große Stücke auf meine Fähigkeit, in die Seelen der Menschen hineinzuschauen und dort Wahres von Falschem zu unterscheiden.«

Fulvia widerte die Heuchelei ihres Gegenüber an. Dies war doch nur ein Versuch, sie einzuschüchtern. Die Ausflüchte Philostratos' waren geradezu absurd. Der sonst so heiter-überlegene Philosoph war nichts als ein kleiner Höfling, der sich in jedes Verbrechen verwickeln ließ, wenn seine Herrin es befahl. Er war wie die anderen auch. »Wenn du glaubst, was du mir erzählst, dann machst du dir etwas vor. Du bist nichts als der Handlanger einer Despotin. Mit Wahrheit hat das nichts zu tun.«

»Sei dir nicht so sicher, werte Fulvia. Heute, scheint mir, habe ich zumindest eine Wahrheit erkannt, nämlich deine Unschuld an dem Anschlag auf das Leben meiner Herrin. Hätte ich nur den leisesten Zweifel gehabt, so lautete die Weisung meiner Herrin, hätte ich dich sofort töten lassen müssen. Wisse also, Fulvia, dass es ein Philosoph war, der dir heute das Leben rettete. Bis vor wenigen Sekunden war dein Schicksal in meiner Hand. Sollte sich meine Entscheidung nachträglich als falsch herausstellen, dann wäre dein Leben augenblicklich verwirkt – meins übrigens auch. Deshalb habe ich das größte Interesse daran, das bisschen Wahrheit, das ich erkennen kann, auch wirklich zu erkennen.«

Fulvia schnaubte: »Ich glaube, dass es keine Wahrheit ohne Macht gibt und dass es die Macht ist, die die Wahrheit schafft.«

Sie blickte zu den beiden anderen Männern hinüber. Völlig unbeteiligt schauten sie zu, als fände gar kein Gespräch statt. Anstatt ihr zu antworten, wandte sich Philostratos grußlos zur Tür, die anderen folgten ihm. Bevor er hinausging, drehte er sich noch einmal um und sagte: »Ich brauche nicht zu betonen, dass es besser für dich wäre, wenn du nichts von dieser Begegnung nach außen dringen lassen würdest – nicht einmal zu deinem Mann.«

Fulvia hörte, wie die genagelten Sandalen auf den Treppenstufen knarrten. Unsicher ging sie zum Fenster, um ein wenig Luft zu schöpfen. Draußen schien die Sonne warm und heiter, deutlich zu warm und heiter für die Jahreszeit. Während des Überfalls hatte sie sich nicht gefürchtet, das kam erst jetzt. Auch wenn sie nun in die strahlende Helligkeit hinausblickte, fühlte sie sich wie damals im Labyrinth.
Ihr wurde klar, dass Philostratos die Wahrheit gesprochen hatte. Dies war kein bloßer Einschüchterungsversuch gewesen. Man war bereit gewesen, sie umzubringen, und hatte dann darauf verzichtet. Also hielt man sie wirklich für unschuldig. Ihr Auftreten musste Philostratos überzeugt haben – wahrscheinlich ihre ehrliche Überraschung, ihm zu begegnen. Dennoch, daran gab es keinen Zweifel, misstraute man ihr noch immer. Philostratos hatte gesagt, die gedungenen Mörder hätten sie beschuldigt, aber konnte das stimmen?
Wäre die Bezichtigung so eindeutig gewesen, hätte sich Kleopatra nicht erst vergewissern müssen. Sie hätte Fulvia einfach unauffällig beseitigen lassen, mit einem jener ägyptischen Gifte, die schon in den Palästen der Pharaonen gebraucht worden waren, um Gegner aus dem Weg zu räumen. Das bedeutete, Kleopatra und Philostratos verfügten über Hinweise, nicht aber über genaue Informationen. Sie hatten das Attentat geheim gehalten – offenbar auch vor Caesar, sonst würden

sie diese Untersuchung nicht selbst, zumindest nicht in dieser Form durchführen können. Wenn Kleopatra die ganze Sache aber selbst vor Caesar verbarg, mit dem sie Gerüchten zufolge jede zweite Nacht verbrachte, dann konnte sich ihr Verdacht nur auf die hoch gestelltesten Personen richten; auf Personen, die Caesar sehr nahe standen, so nahe, dass sie unantastbar waren – Frauen, wie es schien.

Sie selbst, dachte Fulvia, war wahrscheinlich nur eine der Verdächtigen, schließlich bedeutete sie Caesar nichts, sondern war vor allem deshalb wichtig, weil ihr Ehemann der bei weitem mächtigste unter den Gefolgsleuten des Diktators war. Deshalb hatte man mit ihr angefangen. Konnte man sie ausschließen, dann würde man sein Augenmerk auf die bedeutenderen Verdächtigen richten. Wer da in Frage kam, war allzu klar. Caesars Mutter und Tochter waren lange tot, so blieben nur seine Ehefrau und seine langjährige Geliebte Servilia. Eine von ihnen musste den Anschlag auf Kleopatra veranlasst haben.

Konnte man Calpurnia eine solche Tat zutrauen? Kaum. Oder vielleicht doch? Nein, das war zu lächerlich. Die schüchterne Calpurnia, die sich hinter ihren Büchern verschanzte, während um sie herum Geschichte gemacht wurde? Niemals.

Da fiel ein Schatten auf das Haus. Eine einzige graue Wolke segelte träge über den blauen Himmel.

Calpurnia war keine Mörderin, aber sie war klug, klüger, als man dachte. Fulvia hatte sie bisher unterschätzt. Das war vielleicht ein Fehler. Fulvia fröstelte.

Und Servilia? Natürlich; fähig dazu war sie. Aber das hieß noch nicht, dass sie schuldig war. Aber wer sonst? Da kam die Sonne wieder, und Fulvia streckte die Arme aus dem Fenster, um möglichst viel Wärme zu erhaschen. Doch: Es war Servilia. Caesars ehemalige Geliebte, seine beste Freundin. Es musste, es konnte nur Servilia sein.

Ob Antonius von alledem wusste? Wenn ja, hatte er ihr nichts gesagt. Dies war kein gutes Zeichen. Fulvia beschloss, Philostratos' eindringliche Anregung zu befolgen und selbst ihrem Ehemann vorerst nichts von diesen Ereignissen mitzuteilen.

III

Cicero schloss sachte die Tür hinter sich und folgte dem Weg, der durch den Pinienhain führte. Die Bäume trugen weiße Hauben: Raureif; Büsche und Grashalme ebenso. Der plötzliche Kälteeinbruch hatte Etrurien über Nacht in den Winter gestoßen. Neben dem Weiß schien es nur noch eine Farbe zu geben, Grau, die aber in tausend Schattierungen. Der Weg führte leicht bergauf, und Cicero begann zu schnaufen, sein Atem stieg dampfend auf und vermischte sich mit den sanften Nebelschwaden, die sich in den Pinienkronen verfingen.

Cicero schmerzten vor Kälte die Gelenke. Er verschränkte die Arme vor der Brust und rieb sich die Ellenbogen, die sich durch die grobe Wolle seines Umhangs hart wie Eisen anfühlten. Als er aus dem Wäldchen trat, lagen sie vor ihm: die Fischteiche. Sie sahen aus wie regelmäßige, steile und doch flache Hügel. Wegen der hohen Böschung konnte man die Wasseroberfläche nicht sehen. Aber man ahnte sie, weil der Nebel über den Teichen viel dichter war als über der Wiese. Das warme Wasser dampfte in der kalten Luft. Cicero betrat das Gras – der Raureif knirschte leise unter seinen Füßen – und hielt auf einen Teich zu. Er kletterte den Damm hinauf, rutschte beinahe ab und ließ sich, oben angekommen, am Wasserrand nieder. Ein Sklave näherte sich ihm, der drohend einen Knüppel in der Hand hielt. Es war der Mann, der die Teiche bewachte und die Heizanlage in Gang hielt, die unter den Teichen brannte und dafür sorgte, dass die Fische in konstant warmem Wasser weit über ihre normale Größe hinauswuchsen. Der Sklave erkannte seinen Herrn und verschwand mit einem verlegenen Gruß wieder. Er hatte wohl mit einem Fischdieb gerechnet.

Cicero stieß seinen Stock gedankenverloren in das trübe, braune Nass und traf auf Widerstand. Er beugte sich dichter über die Wasseroberfläche und sah die fetten Meerbarben, keine weniger als 7000 Sesterzen wert, wie sie sich träge vor ihm drängten, weil sie glaubten, er würde sie füttern. Cicero riss einen Erdklumpen von der Böschung ab und warf ihn weiter hinten ins Wasser. Aber die Fische rührten sich nicht. Nicht etwa, dass sie die Täuschung durchschaut hätten, sie hatten es bloß nicht nötig, dem Futter hinterherzuschwimmen, so gut wurden sie gemästet.

Cicero tauchte seine Hand in das dampfende Wasser und genoss die Wärme. Hier und da stieß er gegen ein Fischmaul und spürte die Barteln an seinen Fingern vorbeiziehen. Zuerst ekelten ihn diese Begegnungen, dann aber gewöhnte er sich an sie und freute sich, wann immer ein Fischkörper seine Hand berührte. Er begann, den Tieren über den Rücken zu streicheln. Bald wurde er kühner, beugte sich weiter vor und legte seine Hand unter den Bauch eines besonders fetten Fisches, den er sachte kitzelte. Es war, als würden die Fische seine Zärtlichkeiten genießen. Er lachte bitter: Am Ende würde er Publilias Fische doch noch lieb gewinnen, nachdem er sich so lange und letztlich vergeblich gegen sie gesträubt hatte.

Nach einer Weile schwammen die Fische träge davon, denn sie wurden nicht gefüttert. Cicero zog die warme Hand aus dem Wasser, streifte sie am Saum seines Mantels ab und legte sie auf seinen Bauch. Wie dick er in den letzten Wochen geworden war. Tullia hätte ihn so gescholten. Es war ein Fehler gewesen, Rom zu verlassen, als ihn die Nachricht erreicht hatte. Hier, allein in Tusculum, ließ er sich ja doch nur gehen. Er aß und trank weit mehr, als ihm bekam, und bewegte sich zu wenig. Was immer die Philosophen denken mochten, die Bibliothek war kein Ort für die Trauer, sie lag einfach zu nahe am Speisezimmer.

Ein großer dunkler Fleck tauchte plötzlich auf der Wasseroberfläche auf. Cicero bekam einen Schreck, verlor beinahe das Gleichgewicht und griff nach der Böschung. Eine Hand legte sich auf seine Schulter und gab ihm Halt, während eine wohl bekannte, freundliche Stimme sprach: »Ich hoffe, du hast dich nicht erschrocken, Cicero. Gestattest du, dass ich mich zu dir geselle? Deine Sklaven teilten mir mit, ich würde dich hier finden.«

Cicero drehte sich zu dem Neuankömmling um: »Wie ist es dir gelungen, ohne ein Knirschen über die Wiese zu gehen? Hast du keinen Reif zertreten?«

»Ich ging in deinen Fußstapfen und konnte das Gras daher geräuschlos überqueren.«

»So? Ich hoffe, meine Fußstapfen waren dir nicht zu groß.«

»Zu groß nicht, höchstens ein wenig zu tief. Wir sinken nicht im gleichen Maße ein.«

Cicero bemühte sich unwillkürlich, seinen Bauch einzuziehen, und ärgerte sich. Er blickte seinen Gast verlegen an. Caesar lächelte ohne Häme, er wirkte fast so friedfertig wie die Fische.

Cicero stand auf und sagte würdevoll: »Sei mir willkommen, Caesar. Dein unerwarteter Besuch in Tusculum ehrt mich. Lass uns dieser Kälte entfliehen.«

Caesar verbeugte sich knapp und ließ sich von Cicero führen.

»Bist du die Nacht hindurch gereist?«

»Ja, zu Pferde. Ich brauche nicht mehr so viel Schlaf.«

»Möchtest du erst speisen oder dich lieber vorher ausruhen?«
»Am liebsten ginge ich ins Bad. Ich muss mich wieder auftauen. Selbst in Nordgallien habe ich nie so gefroren.«
»Ich komme mit dir ins Badehaus.«
»Darauf habe ich gehofft. Dann können wir uns unterhalten.«
Wenig später saßen die beiden Männer nackt im Schwitzbad und ließen einen noch viel dichteren Nebel als den draußen um sich herum aufsteigen. Sie ruhten auf steinernen Bänken einander gegenüber. Cicero zählte die Schweißperlen, die ihm von der Stirn tropften. Caesar hatte sich der Länge nach ausgestreckt, die Arme unter dem Kopf verschränkt und den Blick auf die Decke gerichtet, die man durch den Dampf nur schemenhaft sah. Hager, wie Caesar war, wirkte er zerbrechlich, fast zierlich auf seiner steinernen Liege. Der Dunst des Schwitzbades ließ seine Altersflecken verschwinden und milderte die Härte, mit der Caesars Knochen seine Haut spannten. Zugleich ließ der Schweiß den Körper des Diktators glänzen und geschmeidig aussehen. Für einen Moment war Cicero ganz gefangen von der Jugendlichkeit seines Gegenübers, war er doch sonst gewohnt, den Diktator als früh gealtert zu betrachten. Caesar hüstelte, und Cicero senkte verlegen die Lider.
Lange Zeit hingen sie nur ihren Gedanken nach, dann sprach Caesar: »Du wunderst dich vielleicht, warum ich so plötzlich erschienen bin. Ich komme, um dir mein Beileid auszusprechen. Ich weiß, dass dir Tullia so nahe war wie meine Tochter einst mir.«
Cicero nickte: »Es ist ein grausames Schicksal, wenn die Kinder vor einem sterben. Wie oft habe ich diesen Satz gehört, ohne je darüber nachzudenken. Aber es ist wirklich so … Die meisten Kinder sterben ja, wenn sie noch ganz klein sind. Sind sie über

sieben Jahre alt, dann rechnet man nicht mehr mit ihrem Tod. Und wenn sie gar erwachsen sind, dann verlässt man sich darauf, dass sie einen durchs Alter begleiten. Über die Jahre war mir meine Tochter mein engster Freund geworden.«

»Ich kenne das. Auch Julia wurde so schnell erwachsen. Ich hatte kaum etwas von ihr. Als ich sie Pompeius zur Frau gab, war sie fast noch ein Kind, und doch wusste sie schon genau, worauf es ankam. Pompeius war sogar glücklich mit ihr – und sie mit ihm. Sie war das zarteste und klügste Wesen, das mir je begegnet ist.«

»Tullia war nicht glücklich in ihrer Ehe. Ich wünschte, sie hätte es besser getroffen … Was die Ehe anbelangt, bin ich ihr allerdings kein gutes Vorbild gewesen.«

Ohne seinen Blick von der Decke zu nehmen, fragte Caesar: »Man hört, du willst dich von Publilia scheiden lassen. Und das nach so kurzer Ehe. Warum so schnell?«

»Ich habe mich geirrt. Publilia und ich passen nicht zusammen.«

»Das ist keine Antwort. Welche Eheleute passen schon zusammen? Und welche Frau könnte es mit Roms größtem Redner, Schriftsteller und Philosophen aushalten? Publilia ist noch jung, hat viel zu lernen, braucht Gewöhnung. Du musst etwas großzügiger mit ihren Schwächen umgehen …«

Cicero fand Caesars Schmeichelei etwas übertrieben, aber er war ihm dankbar dafür, dass er gekommen war, um ihm einfach etwas Freundliches zu sagen. Cicero konnte jetzt fast jede Art von Wohlwollen gebrauchen. Dennoch war es absurd, dass ein Mann derart gewinnend sein konnte, der Roms Freiheit missachtete und allein seinem eigenen Willen folgte. Immerhin hatte Caesar in seinem Lob den Staatsmann Cicero nicht erwähnt – da also saß der Stachel.

»… und gerade jetzt, nach dem Tod deiner Tochter, wäre es besser, wenn du verheiratet wärst.«

»Publilia hat mich tief enttäuscht. Tullia war ihr völlig gleichgültig. Sie hat kein Verständnis für meine Trauer. Sie ekelt mich. Ich will nicht mit einer Frau verheiratet sein, die mich so wenig achtet. Da hätte ich mich ja von Terentia gar nicht scheiden lassen müssen nach dreißig Jahren Ehe. Wahrscheinlich bin ich selbst schuld. Wohin soll es auch führen, wenn ein über Sechzigjähriger sein eigenes Mündel heiratet. Die gute Gesellschaft hat sich ja auch köstlich darüber amüsiert. Was werden sie jetzt erst sagen? ... Mir scheint«, fügte er trocken hinzu, »dass du mehr Glück bei jungen Frauen hast.«
»Meine Frau ist zwar deutlich jünger als ich, aber durchaus nicht mehr jung ...«
»Ich meinte natürlich die Königin ...«
Caesar lachte verlegen: »Ja, natürlich. Du siehst, ich muss vom nächtlichen Ritt doch erschöpfter sein, als ich dachte, ich kann mich nicht mehr konzentrieren.«
Cicero schaute Caesar an. Dieser lag noch immer mit hinter dem Kopf verschränkten Armen auf der Bank, hatte aber inzwischen die Augen geschlossen. Sein Mienenspiel verriet keinerlei Peinlichkeit, keinerlei Bewegung. Cicero fuhr fort: »Aber auf deine Frau trifft es auch zu. Sie war immer ergeben, taktvoll, aufrecht und hat deinem Ansehen nie geschadet.«
Cicero machte eine Pause: Das Thema, das er anschnitt, war Caesar bestimmt unangenehm. Vielleicht sollte er es lieber lassen; es war nicht klug, den Zorn des Diktators unnötig herauszufordern. Er hatte weder Recht noch Anlass, so mit Caesar zu reden. Schließlich verband sie keine wirkliche Freundschaft, dazu waren sie zu sehr Rivalen, dafür war Cicero zu sehr Caesars politischer Gegner und ihm dabei auch noch haushoch unterlegen. Auch dass Caesar stets scheinbar so mühelose Erfolge bei den faszinierendsten Frauen hatte, nahm Cicero, wie er sich eingestehen musste, nie mit dem großzügigen Gleichmut hin, den er sich gewünscht hätte.

Noch dazu war Caesar heute durch die Nacht geritten, allein um ihm sein Mitgefühl auszusprechen, und dieses Mitgefühl war echt. Und was tat er selbst? Er versuchte, Caesars Eheleben auszuforschen.

Doch obwohl er sich schämte, konnte Cicero nicht widerstehen. Seit Kleopatra in Rom war, spätestens seit dem großen Bankett mit dem Labyrinth sprach man in der römischen Gesellschaft mehr und mehr auch über Calpurnia, für die man sich sonst kaum interessierte. Sie war zu klug, zu gebildet, zu zurückhaltend, trotz ihrer eigenartigen Bescheidenheit vielleicht sogar zu hochmütig, um den Römerinnen zu gefallen, die den Ton angaben. Und trotz ihrer Belesenheit und Intelligenz schien sie auch zu Caesar nicht zu passen. Cicero fragte sich, ob er selbst sie wohl zur Frau genommen hätte. Nein, sie war zu kühl, fast einschüchternd. Außerdem schien ihr die Bereitschaft zur Bewunderung, zur Anteilnahme zu fehlen. Seiner Tochter Tullia hatte er draußen im Garten seine Redeentwürfe diktiert, und sie war begeistert gewesen. Eine solche Szene konnte er sich mit Calpurnia einfach nicht ausmalen. Ob Caesar sie der Königin wegen verlassen würde? Er hatte sich ja schon einmal beinahe von ihr getrennt, damals, nicht einmal ein Jahr nach der Hochzeit.

Cicero sprach weiter: »Die Treue Calpurnias ist um so erstaunlicher, wenn man bedenkt, dass du bereit warst, dich nach dem Tod deiner Tochter Julia von ihr scheiden zu lassen und stattdessen eine Tochter des Pompeius zu heiraten. Du wärst dann nicht mehr sein Schwiegervater, sondern sein Schwiegersohn gewesen. Das wäre eine wirklich kurze Ehe geworden. Sie scheint es dir damals nicht übel genommen zu haben.«

Caesar schwieg. Eine Weile lang glaubte Cicero, der Diktator würde antworten, aber er blieb still. Fast sah es so aus, als sei Caesar eingeschlafen. Doch genau konnte Cicero es nicht er-

kennen. Vielleicht hatte Caesar schon geschlafen und ihn gar nicht gehört? Das war wahrscheinlich ohnehin das Beste, dachte Cicero und legte sich ebenfalls hin.
Nach einer Weile erhob sich Caesar und ging auf den Ausgang zu: »Ich habe schon viel länger in dieser Hitze ausgeharrt, als gut für mich ist. Ich werde mich ins kalte Becken stürzen und dann wieder auf den Weg machen. Ich habe mich für heute Abend noch bei Freunden angesagt, die in einiger Entfernung von hier wohnen.«
Als sie frisch angekleidet vor dem Haus standen, zog der Diktator aus einem Lederbeutel an seinem Sattel eine Schriftrolle hervor: »Ich wollte dir als Erstem, noch vor der Veröffentlichung, mein neuestes Buch schenken. Ich wäre dir dankbar, wenn du mir deine Verbesserungsvorschläge zukommen ließest, sofern du die Zeit für die Lektüre erübrigen kannst. Du weißt, wie sehr ich dein Urteil schätze. Ich behandele einen Gegenstand, der dir nicht ganz unvertraut sein dürfte.«
Damit schwang Caesar sich aufs Pferd, winkte Cicero noch einmal zu und ritt mit seinen Leuten davon. Cicero stand noch eine Weile vor dem Haus und blickte den Reitern nach, bis sie hinter dem nächsten Hügel verschwunden waren. Dann ging er in die Bibliothek und versuchte die Bänder der Rolle zu lösen. Mehrfach rutschte er mit seinen Fingern ab, die draußen wieder steif geworden waren. Am Ende griff er nach einem kleinen Messer. Beinahe hätte er sich geschnitten, doch es gelang ihm, die Rolle zu befreien. Sie fiel halb geöffnet zu Boden, wo sie sich ein gutes Stück entrollte. Er bückte sich, hob das Buch auf und las mitten im Text:

... sosehr Cato auch verkündete, allein der Republik zu dienen und die freiheitliche Verfassung der Väter zu verteidigen, so sehr handelte er nur aus gekränkter Eitelkeit. Er konnte nicht ertragen, dass sich die Gewichte der Politik längst vom

Senat fortverlagert hatten, hin zu den Feldherren. Wie so viele andere Senatoren auch berauschte er sich an großen Reden und zögerte damit doch nur die nötigen Entscheidungen heraus. Doch die Macht und das Können, die Republik zu retten, lag längst nicht mehr beim Senat …

Wütend schleuderte Cicero die Rolle in die Ecke. Dies also war Caesars Antwort auf das Buch, das er, Cicero, zum Lobe Catos geschrieben hatte – ein *Anti-Cato.* Dann war das wohl auch der Grund, warum Caesar ihn so überraschend besucht hatte. Cicero schalt sich. Wie hatte er nur so dumm sein können, zu glauben, Caesar würde ihn eigens besuchen, um sein Mitgefühl auszudrücken. Es war ja wohl allzu eindeutig, wer mit den Senatoren gemeint war, die sich an ›großen Reden‹ berauschten. Cicero stieß mit dem Fuß ein bronzenes Tischchen zur Seite, das ihm im Weg stand. Scheppernd rollte es über den Fußboden.

Dann hielt er inne. Er musste an Tullia denken, die sich immer über seine »kindischen Wutausbrüche« lustig gemacht hatte. Er seufzte. Es war unmöglich, Caesar zu verstehen.

LIBER SEXTVS

I

Er strich sich mit Daumen und Zeigefinger über seine Bartstoppeln: Die Haut juckte. Er hätte sich längst rasieren lassen sollen. Aber er hatte keine Lust. Seine Kopfschmerzen würde auch der Barbier nicht vertreiben, so vorwurfsvoll dieser ihm auch den Spiegel entgegenstreckte. Antonius blickte in die blank polierte Bronzefläche und sah sein Gesicht. Aufgedunsen und aschfahl starrte es ihn an. Schwarze Schatten hingen unter seinen Augen, Schatten, die das freundlich-braune Metall sonst zu schlucken pflegte, wie es auch gewöhnlich die müde Blässe kaschierte. Antonius schüttelte nur den Kopf. Der Sklave verstand den Wink und zog sich zurück.
Antonius ließ sich einen Becher Wasser reichen; der Geschmack war ekelhaft. Er spülte sich den Mund, gurgelte und spuckte aus. Das Wasser hatte kaum geholfen. Antonius reckte sich, dann warf er das Kissen fort, das er sich die Nacht über vor den Bauch gehalten hatte, und sprang aus dem Bett – um sich sogleich dafür zu schelten. Sein Kopf strafte ihn mit dumpfen Schlägen. Antonius drückte leicht schwankend die Fäuste gegen die Schläfen und wartete ab, bis die Schmerzen ein wenig abgeklungen waren.
Mittag war schon vorbei. Vielleicht sollte er etwas essen? Aber das Tablett mit Speisen, das ihm ein Sklave hinhielt, widerte Antonius nur an. Der Geruch von Käse ließ ihn beinahe erbrechen, und er wandte sich mit verzerrtem Gesicht ab. Er warf sich eine lockere, ärmellose Tunika über, verließ sein Schlafgemach und bedeutete den Sklaven, ihm nicht zu folgen. Das gestrige Gelage war wohl zu ausschweifend gewesen. Antonius konnte sich nur undeutlich an Einzelheiten er-

innern, die Kissenschlacht, das Wetttrinken, die Tänzerin mit dem Tamburin, den Knaben mit dem künstlichen Rot auf den Lippen, das im Laufe des Abends immer mehr verschmiert worden war. Es war ein gutes Fest gewesen. Die Zecherei hätte allerdings auch dann ihren Sinn gehabt, wenn sie keinen Spaß gemacht hätte. Sie schmiedete ein Band zwischen ihm und den Offizieren. Niemand konnte wissen, wem sie folgen würden, wenn die Zeit nach Caesar anbrach.

Antonius zögerte, ins Atrium zu treten, wo der Gast wartete, für den man ihn trotz ausdrücklichen Verbots dreimal zu wecken versucht hatte. Seine Stirn schien bersten zu wollen, als er die gleißende Sonne des frühen Nachmittags sah, die sich durch die Öffnung im Dach ergoss. Er hielt sich die Hand vor Augen und blinzelte in die Helligkeit hinein. Geblendet wie er war, konnte er zunächst niemanden sehen. Dann entdeckte er am anderen Ende des Raumes eine zierliche Frau in schwarzen Gewändern, die sich ihre Stola so über den Kopf gezogen hatte, dass man sie nicht erkennen konnte. Auch wenn er ihr Gesicht nicht sah, so spürte er doch, dass sie ihn aufmerksam betrachtete. Sie stand völlig still. Also rührte auch Antonius sich nicht, sondern lehnte in der Türöffnung zum Atrium und verschränkte die Arme vor der Brust. Langsam gewöhnte er sich an das Licht und konnte jetzt die Fremde genauer betrachten, ihre aufrechte Haltung, die vielen schmalen Falten ihres Kleides, den goldenen Armreif. Nachdem sie sich eine Weile gemustert hatten, streifte die Besucherin das Tuch vom Kopf und wandte sich um, als wollte sie gehen.

Kleopatra!

Antonius eilte sofort auf sie zu, auch wenn ihm jeder der schnellen Schritte auf den Steinplatten das Gefühl gab, sein Gehirn würde ihm aus dem Schädel platzen. Kleopatra hielt inne und wartete, bis er herankam. Sie schaute ihn reglos an,

als er schwer atmend und mit dröhnendem Kopf vor ihr stand und auf sie herabblickte.
»Du hast mich warten lassen, Antonius.«
»Hättest du dich angekündigt oder wenigstens meinen Bediensteten deine Identität preisgegeben …«
»Ein Bestechungsgeld und eine Todesdrohung reichten aus, um dich trotz Verbots wecken zu lassen. Warum hätte ich da verraten sollen, wer ich bin? Wenn sie halbwegs klug sind, haben sie es sowieso gemerkt. Und wenn du klug gewesen wärest, hättest auch du es gemerkt.«
»Es ist ungewöhnlich, die Königin Ägyptens unangekündigt ein römisches Privathaus betreten zu sehen, noch dazu eine ländliche Villa vor der Stadt …«
»Es ist offenbar so ungewöhnlich, dass es dich vergessen lässt, mich in ein Empfangszimmer zu führen und mir Speise und Trank anzubieten, obwohl ich hier schon lange genug herumgestanden habe …«
Antonius wies den Weg, und sie betraten einen nicht allzu großzügig beleuchteten Raum, in dessen Mitte zwei Liegen einander gegenüberstanden. Kleopatra streckte sich sofort auf der linken aus und nahm den silbernen Becher, den ein Sklave ihr hinhielt. Der Wein war mit Eis gekühlt, das man den ganzen Sommer über in einem tiefen Keller aufbewahrte. Er war stark mit Wasser vermischt. Auch Antonius ließ sich nieder, nahm einen Becher und schickte den Sklaven fort. So lagen sie einander gegenüber, den Kopf aufgestützt, und betrachteten sich.
Kleopatra hatte die Stola fallen lassen. Antonius konnte nun ihre Arme und Schultern bewundern. Sie waren kräftiger, als er vermutet hätte, auch der Nacken wirkte stark, fast athletisch, ohne schwerfällig zu sein. Die Königin verströmte eine körperliche Energie, die er der kleinen Frau nicht zugetraut hätte. Ihre weiche und dennoch feste Haut schimmerte im

Halbdunkel rötlich. Ihr Blick schien ihm herausfordernd, aber nicht einladend.
Bevor Antonius sich Floskeln ausdenken konnte, die ihm selbst bei klarster Nüchternheit nie ganz selbstverständlich in den Sinn kamen, sprach Kleopatra: »Man hat vor einigen Tagen versucht, mich in meinen Gärten zu ermorden. Vom Fluss her kam etwa ein Dutzend Gladiatoren und überfiel mich auf der Mole. Sie hätten beinahe Erfolg gehabt.«
Antonius brauchte sein Erstaunen nicht zu heucheln: »Wirklich? Ich habe nichts davon gehört.«
»Wir haben es geheim gehalten, nur Caesar weiß es – inzwischen.«
»Wer war es?«
»Bisher gibt es nur einen vagen Verdacht, eigentlich zwei oder drei. Darüber will ich noch nicht sprechen.«
»Verstehe … Sollte sich ein Verdacht gegen mich richten, wäre das lächerlich.«
»Das ist in der Tat wahr. Du hast mit der ganzen Angelegenheit nichts zu tun.«
»Warum kommst du dann eigens her, um mir davon zu berichten? Noch dazu aufs Land. Das könnte die wildesten Gerüchte hervorrufen.«
Kleopatra ging auf sein viel sagendes Lächeln nicht ein: »Ich halte dich für klug genug, dafür zu sorgen, dass niemand von meinem Besuch erfährt. Auf dem Lande ist es übrigens leichter, sich zu treffen, als in der Stadt.«
Antonius nickte: »Verstehe. Aber was willst du?«
»Stell dir vor, das, was mir vor wenigen Tagen um ein Haar geschehen wäre, würde Caesar passieren.«
Antonius setzte sich auf: »Das ist nicht dein Ernst.«
»Was ist nicht mein Ernst?«
»Du wagst es, hierher zu kommen und mir vorzuschlagen, dass ich Caesar ermorden soll?«

Kleopatra verzog den Mund: »Deine Mutmaßungen sind schon erstaunlich … Natürlich nicht, sei nicht kindisch, Antonius. Caesars Tod liegt nicht in meinem Interesse. Solange er lebt, bleibe ich Königin eines unabhängigen Ägyptens. Stirbt er, stehe ich ohne Schutz da, und es ist nur noch eine Frage der Zeit, bis …«

»Verstehe …«

»Wiederhole dieses Wort nicht zu oft, es könnte den gegenteiligen Eindruck vermitteln.« Die Königin machte eine kleine Pause, als wollte sie sich sammeln. »Trotz allem ist die Frage wichtig«, sagte sie dann. »Wenn jemand Caesar umbrächte, was würdest du dann tun?«

»Ich würde versuchen, seinen Tod zu rächen.«

Nun setzte sich Kleopatra hin, beugte sich vor und stützte die Hände auf die Knie: »Du weichst mir aus.«

Antonius zuckte unwillkürlich zurück, er fühlte sich plötzlich ganz nüchtern: »Wenn Caesar stirbt, egal wie, dann wird es einen Machtkampf um seine Nachfolge geben. Manche werden versuchen, die alte Republik wieder herzustellen und Caesars Gesetze aufzuheben. Andere werden versuchen, sich aus seinen Triumphgewändern neue Purpurtogen zu schneidern. Zu Letzteren werde wohl auch ich gehören. Wer glaubt, man könnte das Rom unserer Vorväter wieder errichten, der irrt. Am Ende wird es nur einer sein, der herrscht. Aber vorläufig lebt Caesar, und wenn es nach mir geht, wird es auch so bleiben. Caesar ist mein Freund.«

»Deine Gefühle ehren dich, Antonius, und ich hatte auch nichts anderes erwartet«, säuselte Kleopatra mit künstlich hoher Stimme, »aber welche Vorkehrungen hast du bisher getroffen, um dieser Freundschaft Taten folgen zu lassen, um, sagen wir, eine Verschwörung gegen ihn zu verhindern?«

»Welche Vorkehrungen? Wer könnte sich besser schützen als Caesar selbst? Er hat Asinius Pollio, Aulus Hirtius und viele andere, er kennt geheime Schriften, hat Zuträger und Agenten überall, ist stets von zahlreichen Leuten, auch Bewaffneten umgeben. Ich sehe nicht, wie eine Verschwörung Erfolg haben sollte.«

»Caesar hat seine spanische Leibgarde entlassen.«

»Und wenn schon. Ein Mann wie Caesar braucht keine Leibgarde, er hat genügend Getreue um sich.«

»Caesar hat vor allem Männer um sich, die ihm etwas verdanken, entweder solche, die ihn im Bürgerkrieg unterstützten und so zu Ehren kamen, die ihnen sonst unerreichbar gewesen wären, oder solche, die im Bürgerkrieg auf der anderen Seite standen und die er begnadigt hat. Die einen würden bedenkenlos einem neuen Herrn folgen, um ihren frisch gewonnenen Reichtum zu bewahren, die anderen werden ihm nie vergeben, dass er sie begnadigt und damit ihrer Würde beraubt hat. Sie werden so lange nachts von Cato und der alten römischen Freiheit träumen, bis sie gar nicht mehr anders können, als Caesar zu töten.«

»Ich glaube nicht an Verschwörungen, bis ich sie sehe.«

»Und dann wird es zu spät sein. Mir scheint, dass Caesar noch vor dem Frühjahr sterben wird. Zu Beginn der zweiten Märzhälfte will er zu seinem großen Partherfeldzug aufbrechen, also muss man ihn vorher beseitigen. Man wird es versuchen, noch ehe der Winter vorbei ist.«

»Deine Gewissheit hat etwas Erschreckendes. Fast klingt es, als wolltest du seinen Tod.«

»Ich liebe Caesar, ich habe einen Sohn von ihm. Aber ich muss mit allen Möglichkeiten rechnen.«

»Mir ist hier zu viel von ›müssen‹ die Rede und zu wenig von ›wollen‹.«

»Solche Unterscheidungen können sich nur Männer erlauben. Oder vielmehr: Nur Männer glauben, sich solche Unterscheidungen leisten zu können.«

Damit zog sie sich ihre Stola über die Schultern und sprang von der Liege auf. Auch Antonius erhob sich, sodass sie sich zwischen den Liegen dicht gegenüberstanden. Sie blickte zu ihm hinauf: »Wenn du und Fulvia den Plan verfolgt, einfach abzuwarten, bis Caesar einen Nachfolger benennt und dann von selbst stirbt, dann seid ihr Dummköpfe. Erstens zweifle ich ernsthaft, ob er dich benennen würde. Und zweitens beruht seine Macht letztlich nur auf dem Schwert. Wenn er tot ist, dann wird das Schwert entscheiden. Was wir jetzt haben, ist nur eine Pause vor dem nächsten Bürgerkrieg, und der wird ungleich schrecklicher sein als alle, die wir bisher hatten.«

Es strengte Antonius an, zu der kleinen Frau hinunterzuschauen. Sie war so nahe an ihn herangekommen, dass er glaubte, ihren Atem in seinem Gesicht zu spüren.

Leise sagte sie: »Die Zeit des Abwartens ist vorbei, Antonius. Du musst dir bald überlegen, wo du stehst.«

Sie wandte sich um und ging so schnellen Schrittes zur Tür, dass Antonius neben ihr herhasten musste, um sie nach den Regeln der Höflichkeit verabschieden zu können.

II

Bis jetzt hatte Aspasia keine Angst gehabt. Die Fremden, die engen Gassen, der Lärm, das kannte sie alles. Sie hatte selbst ein Jahr in einem Mietshaus gewohnt, als ihre damalige Herrschaft ihr Vermögen verloren hatte und mit den treuesten Sklaven in eine *insula* gezogen war. Diese Welt war ihr unangenehm, aber nicht unerträglich.

Und so war sie selbstbewusst und neugierig darauf losgeschritten, auf der Suche nach dem Haus, wo das Treffen stattfinden sollte. Sie hatte sich den Weg vorher genau einprägen müssen, denn es reichte nicht, einfach den Straßen zu folgen. Oft musste sie plötzlich in den Eingang eines Hauses hineintauchen und über Höfe gehen, einmal sogar durch einen Stall, an dessen hinterem Ende eine zweite Tür wieder hinausführte in eine noch engere, noch dunklere Gasse. So hatte man es von ihr verlangt. Schließlich war sie angekommen an dem hohen Gebäude mit der Spelunke im Erdgeschoss. In den oberen Stockwerken wurde ein Freudenhaus betrieben. Ein paar Dirnen schauten aus den Fenstern und beobachteten gelangweilt einen verzweifelten Fuhrmann, dessen uralter Gaul sich mitten auf der Straße niedergelassen hatte und nicht mehr weiterwollte. An den Armen der Frauen blitzte im milchigen Sonnenlicht Gold auf.

Dass sie sich solchen Schmuck leisten konnten, wunderte Aspasia, und sie bedauerte, ihre Halskette zu Hause gelassen zu haben. Sie atmete tief ein und trat in den dämmrigen Schankraum, den sie rasch durchquerte, vorbei an einer Theke aus grellen, bunten Marmorscherben, die ein Junge mit einem Lappen abwischte.

Neben ihm stand ein dicker, kräftiger Mann, dessen Augen in seinem fleischigen Gesicht zu bloßen Schlitzen geschrumpft waren. Er schaute sie nicht einmal an, während sie so zielbewusst ins Hinterzimmer strebte. Doch gerade als sie die Schwelle überschreiten wollte, traf sie ein Schlag gegen die Schienbeine. Der Mann hatte sie mit einem langen Knüppel zum Stehen gebracht. Aspasia drehte sich zu ihm hin und bemühte sich, ihm fest in die Augen zu blicken, während er betont langsam näher kam, ohne den Stock zurückzuziehen, der ihr den Weg versperrte. Er war nahe genug, dass sie die schwarzen Haare auf seinen Unterarmen zählen und den alten Schweiß riechen konnte, der in den Fasern seiner Tunika hing.

Unwillkürlich wich sie zurück und lehnte sich an den Türbalken. Mit einer kehligen Stimme redete er sie auf Griechisch an, und man merkte an den falsch verteilten Akzenten, dass es nicht seine eigene Sprache war: »Heute ist schönes Wetter, nicht wahr?«
»Ja, aber wird es wohl halten?«
»Das kann man nie wissen um diese Jahreszeit.«
»Als ob das Wetter sonst beständiger wäre.«
»Das stimmt, aber nichts ist beständig auf dieser Welt. Warum also das Wetter schelten, wenn es sich doch nur verhält wie alle anderen auch?«
»Weil das Wetter von den Göttern gemacht ist, und man sie sich ein wenig beständiger wünscht als unsereinen.«
Das waren die Passworte gewesen. Erleichtert wollte Aspasia durch die Tür treten, aber der harte Stab unter ihrem Knie zwang sie noch immer zu warten. Hatte sie die Losungsworte durcheinander gebracht? Ängstlich blickte sie dem Dicken ins Gesicht, dieser grinste und sagte nur: »Die zweite Tür«.
Jetzt durfte sie weitergehen.
Hinter der zweiten Tür führte eine Leiter in eine Art Verlies, in dem es in der Ferne schwach glimmte. Aspasia kletterte hinunter. Dort legte sich eine Hand auf ihre Schulter, sodass sie halblaut aufschrie. Doch die Hand war nicht grob, und eine freundliche Stimme sprach in gepflegtestem Attisch zu ihr: »Wir sind gleich da. Dort, wo das Licht herkommt, ist deine Reise durch die Finsternis zu Ende.«
Am Ende des Kellers, in dem hüfthohe Amphoren an den Wänden lehnten, erreichten sie einen kleinen Raum, der nur schwach erleuchtet war. Seine hintere Wand konnte man nicht sehen, weil ein Vorhang den ganzen Raum teilte, und es war nicht klar, ob er nur als Wandschmuck diente oder die wahre Tiefe des Raumes verschleierte. Auf Bänken an den Wänden links und rechts saßen jeweils drei Männer in bequemer Hal-

tung, deren Gesichter Aspasia wegen des schlechten Lichts nicht erkennen konnte. Mit einem leichten Druck auf ihre Schulter bedeutete der Führer ihr, dass sie sich auf einen kleinen Hocker in der Mitte des Zimmers setzen sollte. Er ließ sie los und setzte sich auf einen Schemel ihr genau gegenüber. Auch seine Züge blieben im Dunkeln undeutlich, doch glaubte Aspasia die Umrisse eines Vollbartes ausmachen zu können.

»Wir freuen uns, dass du heute zu uns gekommen bist, Aspasia. Lass uns ganz einfach beginnen: Erzähle uns doch, wie du zu deiner Herrin ins Haus gekommen bist«, sprach der Mann, während die Männer auf den Bänken völlig teilnahmslos dasaßen, fast als wüssten sie nichts von Aspasias Anwesenheit. Aber Aspasia vergaß die anderen rasch und lauschte der warmen Stimme und eleganten Sprache des Mannes, dem sie gegenübersaß. Schon bei seinen ersten Worten machten ihr die Dunkelheit und die Kühle des unterirdischen Ortes viel weniger aus.

»Die Leibsklavin meiner Herrin war gestorben«, antwortete sie, »und meine Herrin brauchte schnell einen Ersatz, das war vor knapp drei Jahren.«

»Weißt du, woran die Leibsklavin deiner Herrin gestorben ist?«

Aspasia versuchte sich zu erinnern: »Sie war alt, sie hatte meiner Herrin schon als Amme gedient.«

»Ist das nicht ungewöhnlich, dass eine einstige Amme die Aufgaben einer Leibsklavin versieht?«

Darüber hatte Aspasia nie nachgedacht, sie antwortete schulterzuckend: »Meine Herrin hing an ihr.«

»Und dann wählte man dich als Nachfolgerin. Wer hat dich vorgeschlagen?«

»Das war Rutilia, die Tante meiner Herrin. Ich hatte mich an sie gewandt, weil ich eine Stellung wollte.«

»Du bist eine Freigelassene, du hättest niemandem dienen müssen.«

»Ich bin nicht mehr jung, und meine frühere Herrin hatte mir zu meiner Freilassung nicht allzu viel Geld gegeben. Ich habe mein Leben lang reichen Frauen gedient. Ich kenne nichts anderes.«

Für eine Sekunde fielen Aspasia die goldgeschmückten Frauen der oberen Stockwerke ein, doch sie verscheuchte den Gedanken, als der Fremde ihr die nächste Frage stellte: »Warum hast du nicht geheiratet?«

Aspasia wunderte sich. Warum fragte man so viel nach ihr, es ging doch um ihre Herrin? Sie erwiderte: »Ich kenne keinen Mann, der mir gefällt. Ich weiß auch nicht, wie ich einen hätte kennen lernen sollen. Ich habe mein Leben in den Haushalten großer Herren verbracht. Dort gab es nur Sklaven.«

»Und einen Sklaven wolltest du nicht heiraten?«

»Schon … vielleicht, die längste Zeit war ich ja selber Sklavin, aber es hat sich nie ergeben. Als Leibsklavin muss man immer um seine Herrin sein. Wenn man seine Arbeit gut macht, hat man keine Zeit für solche Dinge.«

»Was verstehst du unter ›solche Dinge‹?«

»Männern schöne Augen machen, herumscharwenzeln, heiraten, Kinder kriegen.«

»Hat dir das nie gefehlt?«

Aspasia schwieg, die Handflächen wurden ihr feucht, und sie spürte an ihnen den kühlen Luftstrom, der durch den Keller zog.

Der Fragende insistierte nicht und fuhr fort: »Warum hat dich deine vorige Herrin damals freigelassen?«

»Afrania rechnete damit, dass sie ihr Vermögen verlieren würde, und wollte nicht, dass man mich verkaufen würde, wenn es zur Versteigerung käme.«

»Ist es jemals zur Versteigerung gekommen?«

»Nein, aber sie hat das nicht mehr erlebt. Sie ist aus Trauer und aus Furcht vor dem neuen Bürgerkrieg gestorben, nachdem ihr Mann getötet worden war.«
»Ist er im Kampf gefallen?«
»Er wurde auf der Landstraße erschlagen. Eine aufgebrachte Menge hielt ihn für einen Anhänger Caesars, weil er in die entgegengesetzte Richtung zu den fliehenden Senatoren reiste, die sich mit Pompeius in Brundisium einschiffen wollten.«
»War er ein Anhänger Caesars?«
»Er hatte versucht, sich neutral zu verhalten.«
»War Afrania eine sehr ängstliche Frau?«
»Während der Schreckensherrschaft Cinnas war ihr Vater auf die Proskriptionsliste gesetzt worden. Man hat ihm vor ihren Augen Arme und Beine gebrochen und ihn in den Tiber geworfen, wo er ertrank, weil er nicht mehr schwimmen konnte. Damals war sie acht gewesen. Sie war es, die ihren Mann dazu überredet hatte, nicht Partei zu ergreifen. Afrania war nicht ängstlicher als andere Frauen Roms. Sie hatte nur mehr gesehen als manche andere.«
»Bist du mit deiner neuen Herrin zufrieden?«
»Es ist nicht die Aufgabe einer Leibsklavin, mit ihrer Herrin zufrieden zu sein. Die Herrin muss mit ihr zufrieden sein.«
»Ist deine Herrin mit dir zufrieden?«
»Ich glaube schon. Ich habe bisher jedenfalls nichts Gegenteiliges gehört.«
»Beschreibe uns deine Herrin.«
Aspasia begann ungeduldig zu werden: »Ihr wisst doch bestimmt, wie sie aussieht.«
»Gewiss, aber wir wollen auch wissen, wie sie ist. Wir wollen wissen, wie du sie siehst. Keiner, nicht einmal ihr Ehemann, kennt sie wahrscheinlich so gut wie du.«
»Der am allerwenigsten«, antwortete Aspasia und dachte, dass auch sie ihre Herrin weit weniger kannte, als man es vermu-

ten würde. Laut fuhr sie fort: »Nun, sie ist ein wenig größer als die meisten römischen Frauen … Vielleicht doch nicht, oder nur ein bisschen, aber sie scheint größer, weil sie so schlank ist. Ihre Augen sind graugrün. Deswegen nennen die Sklaven sie oft die ›Gallierin‹, auch Damen der Gesellschaft benutzen diesen Spitznamen.«

»Verkehrt sie viel mit Damen der Gesellschaft?«

»Nicht so viel wie andere Römerinnen aus gutem Hause. So viel sie eben muss, weil sie die Gemahlin des Diktators ist. Sie sucht sich ihre eigenen Vertrauten. Ihre Tante Rutilia gehört dazu.«

»Trifft sie oft ihren Mann?«

»Wenn er im Hause ist, stattet er ihren Gemächern fast täglich einen Besuch ab und spricht mit ihr.«

»Lange?«

»O nein, meistens nur kurz. Es ist eine Art Höflichkeitsbesuch. Sie reden über das Wetter oder irgendetwas, das vorgefallen ist, über den großen Brand vor einer Woche oder ähnliches.«

»Schildere uns ein solches Gespräch.«

»Die sind immer gleich, auch bin ich nicht immer dabei. Calpurnia will mich nicht ständig um sich haben. Die meisten Frauen wollen immer eine ganze Schar von Dienerinnen dabeihaben. Calpurnia schickt mich und die Mädchen oft fort.«

»Warum tut sie das? Glaubst du, sie verbirgt etwas?«

Aspasias Stimme klang verächtlich: »So war sie schon immer, das bestätigen alle Sklaven. Sie sucht wohl die Einsamkeit, nicht dauernd oder immer, aber regelmäßig. Dabei gibt es keine Einsamkeit im Haus des Diktators. Sie will etwas, was man nicht bekommen kann.«

»Wie geht es zu, wenn Caesar zu ihr kommt?«

»Wenn er kommt, ziehe ich mich meistens zurück. Ich erlebe ihre Gespräche nur sehr selten.«

»Schön, aber dann erzähle uns einfach von der letzten Begegnung, die du doch mitbekommen hast. Was haben sie gesagt, wie sind sie miteinander umgegangen?«

»Es war wie immer, nichts Besonderes. Caesar kam herein, es war gegen Mittag.«

»Wo war das?«

»In ihrem kleinen Empfangszimmer, wo sie sich am liebsten aufhält, wenn sie nicht in der Bibliothek oder im Peristyl ist. Ich hatte gerade versucht, ihr die Haare zu ordnen. Sie trägt ja keine auffällige Frisur. Ich rate ihr immer wieder, mehr aus ihrem Haar zu machen, schon weil sie die Frau des Diktators ist, aber sie lacht mich nur aus. Ich war mittendrin, ihr eine schönere Frisur zu machen, nachdem ich fast eine Viertelstunde auf sie eingeredet hatte, da verlor sie plötzlich die Lust, sprang auf und streckte sich auf der Liege aus, angeblich, weil sie plötzlich müde war. Natürlich war die Ordnung ihrer Haare sofort wieder hin, all meine Mühen umsonst. Es tat ihr dann Leid, meinetwegen. Dabei geht es doch um sie, um den Eindruck, den sie macht, wenn sie mit der Haartracht einer Sklavin umherläuft. Sie ist die Frau des Diktators, nicht ich. Mir kann es doch ganz gleich sein, wie sie aussieht. Ich wollte schon aufspringen und ihre Haare noch mal kämmen und zum Knoten binden, als er eintrat. Da habe ich es gelassen.«

»Und du hast dich nicht zurückgezogen?«

»Ich wollte ja … aber als Calpurnia aufstand, um ihn zu begrüßen, fielen ihre Haare an ihr herunter wie Taue von einem Mast. Da drehte er sich zu mir und sagte: ›Bleib hier, Aspasia, deine Herrin hat ganz zerzauste Haare, die müssen wir wieder richten.‹ Und da bin ich eben dageblieben, aber an die Haare kam ich nicht heran, denn er hat sich selbst an ihnen zu schaffen gemacht. Ich habe dann einfach so herumgestanden und abgewartet, falls er mich doch noch brauchte. Aber er hat alles ganz allein gemacht.«

»Und das konnte er?«
»O ja, wie ein echter Frisör. Ich schätze, er hat mehr Frauenköpfe in den Händen gehalten als ich. Seine Hände sind klein, aber geschmeidig. Er nahm ihre Haare in seine beinahe zarten Finger und fing an, sie zu Zöpfen zu flechten. Er wollte ihr einen schöneren Knoten machen, eine Art Korb aus vielen kleinen Zöpfen, wie er vor zwanzig Jahren beliebt war, jedenfalls einen weit schöneren als den, den sie sonst immer trägt.«
»Gefiel ihr das?«
»Nein ... Das heißt: am Anfang nicht. Dann schon, glaube ich. Jedenfalls ist sie zuerst zurückgewichen und hat den Kopf geschüttelt, sodass er ihn nicht greifen konnte. Ich dachte schon, sie würde wieder aufspringen und davonrennen, aber sie hat sich gefügt, als er sie an der Schulter festhielt. Ihr Rücken war stocksteif, als er anfing, ihr Haar zu berühren. Sie saß auf der Liege, und er stand vor ihr und schaute auf ihren Scheitel hinunter, dann ging er hinter die Liege, um besser an den Knoten heranzukommen, dabei hat er ihren Kopf nicht einen Moment losgelassen.«
»Worüber sprachen sie?«
»Sie sprachen gar nicht ... Caesar musste genau auf das Acht geben, was er tat. Ein paar Mal musste er sogar einige ihrer frischen Zöpfchen in den Mund nehmen, denn es waren so viele, dass er sie nicht alle gleichzeitig festhalten konnte. Wenn man Zöpfe flicht, kann man leicht jemandem wehtun. Besonders, wenn man dann auch noch die Zöpfe kompliziert verknotet. Das zieht dann schnell. Er hat ihr Haar aber ganz sanft gefasst. Sie hat weder gezuckt noch einen Laut von sich gegeben. Es kann ihr nicht unangenehm gewesen sein, denn ihr Rücken entspannte sich. Sie ließ sich sogar ein wenig zurücksinken.«
»Und du bist die ganze Zeit dabei gewesen und hast gar nichts getan?«

»Ja ... nein, das heißt, nach einer Weile hat Caesar seine Hand ausgestreckt. Ich wusste zuerst nicht, was er meinte. Aber er wollte Haarnadeln. Calpurnia benutzt sie kaum, sie braucht sie nicht, denn ihr Knoten ist ja so einfach zu binden. Aber Caesars Geflecht war zu anspruchsvoll, es musste künstlich zusammengehalten werden. Also bin ich schnell hinausgegangen und habe aus ihrem Ankleidezimmer ein paar hübsche Haarnadeln aus Elfenbein geholt. Hochelegante Stücke, von Schnitzern aus Alexandria gefertigt, sie haben kleine Widderköpfe an ihren Enden, deren Hörner vergoldet sind. Fulvia hat sie ihr vor gar nicht allzu langer Zeit geschenkt. Die habe ich genommen und wieder mitgebracht. Ich weiß noch genau, wie ich mich freute, dass sie endlich verwendet wurden. Ich habe Haarnadeln immer gemocht. Meine alte Herrin, Afrania, besaß mehrere hundert. Sie hatte wunderbar geschmeidiges und dennoch sehr festes und volles Haar, ja fast zu voll und zu schwer, denn man musste manchmal einiges herausschneiden, bevor man sie richtig frisieren konnte. Das gibt es sehr selten. Deshalb konnte sie ohne Haarnadeln gar nicht auskommen.«

»Wie lange warst du fort?«

»Nur wenige Augenblicke. Als ich wiederkam, hatte Calpurnia sich so weit nach hinten gelehnt, dass ihr halb fertiger Haarknoten Caesars Brust berührte, sodass er nicht mehr weiterarbeiten konnte. Ich wollte sie schon warnen, denn sie drohte sein Kunstwerk zu ruinieren, habe dann aber doch meinen Mund gehalten. Er hat es nämlich zugelassen. Statt sie zu hindern, fuhr er mit den Händen ihren Kopf hinunter und fasste sie am Kinn. Ich dachte, er wollte sie wieder in eine gerade Haltung hochziehen, aber er ließ seine Hand dort und streichelte sie bis hinauf zu den Wangen, während er sich mit dem Kopf zu ihr herabbeugte und mit den Lippen ihren Scheitel berührte. Dann erst zog er sie langsam nach oben. Und sie folgte ihm ohne Protest. Als sie sich wieder ganz gerade aufgerichtet hatte, sodass ihr Nacken ganz gerade war, wollte er seine Hand wieder wegnehmen und sich weiter mit ihrem Haar beschäftigen, aber sie hielt seine Finger an ihrer Wange fest und drückte sie dagegen.«

»Und dann?«

»Dann nichts. Sie blieben so. Erst nach einer ganzen Weile griff sie mit beiden Händen nach der seinen, führte seinen Handrücken an ihren Mund und drückte ihn danach noch einmal gegen ihre Wange, während er sich von hinten über sie beugte und noch einmal ihren Scheitel küsste.«

»Was kam danach?«

»Danach fuhr er mit der Nasenspitze an ihrem Scheitel entlang und roch an ihrem Haar ...«

»Schon gut, schon gut, das haben wir jetzt, scheint mir, zur Genüge gehört ... Aber was passierte danach, nachdem ...?«

Doch in diesem Augenblick wurde der Fragende unterbrochen und eine gepresste Stimme, die hinter dem Vorhang hervorkam und von der Aspasia nicht sagen konnte, ob sie einem Mann oder einer Frau gehörte, fragte in nicht weniger feinem Griechisch: »Was tat er, nachdem er an ihrem Haar gerochen hatte?«

Aspasia erschrak und versuchte im Gesicht ihres Gesprächspartners zu lesen, ob sie diesen Einwurf vielleicht einfach übergehen sollte. Ihr Gegenüber bemerkte ihr Zögern und nickte ihr zu. Aspasia antwortete: »Er ließ jetzt auch die letzten ihrer Zöpfchen los, sodass einige sich von selbst wieder auflösten, dann legte er den Kopf auf ihre Schulter und strich ihr mit den Händen über den Bauch, während sie ihre Arme nach hinten ausstreckte und ihm um den Hinterkopf fasste.«

»Und dann?« Es war wieder ihr üblicher Befragender, der sprach.

»Dann bemerkte er mich und richtete sich auf. Fast war es, als ob er ein Räuspern unterdrücken musste. Auch Calpurnia zog die Arme wieder zurück und beugte sich sogar ein bisschen nach vorn. Caesar nahm die gelösten Zöpfe wieder in die Hände, klemmte einige zwischen die Lippen, flocht die Strähnen schnell wieder zusammen, knotete die fertigen Zöpfe fest und steckte die Nadeln in das Geflecht hinein. Danach ging er.«

»Ohne etwas zu sagen?«

»Ohne etwas zu sagen. Er berührte nur kurz ihre Schulter, dann war er weg …«

»Hat Calpurnia die Frisur, die ihr der Diktator gemacht hatte, lange behalten?«

»O nein, o nein. Nur eine Stunde lang hat sie das Haar noch so getragen. Dann hat sie es wieder gelöst und mich gebeten, ihr den alten Knoten zu machen, den sie sich ja oft auch allein macht. Sie war den Rest des Tages über sehr schweigsam.«

»Wann geschah das alles?«

»Das war erst vor wenigen Tagen.«

Aspasia erwartete eine neue Frage, aber ihr Gegenüber sagte nichts. Als er wieder zu sprechen begann, war es weniger geschmeidig als vorher, so als säße er weit entfernt von ihr: »Wir haben für heute deine Zeit schon zur Genüge beansprucht. Schließlich dürfen deine Besuche nicht auffallen. Wir werden uns bald wieder mit dir in Verbindung setzen und unser nächstes Treffen ausmachen. Bis dahin bitten wir dich, weiterhin so aufmerksam zu sein wie bisher.« An dieser Stelle wurde seine Stimme wieder freundlicher und sanfter: »Du bist eine sehr gute Beobachterin, Aspasia. Du hast uns sehr geholfen und auch dem Diktator und deiner Herrin einen großen Dienst erwiesen. Sie sind von Feinden umstellt und wissen sich nicht ausreichend zu schützen. Gäbe es nicht Menschen wie dich und uns, so würden sie allzu leicht Opfer böser Machenschaften werden.«

Damit erhob er sich. Aspasia deutete dies als Zeichen des Abschieds, stand ebenfalls auf und fand diesmal ohne Begleitung den Weg zurück, die Stiege hinauf, vorbei an dem dicken Mann und seinem jugendlichen Gehilfen, hinaus auf die Straße. Der Nachmittag war inzwischen weit fortgeschritten und der Himmel von grauen Wolken bedeckt. Als Aspasia die Straßenecke erreicht hatte, drehte sie sich noch einmal um und blickte auf das große Mietshaus zurück. An den Fenstern waren keine Frauen mehr zu sehen. Alles war ganz still, nur einige Blätter Kohl wurden in der aufkommenden Brise übers Pflaster geweht. Es war Aspasia, als bohrten sich tausend Augen in ihren Rücken, während sie langsam, tastend den belebteren Straßen der Metropole zustrebte. Ihr Magen verkrampfte sich ein wenig, und sie musste bitter aufstoßen.

III

Lichtgraue, ins Gelbliche spielende Wellen brachen sich lustlos an kleinen schwarzen Felsen, die aus dem Strand aufragten, und verloren sich dann als wässriger Rest über dem hellen Sand. Obwohl der Himmel nur etwa zur Hälfte bedeckt war, verharrte sein unbewölkter Teil in einem unentschiedenen Milchblau, das nicht heiter wirkte. Der Wind wehte zu kühl, um noch angenehm zu sein, jedoch nicht heftig genug, als dass man seinetwegen einen wärmeren Umhang gebraucht hätte. Die Bucht dehnte sich endlos hin in ihrer flachen Einsamkeit. Hätte Calpurnia nicht ein paar Diener dabeigehabt, dann hätte sie die Küste völlig tot gefunden. Am lebendigsten waren noch die dunklen Felsblöcke, die die Landschaft fleckig erscheinen ließen wie das Fell einer erlegten Wildkatze. Und, in der Tat, einige der kleineren Felsen schienen sich in der Ferne zu bewegen. Calpurnia beschleunigte ihren Schritt und kniff die Augen zusammen. Sie hatte ihr Ziel fast erreicht.

Als sie näher kam, erkannte sie, dass die beweglichen Felsen in Wirklichkeit kleine schwarze Lämmer waren, mit denen ebenso kleine Kinder spielten – fast so schwarz und struppig wie die Tiere selbst. Es waren vielleicht ein Dutzend am Strand, zwischen zwei und sechs Jahren alt, sowie ein paar Erwachsene, die sich auf Decken niedergelassen hatten und das Treiben der Kinder beaufsichtigten. Nur eine Frau beschäftigte sich wirklich mit der Kinderschar und beschützte je nach Bedarf die Lämmer vor den Kindern oder umgekehrt.

Als sie Calpurnia sahen, erhoben sich einige der Erwachsenen, doch da sie in ihr eine Dame der römischen Gesellschaft erkannten, setzten sie sich wieder. Calpurnia schritt auf die Frau inmitten der Kinder zu und bemühte sich, die kleinen Wesen nicht mit allzu großer Neugierde zu betrachten. Die Kinder nahmen keine Notiz von ihr, denn sie hatten bereits die Körbe in den Händen von Calpurnias Dienern erspäht und sofort erkannt, dass deren Inhalt versprach, zum Höhepunkt des Tages zu werden.

Porcia wurde erst auf Calpurnia aufmerksam, als diese unmittelbar vor ihr stand, denn sie hatte eben noch eine Zweijährige getröstet, die von einem futtergierigen Lamm umgestoßen worden war. Catos Tochter richtete sich auf und blickte ihre Besucherin müde an. Calpurnia hob die Hand zur Begrüßung, deutete eine leichte Verbeugung an und kam sich unbeholfen vor. Würde Porcia überhaupt verstehen, warum sie hier war?

»Ich grüße dich, Porcia. Man hatte mir in deinem Haus erzählt, dass du mit den Kindern hier bist. Ich habe Nüsse mit Honig und Puppen aus Stoffresten mitgebracht. Ich hoffe, du bist einverstanden, wenn ich sie an die Kleinen verteilen lasse ...«

An dieser Stelle fragte sie sich, wie ihre Worte wohl für Porcia klingen würden, und brach verärgert und verlegen ab. Sie stand unschlüssig vor Porcia, schluckte und spürte in der kühlen Luft, wie ihr ein Schweißtropfen den Nacken hinunterrann.

Porcia erwiderte Calpurnias Begrüßung knapp, machte eine vage Geste, die wohl heißen sollte: ›Tu, wie dir beliebt‹, drehte sich noch einmal zu dem kleinen Mädchen um, strich ihm übers Haar und wandte sich dann endgültig mit einer etwas tonlosen Stimme ihrem Gast zu: »Möchtest du dich nicht ein bisschen zu uns setzen? Wir bekommen hier so selten Besuch.«

Calpurnia und Porcia ließen sich nebeneinander auf einer Decke nieder. Porcia sagte nichts, sondern schaute nur aufs Meer hinaus und glitt mit den Fingern durch den feinen, braunen Sand. Calpurnia fiel keine sinnvolle Eröffnung für ein Gespräch ein, und so schwieg auch sie und betrachtete Porcia von der Seite. Sie war klein, rundlich, hatte ein beinahe derbes Gesicht, das schon ein wenig verlebt wirkte. Porcia mochte nur fünf Jahre älter als Calpurnia sein, doch in ihrem schwarzen Haar tauchten die ersten grauen Fäden auf, und unter ihren Augen wölbten sich Tränensäcke, die sicher noch wachsen würden. Auf Porcias rechtem Augenlid hatte sich ein Knötchen gebildet, das das Lid herunterzuziehen schien. Dadurch wirkte sie noch müder. Von allen Frauen aus den großen Familien Roms kannte Calpurnia Porcia am wenigsten. Die Feindschaft zwischen Porcias Vater und ihrem eigenen Ehemann war zu groß gewesen. Selbst Caesars politische Feinde hatten meistens gesellschaftlich mit ihm verkehrt, doch Cato war unbeugsam gewesen.

Nachdem sie eine Weile so gesessen hatten, seufzte Porcia und fragte leise: »Was führt dich in diese Gegend?«

»Meine Tante Rutilia hat in der Nähe eine Villa, die sie sich zum Alterssitz erkoren hat. Sie kommt nicht mehr in die Stadt, darum besuche ich sie regelmäßig. Ich habe aber erst kürzlich erfahren, dass auch du hier ein Anwesen besitzt.«

»Servilia hat mir das Haus zur Hochzeit geschenkt. Sie muss verstanden haben, dass es zu mir paßt ... Servilia hat ein Gespür für Dinge, die einander bestimmt sind.«

Calpurnia stieg die Röte ins Gesicht, sie lenkte ihren Blick aufs Meer hinaus und dann hoch in den Himmel, an dem fast kein Blau mehr zu sehen war. Zu ihrer eigenen Überraschung schoss ihr das Wasser in die Augen, und sie musste erst die Tränen unterdrücken, bevor sie sich der anderen wieder zuwenden konnte. Als sie sich zu Porcia umdrehen wollte, fühlte sie deren Hand auf ihrem Arm. Porcia sprach: »Entschuldige. Das war ungehörig von mir.«

»Es ist nicht so schlimm. Im Grunde schulde ich deiner Schwiegermutter Dank dafür, dass sie meine Ehe vermittelt hat. Jeder in Rom weiß es, es ist ja auch keine Schande.«

Fast starrsinnig beharrte Porcia: »Ich schäme mich.«

Calpurnia rückte etwas näher an sie heran und legte ihr den Arm um die Schulter: »Dazu besteht kein Anlass. Diese Kinder jedenfalls sehen nicht wie ein Grund aus, sich zu schämen. Wo kommen sie her?«

Porcia erwiderte nichts, sondern schabte feuchte Sandkörner von ihrer Hand. Einige waren unter ihre Nägel gekrochen, doch je mehr Porcia versuchte, sie wegzukratzen, desto tiefer gruben sie sich ein. Weiter hinten blökten die ungeduldigen Lämmer, die nicht begreifen konnten, dass die großen Körbe nur Süßigkeiten und Spielzeug enthielten, aber kein Futter für verwöhnte junge Schafe.

Da sprach Porcia: »Ich hasse Kinder.«

Calpurnia stöhnte nur und zog unwillkürlich ihren Arm zurück.

Porcia blickte ihr gerade in die Augen: »Das ist uns eigentlich

verboten, nicht wahr? Man darf Kinder nicht hassen. Und schon gar nicht wir, die wir Frauen der Gesellschaft sind. Arme Leute dürfen vielleicht ihre Kinder hassen, weil nichts zu essen da ist und die Kinder Hunger haben. Auch Sklaven dürfen ihre Kinder hassen, damit ihr Schmerz nicht so groß ist, wenn man ihnen ihre Kleinen entreißt und sie verkauft. Aber wir, denen es doch so gut geht, wir sollen edle Gefühle haben und voller Liebe sein und Großmut. Und weil auch ich voller Liebe und Großmut bin, habe ich in der Villa, die mir meine Schwiegermutter geschenkt hat, ein Waisenhaus eingerichtet und komme jeden Monat für eine Woche hierher, sehe nach dem Rechten, spiele mit den Kindern und nehme an ihrem Leben teil – und fliehe vor ihnen, sobald ich meine Pflicht hier abgeleistet habe, eine Woche, die ich mir selbst verordnet habe und die ich dennoch fürchte wie wenig auf dieser Welt. Ich fliehe aus dem Haus, welches ich liebe, obwohl es mir Servilia geschenkt hat. Ich fliehe, weil es voll ist von diesen Kindern, deren lächerliche Anhänglichkeit mich jedes Mal von neuem anspringt aus ihren tellergroßen Augen.«
Calpurnia blickte sich um, ob niemand Porcia gehört hatte. Aber das fröhliche Gekreische der Kinder und das Gelächter der sie verwöhnenden Sklaven ertränkte jedes andere Geräusch. Außer den Lämmern schienen alle vergnügt.
»Woher stammen die Kleinen?« fragte Calpurnia ein zweites Mal.
»Es sind die Kinder von Bürgerkriegsopfern der letzten vier Jahre. Alles Klienten meiner Familie, die im Kampf gegen deinen Mann umgekommen sind.«
Calpurnia nickte und malte Kreise in den Sand: »Das dachte ich mir.« Sie nahm Porcia in den Arm: »Den Kindern ginge es ohne dich bestimmt schlechter. Wer weiß, ob sie noch am Leben wären, und wenn ja, dann vielleicht unter Bedingungen ...«

»Ich tue es meines Vaters wegen«, unterbrach Porcia sie.
Calpurnia schluckte wieder, zog ihren Arm aber nicht zurück: »Dein Vater besaß ein unübertroffenes Pflichtbewusstsein. Ich habe keinen Zweifel, dass du ...«
Porcia entwand sich Calpurnias Arm und richtete den Oberkörper steif auf: »Dass ich ihm eine gute Tochter bin? Ich habe dich doch erst vor kurzem noch ganz anders reden hören. Auf Kleopatras Bankett hast du die Idee der selbstlosen weiblichen Tugend jedenfalls noch leidenschaftlich zurückgewiesen. Und jetzt schiebst du mir diese Rolle zu?«
Calpurnia schlug die Augen nieder und errötete.
Aber Porcia redete einfach weiter: »Ich habe keinerlei Bedürfnis, meinem Vater eine gute Tochter zu sein. Es reicht mir, dass mein Mann ihm ein guter Schwiegersohn sein will.«
Calpurnia schaute auf den Boden und schob ihre Hände ganz langsam unter den Sand, bis sie völlig darunter begraben waren. Sie überlegte, ob sie nicht vielleicht das Thema wechseln oder sich höflich zurückziehen sollte. Aber warum war sie dann überhaupt gekommen?
Nach einer langen Pause sprach Porcia erneut, den Blick fest auf einen schwarzen Felsen in der Ferne geheftet: »O ja. Seit mein Vater tot ist, meißeln sie an seinem Standbild, auch die, die sich früher über ihn lustig gemacht haben, über seine Halsstarrigkeit, über sein Stottern. Jetzt ist mein Vater der große Held aller Freunde der Republik, der sich für die Freiheit und die Sitten der Väter geopfert hat. Er allein hat der Tyrannis deines Ehemannes widerstanden, weil er sich in Utica in sein eigenes Schwert gestürzt hat. Aufrecht, ohne Fehl und Tadel ist er dahingegangen und hat sich ewigen Ruhm erworben. Ist sie nicht auffällig, diese Liebe zum Tod, dieses freudige Sterben um der rechten Sache willen? Ich kann dieses Heldentum leider nicht bewundern – sosehr ich mir auch Mühe gebe, eine gute Tochter zu sein. Ich frage mich immer,

wie oft er wohl an die gedacht hat, die er zurückließ? Ob er überhaupt an sie gedacht hat?«
Porcia biss sich auf die Lippe, dann fuhr sie fort: »Immerhin, sein Ziel hat er erreicht. Sein Schatten wird bis zuletzt über der Diktatur Caesars liegen, sein Schatten wird für die Guten ein steter Ansporn sein, neues Blut für die teure Freiheit unserer Republik zu vergießen. Sein Schatten wird meinen Mann dazu führen, ihm irgendwann in den Tod zu folgen, und so viele andere Männer dazu. Die Sitten der Väter machen aus Kindern Waisen und aus Frauen Witwen. Ich will aber nicht, dass mein toter Vater eine Witwe aus mir macht. Mir fehlt seine Lust am Tod.«
»Caesar ist bei bester Gesundheit, und Brutus steht hoch in seiner Gunst. Sie haben sich versöhnt. Und alle anderen Feinde sind geschlagen. Es wird so schnell kein Bürgerkrieg mehr ausbrechen. Du brauchst keine Angst zu haben.«
Calpurnia spürte selbst, dass ihre Worte hohl klangen und sowieso nicht das trafen, was Porcia meinte. Aber sie hätte es unerträglich gefunden, zu schweigen.
Porcia schien ohnehin nicht zuzuhören: »Brutus bewundert meinen Vater fast abgöttisch.«
»Niemand besitzt ein so hohes moralisches Ansehen wie Brutus«, sagte Calpurnia. »Es überrascht mich nicht, dass er deinen Vater verehrt. Ich habe keinen Zweifel, dass er auch dich sehr verehrt ...«
»Du meinst, dass er mich liebt? Gewiss. Oder besser: Er liebt die Tochter meines Vaters. Er verherrlicht in mir sein Andenken. Ich bin ein Monument für ihn, ein Monument Catos. Manchmal glaube ich, er müsste Marmor spüren, wenn er seine Lippen an meinen Körper presst.«
Calpurnia ließ ihren Blick für einen Moment über die Wellen schweifen, dann hörte sie sich fragen: »Ist es dir recht, dass er das tut?«

Erstaunt, so, als ob sie aus einem tiefen Traum erwacht sei, sah Porcia Calpurnia an: »Dass er mich küsst? Natürlich.« Sie zögerte: »Nein, so einfach ist es nicht. Ich wüsste gern, ob er eigentlich mich küsst oder ob er es bloß aus Pflichtgefühl tut, weil er meint, das gehöre dazu zu der großen Liebe, die er für mich zu empfinden glaubt.«
»Wenn jemand glaubt, dass er liebt, tut er das dann nicht auch?«
»Nein. Man kann sich seine Liebe auch bloß einbilden. Ich habe oft das Gefühl, dass er es tut. Er gehört zu den Menschen, die dessen mehr als fähig sind.«
»Was immer Brutus tut, tut er aus voller Überzeugung.«
»Das ist sicher. Nur frage ich mich manchmal, wer ihn von seiner Liebe zu mir überzeugt hat.«
Sie lachten, und Calpurnia bezwang eine Regung, Porcias Hand zu berühren. Porcia stemmte ihre Arme nach hinten in den Sand und warf den Kopf zurück. Ihre Stimme klang hell und allzu unbekümmert, als sie fragte: »Küsst er dich?«
Die Frage traf Calpurnia wie ein Stich. Die klirrende Heiterkeit der Worte machte sie frieren. Während sie fast verzweifelt versuchte, dem Blick Porcias nicht auszuweichen, wurde das Kreischen der Kinder lauter. Die letzten Honignüsse waren verteilt worden, und eine Vierjährige hatte einem Zweijährigen die seine entrissen. Drei Erwachsene redeten auf das Mädchen ein, doch es weigerte sich, seine Faust wieder zu öffnen und die Nuss herauszugeben. Als eine Sklavin nach ihrer Hand greifen wollte, steckte die Vierjährige die Süßigkeit schnell in den Mund und zermalmte sie krachend mit den Zähnen, um sie danach in den Sand zu spucken. Dann drehte sie sich um und rannte davon.
Es war Porcia, die den Blick senkte und leise sagte: »Mir scheint, ich hätte heute schon zum zweiten Mal Grund, mich bei dir zu entschuldigen.«

Calpurnia schüttelte den Kopf: »Aber nein, wirklich nicht. Aber ich glaube, ich muss jetzt gehen.«
»Willst du nicht noch bei mir speisen, bevor du gehst? Rutilias Villa ist mehr als eine Stunde Fußweg von hier entfernt.«
»Danke, aber meine Tante erwartet mich zum Essen. Ich werde bestimmt bald wieder einmal vorbeischauen. Oder wir sehen uns in Rom …«
Damit deutete Calpurnia einen Kuss auf Porcias Wange an und entfernte sich.

LIBER SEPTIMVS

I

Der große schwarze Hund mit dem kurzen, hautartigen Fell zerrte an seiner Leine, stemmte die kräftigen Hinterbeine in den Sand, richtete sich auf und fletschte die Zähne. Der Wärter musste alle Kraft zusammennehmen, um das Tier daran zu hindern, sich vorzeitig auf seinen Gegner zu stürzen. Der, ein kampferfahrener, grauer Mastiff mit vernarbter Schnauze, hechelte nur leise und ließ dabei den schwarzen Hund nicht aus seinen stumpfen Äuglein. Der Kampf konnte noch nicht beginnen, da noch nicht alle Anwesenden ihre Wetten abgeschlossen hatten. Ein Dutzend Männer lümmelte sich auf den Bänken einer kleinen hölzernen Arena, in der man wahlweise Hunde- oder Hahnenkämpfe abhalten konnte. Sie alle waren unrasiert, hatten grobe Umhänge übergeworfen, trugen schwere Soldatenstiefel. Als auch der Letzte seine Summe gesetzt hatte und ein Sklave sie auf einem Wachstäfelchen vermerkt hatte, wartete man darauf, dass Marcus Antonius das Zeichen gab. Man versprach sich ein spannendes Duell: ein erprobter und für seine grausame Hinterlist berüchtigter Hund gegen einen jungen, starken, wilden, der als begabt galt, sich aber noch nicht allzu oft gemessen hatte.
Gerade als Antonius seine Hand heben wollte und die Wärter schon darangingen, die Hunde von den Leinen zu lassen, trat ein Sklave auf ihn zu und flüsterte ihm ins Ohr. Antonius schüttelte den Kopf, rief in die Runde: »Fangt schon mal ohne mich an« und ging ins Haus.
Jetzt ließen die Wärter die Hunde aufeinander los. Sie verbissen sich sofort ineinander und wälzten sich als bluttriefendes Knäuel am Boden.

Antonius fand seinen Besucher in einem Empfangsraum vor, wo dieser ungeduldig auf und ab ging. Der Hausherr ließ sich in einen Klappsessel fallen, lehnte sich weit zurück und bedeutete dem anderen, sich ebenfalls zu setzen: »Dies ist eine seltene Ehre, Hirtius. Welcher Laune der Fortuna verdanke ich deinen ungewohnten Besuch?«

»Es sind nicht so sehr die Launen der Fortuna, die mich hierher führen, als die einer ägyptischen Gottheit, Konsul.«

Antonius ärgerte sich über die Anrede. Kaum jemand bezeichnete ihn im privaten Verkehr als Konsul, obwohl er zwei Wochen zuvor das Amt als Kollege Caesars angetreten hatte. Sein Konsulat war lächerlich, eine durchsichtige Bemäntelung der Diktatur und folglich bar jeden Glanzes. Hätte es nicht Antonius' Stellung als zweiter Mann im Staate unterstrichen, hätte er getrost darauf verzichten können.

»Ich nehme an, du meinst die Königin«, antwortete Antonius, um Zeit zu gewinnen.

»In der Tat, die meine ich.«

Antonius fiel an Hirtius eine eigentümliche Überheblichkeit auf, eine unangenehme Selbstsicherheit, die er an ihm noch nicht erlebt hatte. Hirtius war ihm immer nur als der treue Gefolgsmann des Diktators und Feldherrn erschienen, der Vertraute in allen Angelegenheiten; als ein Mann, der die Sprache seines Herrn so gut sprach und schrieb, dass er ohne merkliche stilistische Unterschiede ganze Bücher für Caesar fortsetzen, ja unter dessen Namen neu verfassen konnte. Hirtius war stets distanziert und höflich, nicht ohne Würde, aber keineswegs von dem erkennbaren Bemühen geprägt, eine unabhängige politische Rolle zu spielen. Vor allem aber: Hirtius zeigte für gewöhnlich kaum Gefühle, wenn überhaupt, dann nur die, welche dem Imperator auch anzumerken waren. Die freche, fast boshafte Miene, die Hirtius heute bot, paßte nicht zu ihm.

»Mach es nicht zu spannend, Hirtius. Was ist mit der Königin? Draußen tritt mein bester Hund gegen ein neues Tier aus Gallien an, für das ich ein Vermögen ausgegeben habe, und ich verpasse den Kampf.«

Aber Hirtius schien keinerlei Veranlassung zu sehen, sich zu beeilen. Er streckte die Beine von sich, nestelte an der silbernen Nadel, die seinen Mantel zusammenhielt, und erwiderte: »Möchtest du mir nicht eine Kleinigkeit zu essen oder zu trinken anbieten? Ich bin eigens von der Stadt hier herausgekommen, um dich zu sprechen, Antonius, weil ich glaube, dir wichtige Angelegenheiten mitteilen zu müssen. Schließlich solltest du als Konsul über alles im Bilde sein, was in der Stadt geschieht. Da verdiene ich doch wohl eine kleine Erfrischung, oder nicht?«

Antonius antwortete nicht, sondern winkte einen Sklaven heran, der bereits ein Tablett mit getrockneten Feigen und verdünntem Wein bereithielt. Hirtius stopfte sich eine ganze Hand voll Früchte in den Mund und sprach, während er noch kaute: »Kleopatra wurde vor nicht allzu langer Zeit beinahe Opfer eines Anschlags. Der ägyptische Hof hat die Angelegenheit so gut vertuscht, dass wir sie fast übersehen hätten. Und das, obwohl wir alle Aktivitäten der Herrscherin sehr genau verfolgen.«

»Was für ein Anschlag war das? Weiß man, wer es war?«

Hirtius schilderte die Einzelheiten und endete mit den Worten: »Wir wissen allerdings nicht, wer dahinter steckt. Wir haben Grund zur Annahme, dass Kleopatra es auch nicht weiß, trotz fieberhafter und obendrein sehr riskanter Anstrengungen, es herauszufinden.«

»Wieso sind ihre Nachforschungen riskant?«

»Kleopatra hat sich nicht gescheut, eine Dame der besten römischen Gesellschaft unter einem geschickt getarnten Vorwand in einen Hinterhalt zu locken, um festzustellen, ob diese etwas mit dem Anschlag zu tun hatte.«

Antonius spürte, wie ihm der Schweiß auf die Handflächen trat: »Lebt diese Dame noch?«

»O ja, keine Sorge. Ich vermute, dass Kleopatra sich von ihrer Unschuld überzeugt hat oder jene Römerin zumindest in dem Glauben lassen will, sie hielte sie für unbeteiligt.«

»Und«, fragte ahnungsvoll der Konsul, »wer ist diese Dame?«

»Sie ist Fulvia, deine Frau ... Es scheint, als hätte sie dir nichts von ihrem Erlebnis berichtet.«

Antonius schwieg und versuchte gar nicht, dem lauernden Blick Hirtius' auszuweichen. Er hätte sein Nichtwissen wohl besser verheimlichen sollen. Jetzt war es zu spät.

Antonius sagte: »Ich nehme an, sie wollte nicht, dass ich mich unnötig aufrege. Das Ganze ist wahrscheinlich ein Missverständnis. Vielleicht wollte sie auch verhindern, dass es einen Skandal gibt. Schließlich hätte es gut sein können, dass mich die Nachricht von dem Überfall auf meine Frau so sehr empört hätte, dass ich etwas Unkluges getan hätte. Wie du weißt, bin ich mitunter jähzornig.«

»Ich weiß auch, dass die Königin Kontakt mit dir pflegt.«

»Das tut sie mit fast allen Römern von Rang, bisher ist sie allerdings nur einmal hier zu Besuch gewesen. Ansonsten bin ich ihr nur in Gesellschaft begegnet.«

»Ihr Besuch hier fand statt, *nachdem* sie deine Frau hatte überfallen lassen. Dennoch hat sie die ganze Angelegenheit mit keiner Silbe erwähnt und ist wohl auch davon ausgegangen, dass Fulvia dir nichts erzählen würde. Findest du das nicht interessant, Antonius?«

Antonius spürte, dass Hirtius sich nicht sicher war, ob er dem frisch ernannten Konsul seine Unwissenheit abnehmen sollte oder nicht. Was war besser: Vor Hirtius als Blauäugiger dazustehen oder ihn in dem Glauben zu wiegen, er würde ihn anlügen? Vor allem aber, was für eine Rolle spielte Hirtius?

Während Antonius versuchte, sich über die verschiedenen Möglichkeiten klar zu werden, drang ein kurzes Wimmern von ferne in den Raum. Der Kampf war beendet.
Antonius nahm eine getrocknete Feige, steckte sie in den Mund und spie sie eine Sekunde später mit angewiderter Miene wieder aus. Er beugte sich weit vor, stützte seine Ellenbogen auf die Knie, verschränkte die Hände und schaute Hirtius mit gerunzelter Stirn von unten an. Seine breiten Schultern ragten links und rechts hinter seinem Kopf auf wie die Flügel eines großen Vogels.
»Was willst du, Hirtius?« fragte er. »Du siehst, mich trifft das, was du hier erzählst, unvorbereitet. Ich hatte von diesen Dingen keine Ahnung. Ich wüsste zu gern, worum es geht. Es gefällt mir nicht, wenn die Königin Ägyptens meine Frau für fähig hält, sie ermorden zu lassen. Noch weniger gefällt es mir, dass meine Frau überfallen wird, noch dazu, ohne dass ich davon erfahre. Am wenigsten aber gefällt mir im Moment deine Art, bei mir zu erscheinen und mir mit hämischem Grinsen diese Geschichten aufzutischen. Wir sind beide Vertraute Caesars, bekleiden beide hohe Ämter im Staat, die wir ihm verdanken. Ich bin jetzt Konsul, du bist für die nächste Amtsperiode vorgesehen. Alles, was in Rom geschieht, geht uns etwas an, dich und mich. Du scheinst Dinge zu wissen, die mir unbekannt sind, obwohl es besser wäre, wenn ich über sie Bescheid wüsste. Du hast jetzt zwei Möglichkeiten, mit deinem Wissensvorsprung umzugehen: Du kannst damit fortfahren, mich mit deinem herablassenden Lächeln zu belauern, dabei das Ausmaß meiner Ahnungslosigkeit überprüfen und noch dazu so tun, als würdest du mich irgendwelcher geheimen Machenschaften verdächtigen – oder du kannst mir geradeheraus sagen, was du weißt, denkst und befürchtest. Wenn du dem ersten Weg folgst, kannst du dir meiner andauernden Feindschaft sicher sein. Schlägst du allerdings den zweiten ein, gelingt es

uns vielleicht gemeinsam herauszufinden, was hier eigentlich gespielt wird – und wir werden beide Nutzen davon haben. Ich rate dir dringend, die zweite Option zu wählen, und zwar nicht nur wegen meiner Drohung, die ich hiermit ganz offen wiederhole. Aber es gibt noch einen anderen Grund, warum es gut für dich wäre, offen mit mir zu sprechen. Und zwar, weil du erstens selbst nicht wirklich genau weißt, was hier vorgeht und was ich damit zu tun habe, sonst wärest du gar nicht erst hierher gekommen, und zweitens, weil ich weiß, dass du ohne das Wissen Caesars handelst. Er hätte dich niemals hergeschickt, um mich in dieser Art zu befragen. Entweder er hätte seine Spione alles auskundschaften lassen, oder er hätte selbst mit mir gesprochen oder beides. Du handelst im Augenblick auf eigene Faust, Hirtius. Das wiederum finde ich höchst interessant.«
Hirtius lachte, fast entspannt: »Deine Rhetorik wird immer wieder unterschätzt, Antonius. Ich habe selten eine so beeindruckende Rede gehört, und weil deine Argumente mich in der Tat überzeugen, werde ich ehrlich zu dir sein, schon deshalb, weil ich das, was mich am meisten umtreibt, gar nicht vor dir verheimlichen kann. Ich hatte dich tatsächlich im Verdacht, an einer Verschwörung gegen Caesar beteiligt zu sein. Es scheint in Kreisen der römischen Nobilität ein Komplott im Gange zu sein, das nicht ungefährlich sein könnte.«
Hier machte Hirtius eine Pause und strich sich mit den Fingern über das Kinn, bevor er fortfuhr: »Als ich von dem Anschlag auf Kleopatra hörte, hielt ich das zunächst für eine rein ägyptische Angelegenheit, bis ich feststellte, in welche Richtungen die Vermutungen der Königin gingen. Offen gestanden verwirrte es mich, dass Kleopatra deine Frau mit dem Attentat in Verbindung brachte. Es schien mir nicht logisch, dass du einen geheimen Mordversuch gegen Kleopatra unternehmen würdest, wenn du zugleich einen öffentlichen Anschlag auf Caesar plantest.«

»Wieso öffentlich?«
»Weil der Mord ein politischer Mord sein müsste. Weil die Mörder aller Welt zeigen müssten, dass sie für die Freiheit des Gemeinwesens handeln und nicht aus Eigennutz. Und das geht am besten im grellen Licht des Tages, vor aller Augen, etwa bei einem öffentlichen Fest – wir haben bald die Luperkalien – oder bei den Magistratswahlen auf dem Marsfeld oder bei einer Senatssitzung. Jedenfalls bin ich jetzt insofern beruhigt, als mir scheint, dass du tatsächlich nichts gewusst hast.«
»Macht mich das unschuldig?«
»O nein, durchaus nicht. Es schließt nur einige Möglichkeiten aus. Ich schätze, dass es noch unzählige Kombinationen gibt, an die ich bisher noch gar nicht gedacht habe.«
Antonius' Nasenflügel bebten leicht. Hirtius wollte ihn mit seiner kalten Offenheit provozieren, aber Antonius überging die Herausforderung und fragte: »Wie geht es jetzt weiter?«
»Ich weiß es nicht. Ich weiß es wirklich nicht. Aber selbst wenn ich es wüsste, würde ich es dir nicht sagen, Antonius. Und was wirst du jetzt tun?«
»Das werde ich dir auch nicht sagen.«
»Na, dann werde ich dich jetzt wohl nicht länger von deinen Hundekämpfen abhalten«, schloss Hirtius und erhob sich.
Antonius blieb jedoch noch sitzen: »Ich verstehe nicht, warum du ohne Wissen Caesars handelst. Du bist doch sonst immer der Treueste von allen.«
»Es gehört zu den bittersten Momenten der Treuen, wenn sie feststellen müssen, dass man glaubt, auf ihre Treue verzichten zu können, und sie sozusagen gegen den Willen ihres Herrn Treue üben müssen.«
»Was hindert mich, zu Caesar zu gehen und ihm zu berichten, was du tust?«
»Nichts. Tu, was dir beliebt – oder doch, vielleicht zweierlei.

Zum einen müsstest du ihm dann wohl auch erzählen, was Kleopatra von dir wollte, als sie dich vor kurzem hier besuchte. Zum anderen: Glaubst du wirklich, dass Caesar nicht weiß, dass ich meine Nase auch ohne seine Anweisungen in alle möglichen Dinge stecke? Noch bevor die Dunkelheit anbricht, wird er wahrscheinlich schon von meinem heutigen Besuch bei dir erfahren haben. Was ihm nicht meine Leute mitteilen, das bekommt er von den Agenten Pollios, oder vielleicht noch aus ganz anderen Quellen, die wir nicht einmal ahnen. Und jetzt muss ich wirklich gehen. Die Wetterkundigen sagen besonders kaltes und nasses Wetter voraus.«
Antonius lachte wie über einen guten Witz: »Du bist wirklich ein aufrechter Mann, Hirtius, du hörst auf die Wetterkundigen.«
Dann stand er auf, trat auf Hirtius zu und legte ihm die Hand auf die Schulter: »Wenn ich nicht wüsste, dass du im Grunde deines Herzens mein Feind bist, wackerer Hirtius, dann würde ich dir beinahe vertrauen.«
»Wenn du nicht wüsstest, dass ich im Grunde meines Herzens dein Feind bin, dann könntest du mir erst recht nicht vertrauen.«
Damit wollte sich Hirtius entfernen, aber Antonius hielt ihn weiter an der Schulter fest und fragte: »Wer hat den Anschlag auf Kleopatra verübt?«
Hirtius hob erstaunt die Brauen und zuckte mit den Schultern: »Servilia.«
»Servilia?« fragte Antonius ungläubig.
»Seit Kleopatra hier ist«, antwortete Hirtius, »scheint sich alles zu verändern. Oder vielleicht sehen wir die Dinge einfach nur zum ersten Mal so, wie sie wirklich sind. Auch Servilia weiß offenbar, was Angst ist. Und dabei schien sie immer so über den Dingen zu stehen.«
Dann ging er.

II

Sie hatte richtig gehört, es hatte laut gekracht. Nicht zum ersten Mal, aber zum ersten Mal mit solcher Gewalt. Fern und dumpf hatte es zuvor geklungen, nicht so hart und nah wie jetzt. Ihre Sklavinnen im Vorzimmer schienen nichts zu bemerken, sie schnarchten ruhig und regelmäßig.
Calpurnia konnte sich nicht vorstellen, woher die Geräusche kamen. Sie lauschte in die Dunkelheit hinein, doch es half nichts. Immer wieder drang das Krachen durch die Räume, manchmal wie aus großer Entfernung, manchmal als käme es direkt durch die Tür. Es klang, als ob etwas zerbarst und dann schwer zu Boden fiel, wo es aber nicht laut zerschellte, sondern nur schwach aufprallte, wie ein aus großer Höhe heruntergestoßener Sack Korn, der sich im Fallen öffnet und den Boden nur noch halb voll erreicht. Calpurnia musste leise lachen. Vielleicht standen die Römer tatsächlich auf den Dächern und warfen nur so zum Spaß aufgeschlitzte Getreidesäcke hinunter. Sie kletterte aus dem Bett, umwickelte ihre Füße mit dicken Tüchern, bevor sie in ihre Sandalen schlüpfte und sich in eine Wolldecke schlang. Es war in den letzten Tagen sehr kalt geworden.
Am Ende des Korridors schimmerte zwischen zwei Säulen der nächtliche Garten in einem gelblichen Rosa, wie Calpurnia es noch nie gesehen hatte. Überhaupt schien die Nacht viel heller zu sein als sonst. Sie trat in den Säulengang, der um den Garten herumführte, und blickte zum Himmel hinauf. Er war wolkenlos. Kalt und klar wie selten strahlte der Mond in silberner Herablassung. Jetzt konnte sie das ganze Peristyl überblicken – alles schien von einem sanften rötlichen Leuchten umgeben, das von den Öllampen kam, die den Garten auch nachts erhellten. Wirkten die großzügig verteilten Lampen schon in der gewöhnlichen Dunkelheit beein-

druckend, so war es heute, als ob die Erde selbst zurückstrahlte und die Nacht mit einem eigenen überirdischen Licht herausforderte.

Erst als sie das zweite Mal hinschaute, erkannte Calpurnia, woher diese Verwandlung kam. Der ganze Garten war von einer dicken, weißen Schicht bedeckt, die sich kniehoch auftürmte. Wie ein erstarrtes Meer lag das schimmernde Weiß vor ihr, mit ebenso zarten wie reglosen Wellen und Strudeln, wo Bänke, Sträucher oder Statuetten unter ihm verschwunden waren. Nur hier und da ragten ein Bäumchen oder eine Figur hervor, kaum zu erkennen unter den gewaltigen weißen Hauben, die sie trugen. Calpurnia trat zwischen die Säulen, bückte sich und nahm ein wenig von dem weißen Etwas in die Hand, wo es unter dem Druck ihrer Finger in kleine, glänzende Kristalle zerfiel, schließlich schmolz und als kalter, nasser Fleck zurückblieb: Schnee.

Sie hatte Schnee schon gesehen. Ein paar Mal, als sie im Winter den Appenin überquerte, hatte er in der Ferne auf den Bergspitzen gelegen. Auch Schneeflocken kannte sie, vereinzelt, schwer und feucht, die sich schnell in Regen verwandelt und schlammige Pfützen zurückgelassen hatten. Auch Eis hatte sie schon gesehen, hin und wieder lag es am frühen Morgen wie eine flache, hauchdünne Glasschicht auf einer Wasserlache, oft begleitet vom Reif auf den Ästen. Und natürlich das Eis, das man von Norden, aus den Alpen, herunterbrachte und in tiefen Kellern aufbewahrte, um Speisen und Getränke zu kühlen. Aber an eine Pracht wie diese konnte sie sich nicht erinnern. Am liebsten wäre sie in diese dicken, weichen, glänzenden Wolken hineingesprungen, um sich in ihnen zu versenken, ihren Körper in dieses nie geahnte Weiß zu tauchen und darin zu schwimmen. Da krachte es auf der anderen Seite des Peristyls, und ein riesiges Stück Schnee rutschte das Dach herunter, brach ab und fiel halb als Klumpen, halb als Staub

zu Boden. Nur ein kleiner Rest blieb an einem Wasserspeier hängen.
Dann sah Calpurnia ihn zwischen den Säulen auf der anderen Seite des Peristyls. Sie erkannte ihn, weil er kurz innegehalten hatte. Eine ruckartige Bewegung verriet, dass auch er sie gesehen hatte. Unschlüssig verharrte er einige Sekunden, bevor er in den Garten trat und mit großen Schritten durch den Schnee geradewegs auf sie zustapfte. Seine hohen, roten Stiefel versanken vollständig, der Schnee ging ihm bis an die Knie; und er musste mit den Armen rudern, um das Gleichgewicht zu halten. Als er da so mit Mühen ein Bein nach dem anderen aus dem Schnee zog, fiel Calpurnia zum ersten Mal auf, dass seine Beine deutlich kürzer waren als die ihren. Während er durch die weiße Masse hindurchwatete, ließ er eine Kette tiefer Krater hinter sich zurück.
Sie begrüßte ihn und wies auf sein zeremonielles Schuhwerk: »Selbst durch den Schnee schreitest du noch als Triumphator.«
Caesar antwortete lächelnd: »Es ist doch gut, dass diese unmöglichen Stiefel wenigstens zu irgendetwas nütze sind.«
Er stampfte auf, um den Schnee von ihnen abzuschütteln, und fragte sie: »Konntest du nicht schlafen?«
»Das Krachen hat mich geweckt. Dich offenbar auch.«
»Ich schlafe nicht mehr so viel. In meinem Alter lernt man die Nächte neu kennen.«
»Früher erzählte man sich von dir, du könntest jederzeit und überall schlafen.«
»Das war einmal.«
Er lehnte sich mit dem Rücken gegen eine Säule, verschränkte die Arme hinter dem Kopf und winkelte das rechte Bein an, sodass er sich mit dem Fuß gegen den Stein stemmen konnte.
Calpurnia deutete mit dem Kopf in Richtung Garten: »Der Schnee ist wunderschön.«

»Ich habe ihn fallen sehen, mehr als zwei Stunden habe ich dort gestanden und beobachtet, wie er herunterkam. Das war das dichteste Schneetreiben, an das ich mich erinnern kann. Und ich habe schon viel Schnee zu Gesicht bekommen in Gallien, in den Alpen und anderswo.«

»Um diese Anblicke beneide ich dich.«

»Ich habe noch andere Dinge gesehen, um die du mich beneiden würdest …«

»Und wahrscheinlich noch mehr Dinge, um die ich dich ganz gewiss niemals beneiden würde …«

»… die dichten Wälder Galliens und Germaniens zum Beispiel. Ein endlos tiefes Grün, dunkler als alles, was dir jemals unter die Augen gekommen ist.«

»So etwas werde ich wohl niemals erleben.«

»Wenn ich zurück bin, könnten wir eine Rundreise durch die neuen Provinzen unternehmen. Du könntest mich begleiten. Ich würde dir alle meine Eroberungen zeigen, und wir würden die Huldigungen von Roms neuen Untertanen entgegennehmen.«

»Glaubst du, dass auch die Wälder dir huldigen werden? Vielleicht machen sie sich dir zu Ehren eine Spur heller.«

»Du wirst staunen: Das tun sie bereits jetzt. Schließlich habe ich lange Schneisen in sie schlagen und Straßen durch sie bauen lassen, auf denen sich unsere Legionen blitzschnell von einem Punkt zum anderen bewegen lassen.«

»Dann ist es ja wohl zu spät, um diese Wälder in ihrem ursprünglichen Zustand zu besichtigen.«

»Keine Angst, die Wälder Galliens und Germaniens wird so leicht kein Sterblicher abholzen. Du wirst es sehen, wenn ich zurück bin.«

»Das heißt: nie. Du hast fast zehn Jahre gebraucht, um Gallien zu erobern. Nun ziehst du gegen die Parther und wirst wohl bis zum Indus marschieren, wo selbst Alexander kehrtmachen

musste. Und dann, hört man, wenn du die Parther unterworfen hast, willst du auch noch ums Schwarze Meer herum. Das ist ein endloser Feldzug.«
»Die Parther sind Roms letzter großer Gegner. Sie bedrohen unsere Friedensordnung im Osten. Crassus' Niederlage gegen sie hat uns in Asien viel Ansehen gekostet. Der Mythos der römischen Unbesiegbarkeit ist dahin. Ich muss Crassus rächen, schon weil er mein Freund und Verbündeter war, doch vor allem muss ich Roms Stellung auf Dauer sichern.«
»Die Parther haben sich in den letzten Jahrzehnten als bemerkenswert friedliebend erwiesen – oder zumindest als klug. Greift man sie nicht an, so halten auch sie sich zurück. Sie scheuen die Begegnung mit Rom nicht weniger als wir die mit ihnen. Warum nicht einfach auf dieses Gleichgewicht vertrauen?«
»Eine aus Schwäche betriebene Politik ist immer schon im Ansatz gescheitert, das ist ein Axiom.«
»Politik ist keine Mathematik, hier gibt es keine Axiome. Man muss einfach sehen, was geht. Wenn zwei Gegner etwa gleich stark sind und wissen, dass ein Kampf sie beide selbst dann entscheidend schwächen würde, wenn einer den Sieg davontrüge, dann kann es für sie klüger sein, eine Auseinandersetzung zu vermeiden. Das scheint mir logisch.«
»So, so, das scheint dir also logisch. Und du meinst wirklich, dass es in der Politik zwar keine Axiome gibt, ansonsten aber exakt logisch zugeht?«
Calpurnia musste wider Willen lächeln. Er hatte den Disput verloren, aber sich in einer Weise herausgewunden, die trotzdem sie als Verliererin dastehen ließ. Warum konnte er sie nicht einmal ernst nehmen, wenn sie allein waren?
Zu ihrer eigenen Überraschung gab sie Caesar einen leichten Stoß. Er lachte, verlor das Gleichgewicht, kippte in den Garten zurück und breitete im Fallen die Arme weit aus. Erschrocken

machte Calpurnia einen Schritt zurück. Caesar sprang gewandt wieder auf und schlug sich den Schnee von den Schultern.

»Es kommt nicht oft vor, dass du mich berührst. Da muss ich dir wohl für diesen Stoß dankbar sein. Aber jetzt bin ich doch ziemlich nass. Ich werde mir etwas anderes überwerfen müssen. Komm mit in mein Ankleidezimmer und hilf mir, etwas auszusuchen. Ich weiß, du missbilligst meine Kleidung als zu jugendlich und traust meinen Leibsklaven als Beratern nicht. Wir suchen uns etwas aus, was nicht so lang und locker hängt, ohne künstliche Falten und erst recht ohne Stickereien und Fransen. Heute Nacht hast du Gelegenheit, deinen Ehemann ein wenig anständiger aussehen zu lassen.«

Calpurnia folgte Caesar nicht ohne Beklommenheit. Sie hatte seine privaten Gemächer seit Jahren nicht mehr betreten und schon gar nicht bei Nacht. Fast immer traf man sich in den offiziellen Räumen – oder bei ihr. Der Gedanke, ihn mit einem jungen Mann oder gar mit Servilia oder der Königin anzutreffen, hatte sie immer fern gehalten.

Auch jetzt zögerte sie, als sie an die Schwelle seines Ankleidezimmers gekommen war, sie fürchtete die überraschten Blicke seiner Leibsklaven. Doch diese waren gar nicht zu sehen – bis auf einen Einzigen, der mit gesenkten Augen verschwand, als er seinen Herrn in Begleitung eintreten sah.

Calpurnia wunderte sich nicht über den exotisch-orientalischen Charakter der Einrichtung, über die schweren Teppiche, in die man beim Gehen versank. Auf einer Truhe lagen mehrere Gewänder, schimmernde, glänzende, ja fast durchsichtige Stoffe, teils kunstvoll bestickt. Das auffälligste, ein besonders langes, das bis zu den Füßen reichen musste, leuchtete am Halsausschnitt feuerrot und ging dann in ein schweres Violett über, um schließlich in tiefem Blau zu enden. Es war nach unten hin mit silbernen Sternen bedeckt. Es schien eher für eine

Frau zu passen als für den Diktator Roms. Sie selbst hätte so etwas nie angezogen. Obwohl der verwegene Geschmack ihres Mannes sie auch heute abstieß, konnte sie nicht umhin, das bodenlange Kleid anzustarren. Sie beugte sich vor und streckte fasziniert ihre Hand aus, um den Stoff zu berühren. Sie rieb das samtig glänzende Gewebe zwischen ihren Fingerspitzen. Wie glatt und weich es war. Sie führte es an ihre Wange und roch dabei einen süßen Duft, den sie nicht kannte. Das Tuch war parfümiert. Sie legte es wieder zurück und richtete sich langsam auf, auch wenn sie ihre Augen noch nicht wirklich abwenden konnte.
Da geschah, was sie erwartet, befürchtet und wohl auch ein wenig erhofft hatte: Eine Hand legte sich von hinten auf ihren Bauch, die andere griff ihre rechte Hand, während sich ein Mund an ihr Ohr, eine Brust und ein Bauch an ihren Rücken pressten. Der fremde Mund strich über ihren Hals und Nacken, während sie sanft durch einen Türrahmen geschoben wurde und die fremde Hand von ihrem Bauch aus abwärts wanderte. Sie wollte sich umdrehen, doch er ließ sie nicht. Fast wie jene Athleten, die bei Kleopatra aufgetreten waren, stellte er ihr von hinten ein Bein, und sie fielen zusammen in eine hohe Landschaft von Kissen, die nicht weniger dufteten als das Gewand im Nebenzimmer.
Erst jetzt drehte er sie um, und sie sah die Umrisse seines Körpers auf sich zukommen. Er war schlank, fast schon dürr, doch sprangen selbst im Halbdunkel noch deutliche Muskeln hervor. Er hatte ihr Nachtgewand gelöst, die Sandalen streifte sie selbst ab, wie, konnte sie auch am nächsten Morgen nicht mehr sagen, als sie immer wieder versuchte, sich eine Szene auszumalen, wie sie sie so selten erlebt hatte. Sie hätte sehr gern in seine Augen geblickt, aber er schlang seine Arme um sie und grub seine Lippen in ihren Hals. Sie wollte ihn wegschieben, um seinen Gesichtsausdruck zu sehen, doch dann durchström-

te plötzlich Wärme ihren Leib. Seine Hände und sein Mund taten Dinge mit ihr, die ihr normalerweise unangenehm gewesen wären und von denen sie jetzt nur wünschte, sie würden nicht zu schnell zu Ende gehen. Während die Grenzen zwischen ihr und dem anderen Körper immer unbestimmter zu werden schienen, während ihre Haut zu glühen anfing, blieben ihre Gedanken merkwürdig klar, beobachtete sie sich wie von außen. Warum wollte ihr Kopf nicht einfach ihrem Bauch, ihren Schenkeln und ihren Brustwarzen folgen?
Caesar war über ihr und hielt sie fest, er fuhr durch ihr Haar und strich ihr über die Hüften, bis ihre eigenen Hände beinahe ohne ihr Zutun über seine Rippen glitten und sie ihn so fest packte, wie sie nur irgend konnte. Hitze durchlief sie bis zu den Zehenspitzen. Da hielt sie inne. Caesar merkte es nicht sofort.
Erst nach einigen Augenblicken ließ er von ihr ab. Sie lagen reglos da, noch immer umschlungen. Er ruhte mit seinem ganzen Gewicht auf ihr. Sie fühlte seinen Atem auf ihrer Wange, während er sie anstarrte – ohne allerdings etwas sehen zu können. Sie griff nach seinem Kopf, zog ihn an den Haaren von sich fort und stieß zugleich gegen seine Brust. Er leistete keinen Widerstand; er musste glauben, dass sie ihn von sich stieß. Dann schlang sie jedoch ihre Schenkel um seine Beine, drehte ihn vorsichtig zur Seite und rollte ihn auf den Rücken. Sie hielt ihn sanft am Kopf fest und senkte ihre Lippen ganz langsam in die Höhle, die zwischen der Wurzel seines Halses und seinem Schlüsselbein lag.

Es war ein Rauschen wie aus Hunderten von Wasserleitungen, das Calpurnia schließlich weckte. Ihr Kopf war schwer, ihre Glieder waren wohlig müde und bleiern. Draußen schien die Sonne warm. Die Luft hatte etwas von Frühling an sich. Calpurnia lauschte dem hellen Tropfen und Plätschern, das von

draußen hereinkam. Offenbar taute es, und von den Dächern und aus den Wasserspeiern stürzte das Wasser zur Erde.
Sie öffnete die Augen und sah sich um. Dass sie allein im Bett lag, hatte sie gleich gewusst. Sie hatte es nicht anders erwartet. Das Zimmer war größer, als sie es in der Nacht vermutet hatte. Die Bilder der jungen Männer an den Wänden hatte sie im Dunkeln nicht gesehen. Wie schön junge Männer doch sein konnten, ging ihr durch den Kopf, während sie die Werke griechischer Maler betrachtete, auf denen sich junge Athleten zwischen ihren Übungen ausruhten oder sich mit Schabern das Öl von den Körpern rieben.
Sie richtete sich auf und zog das Laken über die Brust, doch schon eilten ihre Dienerinnen herein, drängten sich geradezu, ihr zu Diensten zu sein, plapperten, scherzten, lachten und summten wie Bienen um sie herum. Ehe sie wusste, wie ihr geschah, fand sich Calpurnia mit Schwämmen und feuchten Tüchern gewaschen, mit Ölen und Essenzen betupft, wurde ihr Kopf in ein silbernes Becken mit warmem Wasser getaucht, glitten Kämme durch ihr Haar. Sie wollte die Frauen wegscheuchen und fortschicken, wollte deren Eifer bremsen, das vielstimmige Lachen verstummen lassen, sich langsam an den neuen Tag gewöhnen, die Bilder der letzten Nacht an sich vorüberziehen lassen. Aber es kam ihr vor, als sei sie gar nicht anwesend, als gäbe es nicht sie, sondern nur ihre körperliche Hülle, mit der sich die Dienerinnen beschäftigten, während sie von außen zuschaute, unbeteiligt, ja ohnmächtig. Inzwischen war Aspasia, die den ganzen Haufen übertrieben geschäftig und doch nachsichtig beaufsichtigte, dabei, Calpurnias Haar zu bändigen.
Während ihr Kopf mal hierhin, mal dorthin gedreht wurde, entdeckte Calpurnia auf dem Tischchen neben dem Bett eine Schriftrolle mit rotem Band. Eine Sklavin folgte dem Blick ihrer Herrin, sprang hinüber und reichte Calpurnia das Schrift-

stück. Es stand ihr Name darauf und ein paar Worte mehr: »Für Calpurnia, nach einer Nacht der Liebe«. Diejenigen Sklavinnen, die lesen konnten, schielten auf die Schriftrolle, flüsterten den weniger Glücklichen den Text zu und bemühten sich gar nicht zu verbergen, wie sie sich gegenseitig und ihre Herrin anstrahlten. Aspasias Augen leuchteten am meisten, während sie mit Haarnadeln im Mund ununterbrochen murmelte und um ihre Herrin herumkreiste. Ihrer Miene zufolge vollbrachte sie auf Calpurnias Kopf wahre Heldentaten. Sie wiegte sich hin und her, während sie ihr Werk betrachtete, und vertrieb zischend alle Dienerinnen, die es wagten, ihr helfen zu wollen.

Calpurnia bat eine Sklavin, ihr das Schriftstück zu öffnen und ein wenig zu entrollen. Die Dienerin war im Umgang mit Büchern nicht erfahren und brauchte eine Weile. Sie entrollte das Schriftstück so ungeschickt, dass eine Textstelle weit nach dem Anfang des Werkes zum Vorschein kam. Calpurnia winkte die Sklavin heran und bat sie, das Buch vor ihre Augen zu halten. Calpurnia konnte sich kaum vorbeugen, um die Worte zu entziffern, da Aspasia noch immer hingebungsvoll in ihrem Haar flocht und ihren Kopf nicht freigab. Immerhin konnte Calpurnia doch so viel erkennen:

… es gelang Cato nicht, die lange Zeit, die Caesar in Ägypten, Kleinasien und Rom verbracht hatte, zu nutzen, um die reiche Provinz Africa in Verteidigungsbereitschaft zu versetzen. Die erbärmliche Gegenwehr, die sich Caesar bot, zeugte von mangelnder Voraussicht und Planung, von einem Geist, der zu klaren Entscheidungen und zur Durchdringung komplexer Gegenstände nicht fähig war. Ob dies eher an Catos grundsätzlicher Unfähigkeit lag oder an seinem Hang zu unmäßigem Weingenuss, lässt sich nicht mehr entscheiden. Fest steht, dass Catos peinliches Scheitern den Ruhm der römi-

schen Waffen in den Schmutz zog. Am Ende blieb ihm nur ein Ausweg aus seiner selbstverschuldeten Schande: Er nahm sich das Leben. Doch auch das wäre ihm beinahe nicht geglückt, denn …

An dieser Stelle spürte Calpurnia einen Stich am Kopf und machte unwillkürlich eine ruckartige Bewegung. Aspasia war zu erschrocken, um rechtzeitig zu reagieren, sie behielt ein ganzes Büschel Haare in der Faust. Die Herrin schrie laut auf, während die Dienerinnen entsetzt erstarrten. Mit Tränen in den Augen fuhr Calpurnia herum und schlug ihrer Leibdienerin mit der flachen Hand auf den Arm, sodass es laut klatschte, wenngleich es nicht besonders wehtat. Aspasia rührte sich nicht.

Calpurnias Wut verflog sofort. Eine Welle der Scham überkam sie. Sie hatte etwas getan, was Tausende Römerinnen täglich taten, sie selbst jedoch noch nie: Sie hatte eine Dienerin geschlagen. Schweigend, mit hängenden Armen standen die Frauen in dem fremden Raum, dessen Wände über und über mit Männerbildern bedeckt waren.

III

Die Königin saß in einem bequemen Sessel, dessen Sitz und Rückenlehne aus weichen ledernen Bahnen bestanden. Sie trug ein sackartiges Gewand aus Leinen, wie meist, wenn sie ihre Schönheit pflegen ließ, beugte sich weit zurück und ließ ihren Kopf in die auffällig zarten Hände eines Sklaven sinken. Dieser stützte ihr Haupt mit sanftem Griff, während sein Kollege mit spitzen Fingern begann, vom Kinn der Monarchin

her die Maske vom Gesicht zu ziehen, die Kleopatra seit etwa zwei Stunden zierte. Ursprünglich als dicke, weiche Paste aufgetragen, war daraus eine feste Kruste geworden, die die Züge der Herrscherin überzog wie eine zweite Haut.
Ein Bote meldete den Besuch des Marcus Antonius. Der Sklave unterbrach seinen Versuch, die Maske zu entfernen, während Kleopatra überlegte, ob sie den Besucher empfangen sollte. Schließlich entschied sie: »Lasst ihn vor.«
Der Sklave, der es gewohnt war, dass Kleopatra auch bei der Pflege ihrer Schönheit Audienz hielt, wollte sich wieder ihrem Gesicht zuwenden, doch die Königin gebot ihm, sich zu gedulden. Marcus Antonius trat ein. Die Herrscherin veränderte ihre Körperhaltung nicht, sie grüßte nicht einmal. Ihr Kopf lag weiterhin mit geschlossenen Augen in den Händen des einen Sklaven, derweil der andere vor ihr stand und wartete, bis er sie von der Maske würde befreien dürfen.
Eine solche Szene hatte Antonius, der die Königin noch nie in ihren privaten Räumen besucht hatte, nicht erwartet. Er räusperte sich und suchte nach Worten der Begrüßung: »Das sieht ja fast aus wie eine Totenmaske.«
»Ich habe keinen Zweifel, dass das eine scherzhafte, möglicherweise sogar eine geistreiche Eröffnung für ein heiteres Gespräch sein soll. Nur leider keine sehr gelungene. Aber vielleicht versuchst du es einfach noch einmal? Die Kunst der Konversation will gelernt sein. Üben wir also noch ein wenig, werter Konsul. Es gibt schließlich fast nichts im Leben, was sich nicht wieder gutmachen lässt – selbst im Umgang mit einer Königin.«
Antonius bemühte sich, ein finsteres Gesicht zu machen: »Ich bin mir nicht sicher, wer hier was bei wem gutzumachen hat.«
Kleopatra machte ihrem Sklaven ein Zeichen, die Maske abzuziehen. Zu Antonius sagte sie: »Deine Andeutungen

kannst du dir sparen. Ich weiß, wovon du redest. Die Frage ist nur, warum du jetzt hier bist. Spielst du heute die Rolle des strengrömischen *pater familias*« – die Königin ließ den lateinischen Begriff in ihre griechische Rede einfließen, durch ihren Akzent klangen die Worte besonders lächerlich – »der Frau, Kinder und Haus beschützt? Kommst du, um die Ehre deiner Frau zu rächen, die ich durch meinen Überfall beleidigt habe? Das scheint unwahrscheinlich. Du hättest ja zu Caesar gehen oder von selbst Rachemaßnahmen ergreifen können. Stattdessen kommst du hierher, um dich zu beschweren. Möglicherweise um eine Entschuldigung zu fordern? Gut, wenn dir etwas daran liegt, entschuldige ich mich. Aber das macht das Ereignis nicht ungeschehen und wirkt doch etwas absurd, nicht wahr? Wie hört sich das an: ›Oh, Antonius, es tut mir so Leid, ich habe deine Frau durch meine Handlanger in einen Hinterhalt locken und sie dort beinahe beseitigen lassen. Aber es geschah nur aus Versehen, darum bitte ich dich recht herzlich um Verzeihung. Es soll nie wieder vorkommen. Ich weiß, dass ich mit deinem Verständnis rechnen kann.‹ Und es nützt dir so viel.«

Einen Augenblick lang blieb Antonius sprachlos.

Kleopatra hielt die Augen weiterhin geschlossen, rührte sich kein bisschen und ließ sich von ihrem Sklaven den letzten Rest der Kruste von ihrer Stirn trennen. Dann öffnete sie die Augen und richtete sich auf, um sich die Maske anzuschauen, die der Sklave ihr mit einer Verbeugung auf seinen ausgebreiteten Handflächen zeigte. Sie nickte anerkennend, und die beiden Sklaven verschwanden wortlos.

Zu Antonius gewandt erklärte sie: »Ich liebe es, wenn die Maske abgelöst wird, ohne dass sie reißt. Ich empfinde eine erstaunliche Befriedigung, wenn ich den weichen Abdruck meines Gesichts so völlig unversehrt vor mir sehe. Ich lasse alle aufheben und katalogisieren, die Sammlung enthält schon 342 Exemplare, keins davon beschädigt und alle genau datiert ... Also, Antonius, was willst du?«

»Glaubtest du wirklich, dass Fulvia etwas mit dem Attentat auf dich zu tun hatte?«

»Hat sie dir von unserem Anschlag erzählt, oder war es Hirtius, als er dich zwei Tage vor dem großen Schneefall auf dem Land besuchte?«

»Es war Hirtius. Aber du hast meine Frage nicht beantwortet.«

»Ich glaubte es damals, doch halte ich es inzwischen für unwahrscheinlich. Ein letzter Rest Argwohn bleibt allerdings.«

»Welchen Vorwand hast du benutzt, um meine Frau in den Hinterhalt zu locken?«

»Warum stellst du mir diese Fragen und nicht ihr? Du hättest dich dann nicht eigens herbemühen müssen.«

»Wenn meine Frau mir davon hätte erzählen wollen, hätte sie es bestimmt getan.«

»Dolabella. Ein ganz reizender junger Mann übrigens. Dir in manchem nicht unähnlich. Athletisch wie du, aber geschmeidiger, auch gepflegter; geht nie unrasiert aus dem Hause, lässt sich die Körperhaare entfernen, von den Händen etwa, die lang, ausdrucksvoll und dennoch kräftig sind und die er mit äußerster Grazie zu bewegen weiß. Das erinnert ein bisschen an Caesar, der allerdings nicht einmal besonders lange Finger hat. Dolabella ist zudem hoch begabt und von außerordentlicher Liebenswürdigkeit. In der Wahl ihres Gespielen hat deine Frau hervorragenden Geschmack bewiesen. Sie hat dir durchaus keine Schande gemacht.«

»Es scheint dir Vergnügen zu machen, mich zu beleidigen.«

»Eigentlich nicht. Im Gegenteil: Es langweilt mich geradezu, zu solch plumpen Mitteln greifen zu müssen. Es unterfordert mich und macht mich deshalb schlecht gelaunt.«

»Was bezweckst du damit?«

»Was bezweckst du, indem du hierher kommst?«
»Wir drehen uns im Kreis.«
»Das könntest du jederzeit ändern, wenn du dich wie ein Politiker verhieltest.«
»Und wie verhält sich ein Politiker deiner Meinung nach?«
»Er wägt ab und bereitet sich auf das Kommende vor.«
»Hatten wir das nicht alles schon einmal?«
»Eine wahre Aussage bleibt wahr, auch wenn man sie tausendmal wiederholt.«
»Deine Orakelsprüche interessieren mich nicht.«
»Wenn das der Fall wäre, dann hättest du den Überfall auf deine Frau nicht zum Anlass eines Besuchs genommen. Natürlich willst du mit mir über das sprechen, was uns bevorsteht. Du traust dich nur noch nicht, dich dem zu stellen, was sich zwingend aus unseren Erörterungen ergibt. Du willst die Wahrheit hören, aber bitte noch nicht jetzt sofort und vor allem nicht mit allen Folgerungen, die sich daraus ergeben. Das nenne ich Feigheit. Hör mir zu, Antonius. Du weißt, dass Caesar gefährdet ist und jederzeit einer Verschwörung zum Opfer fallen kann. Du weißt auch, dass der Partherfeldzug außerordentliche Risiken birgt. Niemand kann sagen, ob Caesar je von dort zurückkehren wird. Außerdem ist es höchst unwahrscheinlich, dass seine Feinde noch einmal zehn Jahre warten, bis Caesar den Rest der Welt erobert hat, bevor sie wieder losschlagen. Der Bürgerkrieg könnte, ja wird mit aller Wahrscheinlichkeit auch oder gerade in des Diktators Abwesenheit wieder ausbrechen. Wenn Caesar nicht schon vorher ermordet wird ...«
»Nichts spricht dafür ...«
»Alles spricht dafür. Schließlich geht es für die Verschworenen nicht allein um Caesars Tod, sondern darum, dass es ein echter Tyrannenmord wird. Am besten auf den Rostren, auf den Stufen des Kapitols, im Senat. Irgendwo, wo es alle sehen

können, in der strahlenden Sonne vor einer großen Menschenmenge, wenn Caesar seinen Purpur trägt und seinen goldenen Lorbeerkranz auf dem Kopf hat. Es muss ein Fanal sein, eine Warnung an alle Feinde römischer Freiheit, dass die Republik wehrhaft ist, dass sie sich selbst gegen einen Caesar noch verteidigen kann, dass sie ohne Ansehen der Person und ohne Rücksicht auf Verdienste zuschlägt, wenn ihre geheiligten Sitten und Gebräuche in Gefahr sind. Deshalb muss Caesar bald sterben, sehr bald. Wir könnten uns einen Kalender holen und die Daten durchgehen. Ich bin sicher, dass ich dir dann sogar Tag und Stunde voraussagen kann …«

»Ich werde das Gefühl nicht los, dass du dir den Tod Caesars sogar wünschst.«

»Glaub mir, es gibt nichts, aber auch gar nichts, was ich so sehr fürchte wie Caesars Tod. Nur werde ich im Unterschied zu dir nicht einfach abwarten, bis er eintritt. Ich werde ihn entweder verhindern oder, wenn das nicht möglich ist, versuchen, die Entwicklung irgendwie mitzubestimmen. Ich bin allerdings inzwischen nicht mehr davon überzeugt, dass sich die Ermordung noch verhindern lässt. Wenn, dann gibt es nur noch einen Weg, und davon hängt auch für dich einiges ab …«

»Ich vertraue dir nicht.«

»Das war ungefähr das Dümmste, was man zu mir gesagt hat, seit ich in Rom bin. Und ich habe schon vielen eitlen Senatoren lauschen müssen, die der Wein beim Gelage redselig gemacht hatte. Wenn du mir vertrautest, wärest du schlicht unbrauchbar.«

»Und wozu bin ich in deinen Augen brauchbar?«

»Für die Zeit nach Caesar, eine Zeit, die schon in ein paar Wochen anbrechen könnte.«

»Und wer sagt dir, dass ich dann tatsächlich auch für dich brauchbar wäre? Vielleicht stünde ich auf der Seite deiner Feinde.«

»Das sagt mir mein Verstand. Wir haben ähnliche Interessen – für den Augenblick. Nichts stiftet stabilere Bündnisse.«

»Und wieso kommst du darauf, dass wir die gleichen Interessen haben könnten?«

»Ich sagte ›ähnliche‹, nicht ›die gleichen‹: Du musst lernen zuzuhören. Wir haben ähnliche Interessen, weil wir uns in einer ähnlichen Lage befinden. Du brauchst Verbündete. Du bist der zweitmächtigste Mann Roms, hast aber unter den einflussreichen Männern kaum Freunde, dafür allerdings viele Feinde. Mehr noch: Als Caesar sich im Bürgerkrieg von Feldzug zu Feldzug begab, warst du es, der ihm Italien hielt. Du hast mit eiserner Faust regiert. Doch was schlimmer ist: Man weiß, dass dir nichts an den republikanischen Freiheiten liegt. Man fürchtet dich fast noch mehr als Caesar selbst. Magst du auch im allgemeinen gutmütig sein, so bist du doch bisweilen jähzornig und brutal, und das nicht nur, wenn du zu viel getrunken hast. Wer Caesar ermordet, muss unbedingt verhindern, dass du seine Nachfolge antrittst.«

Die Königin atmete heftig, sie hatte sich in Fahrt geredet und machte eine Pause, um sich wieder zu fangen: »Ich befinde mich in einer ähnlichen Lage. Auch ich habe praktisch keine Verbündeten in Rom. Alle wissen, dass ich mein Königreich nur deshalb noch besitze, weil ich Caesars Gunst genieße. Man wird es mir schon aus bloßer Bosheit nehmen, wenn er tot ist. Wir sind beide isoliert, das allein reicht, um uns zu natürlichen Partnern zu machen. Allerdings haben wir auch Mittel, die sich hervorragend ergänzen. Weil du der beste und beliebteste Heerführer nach Caesar bist, wird dich die Mehrzahl seiner Legionen unterstützen. Und ich verfüge über die Reichtümer Ägyptens, mit denen wir deine Soldaten bezahlen werden, und über eine große Flotte, mit der man sie jederzeit über das ganze Mittelmeer transportieren kann. So einfach ist das. Wir sind wie füreinander bestimmt.«

Antonius widersprach nicht, stattdessen machte er einen Schritt, griff nach einem Stuhl, stellte ihn mit der Rückenlehne nach vorn dicht vor die Herrscherin hin und setzte sich rittlings darauf: »Was soll ich deiner Meinung nach tun?«

»Du musst das Heft in die Hand nehmen. Du musst bestimmen, wie es weitergeht. Du darfst nicht einfach abwarten, bis er dich zu seinem Nachfolger ernennt, wie es offenbar Fulvia zu planen scheint. Ich habe gesehen, wie sie auf meinem Bankett immer zu Caesar hinübergeschielt hat, um zu ergründen, ob er dir nun gewogen ist oder nicht. Das ist nicht nur erbärmlich, es führt auch zu nichts. Du musst dir jetzt schon selbst die Nachfolge sichern.«

»Ja, wie denn?«

»Du musst dich unentbehrlich machen.«

»Niemand ist unentbehrlich, schon gar nicht für Caesar ...«

»Du musst dich doppelt unentbehrlich machen, so unentbehrlich, dass außer dir niemand mehr als Nachfolgekandidat in Frage kommt.«

»Ich habe dich eben schon gefragt: Wie denn?«

»Indem du ihm etwas gibst, ein Geschenk, das er sich sehnlichst wünscht, etwas, was ihm kein anderer geben würde, schon weil es sich kein Römer wirklich vorstellen kann. Etwas, was es in Rom seit Jahrhunderten nicht mehr gegeben hat. Etwas, was den Römern so verhasst ist, dass sie sofort die Waffen gegen Caesar erheben würden, wenn er dieses Geschenk annähme. Ein Geschenk so prächtig und so furchtbar, dass selbst Caesar, der sich sonst alles selber nimmt, nicht wagt, es sich zu holen. Ein Geschenk, von dem selbst Caesar kaum zu träumen wagt und nach dem er sich doch Tag und Nacht verzehrt, ohne es so recht zu wissen. Ein Geschenk, das ihn für immer die Liebe, ja die Achtung seiner Landsleute kosten würde, sodass er ohne dich nicht an der Macht bleiben könnte ...«

»Caesar soll selbst nicht wissen, was er sich wünscht? Das ist doch Unsinn …«

»Caesar kennt sich nicht selbst. Er scheint mir darin ein typischer Römer … Das ist jetzt aber nicht so wichtig. Wichtig ist: Wenn du Caesar dieses Geschenk anbietest, dann wird er ihm nicht widerstehen können und dann werden die anderen aufstehen, dann werden sich seine Feinde offen auf ihn stürzen. Und das ist der Moment, an dem du sie endgültig wirst beseitigen können, all diese kleinen Geister, die nur in die Vergangenheit schauen und nicht einmal merken, wie lächerlich sie sind, wenn sie von Roms Freiheit fabulieren und von Recht und Gesetz und von gemischten Verfassungen – wo sie doch in Wirklichkeit nur daran denken, den größten Teil des bekannten Erdkreises auszuplündern. Der Hass zwischen Caesar und seinen Gegnern wird dann so groß sein, dass es keinen Raum mehr für Rücksichtnahme und Milde wird geben können. Es wird dann heißen: Er oder sie. Es wird ein Blutbad geben, schlimmer als zu Sullas Zeiten, aber danach wird er keine Verschwörungen mehr fürchten müssen, weil einfach keine Feinde mehr am Leben sein werden. Und dann hat sich auch die Frage der Nachfolge zu deinen Gunsten entschieden …«

»Ich verstehe immer noch nicht, was für ein Geschenk du meinst …«

»Wie phantasielos ihr Römer doch seid …«, erwiderte die Königin und winkte Antonius zu sich heran. Er beugte sich zu ihr herab, und sie stellte sich auf die Zehenspitzen, um ihm ins Ohr zu flüstern.

IV

Calpurnia war so in Gedanken versunken durch den Garten geschritten, dass sie den blassen jungen Mann mit der auffallend zarten Nase und den Segelohren beinahe übersehen hätte. Er saß auf einer Bank und bohrte mit einem Stöckchen im Kies. Als sie sich näherte, sprang er auf und grüßte sie. Er trug einen vergoldeten Brustpanzer, hatte einen passenden Helm unter dem Arm und unter dem Rock aus breiten Lederriemen, der seine Oberschenkel bedeckte, traten eng anliegende wollene Beinkleider hervor, die bis zu seinen Knöcheln reichten.
Calpurnia war erstaunt: »Octavi...an. Was für eine Überraschung. Willst du zu mir oder suchst du Caesar?«
Beinahe hätte Calpurnia einen unverzeihlichen Fehler begangen und ihn bei seinem alten Namen »Octavius« aus der Zeit vor der Adoption gerufen. Seit einigen Wochen, seit ihr Mann seinen Großneffen als seinen Sohn angenommen hatte, hieß der einstige Gaius Octavius mit vollem Namen Gaius Julius Caesar Octavianus. Zwischen »Octavius« und »Octavian« lagen nicht einmal zwei Monate und dennoch Welten. Dieses Versehen war besonders peinlich, da Calpurnia ja jetzt die Adoptivmutter des Neunzehnjährigen war.
Octavian antwortete: »Ich suche ihn. Er hatte mich für heute Morgen herbestellt. Ich warte seit einer Stunde. Aber er hat das Haus offenbar vor Sonnenaufgang verlassen. Man sagte mir, er sei auf die Jagd gegangen und habe keine Nachricht hinterlassen, wann er zurückkommt.«
Calpurnia musterte die militärische Ausrüstung des jungen Mannes: »Du siehst aus, als wolltest du dich ins Feld begeben. Schickt er dich schon jetzt nach Apollonia?«
»Ja«, nickte Octavian, »ich soll dort bei den Legionen leben, mit denen Caesar nach Syrien aufbrechen wird. Ich soll das militärische Leben kennen lernen.«

»Ich glaube, ich habe dich noch gar nicht dazu beglückwünscht, dass er dich zum Magister Equitum ernennen wird. Das ist ein hohes Amt und eine große Aufgabe.«
Octavian lächelte müde: »Man wird mir erprobte Legaten zur Seite stellen, die die eigentlichen Entscheidungen treffen. Sicher, es ist eine hohe Ehre, aber auch eine hohle. Ich bin noch nie im Krieg gewesen. Ich habe ein klein wenig das Lagerleben geschnuppert, gelernt, einigermaßen mit Waffen umzugehen, und die Geschichten der großen Heerzüge gelesen. Mehr nicht. Ich bin militärisch wertlos.«
»Das weißt du doch noch gar nicht«, antwortete Calpurnia fast empört. »Wer noch an keiner Schlacht teilgenommen hat, der kann das überhaupt nicht wissen.«
»Da gibt es nicht viel zu wissen.«
»Du klingst fast, als hättest du keinen Gefallen an deiner neuen Stellung. Ich vermute, dass dich alle jungen Männer Roms beneiden – dich, den Adoptivsohn Caesars und offiziell bald auch den wichtigsten Berater des Diktators.«
»Man hat mich nicht gefragt, ob ich diese Position überhaupt wollte. Auch ich habe mir diese Frage eigentlich nicht gestellt.«
Calpurnia rieb sich die Nasenspitze mit der flachen Hand und bemerkte nachdenklich: »Du könntest sie dir stellen, wenn du wolltest.«
»Ich bin in mein Schicksal hineingeboren worden, so wie du in deins hineingeheiratet hast. Es heißt Caesar. Und Caesar heißt Krieg. Auch ich heiße jetzt Caesar.«
»Die meisten Jünglinge lieben den Krieg, den Schlachtenlärm, den Hörnerklang, die Marschkolonnen, die Wachfeuer in der Nacht, die Spähtrupps, die Kameradschaft, das raue Lagerleben, die Aussicht auf Abenteuer, Reichtum und Ruhm.«
»... die Besäufnisse, die Plünderungen – nicht selten sogar die selbst ausgehobenen Latrinen. Ich ziehe den Frieden vor.«

Calpurnia blickte ihn nur neugierig an, sagte aber nichts.
Octavian fügte schnell hinzu: »Natürlich bewundere ich die großen Eroberungen Caesars. Seine militärischen Taten haben nichts mit dem bloßen Draufgängertum zu tun …«
»Lass nur«, fiel Calpurnia ihm ins Wort. »Du brauchst dich nicht zu entschuldigen. Es interessiert mich, was du wirklich denkst. Auch meine Liebe zum Krieg ist nicht besonders ausgeprägt.«
»Er wird bestimmt spüren, dass mir sein Talent zum Feldherrn fehlt und dass ich keine große Lust auf Schlachten habe.«
»Er weiß es sicher schon. So etwas lässt sich vor ihm nicht verbergen.«
»Warum hat er mich dann adoptiert? Warum nimmt er mich dann auf seinen Feldzug mit und macht mich zum zweiten Mann in seinem Heer, mich, einen Neunzehnjährigen?«
»Frag ihn doch.«
Octavian schlug die Augen nieder und zerbrach das Stöckchen, das er in der Hand hielt: »Wenn ich als sein Magister Equitum mit ihm ziehe, gibt es kein Zurück mehr.«
»Kein Zurück mehr? Kein Zurück mehr wovon?«
»Von allem. Davon, wie man mich jetzt schon anschaut, seit ich adoptiert wurde, und erst recht, seit man weiß, dass ich Magister Equitum werde. Brutus ist abweisend, Antonius grinst mich spöttisch an, Lepidus begrüßt mich mit besonderer Höflichkeit, Dolabella sucht meine Nähe. Asinius Pollio fängt an, mir gut gemeinte Ratschläge zu erteilen. Hirtius wirft mir kritische Blicke zu und scheint sich im Geiste jedes Wort zu notieren, das ich spreche, merkt sich jeden, den ich grüße. Und Cicero kann sich überhaupt nicht entscheiden und wechselt ständig zwischen verkrampfter Leutseligkeit und gravitätischer Strenge. Manch alte Senatoren, ehemalige Konsuln, stehen auf, wenn ich einen Raum betrete. Die Einzige, die mich neuerdings behandelt, als sei ich Luft, ist die Königin Ägyptens.«

»Schmeicheln dir diese Veränderungen nicht?« fragte Calpurnia.
»Sie machen mir Angst«, erwiderte Octavian und zerbrach die beiden Hälften des Stöckchens ganz schnell in lauter kleinere Stücke, bis sie zu kurz waren, um noch zerteilt zu werden. Dann ließ er sie auf den Kiesweg fallen.
»Du könntest auf dein Amt verzichten und dich aufs Land zurückziehen.«
»Das würde er nicht dulden – und es würde wie Feigheit aussehen.«
»Viele würden es so nennen, gewiss. Aber es wäre das, was du wünschst.«
»Ich könnte es nicht.«
»Versuche es!«
Octavian zuckte mit den Schultern und sprach hastig: »Ich weiß nicht einmal, ob ich es wünsche. Es lohnt sich nicht, darüber zu sprechen. Ich habe den richtigen Augenblick zum Rückzug längst verpasst. Entschuldige, dass ich dich mit diesem Unfug belästigt habe.«
Er warf ihr einen schnellen, misstrauischen Blick zu und kaute auf der Unterlippe. Calpurnia setzte sich auf die Bank und winkte müde ab: »Du brauchst nicht zu fürchten, dass ich ihm von unserer Unterredung berichte. Was du mir gesagt hast, wird niemand sonst erfahren.«
Da knirschte der Kies und einer von Caesars Leibsklaven trat heran. Er grüßte Calpurnia und wandte sich dann an Octavian: »Ich soll dich zu Caesar führen. Er ist gerade angekommen und bittet dich, ihm zu verzeihen, dass er dich warten ließ.«
Octavian lächelte Calpurnia verlegen zu und folgte dem Sklaven. Nach ein paar Schritten drehte er sich jedoch noch einmal um und sagte: »Ich danke dir.«
Calpurnia blinzelte nur und sagte kalt: »Du hast keinen Grund, mir zu danken.«

Octavian kam wieder ein paar Schritte auf sie zu und erklärte: »Ich danke dir nicht für deine Verschwiegenheit. Ich danke dir für deine Offenheit.«
Calpurnia erhob sich, legte ihm kurz den Arm um die Schulter und berührte flüchtig seine Wange mit der ihren; man konnte es kaum eine Umarmung nennen. Sie sagte: »Ich weiß nicht, wie ernst ich es meinte, als ich dir eben vorschlug, dich aufs Land zurückzuziehen. Es war sehr viel verlangt. Zu viel.«
Dann fügte sie hinzu: »Ich wünsche dir alles Gute.«
Octavian hüstelte und folgte dem Sklaven.

LIBER OCTAVVS

I

Antipater glitt auf dem Rücken durch das warme Becken. Er hatte die Augen zu einem bloßen Spalt verengt und ließ die Farben und Formen der Halle zu einem bunt schimmernden Gemisch dunkler Flecken und heller Punkte verlaufen. Geräusche hörte er fast keine, während er Arm um Arm nach hinten streckte und langsam seine Bahnen zog. Er liebte das Schwimmen im geheizten Becken, besonders im Winter, wenn es draußen kalt wurde, zu kalt, um, wie er fand, in seinem Alter noch unter freiem Himmel Sport zu treiben. Und er liebte das Schwimmen, weil ihn das Wasser sanft trug und ihm seine Schmerzen nahm, die Schmerzen im Rücken, wenn er zu lange stehen musste, die Schmerzen im Nacken, wenn er zu lange saß, die Schmerzen unter dem Schulterblatt, wenn er sich ruckartig bewegte, die Schmerzen, die ihn inzwischen fast überall und jederzeit einholten. Im Wasser fühlten sich seine Glieder wieder jung und kraftvoll an, während sie zu Lande schwächlich und verbraucht wirkten.
Antipater studierte die vergoldeten Einrahmungen der Kassetten an der Decke. Er drehte den Kopf ein wenig zur Seite und bewunderte den grünen Marmor des Beckenrandes, dann die Bronzestatuetten, die in Nischen an der Wand standen, Satyrn, Nymphen, kleine zwergartige Athleten mit zu großen Köpfen und allerlei verschrobene Gestalten, eine von ihnen eindeutig als Sokrates zu erkennen, mit riesiger runder Glatze und platter Stupsnase. Antipater pflegte der kleinen Figur jedes Mal den Kopf zu tätscheln, bevor er ins Wasser sprang. Vielleicht kam er deshalb so gern her, weil ein kleiner Sokrates ihn hier bewachte.

Nur äußerst wohlhabende Römer besaßen solche privaten Bäder. Dieses hatte dem reichsten überhaupt gehört, Marcus Licinius Crassus, der vor einigen Jahren im Krieg gegen die Parther umgekommen war, einem sinnlosen Feldzug, unternommen aus eitler Ruhmsucht. Er hatte sein Bad vor seinem Abmarsch in Auftrag gegeben und die Fertigstellung nie erlebt. Seit seiner Eröffnung stand es ausgewählten Mitgliedern der Nobilität zur Verfügung, und da Antipater der allseits geschätzte Sekretär, eigentlich eher der Hausgelehrte des Marcus Junius Brutus war, genoss auch er das seltene Privileg, diese Einrichtungen zu nutzen.
Antipater hatte das Schwitzbad und das Kaltwasserbecken bereits hinter sich und freute sich nun an der sanften Ruhe im Becken. Er fühlte sich durch das Wasser an seine Jugend erinnert, als er auf Rhodos in der Philosophenschule des Molon Rhetorik und Dialektik studiert hatte. Damals hatte er viel in warmen wie in kalten Gewässern gebadet, das Schwimmen hatte ihm mitunter mehr Vergnügen bereitet als die Wissenschaft, und er war stolz darauf gewesen, mit seinen starken Armen auch wilde Strudel und kräftige Strömungen teilen zu können. Damals hatte er noch zuversichtlich in die Zukunft geschaut, hatte als Sohn des Leibarztes des Königs Nikomedes von Bithynien auf ein ansehnliches Erbe hoffen dürfen und obendrein noch davon geträumt, eines Tages eine eigene Philosophenschule zu gründen, einen erlauchten Kreis von Schülern um sich zu scharen und so als ein zweiter Platon, ein zweiter Aristoteles in die Geschichte einzugehen. Auch seine Oden und Epigramme waren nicht schlecht gewesen, und er hatte heimlich an einem Alexanderepos geschrieben, dessen wohlklingende Verse ihm so leicht in den Sinn und über die Lippen gekommen waren, dass er sich auch noch für einen zweiten Homer gehalten hätte, wenn er sich nicht einen Rest an Demut bewahrt hätte.

Aber dann war sein Vater einer Hofintrige zum Opfer gefallen, an welcher der damalige Geliebte des Königs, ein junger römischer Gesandter namens Gaius Julius Caesar, nicht unbeteiligt gewesen war. Die römische Partei am Hofe hatte befürchtet, der griechische Leibarzt sei Teil einer Verschwörung, die das Königreich Bithynien dem ehrgeizigen und unberechenbaren Nachbarkönig, Mithridates von Pontos, dem damals gefährlichsten Feinde Roms, öffnen wollte. Nicht zuletzt dank der erotischen Aura und Liebenswürdigkeit des Gesandten Caesar hatte der kinderlose König die Römische Republik zu seiner Gesamterbin eingesetzt und sein vorderasiatisches Kleinkönigreich dem Senat und dem Volk von Rom vermacht. Mithridates hatte dies mit allerlei Winkelzügen zu verhindern gesucht, eine Verschwörung gegen Nikomedes war aufgeflogen und ein Verdacht auf den unschuldigen Leibarzt gefallen, der zusammen mit anderen Höflingen hingerichtet worden war. Sein Vermögen wurde eingezogen.

Mit einem Schlag seiner Familie wie seiner Zukunftsaussichten beraubt, hatte Antipater sich nach Alexandria begeben, um sich als Erzieher oder Sekretär bei den Meistbietenden zu verdingen – und diese waren ironischerweise fast immer Römer gewesen, zuletzt Marcus Junius Brutus. Statt als Philosoph wirkte er nun als Grammatiker und Philologe. Statt in Athen oder Alexandria lebte er nun in Rom, wo nur die Gebildeten Griechisch sprachen.

Antipater gehörte zu den besten Sekretären Roms. Er beherrschte nicht nur allerlei Geheimschriften, sondern kannte die gesamte griechische Literatur, zudem war er ein hervorragender Stilist und Rhetoriker. Seine grammatischen Traktate galten als Kostbarkeiten, und Cicero hatte seine schmale Einführung zu Herodot als beispielgebendes Kleinod des historischen Kommentars gerühmt. Dennoch konnte all dies den Sekretär selbst nicht darüber hinwegtäuschen, dass er sein

Dasein letztlich als – wenngleich geschätzter – Diener großer Herren fristete, großer Herren von der Sorte, die seinen Vater das Leben und ihn die Unabhängigkeit gekostet hatten.
Als Anhänger der stoischen Philosophie hatte es sich Antipater zur Aufgabe gemacht, das Unglück seiner Jugend zu verwinden und sich ganz den Erfordernissen der Gegenwart zu widmen. Das war ihm meist auch gelungen, aber wenn er schwamm, wenn er seinem Körper die größte Entspannung gönnte, musste er oft über jene schon so weit zurückliegenden Ereignisse nachgrübeln. Es war ein eigentümliches Spiel des Schicksals, dass er jetzt nicht selten mit eben dem Manne zusammentraf, der am Tod seines Vaters mitschuldig war. Antipater hatte seine Herkunft stets verschwiegen, wie auch den Besuch von Molons Philosophenschule – wo übrigens auch Caesar und Cicero sich in jungen Jahren aufgehalten hatten. Vor seiner Zeit in Alexandria, erzählte Antipater immer, hätte er als Sohn eines Kaufmanns in Pella, in Makedonien, gelebt.
Da stieß Antipater gegen etwas Festes, das sofort zurückwich. Antipater bekam einen Schreck und ging kurz unter, sodass Wasser seine Nasenlöcher hinaufstieg. Prustend richtete er sich auf, suchte mit den Füßen Grund und stand im Wasser. Ein Mann mit Bart lächelte ihn freundlich an, den er schnell als den Philosophen der Königin erkannte.
»Was für eine Überraschung, dich hier anzutreffen, Philostratos. Zu so später Stunde suchst du noch das Bad auf?«
»Ich hörte, dies sei das schönste Bad Roms und stünde nur der besten Gesellschaft offen. Da wollte ich einfach sehen, ob ich zur besten Gesellschaft gehöre. Es scheint der Fall zu sein, denn man hat mich hereingelassen, wie du siehst.«
Antipater erwiderte trocken: »Philostratos, dass du zur besten Gesellschaft gehörst, hätte ich nie auch nur einen Augenblick bezweifelt.«

»Da du Rom besser kennst als ich, weiß ich dein Urteil zu schätzen.«
»Ich glaube nicht, dass du mich brauchst, um dich über das Ansehen des ägyptischen Hofes und seiner führenden Mitglieder in dieser Stadt aufzuklären.«
»Vielleicht doch, mein lieber Antipater. Durch deine Stellung im Hause des Brutus hast du Einblick in Dinge, die mir gänzlich verschlossen sind.«
»Und es gewiss auch bleiben werden«, antwortete Antipater, während er sich wieder ins Wasser warf und wie ein Hecht davonschoss.
Was bildete sich Philostratos eigentlich ein? Nur weil er der Königin diente, weil er über Liebenswürdigkeit und Anmut verfügte, weil er als Philosoph ein bisschen berühmter war als die meisten, glaubte er, ihn so plump um Informationen angehen zu können. Welche Herablassung, welche Überheblichkeit! Wusste er nicht, wie lächerlich sein dümmlicher Philosophenbart wirkte? Kein Mann von Welt trug einen Bart. Ohnehin war man noch lange kein Philosoph, weil man sich wie einer ausstaffierte. Nichts wirkte barbarischer als ein Vollbart, nicht einmal eine schlechte Rasur. Und dann diese Dreistigkeit, dieser völlig ungeschminkte Versuch, ihn auszuhorchen. Schlimm genug, dass an jeder Straßenecke Spione der Königin standen, jetzt wollte man auch ihn selbst zum Verräter an seinem Herrn machen.
Empört wollte Antipater aus dem Becken klettern, da fiel ihm auf, dass Philostratos ihm nicht gefolgt war, sondern sich ins Wasser zurückgelehnt hatte, sanft mit den Armen ruderte und an die Decke starrte, wo Lichter hin- und hertanzten, der Schein der Fackeln, den die unruhige Wasseroberfläche zurückwarf. Sosehr sich Antipater auch ärgerte, so neugierig war er auch, ob Philostratos ihm mehr zu sagen hätte, und so schwamm er zurück. Wie zufällig unterbrach er seine Bahn,

als er Philostratos erreicht hatte. Dieser richtete sich auf und deutete zum Beckenrand, wo ein schwarzer Sklave mit frischen Handtüchern vorbeilief. Der Mann war klein, schlank und stark, hatte kurze, aber besonders kräftige Beine.
Philostratos bemerkte anerkennend: »Die Bediensteten sind hier sehr wohlgestaltet, ich werde häufiger kommen.«
Antipater erwiderte: »Ich teile seit dreißig Jahren das Lager mit meiner Frau, das ist mir genug. Im Übrigen sind die Sklaven gehalten, sich den Annäherungsversuchen der Gäste höflich, aber unzweideutig zu entziehen.«
»Du bist ein Spielverderber, Antipater. Lass mir doch wenigstens diese kleine Augenlust, wenn schon der ursprüngliche Zweck meines Besuchs gescheitert ist.«
»Komm zur Sache, Philostratos. Deine mühsamen Versuche, mich neugierig zu machen, sind weder deiner noch meiner würdig.«
»Nun gut, wenn dir die subtileren Formen so wenig gefallen wollen. Ich bin hier, weil ich wissen möchte, ob dein Herr an einer Verschwörung gegen Caesar beteiligt ist.«
Antipater verzog keine Miene, dennoch fiel es ihm schwer, auf diese Provokation zu reagieren.
»Du machst dich lächerlich, Philostratos.«
»Durchaus nicht. Ich spreche nur direkt an, worum es mir geht. Und ich tue es hier im Becken, weil es so groß ist, dass uns vom Rand aus keiner hören kann. Und weil es am Abend im Halbdunkel der Fackeln kaum möglich ist, das Gesagte von unseren Lippen abzulesen. Und schließlich, weil ich weiß, dass du regelmäßig hierher kommst und daher ein Treffen ohne Aufsehen einzufädeln ist. Was ich dir zu sagen habe, ist zudem so ungeheuerlich, dass es jederzeit abgestritten werden könnte. Außerdem ist es unwahrscheinlich, dass du es verrätst. Denn schon der Umstand, dass du nicht sofort davongeeilt bist, macht dich in den Augen Übelwollender verdächtig.

Die Männer, die sich um das Leben des Diktators Sorgen machen, werden jeden verdächtigen, insbesondere den Sohn des einstigen Leibarztes von Nikomedes von Bithynien.«
»Was willst du?« fragte Antipater heiser.
»Nichts von dir, schon gar nicht Informationen. Traust du mir wirklich einen so schlechten Geschmack zu? Nein, ich will nur, dass du deinem Herrn folgende Botschaft zukommen lässt: Die Königin weiß von einer Verschwörung gegen Caesar. Sie weiß, dass Brutus an ihr beteiligt ist. Sie wird verhindern, dass jemand davon erfährt, denn sie stimmt mit den Zielen der Verschwörer überein. Sollte Brutus die Hilfe der Königin wünschen, so kann er auf sie zählen.«
»Ich verstehe nicht so recht, warum die Königin ein Interesse an der Wiederherstellung der römischen Freiheit hat?«
»Die Königin schert sich, glaube ich, nicht besonders um die alten Gebräuche der Römer, aber sie fürchtet um die Zukunft Ägyptens, und die scheint ihr sicherer, wenn Brutus und der Senat die Macht in den Händen halten, als wenn ein einzelner Feldherr nach Gutdünken und persönlicher Willkür die Geschicke Roms lenkt. Insbesondere den geplanten Feldzug gegen die Parther verfolgt die Königin mit wachsender Sorge.«
Antipater nickte. Es klang zumindest plausibel. »Wie sollte die Königin Brutus denn helfen können?« fragte Antipater, ohne noch darauf zu achten, dass er damit sowohl sich als auch die Sache seines Herrn endgültig preisgab.
»Die Verschwörung kann nur Erfolg haben, wenn es gelingt, einen entscheidenden Mann auf die Seite der Verschworenen herüberzuziehen oder ihn zumindest zur Neutralität zu bewegen. Auf diesen Mann haben Brutus und die Seinen keinen Einfluss. Schlimmer noch, dieser Mann würde geneigt sein, schon aus persönlichen Gründen allem entgegenzuwirken, was Brutus und seine Verbündeten unternähmen. Die Königin aber glaubt, einigen Einfluss auf diesen Mann zu haben,

und sie ist bereit, ihn zugunsten der Verschwörer einzusetzen.«
Antipater schwieg. Zum ersten Mal verfluchte er, in diese Sache verwickelt worden zu sein. Was ging ihn, den bloßen Sekretär, die römische Freiheit an? Gewiss, der Sturz Caesars würde ihn freuen, aber war nicht einfach plumpe Rachsucht sein Motiv? Ein niederes Gefühl, für das er sich eigentlich schämen sollte? Lohnte es sich überhaupt, Caesar umzubringen? Als Grieche schaute er ohne allzu große Beteiligung, ja fast mitleidig auf die römischen Ränke. Selbst sein Herr, Brutus, den er respektierte, schien nicht viel von dem zu verstehen, was um ihn herum vorging. Ein guter Redner, gewiss, und ein nicht unbegabter Philosoph. Aber wie so viele in dieser Stadt träumte er von der alten römischen Freiheit und wollte dabei nicht bemerken, dass diese längst verloren war. Dabei hatte die Geschichte Griechenlands längst bewiesen, dass große Reiche nur von Königen regiert werden konnten. Und das Römische Reich war jetzt schon größer als das Alexanders, und es wuchs täglich. Seit Marius und Sulla bestimmten die mächtigen Heerführer, wurde der Senat immer schwächer. Bald würde er ganz verschwinden oder zum Schmuckstück einer Monarchie verkommen. Warum wollten die Römer nicht begreifen, was für jeden Griechen selbstverständlich war? Allein die Strauchdiebe im Gefolge Caesars, Männer wie Marcus Antonius zum Beispiel, schienen das Unausweichliche zu ahnen.
Antipater riss sich von seinen Gedanken los. Philostratos betrachtete ihn abwartend, fast amüsiert.
»Wer ist der Mann, dessen Neutralität Kleopatra uns so großzügig anbietet? Warum kommt er nicht von selbst auf Brutus oder einen der anderen zu?«
»Noch weiß er nichts von der Verschwörung oder ahnt sie vielleicht nur. Gegenwärtig verfolgt er noch ganz andere politische Ziele. Kleopatra wird ihn erst überzeugen müssen.«

»Das klingt mir alles ziemlich vage. Außerdem hast du mir immer noch nicht gesagt, wer der Mann ist, auf den es angeblich ankommt. Ist es Asinius Pollio? Oder Aulus Hirtius?«
»Wenn du nicht von selbst darauf kommst, werde ich es dir nicht verraten. Für heute habe ich mich im Dienste der Königin weit genug vorgewagt. Vielleicht nur noch so viel: Der Mann, um den es geht, hat im Moment noch andere Pläne. Welche, werdet ihr in einigen Tagen merken, wenn die Stadt die Luperkalien feiert. Ihr könnt euch auf ein Schauspiel gefasst machen, das euch zeigen wird, wie wertvoll die Königin für euch sein könnte.«
Damit drehte sich Philostratos um, schwamm mit kräftigen Zügen davon und kletterte aufs Trockne. Er winkte noch einmal vom Beckenrand aus, bevor er sich von dem kleinen schwarzen Sklaven ein Handtuch reichen ließ. Antipater fröstelte. Er hatte zu lange reglos im Wasser gestanden.

II

Der Mann mit dem Bart und seine warme Stimme gefielen Aspasia jedes Mal mehr. Längst hatte sie sich daran gewöhnt, im Dunkeln zu sitzen, und brachte eine Decke mit, um sich gegen die Kälte zu schützen. Dass sie an immer neue Orte geführt wurde, hatte sie zuerst verwirrt, doch inzwischen machte es ihr Spaß. Schließlich gab es so jedes Mal eine kleine Überraschung, und sie lernte Gegenden der Stadt kennen, von denen sie nicht einmal gehört hatte. Doch am Ziel ihres Weges sah es stets gleich aus: Immer saß vor ihr der Mann mit dem Bart und den wohlgesetzten Worten, immer waren noch andere anwesend, die so taten, als hörten sie gar nicht zu, im-

mer gab es einen Vorhang, hinter dem jemand saß, vielleicht sogar mehrere. Und eine dieser Personen hinter dem Vorhang, und zwar die wichtigste, war eine Frau.
Aspasia hatte auch aufgehört, sich zu wundern, dass ihr jedes Mal ein solches Durcheinander an Fragen gestellt wurde, dass auch Unwichtiges die Fremden so zu interessieren schien. Sie wollten nicht nur hören, was passiert war, sondern auch ganz ausdrücklich, was Aspasia von den Vorfällen hielt, die sie schilderte. Insbesondere ihre Einschätzung des Verhältnisses zwischen Calpurnia und Caesar konnte sie gar nicht oft genug wiederholen, und kleinste Veränderungen auch nur ihrer Tonlage führten zu bohrenden Nachfragen. Es schmeichelte Aspasia, dass man auf ihre Meinung so viel Wert legte.
Heute war Aspasia besonders aufgeregt, denn sie hatte etwas zu berichten, das ihre Zuhörer bestimmt beeindrucken würde. Zu Beginn ihrer Besuche, als sie noch nicht wusste, wie die Gespräche abliefen, hätte sie ihre sensationelle Neuigkeit bestimmt als erstes herausposaunt. Aber das wollten die anderen gar nicht. Sie bestimmten, wann etwas gesagt werden durfte und wann nicht. Und es war ihr recht so, denn das erhöhte die Spannung, und sie konnte sich noch eine Weile darauf freuen, ihr kleines Publikum in Erstaunen zu versetzen.
Nachdem sie schon eine ganze Weile über Kleinigkeiten berichtet hatte, fragte der Bärtige endlich: »Hat es eine neue Begegnung zwischen dem Diktator und seiner Frau gegeben?«
»O ja«, platzte Aspasia heraus, doch dann zögerte sie. Was meinte er wohl mit Begegnung? Der Bärtige schien zu verstehen, warum sie verwirrt war, sagte aber nichts.
Aspasia fuhr fort: »Seit jener Nacht sind sie sich nicht wieder nahe gekommen, ich meine, sie haben nicht wieder miteinander geschlafen.«
»Aber sie haben miteinander gesprochen?«
»Ja, Caesar hat Calpurnia in unseren Räumen besucht.«

»Wann war das?«

»Vorgestern, am Nachmittag.«

»Und vorher nicht?«

»Nein. Calpurnia hatte sich nicht wohl gefühlt und keine Besucher vorgelassen. Auch Caesar nicht.«

»Aber Caesar ist doch kein bloßer Besucher. Er kann sich in seinem eigenen Haus so frei bewegen, wie er will.«

»Calpurnia hatte ihm eine schriftliche Botschaft geschickt. Ich habe das Wachstäfelchen selbst seinem obersten Leibsklaven überreicht.«

»Hast du es gelesen?«

»Es stand darauf: ›Ich habe dein Geschenk empfangen. Ich wäre dankbar, wenn du für einige Tage von Besuchen in meinen Gemächern absehen würdest.‹«

»Daran hat sich Caesar gehalten?«

»Fast eine Woche lang.«

»Bis vorgestern?«

»Bis vorgestern. Und da kam er wieder mit einem Geschenk.«

»Was für ein Geschenk?«

»Es war ein lockerer Umhang aus einem groben Wollstoff, wie ich ihn noch nie gesehen habe – als er hereinkam, trug er ihn noch selbst.«

»Wie sah der Stoff aus?«

»Er war bunt, ein dunkles Grün mit farbigen Fäden, die in Streifen von oben nach unten und von links nach rechts liefen.«

»Von unten nach oben und von links nach rechts? Dann haben sich die Streifen ja gekreuzt?«

»Genau. Es heißt, die Gallier stellen solches Tuch her. Er muss es von seinen Feldzügen mitgebracht haben.«

»Warum glaubst du, brachte er ihr diese Gabe?«

»Nun, weil er vielleicht dachte, dass sie zornig auf ihn sei und …«

»Gewiss, gewiss. Aber was ließ ihn gerade dieses Geschenk wählen?«
»Calpurnia hat einen Geschmack für ausgefallene und fremdartige Dinge. Sie müssen nicht unbedingt kostbar sein. Aber sie sollten anders sein.«
Hier meldete sich, was nur in Ausnahmefällen geschah, hinter dem Vorhang eine Stimme zu Wort: »Das möchte ich genauer wissen. Ist es so, dass die Dinge nicht kostbar sein dürfen, oder ist es so, dass sie es nicht sein müssen, aber es durchaus sein können?«
Dies war genau die Art Frage, die immer von der anderen Seite des Vorhangs kam. Aspasia strengte sich an, so genau wie möglich zu antworten. Obwohl ihre Antworten nie kommentiert wurden, glaubte Aspasia sogar aus dem Schweigen hinter dem Vorhang schließen zu können, wie ihre Erläuterungen aufgenommen wurden.
»Calpurnia hat durchaus nichts gegen Kostbarkeiten, wenn sie interessant sind. Manchmal mag sie sogar Sachen, die allgemein beliebt sind – und teuer. Zum Beispiel den durchsichtigen braungelben Stein, den man Elektron nennt und in dem manchmal kleine Tiere gefangen sind, von denen keiner so recht weiß, wie sie hineingekommen sind.«
Diesmal fand Aspasia, dass das Schweigen hinter dem Vorhang so etwas wie Genugtuung ausdrückte.
Der Bärtige wartete noch einen Augenblick ab, bevor er seine nächste Frage stellte: »Was hat Caesar gesagt, als er hereinkam?«
»Er machte Witze, scherzte mit uns, er begrüßte auch mich und die beiden Sklavinnen, die bei Calpurnia im Ankleidezimmer waren.«
»Calpurnia grüßte er nicht?«
»Doch, doch, als Erste natürlich. Aber nur ganz flüchtig, wie ein Ehemann, der seine Frau jeden Tag sieht und für den es

nichts Besonderes ist, am Nachmittag ihr Ankleidezimmer zu betreten.«

»Und wie hat Calpurnia darauf reagiert?«

»Sie hat ihn gewähren lassen, aber ist nicht auf seine Scherze eingegangen. Sie hat einfach geradeaus geschaut und nichts gesagt.«

»Strafte sie ihn mit Nichtachtung, weil er sich über ihre Bitte, sie in Ruhe zu lassen, hinweggesetzt hatte?«

»Nein, das glaube ich nicht. Sie war nicht feindselig oder verstimmt.«

»Und was hat Caesar getan?«

»Er hat so getan, als bemerke er ihre Haltung nicht, er hat uns seinen eigenartigen Umhang gezeigt und Späße dazu gemacht.«

»Kannst du dich an die Späße erinnern?«

»Es waren kindische Bemerkungen über die Gallier, die so komische Stoffe weben, dass sie selbst nicht wissen, wo oben und unten ist. Und dass römische Fäden bestimmt laut aufschreien würden, wenn man sie so aus allen Himmelsrichtungen zusammenstoßen ließe. Und dass man in einer Stadt wie Rom solche Umhänge nicht bei Nacht tragen dürfte, weil sich sonst alle Bürger über die Ruhestörung beklagen würden. Ich musste sehr lachen, die anderen auch. Wenn Caesar einen zum Lachen bringen will, dann schafft er das auch.«

»Und Calpurnia?«

»Calpurnia hat zugehört, aber nicht gelacht. Schließlich hörten auch wir auf zu lachen. Es ist schwer zu lachen, wenn Calpurnia nicht lacht, und das, obwohl man weiß, dass sie einem den Spaß nicht verderben will. Dann hat Caesar sie direkt gefragt, wie sie den Stoff fände, und sie hat sich bedankt und gesagt, dass er ihr sehr gefalle.«

»Was hat sie genau gesagt?«

»Sie sagte: ›Er ist sehr schön.‹ Dann machte sie eine Pause und sagte: ›Die Fäden kreuzen sich wie die Stäbe eines Gitters.‹«

»Und dann?«

»Dann legte Caesar ihr den Mantel um die Schultern, und sie ließ es geschehen.«

»Wie ging es weiter?«

»Dann kam Servilia herein.«

»Warum hat man sie vorgelassen? Es hieß doch, Calpurnia würde keinen Besuch empfangen.«

»Sie hatte sich nicht ankündigen lassen, sondern ist einfach hereinspaziert. Sie hatte nämlich eigentlich Caesar besuchen wollen, wie sie es manchmal nachmittags tut. Als sie ihn nicht vorfand und seine Sklaven ihr erklärten, dass er bei seiner Frau sei, ist sie ohne besondere Einladung in Calpurnias Gemächer weitergewandert. Servilia bewegt sich im Hause Caesars mit großer Freiheit, so, als gehörte sie zur Familie. Und zu Calpurnia verhält sie sich immer ein bisschen wie eine Mutter zu einer zwar braven, aber nicht sehr begabten Tochter. Selbst wenn sie davon gewusst hätte, dass Calpurnia keine Besucher wünschte, hätte sich Servilia möglicherweise nicht abweisen lassen.

Jedenfalls trat Servilia mit großen Schritten ins Zimmer, setzte sich auf einen Stuhl mitten im Raum und sagte ohne Gruß oder Einleitung: ›Ich freue mich schon auf das Luperkalienfest nächste Woche. All diese prachtvollen jungen Männer, die fast nackt durch die Straßen laufen und von denen man sich mit Riemen schlagen lassen darf. Wie froh ich doch manchmal bin, dass wir eine so altmodische und absurde Religion haben. Ihre Rituale mögen zwar unsinnig, bisweilen gar barbarisch und ein wenig geschmacklos sein, aber sie sind doch oft ganz hübsch anzuschauen – auch wenn ich das im Hause des Pontifex maximus vielleicht nicht so offen sagen sollte.‹ Dann brach sie ihren Wortschwall ab, weil Caesar verärgert schien.«

»Störte ihn ihr Spott über die heiligen Bräuche?«

»Nein, natürlich nicht. Caesar macht selber solche Witze – und Anzüglichkeiten liebt er, besonders wenn es um die Götter geht. Normalerweise können Servilia und er ewig so miteinander scherzen. Aber an diesem Tag blieb er abweisend.«

»Wie ging es weiter?«

»Es entstand eine Pause. Caesar schwieg und blickte Servilia unverwandt an, als wollte er ihr sagen, dass sie wieder gehen sollte. Servilia war völlig überrascht, sie stotterte und erhob sich aus ihrem Stuhl, ohne aber zu gehen. Sie starrte Caesar nur an, denn sie konnte nicht verstehen, warum er nicht antwortete. Aber er war unerbittlich. Er sagte dann sogar: ›Ich freue mich, dass du unsere religiösen Rituale schätzt. Ich habe keinen Zweifel, dass wir uns auf dem Luperkalienfest sehen werden. Als Pontifex Maximus werde ich die ganze Veranstaltung ja beaufsichtigen.‹

Damit war im Grunde alles klar, und Servilia wollte schon gehen. Doch Calpurnia trat auf sie zu und zog sie wieder in ihren Sessel zurück und sagte: ›Ich freue mich, dich zu sehen, bleib noch einen Moment, Servilia. Es ging mir in der letzten Woche nicht so gut, und ich habe keinen Menschen empfangen. Ich weiß überhaupt nicht, was gerade in Rom alles passiert.‹

Dann hat sich auch Caesar hingesetzt, und die drei haben sich eine halbe Stunde lang unterhalten. Servilia hat Klatschgeschichten erzählt, und Caesar und Calpurnia haben nur hin und wieder Fragen eingeworfen. Schließlich verabschiedete sich Servilia und ging.«

»Und Caesar, blieb der?«

»Kaum hatte Servilia den Raum verlassen, da sagte Caesar: ›Ich sehe, dass du mir heute eine Lektion in Sachen Höflichkeit erteilt hast.‹ Darauf antwortete Calpurnia: ›Ich erteile dir keine Lektionen. Aber nach dem Geschenk, dass du mir vor einigen Tagen gemacht hast, habe ich im Moment kein Bedürfnis nach weiteren.‹

Caesar wechselte das Thema und nach ein paar belanglosen Bemerkungen, auf die Calpurnia einsilbig antwortete, ging auch er.«

Der Bärtige fragte: »Und sie haben sich seitdem nicht mehr gesprochen?«

»Nein. Nicht mehr. Calpurnia hat an den nächsten zwei Tagen sogar Schriftrollen aus der Bibliothek in ihre Gemächer bringen lassen und in ihren eigenen Räumen gelesen. Vielleicht fürchtete sie, er würde versuchen, ihr aufzulauern.«

Der Bärtige nickte nur. Hinter dem Vorhang hörte man ein leises Rascheln, wie von einem Kleid, dessen Saum über Steinplatten streift. Aspasia wusste, dass das Gespräch für diesen Tag beendet war.

III

Pharnakes stand breitbeinig, die Arme vor der Brust verschränkt, in dem kahlen Übungsraum mit dem gestampften Lehmboden und beobachtete aufmerksam die Finten und Ausfälle seiner Schüler, die grimmig mit ihren Holzschwertern aufeinander einschlugen. Wie immer neigte der riesige Mann den kahl geschorenen Kopf nach vorn, als wollte er die Welt von unten betrachten. Es war die natürliche Haltung eines Menschen, dessen liebste Kopfbedeckung der Helm war. Aber an diesem Vormittag trug er keinerlei Waffen. Nur eine graue, ärmellose Tunika verhüllte seine gewaltigen Muskeln.

Pharnakes war Roms bekanntester Lanista, der angesehenste Gladiatorenausbilder der Stadt. Seine Schule brachte seit mehr als zwei Jahrzehnten die erfolgreichsten Kämpfer hervor. Pharnakes ließ sie in unvergleichlichem Luxus leben und trainierte sie dennoch mit unbarmherziger Brutalität. Fast unbesiegbar, waren sie zu den Lieblingen der guten Gesellschaft geworden. Die Mischung aus Eleganz und Härte, die bei Pharnakes herrschte, sprach auch die Söhne der Ritter und Senatoren an, die sich von ihm für hohe Summen im Gebrauch der Waffen unterweisen ließen.

Aber eigentlich war Pharnakes vor allem seiner Lebensgeschichte wegen berühmt. Achtundzwanzig Jahre zuvor hatte er als junger Gladiator am Spartacus-Aufstand teilgenommen und war von den Soldaten des Crassus gefangen genommen worden. Crassus hatte alle Sklaven, die die Niederlage überlebt hatten, entlang der Via Appia ans Kreuz schlagen lassen – insgesamt hatten mehr als 6000 Kreuze den Straßenrand in brütender Hitze gesäumt. Crassus und seine Offiziere hatten sich in ihren Sänften die Straße hinauf- und hinuntertragen lassen und Wetten abgeschlossen, welche ihrer Opfer wohl am längsten überleben würden. Crassus' Blick war auf Pharnakes gefallen. Der Prätor, der reichste Mann Roms, hatte seine Sänfte verlassen und dem Todgeweihten mitgeteilt, dass er 100 000 Sesterzen auf ihn setzen würde. Und Pharnakes war am Ende als letzter Gekreuzigter übrig geblieben. Crassus hatte ihn ein halbes Jahr lang gesundpflegen lassen und ihm dann eine eigene Gladiatorenschule geschenkt. Diese Begebenheit beeindruckte besonders die Abergläubischen – Pharnakes galt als ein Mann, der den Tod selbst besiegt hatte.

Nachdem Pharnakes sich vergewissert hatte, dass seine Trainer die jungen Herren nicht allzu hart herannahmen, wandte er sich an einen Gast, der etwas abseits stand und als einziger keine hölzerne, sondern eine echte Waffe, einen Dolch, in der Hand hielt: »Lass uns an die Seite gehen, Brutus, dort drüben hin, wo weniger los ist.«

Wie aus dem Nichts zog Pharnakes einen ähnlichen Dolch

unter seiner Tunika hervor, beugte sich vor und streckte die Arme leicht angewinkelt von sich. Ohne auf seine Hände zu schauen, warf er den Dolch von der Rechten zur Linken und wieder zurück. Brutus versuchte es auch, aber es gelang ihm nicht, den Dolch aufzufangen.
Pharnakes ging in die Hocke und hob Brutus' Dolch mit der Linken vom Boden auf, blieb dann aber in seiner Stellung. Auch Brutus, der ein etwas betretenes Gesicht machte, hockte sich hin. Nun hielt Pharnakes in jeder Hand einen Dolch. Ohne Brutus aus den Augen zu lassen, warf der Trainer die Dolche gleichzeitig jeweils von einer zur anderen Hand wie ein Akrobat.
Brutus bemerkte: »Mir scheint, ich habe noch viel zu lernen.«
Pharnakes legte die Dolche beiseite und schüttelte kurz den Kopf: »Es dauert Jahre, bis man so etwas kann. Aber es ist letztlich nur eine Spielerei. Sie dient der Zerstreuung und hält den Körper geschmeidig.«
Pharnakes machte eine Pause. Er hatte schon Zwerge zu Gladiatoren ausgebildet und Frauen im Ringen unterrichtet – das kam sogar immer öfter vor. Gerade die Kunden aus den vornehmen Kreisen entwickelten die ausgefallensten Wünsche. Normalerweise fragte der Lanista nicht, warum jemand dieses oder jenes von ihm lernen wollte. Und wenn man ein paar Gladiatoren für private Zwecke brauchte, dann vermittelte Pharnakes auch solche Geschäfte, ohne sich zu erkundigen, worum es ging. Er war klug genug, niemals seine eigenen Kämpfer zu empfehlen, sondern immer nur die anderer Gladiatorenschulen oder Ehemalige, die man freigelassen hatte und die auf eigene Rechnung handelten. So war es noch nie gelungen, den Lanista mit irgendwelchen Mordanschlägen oder Überfällen in Verbindung zu bringen. Und die Auftraggeber schätzten sein Desinteresse.
Aber diesmal konnte Pharnakes seine Verwunderung nicht

zügeln. Der Dolch war keine Waffe für den Krieg, und schon gar keine für einen Patrizier und hohen Magistraten aus ehrwürdigster Familie wie Brutus. Mit dem Dolch konnte man am besten in dunklen Gassen, in Schenken und Tavernen umgehen. Man setzte ihn auf engstem Raum ein, an Orten, wo das Schwert zu auffällig gewesen wäre. Den Dolch wählte man, wenn man eine Waffe brauchte, die zwischen den Falten eines Gewandes verschwinden sollte. Man konnte ihn sich in den Stiefel stecken, an den Unterarm oder den Oberschenkel binden – unsichtbar und doch jederzeit greifbar. Dass etliche Patriziersöhne mit losem Lebenswandel wissen wollten, wie der Dolch zu handhaben war, mochte einleuchten. Auf allzu viele dieser jungen Männer übte die Halbwelt einen unwiderstehlichen Reiz aus. Aber Brutus war etwas anderes. Brutus war ein Urbild der Tugend, er trank nicht, schlief nur mit seiner eigenen Frau und galt als unbestechlicher Richter. Sicher, es gab Gerüchte über unschöne Wuchergeschäfte, in die er als Statthalter einer Provinz verwickelt gewesen war. Aber was in den Provinzen geschah, das zählte nicht wirklich.

Und so sagte Pharnakes: »Du bist im Krieg gewesen. Du weißt, wie man kämpft. Wer mit dem Schwert umgehen kann, dem wird auch der Dolch nicht allzu große Mühe bereiten. Allerdings gibt es ein paar wichtige Unterschiede. Manchmal denke ich sogar, dass der Kampf mit dem Dolch fast schwerer zu erlernen ist als der mit dem Schwert. Ich könnte es dir leichter machen, wenn du mir erklärtest, warum du dich für diese Art des Kampfes interessierst. Wir könnten uns dann erst mal auf das konzentrieren, was du wirklich brauchst.«

»Das wüsste ich allerdings auch zu gern«, warf eine Stimme ein.

Brutus und Pharnakes schnellten aus der Hocke hoch. Antonius hatte sich unbemerkt herangeschlichen. Manchmal trai-

nierte auch er in der Gladiatorenschule, weil er die Atmosphäre mochte und gern mit den verwegenen jungen Männern aus gutem Hause zusammen war.
Pharnakes setzte ein so unschuldiges Gesicht auf, wie es einem Gladiator mit dreißigjähriger Erfahrung eben möglich war, und antwortete scherzhaft: »Warum übst du nicht auch mit dem Dolch? Deine Vielseitigkeit als Kämpfer kennt ja keine Grenzen. Überall spricht man von deinem Auftritt beim Bankett der Königin. Ich wäre zu gern dabei gewesen.«
Sichtlich geschmeichelt erwiderte Antonius: »Du hättest nichts erlebt, was du nicht zur Genüge kennst und im Zweifel sowieso besser kannst als ich – und das, obwohl du fast fünfzehn Jahre älter bist.«
Brutus wollte das Gespräch der beiden anderen nutzen, um schnell zu verschwinden. Er grüßte wortlos, doch Antonius legte ihm die Hand auf die Schulter: »Wie mir scheint, brauchst du einen Übungspartner, Brutus.«
Brutus wich zurück: »Ich glaube, mir ist meine Unvollkommenheit in diesen Dingen heute schon ausreichend vor Augen geführt worden. Du kannst gern mit Pharnakes weitermachen, wenn du Lust hast.«
Antonius aber ließ sich nicht abschütteln. Er nahm Pharnakes die beiden Dolche ab und drückte einen Brutus in die Hand. Dann beugte er sich vor, wiegte sich leicht in den Knien und stach spielerisch in Brutus' Richtung. Seine Augen leuchteten herausfordernd. Widerwillig folgte Brutus Antonius' Beispiel.
Es war klar, dass Antonius nicht zum ersten Mal einen Dolch in der Hand hielt. Fast so sicher wie zuvor Pharnakes warf er ihn von der Rechten in die Linke.
»Bist du Links- oder Rechtshänder?« fragte Brutus ungehalten.
»Wer weiß«, antwortete Antonius und ließ den Dolch in fla-

chem Bogen durch die Luft sausen, sodass sich Brutus nur durch einen wilden Satz nach hinten retten konnte.
Dann blieb Brutus ungläubig stehen und befingerte den Schnitt, den Antonius seiner Tunika zugefügt hatte. Pharnakes wollte dazwischentreten und nach Antonius' Waffe greifen, doch Brutus machte eine abwehrende Handbewegung und nahm wieder die Ausgangsstellung ein. Nun stieß er heftig nach Antonius, erst einmal und dann noch zweimal in kurzer Folge. Antonius wich jedes Mal geschickt zur Seite aus, während er den Arm mit dem Dolch herausfordernd locker an seiner Seite baumeln ließ.
»Gar nicht so ungeschickt«, meinte Antonius. »Du wirst bestimmt noch ein sehr erfolgreicher Kämpfer mit dem Dolch. Eines Tages beendest du deine Ämterlaufbahn vielleicht noch in der Arena.«
Anstatt zu antworten, stach Brutus noch einmal zu. Wie ein Tänzer drehte sich Antonius zur Seite, ließ Brutus ins Leere laufen und zerschnitt seinem Gegner erneut die Tunika.
Antonius lachte schallend, als sich Brutus keuchend zu ihm umwandte.
»Du verschwendest zu viel Kraft, du musst dich sparsamer …«, rief Antonius Brutus zu, doch dieser stürzte sich schon wieder auf ihn. Auch diesmal wich Antonius mühelos seitlich aus, ging in die Hocke und streckte ein Bein vor, über das Brutus auch sofort stolperte. Er fiel ächzend der Länge nach auf den harten Lehmfußboden. Erst nach einem Moment erhob er sich wieder. Auf dem Wangenknochen war die Haut etwas abgeschürft, und er rieb sich die Rippen auf der linken Seite. Den Arm mit dem Dolch ließ er schlaff herabhängen, während er die Tunika hochzerrte, um sich mit ihr den Schweiß aus dem Gesicht zu wischen. Antonius stemmte die Fäuste in die Hüften und schüttelte nur den Kopf.
Brutus streckte das Kinn vor, ging aber nicht in Angriffsstel-

lung. Antonius lächelte, machte einen Schritt auf Brutus zu und hob die Hand, als wollte er dessen Wange tätscheln. Brutus schlug mit der Linken nach Antonius Hand und stieß mit der Rechten zu. Antonius, der unwillkürlich dem Schlag ausgewichen war, wäre genau in Brutus' Dolch gerannt, wenn dieser seinen Stoß nicht im letzten Augenblick abgeschwächt hätte. Doch auch so hatte die Klinge ihr Ziel erreicht. Ein dreieckiger Fetzen hing von Antonius' Tunika herab, hinter dem Loch konnte man einen roten Streifen auf Antonius' Rippen sehen. Antonius ſuhr mit den Fingern über die Stelle, wo ihn das Messer gestreift hatte. Seine Augen wurden schmal.

Pharnakes stieß einen leisen Pfiff aus. Wenn sich in seiner Gladiatorenschule ein Konsul und ein Prätor der Römischen Republik gegenseitig erstachen, dann würde ihn das seine Existenz kosten. Er schob sich zwischen die Kontrahenten, doch Antonius schnaubte nur. Nun war es Brutus, der herausfordernd blickte. Pharnakes zog sich wieder ein paar Schritte zurück. Inzwischen waren die anderen Schüler neugierig geworden. Die Kämpfer ließen ihre Holzschwerter sinken und umringten die Szene. Hier wurde schließlich mit scharfen Klingen gekämpft.

Beide gingen wieder in die Ausgangsstellung. Brutus blieb unbeweglich, während sich Antonius hin- und herwiegte und auf die günstigste Gelegenheit für einen Ausfall wartete. Manchmal deutete er einen Stoß an, aber Brutus zuckte nicht einmal mit der Wimper. Er ließ sich nicht provozieren und verharrte in seiner Deckung.

Dann stach Antonius wirklich zu, Brutus wich zur Seite aus, nicht so geschmeidig wie zuvor Antonius, doch gerade noch rechtzeitig. Aber Antonius verlor das Gleichgewicht nicht, in einer einzigen Drehung packte er Brutus' Rechte am Gelenk, klemmte dessen Arm unter seinem Oberarm ein und rammte ihn zugleich mit der Schulter gegen die Wand. Er ließ seinen

Dolch fallen und stieß ihn mit dem Fuß davon, griff mit beiden Händen nach Brutus' Handgelenk und versuchte, ihm die Waffe zu entwinden, während er seinen Gegner zugleich rückwärts gegen die Mauer presste.

Brutus' Gesicht verzerrte sich vor Schmerz, aber er ließ den Dolch nicht los. Er schlang seinen freien Arm um Antonius' Hals und würgte ihn. Antonius stieß den Hinterkopf mit voller Wucht gegen Brutus' Nase. Sofort ergoss sich ein Strom von Blut und Brutus lockerte seinen Griff, doch es gelang Antonius immer noch nicht, ihm den Dolch zu entreißen.

»Wäre ich doch noch einmal so jung wie ihr«, unterbrach eine schneidende Stimme in diesem Augenblick das Geschehen. »Wenn ich euch so zusehe, hätte ich auch Lust, mich mal wieder richtig auszutoben. Aber in meinem Alter käme ich mir dabei vielleicht ein wenig lächerlich vor.«

Brutus und Antonius ließen voneinander ab und lehnten sich keuchend an die Wand, Brutus ließ den Dolch fallen. Aulus Hirtius stand in großer Toga mit Purpurstreifen vor ihnen, hinter ihm ein dienstbeflissener Sekretär mit gezücktem Wachstäfelchen. Brutus hatte den designierten Konsul noch nie so angewidert erlebt. Er wich dem Blick des anderen aus und versuchte sich mit dem Handrücken das Blut von den Lippen zu wischen. Antonius stand mit geschlossenen Augen da und tat, als sei Hirtius überhaupt nicht anwesend.

Hirtius wandte sich an Pharnakes: »Nun, werter Lanista, da betrete ich zum ersten Mal in meinem Leben eine Gladiatorenschule und schon wird mir solch ein Schauspiel geboten. Ich hätte wohl schon früher hierher kommen sollen. Was habe ich nicht möglicherweise alles verpasst. Allerdings interessieren mich heute weniger diese Darbietungen als deine sonstigen Geschäfte.«

Dann nahm er Pharnakes, der sich demütig vor ihm verbeugte, bei der Hand und zog ihn fort.

IV

Die Wetterkundigen hatten sich nicht völlig geirrt, es wurde doch noch ein Sonnentag. Den ganzen Morgen lang hatte ein träger Dunst über der Stadt gehangen, und die Sonnenstrahlen, die am frühen Nachmittag endlich die Reliefs auf den Giebeln des Forums hervortreten ließen, brachten keine Wärme. Dennoch säumten gewaltige Menschenmassen die Via Sacra und warteten auf die Prozession. Manche Zuschauer versuchten, das Gerüst hochzuklettern, das die noch nicht ganz fertig gestellte Basilica Julia umgab, aber wütende Ordner scheuchten sie wieder hinunter. Einige Unentwegte klammerten sich verzweifelt an die Stangen, doch ließen die Wächter ihre Knüppel erbarmungslos niedersausen und jagten auch die Letzten davon. Zu oft waren Schaulustige bei öffentlichen Spektakeln auf Baugerüste gestiegen und hatten sich zwischen Stangen und Balken gehängt, bis die wackeligen Gestelle eingestürzt und die Kletterer erschlagen oder zerquetscht worden waren. Daher hatten sich bereits vor Morgengrauen auf allen Gerüsten oder leicht erklimmbaren Bauten an der Via Sacra und auf dem Forum ehemalige Gladiatoren verteilt, deren Anblick die meisten schon abschreckte.

Caesar fürchtete Unglücke, besonders an Festtagen, denn sie konnten unter den Römern Zweifel am ewig währenden Glück des Diktators wecken.

Obwohl die Basilica Julia für das einfache Volk unzugänglich war, befand sich auf ihrem Dach ein hölzernes Deck mit Geländer, wo eine kleine Gruppe auf den Umzug wartete. Die meisten waren Frauen, eine von ihnen tief verschleiert. Kaum jemand bemerkte die Zuschauer dort oben, und die wenigen, die es taten, zeigten jedenfalls kein weiteres Interesse an ihnen. Für die Menge fand das Schauspiel auf dem Forum statt. Dort hatte man die Tempel mit Girlanden geschmückt und den Statuen Kränze aufgesetzt. An einer Stelle kletterten zwei Übermütige auf die Schultern ihrer Freunde und versuchten, den Kranz von der Statue des Marius herunterzuholen, aber die Wächter waren schnell genug da, um das Standbild zu schützen.

Die kleine Schar in der Höhe bestand aus Cicero, den ersten Damen Roms, Servilia, Porcia, Fulvia, Calpurnia und – in ihrem üblichen, gewollt durchschaubaren Inkognito – Kleopatra, an deren Seite Philostratos stand. Sie redeten wenig miteinander, und nach einigen fruchtlosen Versuchen Servilias, mit Bemerkungen über das Wetter ein Gespräch in Gang zu bringen, breitete sich bleiernes Schweigen über der Runde aus.

Cicero trommelte mit den Fingern auf dem Geländer und presste die Lippen zusammen, während Windstöße ihm den weißen Haarkranz um seine Glatze zausten. Nach einer Weile gab er es auf, die Strähnen glatt zu streichen. Hätte er nur auf seinen Barbier gehört, der dringend zur Stutzung geraten hatte. Aber an diesem Tag war dem Redner jede Störung zu viel gewesen, und er war erst in letzter Minute aufgebrochen, um seinen Platz auf dem Dach der Basilika einzunehmen. Überhaupt war er nur gekommen, weil Caesar ihn so energisch darum gebeten und alle Entschuldigungen Ciceros beiseite gewischt hatte. Die Macht Caesars war inzwischen so groß, dass selbst Cicero nicht mehr wagte, sich ihr zu entziehen.

Der ehemalige Konsul wurde gebraucht, um dem halböffentlichen Auftritt der Königin eine gewisse Respektabilität zu verleihen. Wann immer die Herrscherin bei offiziellen Anlässen erschien, wurde ihr ein besonders angesehener Würdenträger der Republik an die Seite gestellt, einer, der nicht unbedingt als Caesars Kreatur galt. Damit sollte dem Volk vorgeführt werden, dass die Monarchin ein Staatsgast war, eine Fremde, die das Wohlwollen und den Schutz der ganzen Bürgerschaft genoss, zugleich jedoch auch unter deren Aufsicht stand und daher keineswegs eine eigenständige politische Rolle spielte.

Weil sie kein Thema fanden, über das sie miteinander hätten reden wollen, traten die illustren Gäste auf dem Dach ans Geländer, wo sie in einer Reihe standen und über die Köpfe der Menge hinweg die Via Sacra hinunterblickten. Zwei Sklaven erschienen, die Caesar geschickt hatte, um den Wartenden gezuckerten Wein und Gebäck anzubieten. Keiner beachtete die Süßigkeiten.

Der Wind wehte von Osten in Richtung Kapitol und trug dünne, aber trotzdem beißende Rauchschwaden heran, die sich aus der Öffnung im Dach des Vesta-Tempels emporkräuselten. Calpurnias Augen tränten, Kleopatra musste niesen. Sie bemerkte dazu: »Wahrscheinlich haben die Vestalinnen mit Absicht ihr Feuerchen etwas stärker geschürt als sonst, damit wir es hier oben nicht so kalt haben.«

Niemand erwiderte etwas, und Calpurnia fühlte sich verpflichtet, den frostigen Eindruck zu mildern: »Vielleicht ist das Holz durch den vielen Regen der letzten Tage nass geworden.«

»Calpurnia, meine Liebe«, warf Servilia ein, »an dir ist wirklich eine Vestalin verloren gegangen.«

Sie wollte noch etwas hinzufügen, da rief Cicero: »Da kommt er.«

Obwohl sie alle hervorragend sehen konnten, beugten sie sich unwillkürlich vor. Unten auf dem Forum war Caesar eingetroffen, umgeben von dem üblichen Gefolge aus Begleitern, Bewunderern und Bittstellern, das ihn umlagerte, sobald er das Haus verließ. Dazu kamen die vierundzwanzig Liktoren, die ihm als Diktator zustanden und normalerweise vorausschritten, sich jetzt aber im Gedränge fast wie eine Leibgarde um ihn scharten. Sie wurden im Gewühl hierhin und dorthin gestoßen und hatten einige Mühe, Caesar den Weg zu bahnen und gleichzeitig ihre Rutenbündel mit der nötigen Würde auf ihren Schultern zu balancieren. Wie immer gab es auch Jubelrufe und Applaus, aber nicht im Übermaß, denn man war den Anblick des Diktators längst gewöhnt und heute war auch er mehr Zuschauer denn Hauptdarsteller.

Caesar trug seinen Purpurmantel und nahm auf dem erhöhten goldenen Sessel Platz, den man auf den Rostren, der Rednertribüne, für ihn aufgestellt hatte. Aus der Mauer des mannshohen Podests sprangen der Menge die Schiffsschnäbel entgegen – Rammsporne erbeuteter Kriegsschiffe, die den Häuptern gefangener Meeresungeheuer glichen. Hätte man dem Diktator noch einen Dreizack in die Hand gedrückt, er hätte wohl wie Neptun ausgesehen, der im Streitwagen über die Wogen reitet.

Caesar war guter Stimmung: Er schlug die Beine übereinander und lachte, während er mit den Umstehenden sprach. In nächster Nähe drängten sich Lepidus, Cassius und Casca, die ebenfalls aufgeräumt wirkten. Allein Brutus' Züge verrieten keinerlei Bewegung. Man konnte sehen, dass sich die Herren neckten, denn auf einige Worte Caesars hin schlug sich Cassius die Hände vors Gesicht und mimte einen Verzweifelten, woraufhin die anderen sich vor Gelächter schüttelten und selbst Brutus ein wenig lächelte. Es dauerte, bis sie sich beruhigt hatten, und auch danach sah man, wie sich Caesar eine Träne aus dem Augenwinkel wischte.

Inzwischen war die Menge auf dem Forum kräftig angeschwollen, und die Stimmen Zehntausender aufgeregter, laut redender Menschen drangen als gewaltiges Rauschen zum Dach der Basilica hinauf. Doch plötzlich übertönte ein schriller Schrei aus der Richtung des Palatin das allgemeine Brodeln, die Massen nahmen den Ruf auf und ließen ihn wie eine Welle die ganze Via Sacra hinunterrollen. Danach wurde es still.

»Was geschieht da?« fragte Kleopatra ungeduldig. »Wieso kommen sie nicht endlich?«
Philostratos beruhigte sie: »Es ist noch nicht so weit. Bevor der Lauf beginnt, müssen erst die Reinigungsriten vollzogen werden. Die Priester des Lupercus, den man auch Faunus nennt und der die Herden beschützt und Fruchtbarkeit bringt, haben wahrscheinlich gerade in der Grotte Lupercal einen Hund und ein paar Böcke geopfert. Die Grotte befindet sich unten am Palatin, nicht weit von hier, wo einst Romulus und Remus gesäugt wurden – so heißt es jedenfalls.«
Halblaut zischte Kleopatra: »Was ich von den beiden halte, brauche ich dir nicht mehr zu sagen.«
Philostratos ließ sich nicht beirren: »Wenn die Böcke und der Hund mit durchschnittener Kehle am Boden liegen, beschmieren die Priester zwei nackte Jünglinge aus vornehmen Geschlechtern mit dem Blut der Tiere und zerschneiden dann das Fell der Böcke. Sie machen sich daraus notdürftige Schurze, um ihre Blöße zu bedecken, denn im Moment sind auch sie, die ebenfalls aus den besten Familien Roms stammen, noch ganz nackt – abgesehen von dem Öl, mit dem sie gesalbt sind. Aus den Fellresten, die übrig bleiben, schneiden sie dann lange Riemen, mit denen sie auf ihrem Lauf durch die Straßen auf alle einschlagen, denen sie begegnen. Besonders junge Frauen stellen sich ihnen in den Weg, weil die Schläge angeblich fruchtbar machen. Die Riemen heißen ›februa‹, weshalb die Römer den Monat, in dem dieses Fest stattfindet, auch Februar nennen.«
Die Königin schaute spöttisch zu den anderen Wartenden neben ihr und sagte dann: »Ich bewundere immer wieder, Philostratos, mit welchem Eifer du dich diesen religiösen Praktiken der Römer widmest. Ich kann mir nicht helfen, aber ich finde das Ganze doch jedes Mal ein Stück barbarischer. Die Römer beherrschen ein Reich, das größer ist als das Alexan-

ders, aber ihre Götter verehren sie wie armselige Wüstennomaden, nein, wie Bergdörfler, die von jeder Zivilisation abgeschnitten sind. Und die gleichen Männer, die tagsüber nackt und blutverschmiert durch die Straßen rennen und mit Lederriemen um sich schlagen, diskutieren abends mit vollem Ernst, ob nun die Schüler Epikurs oder die Stoiker die größere Weisheit besäßen.«

Porcia war dichter herangetreten und wandte ein: »Gerade das, was uns heute am wenigsten verständlich erscheint, besitzt die höchste Würde, denn es entspricht den Sitten der Väter. Sie sind es, die wir ehren, wenn wir uns einmal im Jahr von halb nackten Männern auf der Straße mit Riemen schlagen lassen. Die alten Bräuche haben uns seit Jahrhunderten geholfen, unsere Freiheit zu bewahren.«

Calpurnia blickte Porcia überrascht an, sagte aber nichts. Und noch bevor Kleopatra antworten konnte, brandete von unten wieder Gebrüll herauf. Der kleine Pulk der Luperci drängte nun im Laufschritt die Via Sacra hinauf. In die schmale Gasse, die die Menge den Priestern gelassen hatte, sprangen kreischend junge Frauen und warfen sich den Männern in den Fellschurzen entgegen.

Allen voran eilte der Konsul, Marcus Antonius, der sich einen überlangen Riemen geschnitten hatte und diesen wie eine Peitsche über seinem Kopf schwang. Gerade auf ihn hatten es einige besonders freche Frauen abgesehen und versuchten, unter seinen Schlägen abzutauchen und ihm nach dem Fellschurz zu greifen. Doch wenn sie seinen Riemen durch die Luft pfeifen hörten, suchten sie schleunigst Schutz im Publikum. Darüber vergaßen sie oft, dass sie sich von den Riemen ja eigentlich hätten treffen lassen sollen. Die Frauen aber, die den Schlägen des Konsuls nicht entkamen, trugen rote Striemen auf ihren Armen zur Schau, die sie halb stolz, halb erschrocken den Umstehenden zeigten. Fulvia setzte

eine belustigte Miene auf, Kleopatra schüttelte nur den Kopf.
Als der Zug sich den Rostren näherte, verbreiterte sich die Gasse, und die Luperci beendeten ihren Lauf unter allgemeinem Beifall mit einem kleinen Spurt bis zu den Schiffsschnäbeln. Sie troffen vor Schweiß und atmeten schwer, als sie den Diktator und Pontifex Maximus grüßten. Caesar erhob sich aus seinem Sessel und hieß sie mit weit ausladender Geste willkommen. Dann raffte er seine Toga und setzte sich wieder, während Marcus Antonius auf einen Schiffsschnabel sprang, um sich von dort aus auf die Rednertribüne zu schwingen. Als Anführer des Laufes sollte er zum Abschluss eine kurze Ansprache halten.
Der Jubel der Massen ebbte ab, und alle Augen richteten sich erwartungsvoll auf Antonius. Der zögerte jedoch, und es schien, als wollte er auf vollkommene Ruhe warten. Da löste sich aus der Gruppe der hohen Würdenträger auf der Rednertribüne eine Gestalt, ein Jüngling namens Licinius, den man gerade erst ins Priesterkollegium der Flamines gewählt hatte. Er hielt in seinen ausgestreckten Armen einen Lorbeerkranz, hinter dem es golden funkelte. Der Kranz umschlang ein mit Rubinen besetztes Diadem, von dem Zacken emporragten wie die Strahlen der Sonne. Licinius wandte sich kurz zur Menge, zeigte ihr stumm das Diadem, ging dann in die Knie und legte es mit gesenktem Kopf auf der Stufe vor des Diktators Sessel nieder.
Ein Raunen ging durch die Menge, darauf folgten Rufe, erst vereinzelt, dann vielstimmig: »Auf seinen Kopf damit! Auf seinen Kopf!«
Doch die Umstehenden rührten sich nicht, und auch Caesar blickte sie unschlüssig an.
Die Rufe wurden ungeduldiger: »Auf den Kopf! Das Diadem soll auf Caesars Kopf.«
Schließlich, als sich noch immer niemand fand, der es aufhe-

ben und dem Diktator aufs Haupt setzen wollte, forderten die Rufenden: »Lepidus soll es tun, der Magister Equitum muss es tun.«
Doch Lepidus, offiziell der zweite Mann hinter dem Diktator, machte nur ein erschrockenes Gesicht und zuckte mit den Schultern. Um so ungeduldiger scholl es aus der Menge: »Lepidus, Lepidus. Setze ihm die Krone auf, Lepidus!«
Da trat Cassius vor, von Casca dicht gefolgt, wobei man von der Höhe der Basilica Julia nicht erkennen konnte, ob Cassius Casca mit sich zog oder ob es vielmehr dieser war, der jenen vor sich herschob. Sie schienen für die wenigen Schritte bis zu des Diktators Thron ewig zu brauchen. Als sie ihn erreicht hatten, bückte sich Cassius hastig, riss das Diadem empor, legte es in Caesars Schoß und drückte sich mit Casca wieder in die Mauer der Zuschauenden.
Der Diktator beugte sich in seinem Sessel weit zurück, als würde sich eine Schlange auf seinen Oberschenkeln ringeln. Die Menge brüllte nun immer lauter und ärgerlicher »Auf den Kopf, auf den Kopf!«, bis ein rhythmischer Sturm daraus wurde, der in heftigen Stößen gegen die Rostren anrannte. Mit jedem Schrei stießen sie den rechten Arm in Richtung der Rednertribüne, als wollten sie sie mit zehntausend Fäusten zermalmen. Die Würdenträger auf den Rostren blinzelten der Masse furchtsam entgegen, als würde ihnen ein Orkan entgegenwehen.
Caesar wand sich in seinem Sessel und streckte abwehrend die Hände gegen das Ding aus, das in der schwachen Sonne fahl blinkte. Die Menge tobte, Pfiffe erschollen von allen Seiten, und die Senatoren und Würdenträger drängten sich Zoll um Zoll weiter fort von Caesars Thron, sodass der Raum um ihn immer größer und leerer wurde.
Nun endlich trat Antonius, noch immer fast nackt und ölglänzend, auf den Diktator zu. Leicht zitternd – ob vor Kälte oder

vor Erregung – nahm er das Diadem in beide Hände, hielt es noch einmal dem jubelnden Volk entgegen und drückte es dann auf Caesars kahlen Schädel.
Der Diktator blieb einen Augenblick lang ganz starr, dann fasste er sich an den Kopf und schleuderte das Diadem mit einem kräftigen Schwung in die Menge. Verblüfft schwiegen die Römer einen Moment, dann hörte man zaghaften Beifall, hier und da einen Jubelruf, aber auch enttäuschtes Raunen.
Besonders um die Rostren begann man wieder zu schreien: »Auf seinen Kopf, auf Caesars Kopf damit.«
Andere riefen: »Achte den Willen des Volkes. Verweigere ihm deine Gunst nicht.«
Aber die Rufe waren nicht mehr so laut und einhellig wie zu Anfang. Weiter hinten wurde das Echo merklich schwächer, wie man auf dem Dach der Basilica Julia nur allzu deutlich mitbekam.
Cicero bemerkte trocken: »Wer immer das hier angezettelt hat, hat seine Schreihälse geschickt verteilt. Allerdings scheint ihre Wirkung trotzdem nachzulassen.«
Inzwischen kehrte unten das Diadem zurück. Es wurde über die Köpfe der Menge von Hand zu Hand weitergereicht, bis es wieder an den Rostren angekommen war. Antonius beugte sich vor und nahm die Krone, die man ihm von unten entgegenstreckte. Er trat ein zweites Mal auf Caesar zu. Ein zweites Mal brach die Menge in Beifall aus, doch nicht mehr so laut wie vorher. Stattdessen konnte man jetzt auch Zischen und Pfiffe vernehmen. Wieder hob Antonius den strahlenbekränzten Goldreif in die Höhe, damit das Volk ihn sehen konnte. Von unzähligen Händen berührt, hatte sich der Lorbeer zum Teil von dem Diadem gelöst und hing an einer Seite herunter, an manchen Stellen waren sogar Blätter abgerissen worden. Selbst von der Höhe der Basilica aus machte die Krone jetzt einen etwas kümmerlichen Eindruck.

Entschlossen drückte Antonius das Diadem auf Caesars spärliches Haar. Es dauerte einen Moment, bis er es losließ, fast als fürchtete er, Caesar würde es sofort wieder herunterreißen. Aus der Menge kam der Ruf: »Heil dir, König.«
Antonius machte einen Schritt zurück und klatschte Beifall, während Caesar mit der Krone auf dem Kopf in die Ferne schaute. Dann erhob sich der Diktator langsam von seinem Sessel. Die Menge wurde wieder still.
Behutsam nahm Caesar sich mit beiden Händen den Goldreif vom Kopf. Er drehte ihn hin und her und betrachtete ihn lange prüfend, als wüsste er nicht recht, was er damit anfangen sollte. Dann führte er das Diadem an seinen Mund und behauchte es dreimal hintereinander. Hier und da war ein Kichern zu hören. Als nächstes nahm er einen Zipfel seiner Toga und rieb die eben behauchte Stelle kräftig ab. Die Menge brach in Gelächter aus.
Nun hielt er das Diadem erneut in die Höhe und begutachtete es mit strengem Blick. Er nickte langsam, aber kräftig und drückte dabei anerkennend die Unterlippe weit vor. Wieder begannen die Leute zu lachen.
Als würde er die Heiterkeit nicht bemerken, drehte er die Krone nochmals hin und her und nahm mit spitzen Fingern den herabhängenden Lorbeer in die rechte Hand. Er versuchte, den Zweig wieder festzumachen, doch dieser blieb nicht mehr an der Krone hängen, sondern fiel immer wieder herab und baumelte nach jedem Versuch, ihn zu befestigen, noch trauriger herunter als zuvor. Jedes Mal, wenn der Zweig wieder herabfiel, wieherte das Publikum vor Lachen, und auch die Senatoren auf der Rednertribüne konnten das Schmunzeln nicht unterdrücken.
Nachdem er dreimal an seiner Aufgabe gescheitert war, gab Caesar auf, schüttelte den Kopf und kratzte sich ratlos mit allen fünf Fingern seiner rechten Hand den Hinterkopf. Die

Menge jauchzte, und selbst die Senatoren bogen sich vor Gelächter.
Caesar wartete eine ganze Weile, bis sich die Begeisterung wieder etwas gelegt hatte, dann hob er den Arm und sprach: »Mir scheint, dass mir das Ding hier nicht so recht stehen will. Das ist vielleicht gar nicht so schlecht, denn nicht mir gebührt diese Auszeichnung, sondern unserem höchsten Gott, dem Kapitolinischen Jupiter. Er ist unser aller König. Bringt ihm diesen Goldkranz und setzt ihn seiner Statue aufs Haupt. Ich brauche ihn nicht.«
Die letzten Worte ertranken im allgemeinen Jubel.
Das Volk schrie: »Caesar, Caesar«, und selbst die Umgebung des Diktators wurde von der Aufregung davongerissen. Die Senatoren drängten sich um ihn, schüttelten ergriffen seine Hand und klopften ihm auf die Schulter. Noch immer tönten die Rufe der Menge: »Caesar, Caesar.«
Es dauerte Minuten, bis wieder einigermaßen Ruhe eingekehrt war. Nun gebot Antonius Stille, nahm Caesar die Krone ab und umarmte ihn. Dann übergab er das Diadem einem der Liktoren. Zur Menge aber rief er: »Seht Caesars Großmut ...«, hier brach er ab, denn der Jubel brauste von neuem los. Antonius musste einige Augenblicke warten, bis er fortfahren konnte: »Lasst uns zum Dank dafür das Diadem auf den Kopf seiner Statue hier auf dem Forum setzen.«
Betretenes Schweigen breitete sich aus. Dann begann die Menge zu murren: Hatte Caesar nicht eben gesagt, dass man die Krone dem Kapitolinischen Jupiter darbringen sollte? Warum jetzt das Standbild des Diktators damit bekränzen? Das war doch etwas ganz anderes. Die Leute fingen an, mit den Füßen zu scharren, vereinzelt kamen Pfiffe.
Cicero, der sich gefährlich weit über das Geländer gebeugt hatte, kreischte hinunter: »Pfui, Antonius, pfui!«
Auf der Rednertribüne wichen die Senatoren und Würden-

träger wieder zurück, während die Menge in Bewegung geriet. Von hinten schoben sich die Massen immer dichter zu den Rostren hin. Einige begannen, die Gerüste zu erklimmen, die Wächter waren plötzlich spurlos verschwunden.
Caesar ging mit einem Schritt ganz an den Rand der Tribüne, eine kleine Figur, von der sich alle zurückgezogen hatten. Selbst Antonius war nicht mehr zu sehen. Der Diktator zog sich mit einem Schwung den Purpur von den Schultern und schleuderte ihn in die Menge, wo er einige Köpfe unter sich begrub. Dann riss er sich seine Tunika vom Hals bis zur Brust auf und neigte den Kopf zur Seite, sodass seine Kehle der Menge zugewandt war. Er schrie: »Hier ist mein Hals. Ich halte ihm jedem Römer hin, der glaubt, ich wolle König werden. Ihr braucht nur zuzustechen. Wenn ihr glaubt, dass es unser aller Freiheit erfordert, bin ich bereit, für euch zu sterben. Hier und jetzt, wenn es sein muss.«
Wieder wurde es still. Für eine ganze Weile geschah gar nichts, während Caesars nackter weißer Hals alle Blicke auf sich zog. Schließlich breitete sich ein anerkennendes Murmeln aus, an manchen Stellen wurde auch kurzer Applaus laut.
Caesar drehte sein Gesicht wieder zur Menge, grüßte mit der Hand zum Abschied und verließ mit seinem Tross und den Liktoren die Rednertribüne. An seiner weißen Tunika waren vom Dach der Basilica Julia aus mit bloßem Auge gerade noch einige der Ölflecken zu erkennen, die der Diktator von der Umarmung mit Marcus Antonius davongetragen hatte. Als Caesar das Forum verlassen hatte, entfernten sich auch die Senatoren und Würdenträger. Langsam, fast unwillig zerstreute sich dann das Volk.
Cicero hustete. Seine Augen brannten so stark, dass er sie für einen Moment schließen musste. Es kratzte ihm im Hals, als hätte er stundenlang gebrüllt. Sein Haar wehte nicht mehr im Wind, sondern klebte ihm um den Schädel. Als er seinen Blick

endlich von der inzwischen leergefegten Rednertribüne abwenden konnte, hatten sich Calpurnia, Servilia, Fulvia und Porcia um das Tischchen mit Wein und Gebäck versammelt. Calpurnia hatte ihren Arm um Fulvia gelegt und stützte sie. Antonius' Gattin war weiß wie Alabaster. Servilia hielt ihr ein Stück Kuchen hin und riet ihr davon ab, Wein zu trinken. Kleopatra und Philostratos waren bereits verschwunden.

LIBER NONVS

I

Calpurnia beugte sich vor und umarmte Rutilia, die vor ihr auf einem Stuhl saß. Der Kopf der alten Frau war ein wenig zur Seite geneigt, sodass sie ihrer Nichte nicht die Augen, sondern eher das Ohr zuwandte. Als Calpurnia sich aufrichten wollte, hielt Rutilia sie am Arm fest. Calpurnia bückte sich erneut, bis ihr Gesicht nur zwei Handbreit von dem ihrer Tante entfernt war, und sagte: »Entschuldige«.

»Schon gut. Du hast wohl andere Dinge im Kopf.«

Rutilia ließ ihre kurzen, weichen Finger über Calpurnias Gesicht gleiten. Jedes Fältchen, jede Mulde, jede Erhebung wurde sorgfältig nachgezeichnet. Sie strich mit dem mittleren Glied ihres Zeigefingers die Brauen ihrer Nichte entlang, dann die Wange hinunter bis zum Mundwinkel und danach die Wölbung der Lippen hinauf. Dort ruhte ihr Finger einen Augenblick. Am Ende nahm sie Calpurnias Kopf zwischen ihre Handflächen, zog sie zu sich heran und küsste sie auf die Stirn. Doch auch dann ließ sie ihre Nichte nicht los, sondern lehnte ihre eigene Stirn an die Calpurnias und legte ihre Hände auf deren Schultern. Nachdem sie sich so eine ganze Weile aneinander geschmiegt hatten, gab Rutilia Calpurnia plötzlich einen kurzen, heftigen Kuss auf die Wange und lehnte sich zurück. Calpurnia setzte sich ihr gegenüber auf einen Stuhl.

Calpurnia betrachtete die Fresken mit den mehr oder minder eindeutigen erotischen Szenen, welche die Wände völlig bedeckten. Die Bilder waren so frisch, dass immer noch ein dumpfer Geruch von ihnen ausging, und das, obwohl ein bronzener Dreifuß in der Mitte des Raumes stand, aus dem träge, süßliche Rauchschwaden aufstiegen.

Rutilia beschäftigte seit Jahren nur ausgezeichnete Künstler, die jede Mauer und jeden Winkel in ihrem großen Haus bemalten, mit Gemälden, die so schön und so ausgefallen waren, dass ihr Ruf sich bis nach Rom verbreitet hatte. Doch wann immer eine Dame der römischen Gesellschaft oder ein stadtbekannter Kunstkenner um eine Besichtigung der Fresken nachsuchten, wurden sie abschlägig beschieden. Nur Rutilias wenige Freunde bekamen die Bilder im Hause der Blinden zu Gesicht. Und selbst die mussten sich beeilen, wenn sie etwas sehen wollten, denn schon wenige Wochen nachdem die Fresken getrocknet waren, ließ Rutilia sie wieder übermalen und durch neue ersetzen.

Die eine Wand zierten ein Zentaur und eine Mänade, ganz in Weiß und Gelb gehalten, auf schwarzem Hintergrund mit betont lockerem Pinselstrich gemalt. Die beiden Wesen blickten sich verzückt an und schienen sich in die Lüfte erheben zu wollen. Der Zentaur umfasste die Mänade mit einem Arm, während er mit der anderen Hand eine Kithara zupfte, die er auf seinem Pferderücken abgestützt hatte. In der anderen Hand – dort, wo er die Mänade umschlang – hielt er obendrein noch eine Zimbel, gegen die seine Begleiterin ihrerseits mit einer Zimbel schlug. Noch erstaunlicher allerdings war, dass auch der Zentaur einen Frauenkopf zu haben schien, dessen Haarknoten in feine Tücher gebunden war. Seine flache Brust und seine weibliche Frisur machten es unmöglich, sein Geschlecht zu bestimmen.

»Ich höre dein leises Atmen, wenn du die Bilder betrachtest. Das beruhigt mich«, sagte Rutilia. »Welches schaust du dir gerade an? Den Zentaur und die Mänade? Findest du nicht auch, dass der Künstler dabei ein wenig übertrieben hat? So wie er das gemalt hat, geht es ja nun wirklich nicht. Nicht einmal ein Zentaur kann eine Harfe spielen, die er zugleich auf seinem Pferderücken abstützt. Der Maler ist ein sehr junger

Mann, Kleanthes von Agrigent. Er hat einen Stil entwickelt, bei dem vieles mit kräftigen Pinselstrichen eher angedeutet als ausgeführt wird und es weniger darauf ankommt, ob man die Dinge in der richtigen Welt so wieder findet, wie er sie malt. Seine älteren Kollegen nehmen es mir übel, dass ich ihm Aufträge erteile, und ereifern sich über seine Auffassung von Kunst.«

Rutilia kicherte kurz, ehe sie fortfuhr: »Die Armen! Sie werfen ihm vor, er produziere nur Geschmiere. Sie sagen, man müsse die Hervorbringungen der Natur so getreu wie möglich nachahmen. Und jedes Mal erzählen sie mir die Geschichte von dem Wettkampf zwischen Zeuxis und Parrhasios, wer der bessere Maler gewesen sei. Du kennst das ja wahrscheinlich besser als ich. War es Zeuxis, dessen Trauben so echt aussahen, dass Vögel versuchten, an dem Bild zu picken?«

Calpurnia zuckte nur mit den Schultern, aber ihr fiel sofort ein, dass ihre Tante das ja nicht sehen konnte, und fügte deshalb schnell hinzu: »Ich verwechsle die beiden auch immer.«

»Ach Unsinn, Kind«, fuhr Rutilia sie mit gespielter Empörung an. »Du bist nur wieder zu feinfühlig, um deiner Tante ihre Bildungslücken nachzuweisen. Na ja. Der Legende nach hat dann wohl Parrhasios ein Bild gezeigt, das von einem Vorhang verhüllt war, und Zeuxis gebeten, den Vorhang zur Seite zu ziehen, und siehe da: Der Vorhang war gemalt, und Zeuxis gab sich geschlagen. Vielleicht war es auch umgekehrt. Jedenfalls konnte ich es mir nicht verkneifen, Kleanthes über das Urteil seiner Rivalen aufzuklären. Aber er fragte nur, wie viele Zentauren seinen Kollegen denn schon in der Natur begegnet seien. Dabei fällt den meisten Betrachtern ohnehin gar nicht auf, was an den Bildern nicht stimmt. Oder erst, wenn sie anfangen, mir die Szene zu beschreiben, und genauer hinschauen müssen.«

Calpurnia wandte sich von den Bildern ab und ihrer Tante zu.

Diese war einst fast so schlank gewesen wie sie selbst. Doch das Alter hatte Rutilia voller und runder gemacht, mit weichen Schultern und Armen. Ihr weißes Haar türmte sich zu einer Frisur, die man wohl kunstvoll hätte nennen können, wenn sich nicht so viele einzelne Strähnen daraus gelöst und wie Spinnweben über das ganze Bauwerk gelegt hätten. Diese Spinnweben setzten sich in ihrem Gesicht fort, denn kleinste Falten bedeckten es wie das Netz feiner Risse eine Vase, deren Glasur gesprungen ist. Obwohl Rutilia ihren Kopf immer etwas zur Seite legte, weil sie auf einem Ohr besser hörte als auf dem anderen, saß sie doch ganz aufrecht. Nicht die kleinste Krümmung war an ihrem Rücken zu sehen. Dies hatte Calpurnia immer bewundert und auch ein bisschen beneidet, denn ihre eigene Wirbelsäule war ein wenig schief, sodass sie Rückenschmerzen bekam, wenn sie lange saß. Als sie Fulvia einmal ganz unbedacht ihr Leid geklagt hatte, hatte jene bloß geantwortet: »Du bist einfach zu lang, meine Liebe.«
Rutilia zeigte mit der Hand auf ein anderes Fresko und fragte: »Was hältst du davon? Das kennst du auch noch nicht, es ist erst seit vorgestern halbwegs trocken.«
Calpurnia wandte den Kopf und erblickte das lebensgroße Gemälde einer schlanken, jungen Frau, die in einer sanft S-förmigen Haltung vor einem türkisfarbenen Hintergrund stand. Ihre helle Schulter war entblößt und nur von drei langen rotblonden Locken bedeckt, die ihr vom Nacken zur Brust hinunterfielen. Die Falten ihres weißen Kleides wirkten so licht und zart, als seien sie durchsichtig, und dennoch war außer der Schulter von ihrem Körper nichts zu sehen. Auf dem Rücken trug sie eine Art unförmigen hellgrauen Sack, der einen Köcher enthalten mochte, denn die Frau war gerade dabei, einen Pfeil in einen Bogen einzulegen. Es sollte ganz offensichtlich die Göttin Diana sein, wenngleich nicht die wilde, die durch die Wälder jagte, sondern eine nachdenkliche, in sich gekehrte.

Rutilia fragte: »Sie ist schön, nicht wahr?« und fuhr fort, ohne auf eine Antwort zu warten: »Viele fragen sich, warum die alte Blinde ständig neue Bilder malen lässt, die sie sowieso nicht sehen kann. Und die Zartfühlenderen denken, ich würde mich absichtlich quälen, indem ich mir immer wieder die Unerreichbarkeit dieser Objekte vor Augen führe – oder vielleicht nicht ganz ›vor Augen‹. Aber das ist alles falsch. Den Anblick der Bilder habe ich im Kopf, als hätte ich sie selbst gemalt, so oft und so genau hat man sie mir beschrieben. Was mir wirklich fehlt, ist der Anblick der Betrachter, während sie sich meine Bilder ansehen. So gern würde ich ihnen dabei ins Gesicht schauen.«

»Im Moment hast du nichts Wesentliches verpasst.«

Rutilia schüttelte den Kopf: »Bei dir geht mir am meisten verloren.« Sie setzte hinzu: »Hast du schon das Bild an der Wand hinter dir bewundert? Es ist das beste von allen.«

Calpurnia drehte sich in ihrem Stuhl um. Dies war das größte Gemälde im ganzen Raum. Es zeigte drei Menschen vor einem hellen Hintergrund, zwei Frauen und einen Mann. Die Frauen saßen auf einer prachtvollen Liege mit silbernen Beinen und blauen Polstern. Die rechte Frau stellte eine Braut dar. Ihr Körper war ganz in weiße Tücher geschlungen und ihr Kopf von einem Schleier bedeckt, sodass man gerade noch ihr Gesicht erkennen konnte. Überscharf zeichneten sich ihre blassen Züge ab. Sie blickte zu Boden, traurig, fast verzweifelt. Zu ihrer Linken saß eine schöne, nur wenig ältere Frau, deren volle schwarze Locken unter einem Schleier mit Lorbeerkranz hervorquollen. Sie hatte den Oberkörper bis weit unter den Bauchnabel entblößt und den einen Arm um den Nacken der Braut gelegt, während sie mit der anderen Hand nach deren Kinn fasste. Sie schien heftig auf sie einzureden. Rechts von ihnen räkelte sich ein junger Mann ganz entspannt auf dem Fußboden, den Rücken an die Liege gelehnt.

Er trug ein langes rotes Tuch um die Lenden und einen Kranz aus Weinlaub auf dem Kopf, war aber ansonsten nackt. Obwohl athletisch, wirkte sein Körper schlaff, als hätte das Wohlleben ihn bereits seiner Jugend beraubt. Sein Mund war leicht geöffnet, seine großen Augen schielten zu den Frauen hin, nicht ohne Neugier, aber ohne jedes Verständnis.
Calpurnia betrachtete jede Einzelheit und schwieg.
Nach einiger Zeit wurde Rutilia das Schweigen ihrer Nichte unangenehm: »Es ist einem Bild des Aëtion nachempfunden, der es vor ungefähr zweihundertachtzig Jahren malte.«
Calpurnia antwortete nicht sofort, dann sagte sie: »Ich kenne es. Ich habe Beschreibungen davon gelesen und andere Kopien gesehen. Nach allem, was ich weiß, hat dein Künstler den Ausdruck der Figuren sehr gut getroffen, ja fast schon übertrieben. Ganz so unglücklich hat die Braut auf dem ursprünglichen Gemälde wohl doch nicht ausgesehen.«
Die Nichte wandte sich wieder ihrer Tante zu, sprach aber nicht.
Rutilia redete um so hastiger: »Es tut mir Leid. Ich habe nicht daran gedacht, dass dieses Bild dich verletzen könnte oder dass es dir Erinnerungen …«
»Ich bitte dich«, unterbrach Calpurnia ihre Tante, »ich werde täglich ans Heiraten erinnert. Jede wichtige Familie in Rom lädt mich auf ihre Hochzeiten ein. Wenn Caesars Klienten sich eine Frau nehmen, muss auch ich oft hingehen. Und Caesar liebt Hochzeitsfeiern. Er kann dabei den Pontifex Maximus spielen, etruskische Sprüche murmeln und sich an der erotischen Geschmacklosigkeit unserer alten Bräuche ergötzen. Du weißt ja, was für Sachen er komisch findet.«
»Ich habe von deiner Hochzeit damals kaum etwas mitbekommen. Ich war gerade erst erblindet und hatte mich von der Welt zurückgezogen. Du hast später nie viel von deiner Hochzeit berichtet.«

Calpurnia lachte bitter: »Es war eine Hochzeit wie jede andere auch, vielleicht mit kleinen Unterschieden. Wie üblich, teilte man die Haare der Braut mit einer Lanzenspitze in sechs Flechten – es war eine Lanze, die einer unserer Vorfahren in der Schlacht bei Pydna erbeutete.«

Rutilia zuckte mit den Schultern.

»Das war die Schlacht«, erläuterte Calpurnia geduldig, »in der der Konsul Aemilius Paullus vor hundertzweiundzwanzig Jahren den Makedonenkönig Perseus besiegte. Die Griechen kämpften in ihrer dichten Phalanx mit Speeren, die so lang waren wie die Körper dreier Männer. Mit einer solchen Lanze ordnete man mir mein Haar. Weil sie so schwer war, mussten drei Frauen zugleich mit ihr hantieren. Es schien ewig zu dauern, und ich erwartete, dass sie mir jeden Moment den Schädel durchbohren würden. Bei den braunen Flecken auf der alten Lanzenspitze war ich mir nicht sicher, ob sie von Rost oder von getrocknetem Blut herrührten. Ich hatte mich nie zuvor so sehr geekelt wie damals, als die Waffe mein Haar berührte. Und mit den wollenen Haarbändern, die man dann um meine Flechten wickelte – so, wie der Brauch es will –, kam ich mir vor wie ein Opfertier.«

Rutilia musste lächeln: »Mir ging es auch so, als ich heiratete. Ich war noch so jung, dass ich den Speck der Mädchenjahre noch nicht abgelegt hatte. Ich glaube, ich sah tatsächlich aus wie eine Kuh, jedenfalls fürchtete ich, dass alle anderen das dachten.«

»Das glaube ich nicht«, antwortete Calpurnia, doch ihre Höflichkeit war ein wenig zu mechanisch. »Jedenfalls merkte ich sehr schnell, dass es sich nicht um ein herkömmliches Opfer handelte. Dafür hatten es alle viel zu eilig. Meinem Vater konnte es gar nicht schnell genug gehen. Er strebte so sehr nach der Verbindung mit Caesar, dass er fürchtete, die Hochzeit könnte vielleicht noch im letzten Augenblick platzen. Für die Rolle der verheirateten Frau, die die rechte Hand der Braut in die des Bräutigams legen muss, hatte man Servilia gewählt. Sie entledigte sich ihrer Aufgabe sehr würdevoll, fast ein bisschen zu würdevoll, denn mein Vater wurde schon ungeduldig. Meine Eltern hatten mich immer von allem abgeschirmt, deshalb wusste ich bei der Zeremonie nicht, dass sie gerade die Geliebte meines zukünftigen Ehemannes war, oder um genau zu sein: gerade wieder einmal.«

»Ich verstehe«, murmelte Rutilia.

»Dann kam das Opfer, ein weißer Stier, dem man Hörner und Hufe vergoldet hatte. Es war, als versuchte man, die ungehörige Eile der Feierlichkeiten durch besondere Pracht wettzumachen. Schließlich folgte das Hochzeitsmahl. Es gab die erlesensten Speisen, eine Unzahl von Gängen, aber die Gerichte wurden so schnell aufgetragen und wieder abgeräumt, dass manche Gäste ganz einfach übergangen wurden. Da der Wein noch schneller heruntergekippt als das Essen herein- und herausgebracht wurde, beklagten sich einige Betrunkene schon bald lauthals darüber, dass sie diese oder jene Leckerei nicht hatten probieren können.«

Rutilia schüttelte nur ungläubig den Kopf und unterbrach ihre Nichte nicht mehr.

»Als das Gelage vorbei war, folgte die Szene, in der so getan wird, als würde man die Braut gewaltsam den Armen ihrer Mutter entreißen. Meine Mutter – du weißt, sie war immer sehr empfindlich – hatte einen Schwächeanfall, weil ihr alles so peinlich war, und saß daher nur in der Ecke. Servilia musste für sie einspringen und mich festhalten, während die jungen Männer sich auf mich stürzten. Ich wurde dann auch ziemlich unsanft davongezerrt und hatte das Gefühl, dass das nicht nur gespielt war. Einige blaue Flecken blieben noch für Wochen zurück.

Danach begleitete mich die ganze Hochzeitsgesellschaft zu

Caesars Haus, wie es die Sitte vorschreibt. Mein Vater rannte neben dem Zug hin und her und trieb die Nachzügler an. Als wir an unserem Ziel angekommen waren, trug man mich über die Schwelle. Du weißt ja, die Braut soll nicht stolpern, wenn sie zum ersten Mal ihr neues Heim betritt. Aber der Mann, der mich trug, stolperte und hätte mich beinahe genau auf der Schwelle fallen gelassen. Was das für ein Omen ergeben hätte! Dann begrüßte Caesar mich offiziell, ich berührte das Feuer seiner Fackel und das Wasser in der Schale, und schließlich brachte er mich ins Atrium, wo das Ehebett aufgestellt war. Die Gäste zogen sich zurück, und man hörte sie draußen das Hochzeitslied grölen. Jetzt hätte die Hochzeitsnacht stattfinden sollen. Aber das, worüber ich mir am meisten Gedanken gemacht hatte, fand nicht statt. Kaum waren wir allein, verabschiedete sich Caesar kurz und ging für diese Nacht seiner Wege. Seine Mutter zeigte mir, wo ich von nun an wohnen würde.«

Rutilia stand auf und legte ihrer Nichte unbeholfen die Hand auf die Schulter: »Das ist keine schöne Geschichte. Aber es war seine vierte Verlobung und seine dritte Hochzeit, und für dich war es das erste Mal. Und wir wissen beide, dass es bei Hochzeiten selten würdig zugeht. Ich fand den Brauch, die Hochzeitsnacht im Atrium zu verbringen, immer abstoßend. Wenigstens darum bist du herumgekommen.«

Calpurnia nickte. Sie entfernte sanft die Hand ihrer Tante und sagte tonlos: »Du hast bestimmt Recht.«

II

Brutus' Nasenlöcher weiteten sich. Heftig sog er die Luft in der Basilika ein. Er tat es widerwillig und konnte sich dennoch nicht davon abhalten. Der feuchte, schwere Geruch frischen Mörtels stieß ihn ab und ließ ihn doch nicht los. Wenn Brutus etwas ekelte, dann konnte er sich nie davon abwenden. Als Kind hatte er einmal einen halben Nachmittag damit zugebracht, in die herausquellenden Eingeweide einer toten Taube zu starren, bis er in Ohnmacht gefallen war. Noch heute hatte er das Bild der weißen Würmer vor Augen, die im Braun der Innereien zuckten.

Vor allem die Gerüche waren es, denen sich der Praetor ausgeliefert fühlte. Selbst im Frühjahr und im Herbst, wenn der Gestank der Metropole allgemein noch als erträglich galt, ließ er seine privaten Räume mit feuchten Tüchern ausschlagen, die man in Kräuterbäder getränkt hatte, um den Geruch der Straße zu bannen.

Brutus kannte seine Neigung, dem Ekel zu verfallen, und wiederholte daher in Gedanken immer wieder die Worte: »Nicht durch die Nase einatmen, durch den Mund, atme durch den Mund, nicht durch die Nase, durch den Mund.«

Doch es nutzte nichts, je mehr er sich anstrengte, sich eine andere Atmung vorzuschreiben, desto mehr roch er die erdige, dumpfe Luft, die zwischen den Wänden der neu errichteten Basilika hing, in der er heute Recht sprechen sollte. Schon überlegte er, die Sitzung abzublasen, doch wie hätte das ausgesehen?

Brutus liebte sein Richteramt, die vornehmste Pflicht des Praetors. Unparteiisch, auf erhöhtem Stuhl buchstäblich über den Streitenden stehend, spielte er diejenige Rolle, die seiner Meinung nach den Römern in der gesamten bekannten Welt zukam: Recht zu sprechen. Obwohl er kein schlechter Redner war, hatte Brutus immer ein gewisses Unbehagen gefühlt, wenn er sich, wie alle ehrgeizigen jungen Römer aus gutem Hause, zu Beginn seiner Karriere als Anwalt betätigt hatte. Denn Anwälte hatten keine Wahl, sie mussten zu ihrem Mandanten stehen. Was aber, wenn die Sache des Mandanten doch nicht die rechte war? Diese Schwierigkeit, fand Brutus, hatte der Richter nicht. Dieser konnte sich immer für das Richtige entscheiden und war durch nichts davon abzuhalten. Sosehr Brutus Cicero auch schätzte, so sehr war er der Meinung, dass dieser auch in der Politik immer zu sehr Anwalt geblieben war. Da war Cato ganz anders gewesen. Er hatte immer gewusst, was Recht und was unrecht war, und er hatte sich nie bemüht, die Wahrheit auch noch schön zu verpacken. Es hatte ihm gereicht, dass sie die Wahrheit war. Manchmal dachte Brutus, dass man es Senatoren verbieten müsste, sich als Anwälte zu verdingen, so wie es ihnen ja auch verboten war, Schiffe zu besitzen.

Brutus wischte sich die Stirn. Schweißperlen standen darauf, obwohl es doch eher kühl war, hier in den feuchten Gemäuern – und draußen im winterlichen Rom sowieso. Es war dieser scheußliche Geruch, er bereitete ihm Kopfschmerzen. Brutus hatte seinen Amtsstuhl in der Curia schon fast erreicht, blieb aber einen Moment stehen. Vom Nacken zogen sich die Schmerzen als stetes Pochen bis in die Schläfen.

Der Sklave, der hinter ihm ging, reichte ihm respektvoll einen kleinen gläsernen Behälter mit einer Kräuterflüssigkeit, deren Duft Brutus einsog. Schon ging es ihm etwas besser. Die Liktoren, die ihn begleiteten, schauten der Szene gelangweilt zu, für sie waren die Kopfschmerzen, die den Praetor in letzter Zeit immer häufiger plagten, längst keine Neuigkeit mehr.

Brutus ging weiter, stieg die Stufen zu seinem polierten Richterstuhl empor und raffte, bevor er sich setzte, seine Toga mit

jener getragenen Würde, die ihm für seinen hohen Beruf nötig schien. Gleich würde er sich die Wachstäfelchen und Schriftrollen reichen lassen, auf denen die anstehenden Fälle verzeichnet waren, gleich würde er die Kläger, die Beklagten und ihre Anwälte vortreten lassen und sie auffordern, ohne lange Umschweife ihr Begehren vorzutragen. Gleich würde er sie mit jenem kalten Blick mustern, der schon manchen gewieften Gerichtsredner aus der Fassung gebracht hatte und der mehr als Brutus' Richtersprüche selbst dafür verantwortlich war, dass Brutus als völlig unbestechlich galt.
Doch da unterbrach etwas die angenehme Gedankenkette, mit der er sich auf sein kommendes Tagwerk einstimmte. Etwas Hartes lag auf seinem Stuhl, auf den er sich soeben niedergelassen hatte. Wahrscheinlich hatte wieder einmal ein Bittsteller eine Petition dorthin gelegt, damit Brutus sich ihrer auch ja annehmen würde. Wie er diese Unsitte hasste! Sie zwang ihn immer, erst einen prüfenden Blick auf den Stuhl zu werfen, bevor er sich hinsetzte. Das wirkte so würdelos. Aber noch viel würdeloser war es, sich sofort wieder zur Seite neigen zu müssen, sobald man sich niedergelassen hatte, um sich ein oder mehrere Wachstäfelchen unter dem Gesäß hervorzuziehen – was jedes Mal die Heiterkeit der Zuschauer erregte. Besonders diejenigen genossen es, für die die römische Rechtsprechung ohnehin nur als mehr oder minder unterhaltsamer Ersatz für Zirkusspiele oder Wagenrennen diente. Auch diesmal blickte er wieder in grinsende Mienen, während er sich vorbeugte und mit der Hand nach dem fremden Objekt griff.
Tatsächlich, ein Wachstäfelchen. Er schüttelte den Kopf und wollte es schon ungelesen an einen Mann seines Gefolges weiterreichen, da fiel ihm auf, dass das Schriftstück nur wenige Worte enthielt, Worte, die jemand in griechischer Sprache ganz eilig hingekritzelt hatte. Viel zu kurz für eine Bittschrift.
Er las:

Brutus, hast du deinen Namen vergessen? Der erste Brutus gründete die Republik. Wird der letzte sie an den Tyrannen verraten?

Als er den Sinn der Worte verstand, steigerte sich das Pochen in seinem Kopf zu Hammerschlägen, und der Sklave stand schon wieder hinter ihm und reichte ihm das Fläschchen. Nachdem er einen tiefen Atemzug getan hatte, ließ er das Schriftstück sinken und schaute sich um, ob er den Verfasser im Publikum ausmachen konnte. Doch im Saal standen nur die Parteien, die Anwälte und das Publikum, die alle ungeduldig darauf warteten, dass Brutus endlich die Sitzung eröffnen würde.

III

Die Sklaven starrten ihn staunend an, während er an ihnen vorbeieilte. Kaum je verirrte sich ein Senator mit purpurgesäumter Toga in ihren Teil des Hauses. Doch Brutus lief achtlos an ihnen vorüber. Er hetzte auf der Suche nach seiner Mutter zwischen den Vorratskammern und den Arbeitsräumen der Sklaven hin und her und brüllte den Namen der Hausherrin. Dabei scherte er sich nicht darum, was ihm in den Weg kam. Erst warf er eine Amphore um, die gerade noch aufgefangen werden konnte, und gleich danach stieß er mit einer Sklavin zusammen, die einen Korb frisch gerupfter Daunenfedern trug. Die Federn flogen in einem Wirbel in die Luft und schwebten dann sanft zur Erde. Doch Brutus stürzte weiter.

Endlich fand er seine Mutter in einem kleinen Raum, den ein gewaltiger Herd beherrschte und in dem zahlreiche Tische standen, die mit Töpfen und Schalen bedeckt waren. Sie war gerade auf den Herd geklettert, in dem kein Feuer brannte, und spähte einen gemauerten Schacht hinauf, der über der Feuerstelle ins Dach führte. Ein paar Sklaven sahen ihr dabei zu.

Brutus blieb verblüfft stehen. Servilia stützte sich auf die Schulter eines der Bediensteten, stieg vom Herd herunter und sagte: »Ich habe dich rufen hören, aber ich war beschäftigt. Hatte ich nicht Anweisung gegeben, dass man dich um ein wenig Geduld bitten sollte?«

»Ich hatte es eilig«, antwortete Brutus und zeigte dann auf den Schacht. »Was ist das?«

»Das ist mein ganzer Stolz; er ist erst gestern fertig geworden, wie du eigentlich bemerken müsstest, denn du kannst ja den Geruch von feuchtem Mörtel nicht ertragen.«

»Wozu dient es?«

»Der Schacht soll dem Rauch ermöglichen, auf möglichst direktem Wege vom Herd aufzusteigen. Das wird die Arbeit in der Küche ungemein erleichtern. Ich habe noch eine andere Neuerung einbauen lassen. Siehst du das steinerne Becken dort an der Wand? Da kann Wasser ablaufen, es funktioniert in etwa wie ein Abort. Ich konnte es nicht länger hinnehmen, dass die Römer bei der Konstruktion ihrer Fischteiche mehr technische Phantasie aufbringen als bei der Einrichtung ihrer Küchen.«

Servilia wusch ihre Hände in einem kupfernen Becken, das ein Sklave ihr hinhielt. Dann schickte sie alle fort und blieb allein mit Brutus zurück.

»Ich weiß nicht, wann du zuletzt eine Küche von innen gesehen hast, aber wenn es dich interessiert, bleiben wir hier, und ich erkläre dir alles. Das können heutzutage nicht mehr allzu viele Römerinnen. Lentula erzählte mir erst vor ein paar Tagen, dass ihre Enkelin keinerlei Kochkünste mehr er-

lernt hat. Das sei Sklavenarbeit, behauptet ihre Schwiegertochter ...«
»Ich bin nicht gekommen«, versuchte Brutus sie zu unterbrechen.
Aber Servilia redete unbekümmert weiter: »... das könne man einem Mädchen aus gutem Hause nicht mehr beibringen. Weißt du, ich finde, sie hat sogar Recht. Ich schäme mich geradezu, dass ich mich mit zunehmendem Alter immer lebhafter für Küchenfragen interessiere. Es nimmt in dem Maße zu, wie mein Interesse an der Politik abnimmt.«
»Bist du dir so sicher, dass deine Anteilnahme an der Politik schwindet?«
»O ja, ganz sicher.«
»Dann hast du sicher auch hiermit nichts zu tun?«, fragte er und hielt ihr jenes Wachstäfelchen hin, auf dem er in griechischer Sprache gefragt wurde, ob er seinen Namen vergessen habe.
Servilia kniff die Augen zusammen, konnte aber die Schriftzeichen nicht entziffern. Sie wandte sich verärgert ab: »Ich habe damit nichts zu tun, was immer es auch sein mag.«
»Schau es dir genau an«, sagte Brutus und drückte es ihr in die Hand.
Widerwillig nahm sie das Täfelchen und hielt es sich dicht vor die Augen. Sie las den Text und fragte: »Und? Was heißt das?«
Brutus' Gesicht verzerrte sich, er stampfte auf und schlug mit der Faust auf einen Tisch: »Ich weiß nicht, was mich mehr beleidigt, die Dreistigkeit deiner Lügen oder der bittere Hohn, der darin steckt, dass meine Mutter glaubt, mich mit derlei Kindereien beeinflussen zu können.«
»Die Mittel, die dein Stiefvater bislang angewendet hat, waren ja wohl vergeblich.«
»Bist du denn der gleichen Meinung wie Cassius?«

»Ja.«
»Und das teilst du mir mit, indem du meinen Weg mit anonymen Wachstäfelchen pflastern lässt. – Was ich nur nicht verstehe, ist, warum du mich plötzlich drängst, etwas zu tun, was du noch vor wenigen Wochen unbedingt verhindern wolltest.«
»Die Szene am Luperkalienfest hat mich umgestimmt«, erklärte Servilia, nahm sich aus einer Schale eine Hand voll getrockneter Apfelscheiben und führte eine zum Mund.
»Das glaube ich dir nicht.«
»Das habe ich auch nicht erwartet. Aber es ist so.«
»Was hat dich an der Szene am Luperkalienfest denn so erschreckt? Du bist doch seit fast dreißig Jahren damit beschäftigt, ihm den Weg zur Macht zu bahnen. Verübelst du ihm auf einmal seinen Erfolg?«
»Es besteht ein feiner, aber dennoch wichtiger Unterschied dazwischen, ob ein Mann in unserem Staatswesen der Erste wird, weil er alle anderen haushoch überragt, oder ob sie sich ihm unterordnen müssen, weil er sie als König dazu zwingt. Du weißt, dass ich fest daran glaube, dass es keinen größeren gibt als ihn. Aber wenn er seine Autorität nicht mehr seinen Taten verdankt, sondern nur noch der Gewaltherrschaft, dann verliert er für mich jeden Reiz. Dann ist der Moment der Hybris gekommen. Das ist nicht mehr der Caesar, den ich kannte.«
»Jedem anderen würde ich das beinahe glauben, was du da sagst, nur von dir klingen solche staatstheoretischen Ausführungen nicht ganz echt. Mir will eher scheinen, dass du ihm letztlich übel nimmst, dass er seine königliche Geliebte hierher hat kommen lassen.«
»Männer scheinen zu glauben, dass Frauen in der Politik nur ihre Gefühle wahrnehmen und sonst nichts. Dies wird sich immer wieder als folgenschwerer Irrtum herausstellen. Den-

noch bezweifle ich, dass ihr je aus diesem Irrtum lernen werdet. Aber nun, da ich die Wahrheit gesprochen habe, antworte du mir ebenso wahrheitsgemäß: Wirst du ihn töten?«

»Ganz Rom scheint es zu wünschen, bis hin zu meinem Stiefvater und meiner Mutter. Was für ein Sohn wäre ich, wenn ich mich ihren Bitten verschlösse? Und doch zögere ich, eine Tat zu begehen, die von so vielen unterschiedlichen Menschen aus so unterschiedlichen Gründen gewollt wird. Kann es dann noch eine gute Tat sein?«

Servilia schüttelte theatralisch den Kopf: »Und du und deinesgleichen, ihr glaubt im Ernst, dass es die Frauen sind, die immer ihren Gefühlen folgen.«

Schon wollte Brutus gehen, da hielt ihn seine Mutter am Handgelenk fest: »Warte, ich will dir etwas zeigen.«

Sie griff nach einem kleinen Tonkrug, entfernte seinen Deckel und hielt ihn Brutus unter die Nase. Ein scharfer, würziger Geruch stieg daraus auf, der nach dem ersten Schrecken ins Süß-Saure überging. Brutus hatte keine Ahnung, was für eine Mixtur dies war. Er zuckte nur mit den Schultern und wehrte ab, als seine Mutter ihm den Krug ein zweites Mal entgegenstreckte.

»Das ist etwas Neues, man nennt es ›Garum‹«, erklärte sie. »Bisher verstehen sich nur wenige Köche auf seine Zubereitung. Aber glaub mir, schon in wenigen Wochen wird es auf keinem Bankett mehr fehlen. Es ist eine Würze, die du fast jeder Speise beigeben kannst, die sich mit Lammrücken ebenso gut verträgt wie mit Honigenten oder in Schrotmehl paniertem Kranich. Ja selbst mit Süßspeisen kann man es wunderbar verbinden. Sein strenger und einzigartiger Eigengeschmack ist vielfältig und wandelbar genug, um in jedem Essen noch etwas Besonderes hervorzubringen. Mich hat es fast schon süchtig gemacht, sodass ich mir kein Mahl mehr ohne vorstellen kann.«

»Und wie wird es hergestellt?«
»Es ist nicht ganz einfach, aber wenn man es richtig aufzieht, könnte man es ohne Schwierigkeiten in gewaltigen Mengen produzieren. Kleine Meerestiere, wie sie den Fischern oft ungewollt ins Netz gehen, werden mit den Innereien großer Fische gemischt, zermahlen und zwei bis drei Monate in die gleißende Sonne gelegt. Dabei fault das Gemenge, allerdings unter Aufsicht. Es darf nicht zu stark oder zu schnell vergehen, nur ein bisschen eben. Nach zwei oder drei Monaten, je nach Hitze, kann man es in Amphoren füllen und auch längere Zeit aufbewahren. Nicht nur trotz, sondern geradezu wegen seiner Fäulnis ist diese Flüssigkeit eine der erlesensten Speisen Roms und steigert den Genuss einer jeden Köstlichkeit.«
Brutus nahm seiner Mutter den Tonkrug aus der Hand und stellte ihn auf einen Tisch. Er blickte sie verständnislos an.
Servilia zuckte mit den Schultern und sagte: »Diese Soße stammt aus der Fäulnis, und doch bringt sie das Beste an den Speisen zur Geltung. Du bist doch ein Philosoph, Brutus. Ist das nun eine gute oder eine schlechte Soße?«
Brutus schüttelte nur den Kopf und ging.

IV

Calpurnia und ihre Tante hatten sich begrüßt, sich eingehend nach dem Wohlbefinden der jeweils anderen erkundigt und auch über ein paar neue Fresken gesprochen, da bemerkte Rutilia fast beiläufig: »Wir bekommen heute Nachmittag übrigens Besuch. Porcia ist wieder einmal in ihrer Villa und lässt fragen, ob du hier sein würdest. Sie kommt allein deinetwegen, was ich daraus schließe, dass sie sich nicht die mindeste Mühe machte, auch nur so zu tun, als hätte sie den Hauch eines Interesses an der Hausherrin. Wobei ich glaube, dass es sich hierbei eher um einen Fall von ganz grundsätzlich mangelnder Höflichkeit handelt als um eine bewusste Unfreundlichkeit.«

Calpurnia lachte: »Ich glaube, du kannst ihre Nichtachtung ertragen. Wahrscheinlich spürt Porcia nur allzu genau, dass auch du an ihr keinerlei Interesse hast.«

»Du hast natürlich Recht. Und außerdem muss sie sich ja wohl oder übel meine Fresken ansehen. Wenn ich schon nichts von diesem Besuch habe, dann soll wenigstens meine Eitelkeit davon profitieren dürfen. Auch wenn ich es für unwahrscheinlich halte, dass sie die Bilder überhaupt bemerkt.«

»Ich glaube, du tust ihr unrecht. Sie mag mitunter steif und abweisend sein, aber sie hat einen sehr genauen Blick für die Dinge, die in ihrer Umgebung geschehen.«

Rutilia lächelte.

»Schon als du ein Kind warst, Calpurnia, war es mir nicht immer möglich zu entscheiden, ob du das, was du sagst, auch wirklich meinst oder ob es nur deinem allzu stark ausgebildeten Gerechtigkeitssinn entspringt. Ich werde nie vergessen, wie entsetzt dein Vater war, als du im Alter von sieben vorschlugst, dass deine Eltern auch für die Sklaven kochen sollten, so wie diese ja auch für euch kochten. Deine Mutter hatte alle Mühe, dich vor Schlägen zu bewahren. Ich bekomme heute noch eine Gänsehaut, wenn ich daran denke«, sagte sie und rieb sich die Oberarme.

»Ich erinnere mich nur, wie ich damals ausgelacht wurde.«

»Das war das kleinere Übel, glaube mir. Jedenfalls achte ich deinen Gerechtigkeitssinn im Allgemeinen und Grundsätzlichen durchaus, finde ihn aber mitunter auch anstrengend, weshalb es mir lieb wäre, wenn du mich wenigstens in meinem Hause meine Bosheit ungestört genießen ließest. Ich habe die Erfahrung gemacht, dass es auch seine angenehmen Seiten hat, wenn man hin und wieder an anderen Menschen schuldig wird. Vor allem, wenn diese nicht dem Sklavenstande angehören.«

Calpurnia lachte: »Ich halte dich nicht für ganz so boshaft, wie du dich selbst gern siehst. Du bist ein überraschend guter Mensch.«

»Du kennst wirklich keine Gnade, Nichte. Trotzdem rate ich dir, vorsichtig mit Porcia umzugehen und dich nicht zu sehr mit ihr einzulassen. Sie wird dich enttäuschen.«

»Aber ich bitte dich, wie sollte sie mich denn enttäuschen?«

»Das weiß ich nicht, denn ich weiß nicht, was du wirklich von ihr willst. Aber ich spüre, dass du etwas von ihr willst, und das macht mir Sorgen.«

In dem Moment betrat eine Sklavin den Raum und kündigte den Besuch Porcias an. Die beiden Frauen erhoben sich. Calpurnia umarmte Rutilia, drückte sie fest an sich und flüsterte ihr ins Ohr: »Mach dir keine Gedanken um mich.«

Rutilia antwortete nur: »Um wen sollte ich mir wohl sonst Gedanken machen, wenn nicht um dich?«

Dann verließ sie ohne Stock oder Führer den Raum. In ihrem eigenen Haus bewegte sie sich völlig sicher.

Calpurnia war sich unschlüssig, wo sie sich hinsetzten sollte, nahm dann aber den Platz der Hausherrin ein und erwartete Porcia.

Die Frauen küssten sich flüchtig die Wangen. Dann ließ sich Porcia in den Stuhl fallen, in dem noch vor kurzem Calpurnia gesessen hatte. Calpurnia spürte, wie Porcia ihrem Blick auswich. Porcias Augen schweiften fast gehetzt über die Wände. Kein Motiv schien sie für mehr als eine Sekunde fesseln zu können.

Calpurnia hätte gern das Gespräch eröffnet, aber die vielen

Bilder, die sie eben noch interessant und anregend gefunden hatte, machten sie nun befangen. Vielleicht hätte sie einen anderen Raum für dieses Treffen vorschlagen sollen. An der Wand hinter Porcia versuchte gerade ein ungewöhnlich jugendlicher Satyr mit glänzend rotbrauner Haut eine Mänade zu umschlingen, die in Rückenansicht seitlich vor ihm kniete und deren eine Hand mit spitzen Fingern ein Tuch entfernte, das ihre Blöße bedeckt hatte. Ihre weiße Haut ließ ihr übergroßes, fleischiges Gesäß noch leuchtender, noch runder wirken, wie ein Segel, das sich aus dem Bild heraus ins Zimmer bauschte. Sie sah dem Satyr tief, halb ängstlich, halb begehrend in die Augen, während dessen fordernder Blick sie schon verschlang. Ihre andere Hand ruhte auf seinem Oberschenkel, und es war nicht klar, ob sie ihn von sich stieß oder ob dies eine Geste der Zärtlichkeit war. In dem undeutlichen Schatten hinter ihrem weißen Arm schien sich ihr sein Glied entgegenzurecken.

Calpurnia hatte das Gemälde zuvor nicht gesehen und war davon so gefangen, dass sie ihre Besucherin ganz vergaß. Porcia drehte sich in ihrem Stuhl um und betrachtete das Fresko. Sofort senkte Calpurnia den Blick und wollte sich für ihre Unhöflichkeit entschuldigen, aber Porcia hielt sich nicht weiter auf: »Ich komme, um dir etwas mitzuteilen.«

Dann schwieg sie kurz und blickte zerstreut auf die Beine von Calpurnias Stuhl, die in bronzenen Löwenpranken endeten: »Wir sind so zivilisiert, aber überall scheinen sich hinter unseren menschlichen Dingen tierische Kräfte zu verbergen. Jeder Tisch, jeder Stuhl, jede Bank hat Klauen und Zähne, aus jeder Wand springt uns das tausendfach sich windende Fleisch entgegen, und noch die zartesten Damen«, dabei deutete sie auf das Bild der Diana, »legen gedankenverloren Pfeile in ihre Bögen. Kein Wunder, dass uns nichts als Krieg und Mord umgibt.«

»Gerade deswegen sollten wir den Augenblick des Friedens genießen, solange er anhält.«
»Er wird nicht mehr lange anhalten.«
Calpurnia seufzte und nickte: »Sicher, aber es besteht noch eine gewisse Hoffnung, dass sich der nächste Krieg weit weg von hier abspielt.«
»Du redest vom Krieg gegen die Parther, den Caesar so fieberhaft plant? Er wird nicht stattfinden.«
»Was meinst du damit?«
»Der nächste Krieg wird hier ausbrechen, in unserer Mitte. Es wird ein Bürgerkrieg sein, der um Caesars Erbe geführt wird. Und er wird in wenigen Tagen beginnen.«
Calpurnia sagte nichts. Ihr war plötzlich sehr kalt, und sie musste sich an den Armlehnen ihres Stuhls festhalten. Es war, als hätte sich ein riesiges Gewicht auf ihre Brust gelegt. Schrecklicher noch als die Nachricht selbst, die sie zu ihrem eigenen Erstaunen kaum überraschte, war die Genugtuung, die aus Porcias Stimme zu sprechen schien.
Calpurnia konnte einen Moment lang nicht antworten, sie musste mehrmals schlucken, bevor sie erwiderte: »Woher weißt du das?«
»Brutus ist der Kopf der Verschwörung. Ich habe es seit einiger Zeit geahnt. Aber es wurde mir vor kurzem zur Gewissheit, als ich merkte, wie freundlich Servilia auf einmal zu ihrem Sohn ist.«
»Sie hofft, ihn noch umzustimmen?«
»O nein, ganz und gar nicht: Meine Schwiegermutter ist in einer Weise rauschhaft beglückt, wie ich sie noch nie gesehen habe. Betritt Brutus den Raum, beginnt sie zu kichern und ihre Wimpern flattern wie bei einem jungen Mädchen. Aber ich habe keine Lust, in die Abgründe ihrer Seele hinunterzutauchen, ich habe genug mit meinen eigenen zu tun.«
Porcia machte eine Pause und hielt dem Blick Calpurnias ohne

weiteres stand. Sie reckte das Kinn und nahm, soweit es der elegante Armlehnstuhl zuließ, eine herausfordernde Haltung ein. Calpurnia presste die flache Hand auf den Bauch und fixierte einen Punkt zwischen den weißen Schulterblättern der Mänade. Sie zwang sich zu sprechen und hörte dabei einer Stimme zu, die aus den Tiefen eines dunklen Weihers aufzusteigen schien: »Bist du hier, um mich zu warnen?«

»Nein.«

»Du bist nicht gekommen, um den Anschlag in letzter Minute zu vereiteln.«

»Nein.«

»Aber du hast mir gerade ein wichtiges Geheimnis verraten. Wenn ich jetzt nach Rom zurückfahre, werde ich nicht anders können, als Caesar zu berichten. Nichts kann mehr verhindern, dass die Verschwörer festgenommen und hingerichtet werden.«

Ein Schatten fiel auf Porcias Gesicht: »Was redest du für einen Unsinn? Seit Wochen wird Caesar dauernd gewarnt. Er weiß es selbst oder vermutet es zumindest. Das macht keinen Unterschied. Er will nicht an sein bevorstehendes Ende glauben. Oder vielleicht glaubt er daran und will ihm nicht ausweichen. Niemand weiß es, und das ist auch egal. Denn was geschehen muss, das wird geschehen, und ich kann kaum noch erwarten, dass es endlich geschieht.«

Der Schatten verschwand aus Porcias Zügen. Einer Seherin gleich verkündete sie mit lauter Stimme und leuchtenden Augen: »Caesars Tod ist besiegelt. Der Tyrann wird das verdiente Ende finden, und Brutus ist der vom Schicksal Ausersehene. In drei Tagen wird die Schmach der Stadt getilgt sein, und die Bürger werden ihrem Retter zujubeln, wie sie es vor Jahrhunderten taten, als der erste Brutus die Könige aus der Stadt vertrieb und die Epoche der Freiheit begann.«

Porcia lehnte sich immer weiter vor, ihre sonst so runden

Schultern stießen wie spitze Keile aus ihrem Kleid, und sie schien in der nächsten Sekunde aus ihrem Stuhl springen zu wollen. Calpurnia war dankbar, den bronzenen Dreifuß zwischen sich und der anderen zu wissen.

»Selbst wenn der Anschlag scheitert, so haben wir doch ein Zeichen gesetzt, das in alle Zukunft fortbestehen wird, ein Zeichen, dass wir nicht willens sind, die Sklaverei hinzunehmen, dass wir Römer eher den Tod als die Unehre wählen. Ich bin bereit, an der Seite meines Mannes zu sterben. Wenn er sein Leben für das Vaterland opfert, werde ich nicht zurückstehen. Verrate du nur, was du gehört hast, damit auch an deinen Händen das Blut der Edlen klebt. Geh und sag deinem Mann, dass sein Ende bevorsteht, dass ihm Gerechtigkeit widerfahren wird. Soll er doch versuchen, den Helden der Freiheit in den Arm zu fallen: Ihre Geister werden ihn bis an sein Lebensende verfolgen. Geh und erzähl ihm jedes Wort, das ich gesprochen habe!«

Porcia sprang auf und trat an den Dreifuß heran. Sie stützte sich mit den Händen an seinem bronzenen Rand auf, der von der Kohle glühend heiß sein musste. Gespenstisch stiegen die matten Rauchschwaden vor ihr auf, und ihr Gesicht leuchtete rot, während sie schrie: »Ich fürchte den Tod nicht, ich kann ihn kaum erwarten. In vier Tagen, an den Iden des März, werden sie ihn erdolchen. Sie werden ihre kurzen Messer aus den Togen ziehen und in seinen alten Körper hineinstoßen, dass das Blut ihnen in die Gesichter spritzen wird. Und er wird sich am Boden winden wie ein Löwe in der Arena. Er wird zucken wie ein Stier vor dem Altar, und bei jedem Stich wird er einen Schrei ausstoßen, so gellend, dass die ganze Stadt, das ganze Imperium davon erschauern werden. Und dann kommt der Krieg, der alles hinwegfegen wird, was wir je gekannt haben. Er wird fürchterlich sein, schlimmer als alles, woran sich Menschen erinnern können. Die Leichen werden den Tiber so

dicht hinunterschwimmen, dass sich ein Damm bilden und der Fluss sich als ein Meer von Blut stauen wird. Es wird alle Viertel überschwemmen, bis nur noch die Sieben Hügel aus dem Rot hervorschauen. Geh und sag ihm das.«
Porcia riss ihre Hände von dem Dreifuß weg. Erst jetzt schien sie die Hitze zu bemerken. Sie schwankte vor und zurück, und Calpurnia glaubte, sie würde in Ohnmacht fallen. Aber nach einigen Augenblicken schien sie sich zu fangen und stand ein wenig unschlüssig mitten im Raum. Calpurnia sagte: »Ich sehe, dass du jetzt doch die Tochter Catos geworden bist.«
Porcia nickte und antwortete ohne Bewegung in der Stimme: »Wir können uns eben nicht aussuchen, wer wir sind.«
Calpurnia schaute weg, ein Würgen überkam sie. Es dröhnte so sehr in ihrem Kopf, dass sie nicht bemerkte, wie sich Porcias Schritte entfernten.

V

Philostratos fühlte den Grund des Beckens mit den Zehenspitzen. Irgendwo da unten im Trüben strich sein Nagel über eine raue Steinplatte und ließ ihn durch und durch erschauern. Sosehr er sich schüttelte, so wenig konnte er damit aufhören, den großen Zeh immer wieder über die grobe Oberfläche zu reiben. Als es fast schon schmerzhaft wurde, riss er sich davon los und strebte dem flachen Teil des Beckens zu.
Da er kein sehr großer Mann war, reichte ihm das Wasser fast bis zu den Nasenlöchern, wenn er am tiefen Ende des Beckens stand. Manchmal dachte er, dass er nur deshalb schwimmen gelernt hatte, weil er es hasste, Wasser in die Nase zu bekommen. Philostratos bemühte sich, während er durch das Wasser

ging, die Füße nicht wieder schleifen zu lassen, aber es kostete ihn einige Anstrengung, der Versuchung zu widerstehen. Kurz bevor er das flachere Ende erreicht hatte, gab er seinem Verlangen nach und ließ den Nagel seines großen Zehs ein letztes Mal mit voller Kraft über die Steinplatte kratzen. Aber er wurde enttäuscht. Hier, wo die meisten Gäste nicht mehr zu schwimmen pflegten, hatte man den Boden mit poliertem Marmor gefliest.

Philostratos stieß sich am Beckenrand ab und teilte das Wasser mit langsamen, weit ausgreifenden Zügen. Nicht, weil er Lust aufs Schwimmen hatte, sondern um seine Schultern unter Wasser zu halten und in Bewegung zu bleiben, denn es war kalt. In dem kühlen Luftzug, der ständig durch die Halle wehte, flackerten die Öllampen und Fackeln heftiger als sonst. Dafür brannten nicht so viele Lichter wie üblich, vielleicht weil auch nicht allzu viele Besucher gekommen waren. »Eigentlich eine lächerliche Idee«, dachte Philostratos, »die Beleuchtung von der Zahl der Schwimmenden abhängig zu machen.«

Der kalte Wind war unangenehm. Irgendjemand musste noch eine zweite Tür am anderen Ende der Halle geöffnet haben. Philostratos überlegte, ob er aus dem Becken klettern und die Tür suchen sollte. Aber er wollte nicht anfangen, zitternd und zähneklappernd im Halbdunkel auf der Suche nach offenen Türen herumzustolpern und sich dabei womöglich noch vor den Sklaven lächerlich zu machen. Ärgerlich eigentlich, dass es ihm noch immer nicht gelingen wollte, den Sklaven gegenüber völlig gleichgültig zu sein. Sie bemerkten das und verachteten ihn.

Der letzte Schwimmer zog sich am Beckenrand hoch und eilte fröstelnd davon. Nun war Philostratos allein. Ob auch die anderen Gäste vor der Kälte geflohen waren? Gewiss, so spät war nie viel Betrieb in diesem Bad, das ohnehin nur wenigen Auserwählten zur Verfügung stand. Schließlich war es die Stunde, zu der man auf Gesellschaften ging, auf Bankette oder Gelage. Gerade deshalb hatte Philostratos ja diesen Ort und diese Zeit für seine geheimen Treffen mit Antipater gewählt. Wo Antipater nur blieb? An sich war er nicht unpünktlich. Im Gegenteil: Diese naserümpfenden Stoiker pflegten immer auf die Minute genau zu sein. Ließ man sie dann aus irgendeinem Grunde warten, taten sie so, als hätte es ihnen nichts ausgemacht. Denn sie waren ja dank ihrer besonderen Weisheit gegen solch kleine Widrigkeiten des Schicksals gewappnet. Und ein bisschen zu warten, störte sie gar nicht, schließlich besaßen sie ihre hehren Gedanken, mit denen sie sich bei Bedarf immer die Zeit vertreiben konnten. Komisch nur, dass die Zuspätgekommenen dann immer ein noch schlechteres Gewissen hatten, als sie es ohnehin schon gehabt hätten. Jedenfalls hätte sich Antipater ruhig an den verabredeten Termin halten können, denn er hatte das Treffen ja anberaumt.

Philostratos drehte sich auf den Rücken und ließ sich treiben. Die kalte Luft an seinem Bauch war unangenehm. Wenn er in letzter Zeit nicht so zugenommen hätte, dann würde wohl auch weniger Haut aus dem Wasser aufragen und er würde weniger frieren. Warum war er in letzter Zeit so bitter geworden, dicker und bitterer? Früher hätte er sich nie über die Stoiker geärgert – und schon gar nicht über sein langsam wachsendes Bäuchlein –, sondern sie höchstens ein bisschen bemitleidet, dafür, dass sie so langweilig waren, dafür, dass sie sich das Leben selbst so anstrengend machten.

Philostratos begann sich wieder langsam zu bewegen. Natürlich wusste er, warum er gieriger aß als früher, warum er sich schneller aufregte und warum es länger dauerte, bis er sich wieder beruhigt hatte. Er war in Rom in den Bann der Politik geraten, ohne es selbst recht zu merken. Lange Zeit hatte er so getan, als hätte er mit den Machtspielen der Großen nichts zu tun. Und am Anfang, noch in Alexandria, war es auch so gewesen. Als er in Kleopatras Dienste getreten war, hatte stillschweigend zwischen ihnen gegolten, dass Kleopatra zwar über jedes Thema mit ihm reden dürfte, dass er aber immer als Außenstehender darauf eingehen würde. Nie, so besagte die Regel, durfte sie von ihm verlangen, dass er sich ihren Standpunkt zu Eigen machte, dass er ihr Ratschläge erteilte oder sich sogar aktiv einmischte. Er sollte, so hatte es auch die Königin gewollt, immer ein Außenseiter bleiben.

Dies schien ihm überhaupt die beste Beschreibung für einen Philosophen zu sein. Ein Philosoph war nicht jemand, der die Weisheit liebte, sondern jemand, der letztlich immer alles von außen betrachtete und sich keiner Leidenschaft verschrieb. Vielleicht war er den Stoikern doch näher, als er es zugab. Aber seine Art, draußen zu bleiben, war eine andere gewesen. Für ihn gab es keine Pflicht, für ihn gab es nur das Spiel. Aber die Zeit des Spiels war längst abgelaufen; unauffällig und unaufhaltsam war er hineingerutscht in die geheimen Angelegenheiten der Mächtigen.

Spätestens als er für Kleopatra am Überfall auf Fulvia teilgenommen hatte, hatte er eingesehen, dass es kein Entrinnen gab, dass sich seine Rolle unumkehrbar verändert hatte. Wenn er für Kleopatra die Gespräche mit Aspasia geführt hatte, dann war es kein Spiel mehr gewesen. In diesen Gesprächen war er vollends zum Diener der Königin abgestiegen. Ein Diener, der nicht nur auf seine Aufgabe achtete, sondern vor allem darauf, ob der Herrschaft auch gefiel, was er tat. Unmerklich hatte seine Stimmung begonnen, sich nach der seiner Herrin zu richten. Lächelte sie, so war auch Philostratos froh, legte sie die Stirn in Falten, dann machte auch ihr Philosoph sich Sorgen. Und wirklich, auch die Königin hatte sich ihm gegenüber verändert, sie war unhöflicher und ungeduldiger geworden, manchmal geradezu grob. Inzwischen war es so weit, dass sie ihm hin und wieder über den Mund fuhr und nicht mehr duldete, dass er die Dinge allzu lange aus einer anderen Perspektive als der ihren betrachtete. Wenn er ein eigenes Gesprächsthema anschnitt, was früher ausdrücklich erwünscht gewesen war, zeigte sie nur Ablehnung. Mochte er die Königin überhaupt noch, deren sprühenden Geist er einst so bewundert hatte? Wo war ihre Liebenswürdigkeit geblieben? Wo ihre Offenheit? Wurde sie nur älter, oder waren ihre Lippen tatsächlich dünner geworden und ihr Kinn energischer?

Philostratos drehte sich und stand wieder am tiefen Ende, das Wasser reichte ihm fast bis zur Unterlippe. Erst jetzt, als er sich nicht mehr bewegte, fiel ihm auf, dass er die ganze Zeit über mit den Zähnen geknirscht hatte – auch so eine neue Angewohnheit, seit er sich mit Politik abgab.

Philostratos hörte Schritte. »Endlich«, dachte er, »Antipater.« Aber es war nicht Antipater, es waren zwei jüngere Männer, die er nicht kannte. Groß, kräftig, weder schön noch hässlich. Sicherlich junge Offiziere aus der Gallia Cisalpina, die Caesar das Bürgerrecht verdankten und jetzt in Rom umherstolzierten und mit ihrer Nähe zum neuen Machthaber prahlten. Vielleicht sogar einige von diesen jungen Schnöseln aus der Provinz, denen Caesar bei der Vermehrung der Senatssitze die Toga mit dem Purpurstreifen zugeschanzt hatte. Leute, die die Stadt und ihre Sitten nicht besser kannten als Barbaren. Sogar der Pöbel spottete über sie: »Wenn dich einer nach dem Weg zum Forum fragt, sag's ihm nicht, es ist bestimmt einer der neuen Senatoren von Caesars Gnaden.«

»Ich fange schon an, die Vorurteile und Überheblichkeit eines römischen Patriziers anzunehmen«, dachte Philostratos. »Mit mir wird es noch ein böses Ende nehmen.«

Da musste er laut lachen, schluckte Wasser und hustete heftig, aber die jungen Männer wandten nicht einmal den Kopf.

Immerhin war es schön, dass sie da waren. Philostratos hatte es schon ein wenig zu einsam gefunden in der dunklen, kalten, nassen Halle.
Die beiden Männer sprachen leise miteinander. Schon ohne Wasser in den Ohren verstand Philostratos das Lateinische nicht besonders gut, sodass er sich gar keine Mühe gab, hinzuhören. Die beiden Männer sprangen plötzlich krachend und spritzend ins Wasser. Sie lachten, machten ein paar Züge und begannen dann mit den flachen Armen auf die Wasseroberfläche zu klatschen und sich zu bespritzen. Sie riefen sich herausfordernde Worte zu und schwammen um die Wette. Dann kletterte einer dem anderen auf die Schultern, um hoch über der Wasseroberfläche zu schwanken und theatralisch mit den Armen zu rudern, von den starken Händen des Unteren nur an den Knöcheln gehalten. Jetzt, da sie so schrien und brüllten, wurde Philostratos klar, dass ihre Sprache nicht das Lateinische war, sondern irgendein alter italischer Dialekt, der nur für griechische Ohren wie Latein klang, vielleicht Oskisch, vielleicht Umbrisch? Die Namen all dieser untergegangenen Völkerschaften, die die Römer schon in ihrer sagenhaften Frühzeit unterworfen hatten – die Sabiner, Samniten und wie sie sonst noch hießen –, hatte Philostratos noch nie auseinander halten können. Er hatte die römische Geschichte immer etwas lächerlich gefunden, so blutig, so wenig vernünftig: voll von Männern, die ihre Hände ins Feuer hielten oder die eigenen Söhne hinrichten ließen.
Die jungen Männer waren jetzt am tiefen Ende des Beckens angekommen und warfen sich einen kleinen, ledernen Ball zu. Auch hierbei wurde laut gebrüllt und viel gespritzt. Philostratos zog sich ans seichte Ende zurück. Solche Gäste hatte er hier noch nie erlebt.
Nach einer Weile hatten die beiden das Ballspiel satt. Der eine kletterte aus dem Becken und nahm Anlauf, um dann zusam-

mengeduckt wie eine Kugel ins Wasser zu springen. Der andere schien ihn auffangen zu wollen, wich dem menschlichen Geschoss aber in letzter Sekunde aus. Dies wiederholten sie ein ums andere Mal. Bei jedem Sprung kamen sie ein bisschen näher an Philostratos heran, der dem Treiben zusah, ohne den Sinn des Spiels recht zu durchschauen.
Wieder nahm der Springer einen kurzen Anlauf, doch diesmal ging sein Sprung nicht weit genug. Er landete direkt hinter Philostratos, der erschreckt zusammenzuckte und unwillkürlich zurückwich, im selben Augenblick aber mit dem Ellenbogen auf etwas Hartes stieß. Es waren die Rippen des jungen Mannes, der im Becken geblieben war. Als sich von hinten eine Hand um seinen Mund legte, während der andere Schwimmer von vorn auf ihn zutrat, begriff Philostratos, dass Antipater an diesem Abend nicht ins Schwimmbad kommen würde.

LIBER DECIMVS

I

Caesar lag unbekleidet, mit dem Gesicht nach unten auf der hohen Marmorbank und ließ sich massieren. An den Wänden des kleinen Raumes hatte man dicht an dicht Kohlebecken aufgestellt, sodass es unerträglich heiß war. Der Masseur trug nur ein Lendentuch, und dennoch lief ihm der Schweiß den Körper hinunter. Ein einzelner Schweißtropfen fiel ihm von den Brauen und landete auf Caesars Rücken, der ebenfalls vor Schweiß glänzte.

Der Diktator herrschte den Sklaven an: »Wisch dir die Stirn ab. Mir reicht mein eigener Schweiß.«

In diesem Moment trat Calpurnia in den engen, feuchten Raum. Sofort unterbrach der Masseur seine Arbeit, und Caesar richtete sich auf. Seine Beine schwangen von der Bank herunter. Er sagte: »Calpurnia! Ich glaube, du hast mich noch nie im Bad besucht. Es muss sich wohl um etwas Wichtiges handeln.«

»Ich habe eine Frage. Nein, vielmehr eine Bitte.«

Caesar lächelte erstaunt, ja erfreut. Seine Stimme war weich und frei von Ironie, als er antwortete: »Was immer du willst. Nichts täte ich lieber, als dir einen Wunsch zu erfüllen.«

Calpurnia war blass, ihre Nasenflügel zitterten. Sie sagte: »Du hast mir vor kurzem etwas geschenkt, den *Anti-Cato.* Darin hast du Cato übel beschimpft und sein Ansehen auf jede erdenkliche Weise in den Schmutz gezogen. Das alles übrigens in Prosa von bestechender Einfachheit und nicht ohne vieles zu sagen, was wohl der Wahrheit entspricht.«

Calpurnia stockte. Caesar hörte aufmerksam zu, sagte aber nichts.

Calpurnia begann von neuem: »Ich weiß, dass du dieses Buch nicht mehr ungeschehen machen kannst. Du kannst es auch nicht mehr einfach zurückziehen. Die Römer haben es gelesen und wochenlang diskutiert. Was du aber tun könntest, was du tun könntest ...«

»Ja? Was könnte ich tun?«

»Was du tun könntest, ist, eine neue Schrift zu verfassen.«

»Was für eine Schrift?«

»Eine, in der du dich entschuldigst. In der du deine früheren Aussagen widerrufst. In der du sagst, dass es dir Leid tut, dass du dich von deinem persönlichen Zorn hast hinreißen lassen. In der du anerkennst, dass jener Tote bei allen Gegensätzen, die zwischen euch bestanden, dennoch deinen Respekt genießt. In der du dein Verständnis ausdrückst für die Leiden seiner Familie und aller derer, die im letzten Bürgerkrieg ihre Angehörigen verloren haben.«

Calpurnia hatte bei den letzten Worten einen Schritt auf Caesar zu gemacht und unwillkürlich die Hände nach ihm ausgestreckt. Jetzt senkte sie die Arme und schaute zu Boden.

Caesar blickte an ihr vorbei. Er antwortete nicht, sondern saß nackt und reglos da und betrachtete die Rauchschwaden, die aus einem Kohlebecken aufstiegen. Nur seine großen Zehen bewegten sich. Sie reckten sich so steil empor, dass sie leicht zitterten. Schließlich brach er sein Schweigen: »Du verstehst nicht, worum es hier geht. Selbst wenn ich es wollte, könnte ich das nicht tun. Es wäre wie das Eingeständnis einer Schuld.«

»Nein, das wäre es nicht. Es wäre höchstens das Eingeständnis deiner Fehlbarkeit. Das Eingeständnis der Tatsache, dass auch du zu niedrigen Empfindungen fähig bist, solchen, wie du sie in deinem *Anti-Cato* geäußert hast. Mehr nicht.«

»Und wem sollte es wohl nützen, wenn ich, wie du es ausdrückst, ›meine Fehlbarkeit‹ eingestehen würde?«

Calpurnia zwang sich, ihn wieder anzublicken: »Da sehe ich verschiedene Möglichkeiten. Ich kann aber nicht mehr dazu sagen, als dass ich dich darum bitte.«
Caesar nahm ein Tuch vom Ende der Marmorbank, als wollte er sich seine Blöße bedecken, doch dann knüllte er das Tuch zusammen, bis es einen Ball ergab: »Diese Bitte kann ich dir nicht erfüllen.«
»Ich bitte dich um dieses eine Geschenk. Warum fragst du da überhaupt noch nach dem Nutzen? Ich bitte dich jetzt noch einmal; ich werde die Bitte aber kein drittes Mal wiederholen.«
Caesar ließ den Ball los. Wie eine Blüte entfaltete sich das Tuch, glitt ihm aus der Hand und breitete sich sanft über seinen Oberschenkel. Er sagte: »Es wäre auch sinnlos.«
Calpurnia rührte sich nicht, ihr Blick blieb ruhig auf ihn gerichtet.
Er starrte sie durch die Rauchschwaden hindurch an, dann strich er sich mit der Handkante Schweißtropfen aus den Augenbrauen: »Mein Buch über Cato hat mit dir nichts zu tun, es hat nichts mit uns zu tun. Es geht darin um Politik, um meine Ehre ...«
Er brach ab, warf den Kopf in den Nacken und drückte sich mit Daumen und Zeigefinger die Lider zu.
»Wie du willst«, schloss Calpurnia, nickte kurz und verließ den Raum.

II

Kleopatra bohrte ihr Kinn in seine Brust. Erst ganz sachte, dann mit immer mehr Druck. Sie hielt einen Moment inne: Hatte sie ihren Liebhabern früher schon das Kinn in den Kör-

per gebohrt, während sie schliefen? Oder war es eine neue Leidenschaft? Und was war die Leidenschaft? Das Gefühl, wie sich ihr ganzer Körper spannte, wenn sie all ihre Kraft in den einen Punkt lenkte, wenn sich ihre Hände in die Kissen krallten und ihr Bauch sich flach in die Polster presste? Sie senkte ihr Kinn wieder und stemmte es noch stärker in seinen Muskel, obwohl ihr Nacken bedenklich knackte. Antonius stöhnte und regte sich ein wenig, aber er wachte nicht auf. Es gehörte zu den Vorzügen eines Mannes, der zu viel trank, dass er sich nicht leicht wecken ließ. Galt die Leidenschaft Antonius? Oder galt sie seinem Körper? Und wenn ja, was war der Unterschied zwischen Antonius und seinem Körper? Oder galt sie allein jenen kurzen Augenblicken, wenn sie ihr Kinn in seinen Brustmuskel drückte und sie nichts anderes mehr war als ihr Kinn, und er nichts anderes als seine Brust? Nein, früher hatte sie diese Form der Leidenschaft nicht gekannt, überlegte sie. Sie lachte innerlich: Schon weil ihr Kinn früher viel weicher gewesen war, erst in den letzten Monaten hatte es jene Form angenommen, die es ihr möglich machte, Antonius damit gleichsam zu erdolchen.
Sie ließ von ihm ab und legte sich neben ihn. Antonius begann laut zu schnarchen, unregelmäßig, beinahe röchelnd. Kleopatra schüttelte sich vor Widerwillen, packte Antonius am Haar und zog seinen Kopf nach oben. Dieser stieß einen kurzen Schrei aus und öffnete die Augen.
»Du musst jetzt gehen. Ich will dir aber noch die letzten Anweisungen für übermorgen geben.«
Antonius war sofort völlig wach: »Ich höre.«
»Es ist ganz einfach. Caesar wird mit dir zusammen in den Sitzungssaal gehen wollen. Während ihr die Stufen hinaufsteigt, wird Trebonius auf dich zukommen und so tun, als müsste er irgendein Anliegen mit dir besprechen. Dies ist das Zeichen: Wenn du bei Trebonius bleibst und mit ihm

redest, dann gehen sie von deinem Einverständnis aus. Caesar wird vielleicht einen Moment zögern, sich aber nichts dabei denken und weitergehen, wenn er sieht, dass es ein längeres Gespräch werden könnte. Du wirst einfach draußen bleiben, bis alles vollbracht ist. Du darfst den Saal auf keinen Fall betreten, solange Caesar noch am Leben ist. Sonst glauben sie, du kämst ihm zu Hilfe, und es ist nicht unwahrscheinlich, dass sie dann auch versuchen werden, dich zu beseitigen.«

Antonius stemmte seine Arme nach hinten, ließ das Kinn auf die Brust fallen und schloss für einen Moment die Augen. Als er sie wieder öffnete, war Kleopatra bereits aus dem Bett gestiegen und ging hinaus.

III

Cicero schob die Schriftrollen beiseite, die man ihm gereicht hatte, und stützte seine Stirn auf beide Fäuste. Er wartete bereits sehr lange und war inzwischen so ungeduldig, dass er sich auf Lektüre nicht mehr konzentrieren konnte. Ein paar Mal kam Antipater herein, um ihm mitzuteilen, dass Brutus leider noch nicht mit ihm sprechen könne, aber bald zur Stelle sein werde. Cicero hätte sich durchaus gefreut, wenn Antipater dageblieben wäre, um ein wenig mit ihm zu plaudern, doch der griechische Gelehrte reagierte auf die entsprechenden Andeutungen nicht. Im Gegenteil, er verabschiedete sich so einsilbig, dass es die Grenzen des Höflichen weit hinter sich ließ. Cicero war erbost. Diese Griechen erlaubten sich eine Überheblichkeit, die jedes Maß sprengte. Sie sollten dankbar sein, dass die Römer sich ihrer Fähigkeiten bedienten und sie ernährten. Aber dann bremste er sich. Er hörte sich ja schon beinahe so an wie diese Aufsteiger, die in allen Fragen des Geschmacks und der Bildung sklavisch an den Lippen griechischer Berater hingen, aber gleichzeitig ständig über sie herzogen. Außerdem war es falsch, seinen Zorn an einem Untergebenen auszulassen. Das war würdelos. Nichtsdestoweniger wurde das Warten immer unerträglicher.

Als Cicero bereits ernsthaft überlegte, ob es nicht besser sei, seine Mission abzubrechen, hörte er draußen Stimmen und sah durch die Türöffnung vier Gestalten, die eilig das dämmrige Atrium durchquerten. Bildete er es sich nur ein, oder sahen die Schatten, die da vorbeihuschten, aus wie Cassius, Casca, Trebonius und Albinus?

Da stand auch schon Brutus selbst in der Türöffnung. Heiter trat er herein und klopfte Cicero auf die Schulter: »Du brauchst dich nicht zu erheben, mein Lieber. Solcher Förmlichkeiten bedarf es zwischen uns nicht. Entschuldige bitte, dass ich dich so lange allein hier sitzen ließ. Ich dachte, es würde schneller gehen.«

Brutus ließ sich auf eine Liege fallen, stützte den Kopf auf und lächelte seinen Besucher wortlos an. Der Gastgeber griff nach einer Walnuss von einem Teller auf dem Tischchen zwischen ihnen, nahm sie zwischen Daumen und Zeigefinger und hielt sie seinem Gegenüber hin wie ein Gaukler seinem Publikum. Dann drückte er zu, und die Schale splitterte auseinander. Brutus entfernte das Innere der Nuss und steckte es in den Mund, wobei er die Augen genießerisch schloss und ein gedehntes »Hmmm« ausstieß.

»Bist du betrunken?« fragte Cicero unwirsch.

»O nein, ich bin völlig nüchtern, ich trinke ja nicht allzu oft, und wenn, dann in kleinen Mengen«, erwiderte Brutus lachend, »eines der wenigen Dinge, die mich von meinem verstorbenen Schwiegervater unterscheiden.«

Dies war die Art von Bemerkung, die man ansonsten nur von

Anhängern Caesars kannte. Unter den Freunden der Alten Ordnung verstieß es gegen den guten Ton, auf Catos Trunksucht anzuspielen. Und von Brutus hätte man solch eine Bemerkung erst recht nicht erwartet.
Cicero wurde ganz befangen; dies war nicht der Brutus, den er kannte. Woher kam dieser Übermut bei einem Mann, der sonst nicht einmal den kleinen Finger bewegte, ohne es sich vorher genau überlegt zu haben? Er erschien irgendwie erleichtert.
»Wenn du das komisch findest, Brutus. Ich kann darüber jedenfalls nicht lachen. Ich finde, dass die Situation eigentlich eine ernste ist.«
Cicero ärgerte sich. Warum mussten seine Worte immer so pathetisch klingen, wenn es um wichtige Dinge ging?
»Du hast Recht«, sagte Brutus, ohne seine Körperhaltung zu ändern. Er lächelte einfach weiter: »Warum bist du gekommen?«
»Weil ich eine ziemlich klare Vorstellung davon habe, warum Cassius, Trebonius, Casca und Albinus gerade bei dir waren.«
»Cassius ist mein Stiefvater, und die anderen gehören zu den vornehmsten Senatoren. Es scheint mir nicht ungewöhnlich, dass sie einen Prätor besuchen.«
Cicero schloss die Augen und schüttelte den Kopf: »Warum dieses Misstrauen? Wir wissen beide ganz gut, worum es geht. Glaubst du, es fällt mir leicht, hierher zu kommen? Ich schmeichle mir, einer der treuesten Anhänger unserer Republik zu sein, und dennoch scheinen mich die edelsten Männer der Stadt nicht für würdig zu erachten, an der Verschwörung gegen den Unterdrücker teilzunehmen. Weißt du, wie bitter das ist? Ich bin länger als dreißig Jahre in der Politik, länger als dreißig Jahre gilt mein ganzes Streben dem Wohl des Vaterlandes, und ausgerechnet jetzt scheint dies niemanden zu interessieren. Und dabei könntet ihr mich so gut ge-

brauchen: Seit Jahren bin ich, wenn man einmal von Caesar selbst absieht, der unbestritten größte Redner der Stadt. Ich besitze langjährige politische Erfahrung und habe dem Gemeinwesen in den verschiedensten Ämtern gedient. Ich war es, der damals die Umtriebe des Catilina aufdeckte und den Staat vor großem Unglück bewahrte. Trotzdem habt ihr mich nicht einmal um Rat gefragt. Das ist die tödlichste Beleidigung, die ich je erfahren habe, und man hat mich schon oft gekränkt.«

Seine Stimme wurde ein wenig weicher, er flehte beinahe: »Du bist mein Freund. Ich habe dir ein ganzes Buch gewidmet, eine meiner schönsten Schriften. Warum lässt du es zu, dass man mich so demütigt?«

Brutus lächelte nicht mehr. Er sprach sehr leise: »Niemand demütigt dich. Vielleicht ist es besser, wenn an deinen Händen hinterher kein Blut klebt. Diese Verschwörung ist nicht das Ende, sie ist im Grunde erst der Anfang. Es wird ein Danach geben, und keiner weiß, wie es wird.«

Cicero nickte langsam, er setzte einen Fuß auf die Stuhlkante, umfasste sein Knie mit beiden Händen und wippte sanft. Nach einer kurzen Pause sagte er: »Ich bin wegen dieses Danach gekommen. Ich habe keinen Zweifel, dass du das Haupt dieser Verschwörung bist. Wahrscheinlich stammen die Pläne von Cassius, während Trebonius für die Einzelheiten zuständig war und Casca vor allem praktische Einwände gemacht hat. Aber du bist derjenige, der letztlich die Entscheidungen trifft, gegen dessen Wort niemand zu handeln wagt. Dir allein vertrauen alle, vor dir haben sie eine natürliche Ehrfurcht. Ohne dich hätten sie nie den letzten Schritt gewagt, sosehr sie sich auch sonst ins Zeug gelegt hätten.«

Brutus schüttelte wortlos den Kopf, aber Cicero fuhr fort, ohne darauf zu achten: »Ohne dich geht es nicht. Aber gerade weil du der Ehrenwerteste von ihnen allen bist, hast du auch eine Schwäche. Du bist zu aufrichtig. Ich wette, ihr habt kaum Vorkehrungen für das Danach getroffen. Schlimmer noch. Ich wette, ihr habt vor, nur ihn zu ermorden. Oder irre ich mich?«

Brutus zog die Augenbrauen hoch und legte die Stirn in Falten, erwiderte aber nichts.

Als Cicero erkannte, dass er keine Antwort erhalten würde, sprach er weiter: »So edel und glaubwürdig es sein mag, nur ihn zu töten und sonst niemanden, so lächerlich ist diese Idee auch. Sieh dir doch das Gesindel an, das mit ihm emporgeschwemmt wurde, diese miesen Kreaturen, die er in den Senat gehievt hat. Kleine Zenturionen, die ihm in Gallien den Weg durch den Schnee gebahnt haben. Männer, die nie zuvor einen Fuß in die Stadt gesetzt haben. Am schlimmsten aber sind die anderen, die verdorbenen Patriziersöhne, die seit Catilina zu allem fähig sind und denen allein er noch vertrauen kann. Männer wie Dolabella oder Marcus Antonius, die die Umgangsformen von kleinen Kindern haben und der Republik nur so lange treu bleiben, wie ihre Truhen voller Gold sind. Du hast gesehen, wie Antonius ihm die Krone angeboten hat. Der kennt keine Skrupel. Du musst Antonius beseitigen, wenigstens ihn. Wenn Caesar stirbt, werden wir ihm hilflos ausgeliefert sein. Ihm werden die Veteranen folgen, ihm, dem ewig Jungen, dem Kraftvollen, dem Leichtsinnigen, der ihre Laster teilt und ihnen alles verspricht. Nicht dir oder Cassius. Und Antonius wird keine Milde kennen. Er ist schlau und brutal und verbirgt hinter seiner Unbekümmertheit ein bemerkenswert gutes Gedächtnis. Lasst ihr ihn am Leben, wird es am Ende schlimmer als vorher. Caesar kennt noch ein Minimum an Respekt vor der Republik. Antonius hat keine Hemmungen mehr. Er gehört einer neuen Generation an. Tötet ihn, oder ihr schaufelt euch euer eigenes Grab. Euch und der Republik.«

»Es geht nicht. Wenn wir auch nur irgendjemand anderen als

Caesar umbringen, verspielen wir unsere Glaubwürdigkeit. Es darf nur um die Freiheit des Gemeinwesens gehen und um nichts anderes.«

»Und wenn ihr für die Freiheit in den sicheren Tod geht?«

»Umso besser: Wer nicht bereit ist, sich zu opfern, der braucht von Freiheit gar nicht erst zu reden. Die alte Republik ist bereits sehr morsch geworden, und kaum einer ist noch willens, sie zu stützen. Nur wenn wir alles geben, werden wir auch andere davon überzeugen können, dass es sich noch lohnt, für die Freiheit zu kämpfen.«

»Und wenn ihr mit eurer Wahrhaftigkeit gleich die letzten Reste der Freiheit mit in den Abgrund reißt?«

»Welt und Würde unserer Väter sind schon fast völlig verloren. Jeder noch so kleine Kompromiss wäre unweigerlich eine Niederlage. Es mag bitter sein, aber wichtiger als unser Erfolg ist, dass wir ein Zeichen setzen, ein Zeichen, das man nie wieder vergisst. Deshalb dürfen wir Erfolg oder Misserfolg nicht anders erzielen, als unsere Ahnen es auch getan hätten.«

»Unsere Vorväter wären gar nicht erst in dieser Lage gewesen.«

»Das war ihr Glück.«

Cicero schüttelte den Kopf. Die Männer sahen sich nicht an. Brutus zerbrach die Reste der Nussschale, bis die Teile so klein waren, dass er sie nicht mehr brechen konnte. Er wollte nach einer neuen Nuss greifen, da fasste Cicero ihn an der ausgestreckten Hand: »Wenn ich dich schon in dieser Frage nicht umstimmen kann, dann lass mich wenigstens an der Tat mitwirken. Wenn sie vorbei ist, werde ich so oder so an eurer Seite stehen.«

Brutus befreite sich mit seiner anderen Hand sanft aus Ciceros Griff und antwortete: »Es geht nicht. Ich kann in dieser Frage nicht allein entscheiden. Und selbst wenn ich es könnte, würde ich es nicht zulassen.«

Cicero nahm sich eine Walnuss aus der Schale und legte sie auf die Platte des kleinen Tischchens. Für einige Augenblicke fixierte er die Nuss, dann ließ er seine Faust in hohem Bogen auf sie niedersausen, sodass sie zerbarst und die Splitter durch den Raum flogen.
Brutus zuckte erschreckt zusammen. Cicero ging vorsichtig daran, sich die blutigen Schalenreste aus der Hand zu entfernen. Als er sie alle säuberlich auf das Tischchen gelegt hatte, fegte er sie mit einer plötzlichen Bewegung zu Boden und stand auf.
»Es bleibt mir wohl nur noch übrig, dir und den deinen Glück zu wünschen.«
Brutus nickte stumm und wich dem Blick des anderen aus. Als Cicero erkannte, dass der Jüngere ihn nicht mehr ansehen würde, ging er.

LIBER VNDECIMVS

I

Der Kithara-Spieler brach ab. Hirtius war erleichtert. Dass Musik beruhigte, war ein Irrtum, eine Lüge, jedenfalls soweit es ihn betraf. Sein Arzt hatte ihm eine Stunde Harfenklang vor dem Zubettgehen gegen die Schlafstörungen verordnet, die Hirtius nun schon seit Wochen plagten. Aber die Töne hatten ihm keine Ruhe geschenkt, im Gegenteil, seit Beginn dieser Therapie hatte sich Hirtius nur noch rastloser im Bett gewälzt, fast immer bis zum Morgengrauen. Ständig kreisten seine Gedanken nur um das Unglück, das er heraufkommen sah. Erst wenn es hell wurde, verfiel er in einen kurzen Schlummer, der nur so lange dauerte, bis die ersten Karren über das Pflaster der Stadt zu rattern begannen. Die Sklaven seines Hauses hatten Befehl, nicht einmal zu flüstern, bis ihr Herr erwacht war – mit dem Ergebnis, dass sie am Morgen allesamt reglos in ihren Kammern hockten, bis das erlösende Zeichen gegeben wurde: »Der Herr hat die Augen geöffnet.«

Ihre Vorsicht beruhte auf Erfahrung: Hirtius' Verwalter hatte einen Küchenjungen an eine Gladiatorenschule verkauft, weil dieser in der Frühe einen Bronzekessel hatte fallen lassen. Dass der Betreiber der Gladiatorenschule – ein Freund des Verwalters aus gemeinsamen Tagen in der Arena – schon lange sein Auge auf den jungen Mann geworfen hatte, machte es nicht besser. Es war schlicht das Beste, keine Vorwände zu liefern.

Ein Sklave meldete einen Besucher. Hirtius nickte, schwang sich aus dem Bett und streckte die Arme über den Kopf, damit ihm zwei Leibsklaven eine weite Tunika überstreifen konn-

ten. Erst dann öffnete er die Augen. Auf dem Weg ins Empfangszimmer gingen ihm noch immer die klagenden Töne der Kithara im Kopf herum.
Sein Besucher stand mit dem Rücken zur Tür und betrachtete interessiert den Bronzeabguss einer Adlerklaue, der auf einem Tischchen lag. Links und rechts neben dem Fremden hatten sich zwei Leibwächter aufgebaut, die ihrerseits den Gast betrachteten. Hirtius seufzte, und die Männer drehten sich zu ihm um.
»Antipater«, grüßte Hirtius, »und noch dazu mit nassem Haar, kommst du geradewegs aus dem Schwimmbecken des Crassus?«
»Ich sehe, du weißt gut Bescheid. Nein, draußen fällt ganz leichter Regen. Wir haben einen ungewöhnlich feuchten März.«
»Das stimmt. Das Wetter verhält sich durchaus nicht, wie man es erwarten sollte. Ich hoffe nur, dass das nicht bedeutet, dass wir dann im April auf den warmen Westwind und seine süßen Schauer verzichten müssen. Er ist mir der liebste Monat.«
»Es scheint, als würde er ein grausamer Monat werden.«
Hirtius verschränkte die Arme vor der Brust. Er bot seinem Besucher keinen Platz an: »Es scheint, als wüsste der Sekretär des Brutus hier mehr als ich. Warum sollte der April ein grausamer Monat werden? Meinst du, weil Caesar dann in Syrien eintrifft und seine Legionen für den Feldzug im Osten sammelt?«
»Ich bezweifle, dass du so ahnungslos bist, wie du tust.«
»Leider muss ich dich enttäuschen. Ich bin genauso ahnungslos, wie ich tue.«
»Am 15. Tag dieses Monats, an seinen ›Iden‹, wie ihr Römer es nennt, wird eine Senatssitzung stattfinden, bei der eine größere Gruppe von Verschwörern versuchen wird, Caesar zu töten. Sie werden dabei kleine Dolche verwenden, die sie in den

Futteralen verstecken können, in denen sie normalerweise die Griffel für ihre Wachstäfelchen aufbewahren.«

»Woher weißt du das?«

»Brutus bespricht alle seine politischen Angelegenheiten mit mir.«

»Wer sind die Verschwörer? Gib mir die Namen!«

»Der Name des Brutus muss dir reichen, die anderen werden nicht preisgegeben.«

»Fällt dir dein Verrat dadurch leichter, dass er sich nur gegen deinen Herrn richtet und nicht auch noch gegen die anderen?« schnaubte Hirtius.

»Ich bin kein Verräter.«

»Nein, wirklich nicht? Du warnst den Herrscher Roms, dass dein Herr ihn umbringen will, ein Herr, dessen Wertschätzung du wie kein zweiter genießt und dessen Tod damit fast gewiss ist. Und das Ganze obendrein, obwohl dir Caesars Wohlergehen nicht unbedingt am Herzen liegen müsste. Schließlich war dein Vater der Leibarzt des Nikomedes von Bithynien. Und das soll kein Verrat sein? Wenn ich recht bedenke, verrätst du nicht nur deine Gegenwart, sondern auch deine Vergangenheit. Ein doppelter Verrat also.«

Antipater zog seinen Atem pfeifend ein, dann sprach er: »Du kennst das Geheimnis meiner Herkunft?«

»Aber selbstverständlich. Jeder, der zur Umgebung Caesars gehört, hat eine Aufgabe. Meine ist es, alles zu wissen.«

»Dann wusstest du sicher auch von der Verschwörung des Brutus?«

»Aber ja, nur das genaue Wann, Wo und Wie hat mir bisher gefehlt und auch die Namen der einzelnen Mitverschworenen.«

»Du wirst sie nicht erfahren, jedenfalls nicht von mir. Außerdem weißt du es doch wahrscheinlich sowieso schon. Das Wann und Wo muss dir reichen.«

Hirtius trat so dicht an den Griechen heran, dass er seine Bartstoppeln hätte zählen können, und zischte: »Es hat den Anschein, als würdest du die Stärke deiner Lage gehörig überschätzen. Wie kannst du Bedingungen stellen? Du solltest froh sein, wenn wir dir hinterher eine Belohnung zukommen lassen.«
»Ich will keine Belohnung.«
Hirtius lachte bitter auf: »Oh, du handelst mit guter Absicht? Vielleicht aus dem Geist der Stoa heraus? Ganz allein zu dem Zweck, Gewalt und Bürgerkrieg zu verhindern? Lass mich raten: Die Belohnung, die du verlangst, sieht so aus: Wir vereiteln unauffällig die Verschwörung, ohne dass den Verschwörern etwas passiert. Vier Tage später bricht Caesar sowieso in den Orient auf. So schnell können die Herren keine neuen Pläne aushecken. Demnach ist Caesar gerettet – und Brutus und die Seinen auch. Nichts ist passiert und niemand ist zu Schaden gekommen. Eine wirklich ganz rührende Idee. Bist du von ganz allein darauf gekommen?«
Antipaters Lider flackerten, aber sonst rührte er sich nicht.
Hirtius trat neben ihn hin und betrachtete seinen Gast von der Seite, fast als sei dieser ein Sklave auf dem Markt. Hirtius wiegte den Kopf und sprach mit gespielter Nachdenklichkeit: »Klingt interessant und doch ein wenig zu einfach. Denn wenn Caesar nach Syrien entschwindet, dann bleiben hier immer noch die Männer zurück, die ihn hassen. Und ich glaube nicht, dass sie zögern würden, in seiner Abwesenheit die Waffen gegen ihn zu erheben. Im Gegenteil: Bei genauer Abwägung des Für und Wider könnte ich mir fast denken, dass diese Lösung für die Herren Verschwörer sogar noch einige Vorteile birgt. Es tut mir Leid, aber ich kann deinem Auftritt hier wenig abgewinnen, mein lieber Antipater: Was auch immer es sein mag, ich fürchte die Griechen, auch wenn sie Geschenke bringen.«

Ohne sich zu Hirtius zu drehen, antwortete Antipater: »Sei beruhigt, Hirtius. Das hier ist kein griechisches Geschenk – es ist so römisch wie du selbst, was immer man darunter auch verstehen soll. Ich komme in Brutus' Auftrag, und seine Mitverschwörer wissen nichts davon …«

»Und das soll ich dir glauben?« herrschte Hirtius ihn an. »Ich kenne Mittel, die selbst einem Stoiker die Schmerzensschreie aus der Kehle zwingen würden …«

»… deshalb bin ja auch ich derjenige, der es dir mitteilt und nicht er selbst«, fuhr Antipater fort und blickte weiter starr an Hirtius vorbei, »– um keinen Verdacht zu erregen. Ansonsten hast du jedoch ziemlich genau skizziert, was Brutus mit seiner Warnung im Sinn hat. Allerdings ist dein Misstrauen unbegründet. Brutus meint es ehrlich und wird ganz bestimmt keinen Bürgerkrieg entfachen, sobald Caesar außer Landes ist.«

»Und wenn es die anderen tun?«

»Das ist wenig wahrscheinlich. Schon diese Verschwörung wollten sie auf keinen Fall ohne ihn durchführen. Sie werden nur handeln, wenn sie sich sicher sein können, dass sie Marcus Junius Brutus mitsamt seinem Ansehen auf ihrer Seite haben.«

»Und wer sagt mir, dass das Ganze keine Falle ist?«

»Du musst dich auf Brutus' Wort verlassen.«

Hirtius schlug sich mit der flachen Hand gegen die Stirn: »Das ist doch lächerlich.«

»Brutus ist ein ehrenwerter Mann.«

Hirtius glitt sich mit der Zunge über die Lippen. Sie waren trocken und spröde wie erstarrte Lava. Antipater hatte Recht, Brutus war ein aufrichtiger Mann. Und wenn die Warnung nun wirklich echt war? Er musste sofort zu Caesar gehen und ihm davon berichten.

II

Seine Barke machte an der Kaimauer fest. Männer mit Fackeln hießen ihn willkommen und führten ihn den Hang hinauf zu Kleopatras Palast. Die Bewaffneten, die seine Ankunft genau überwacht hatten, zogen sich unauffällig zurück. Als Caesar die Eingangshalle betrat, wurde gerade eine Apollonstatue eingewickelt, die man nur noch an den Umrissen seines Körpers erkennen konnte. Auf einer Art Bahre, die man mit Stroh bedeckt hatte, lag bereits eine andere völlig verpackte und verschnürte Skulptur, von der man nicht einmal mehr hätte sagen können, ob sie männlich oder weiblich sein sollte.

Die Königin selbst beaufsichtigte diese Arbeiten. Als Caesar sie begrüßte, umarmte sie ihn stumm. Er fragte sie: »Das sieht fast nach Umzug aus. Willst du uns verlassen?«

Sie legte ihren Finger auf seine Lippen, nahm ihn bei der Hand und führte ihn durch die Flucht ihrer privaten Gemächer in den Raum, in dem sie ihre Gäste zu empfangen pflegte. Überall waren Sklaven dabei, Stühle und Liegen, Vasen und Kunstwerke zu verpacken oder fortzutragen. Als sich die Königin und ihr Gast näherten, verließen einige Sklavinnen sofort das Zimmer. Von der erdrückenden Pracht an Sesseln, Kissen und Vorhängen war nichts mehr übrig. Allein ein Kohlebecken und zwei hohe, vergoldete Ständer, von denen an kleinen Ketten Öllämpchen herabhingen, verrieten, dass der Raum noch bewohnt wurde.

Kleopatra ging in die Mitte des Zimmers, doch Caesar folgte ihr nur zögernd und blieb näher an der Tür stehen. Erst jetzt antwortete sie: »Das weiß ich noch nicht. Ich würde eigentlich gern noch ein wenig hier bleiben, aber das wird vielleicht bald nicht mehr gehen.«

»Warum nicht?«

»Ich habe keine Lust auf diese Spiele. Ich kenne deinen Hirtius. Er hasst mich, aber er ist kein Dummkopf. Er hat dir bestimmt schon längst mitgeteilt, dass es eine Verschwörung gegen dich gibt und dass Brutus in ihrem Zentrum steht.«
Caesar nickte nur: »Ja, davon hat er mir berichtet.«
»Dann weißt du auch sicher, wann und wo der Anschlag stattfinden soll?«
»Ja, auch das weiß ich.«
Kleopatra schloss die Augen, warf ihren Kopf in den Nacken und ließ ihn langsam von Schulter zu Schulter rollen. Caesar betrachtete das Schauspiel geduldig. Ohne ihre Übungen zu unterbrechen, fragte sie ihn: »Was wirst du tun?«
»Ich habe mich noch nicht entschieden. Es gibt verschiedene Möglichkeiten: Die einfachste wäre sicher, nicht hinzugehen. Wir werden sehen.«
»Du willst mir also nicht erzählen, was du planst?«
Caesar lächelte: »Wenn ich es selbst wüsste, würde ich es dir nicht verheimlichen. Aber ich weiß es wirklich nicht.«
Kleopatra beendete ihre Übung und sah Caesar wieder an. Sie überlegte kurz und sagte dann: »Ich dachte immer, dass der Begriff ›Vertrauen‹ einer ist, der zwischen uns nicht zu fallen brauchte.«
»›Vertrauen‹ gehört zu den Worten, die wertlos werden, wenn man sie ausspricht.«
»Ich habe nur vom Begriff des Vertrauens gesprochen, von dem Wort. Die Sache habe ich nicht erwähnt.«
»Ich bin mir nicht sicher, ob diese Unterscheidung eine zulässige ist. Jedenfalls bin ich wohl kaum geeignet, das Problem zu lösen. Ich bin kein Philosoph.«
»Ich erinnere mich an unsere Tage in Alexandria, als du nicht genug von solchen Gesprächen bekommen konntest.«
»Und jetzt scheinen sie mir merkwürdig sophistisch.«
»Je länger ich in Rom weile, desto stärker habe ich das Gefühl,

dass unsere Gespräche nach einem bestimmten Muster ablaufen. Ich versuche, an Alexandria anzuknüpfen, und du weichst dem aus. Ich ertrage diese Art von Gespräch nicht mehr.«
»Ich glaube, dass wir Alexandria nicht brauchen. Was jetzt ist, ist jetzt und ist gut.«
»Und ich glaube, dass wir Alexandria durchaus brauchen, wenngleich in einem anderen Sinne als eben noch.«
»Ich ahne, was du mir sagen willst.«
»Dann werde ich mich nicht mit langen Erklärungen abgeben. Alexandria ist die Lösung all deiner Schwierigkeiten.« Sie hob beschwörend ihre Arme: »Die Zeit wird knapp und du brichst ohnehin bald in den Osten auf. Nutze die Gelegenheit, sie kommt nicht wieder.«
»Du weißt nicht, wovon du redest. Du hast selbst gesehen, wie die Römer reagieren, wenn von Königen die Rede ist. Es hat keinen Sinn.«
Kleopatra verzog den Mund und betonte jedes Wort: »Du brauchst die Römer nicht zu fragen. Die wollen dich sowieso nur umbringen.«
Caesar schüttelte nur den Kopf. Er trat nun doch tiefer ins Zimmer hinein und sah sich nach einem Stuhl um, fand aber keinen. Er bemerkte dazu: »Mir scheint, du rechnest wirklich nicht damit, dass ich den Anschlag überlebe, wenn du mir nicht einmal mehr einen Stuhl anbieten kannst.«
Kleopatra winkte einer Sklavin, die unschlüssig am Eingang wartete. Zwei andere Bedienstete trugen einen Korbsessel herein, und Caesar setzte sich. Dann erst antwortete sie ihm: »Selbst wenn ich nicht von den bevorstehenden Ereignissen gewusst hätte, hätte ich bald mein Haus in dieser Stadt aufgegeben. Was hätte ich noch in Rom bleiben sollen, während du nach Syrien aufbrichst?«
Als hätte er Kleopatra gar nicht gehört, sagte Caesar, ohne sie anzuschauen: »Ich frage mich, ob du an der Szene beim Lu-

perkalienfest beteiligt warst. Wen wolltest du damit auf die Probe stellen? Mich? Antonius? Die Römer?«

»Euch alle.«

»Und? Haben wir die Probe bestanden?«

»Es war eine Probe, bei der es nicht ums Bestehen ging, sondern nur auf eure Reaktionen ankam.«

»Wenn man jemanden auf die Probe stellt, dann kommt es auf gar nichts mehr an, dann hat man kein Vertrauen mehr. Die Frage, ob wir das Wort in den Mund nehmen dürfen oder nicht, stellt sich damit gar nicht mehr.«

Kleopatra biss sich auf die Lippen. Sie blickte kurz zu Boden: »Das bedeutet, dass wir über gar nichts mehr reden können.«

Caesar wiegte ein wenig den Kopf, als dächte er über den günstigsten Ort für eine Bronzefigur nach oder über die richtige briefliche Anrede für einen ehemals selbständigen gallischen Fürsten, der sich rechtzeitig unterworfen hatte und nun das zweifelhafte Vergnügen genoss, offiziell den Titel »Freund des römischen Volkes« zu tragen. Dann sprach er: »Das würde ich vielleicht nicht ganz so sehen. Aber ich verstehe, was du meinst.«

Die Königin seufzte mit etwas mehr Bitterkeit, als sie es eigentlich wollte: »Mir kommt im Moment ein Gesprächspartner nach dem anderen abhanden.«

Caesar zupfte sich am Ohrläppchen: »Es tut mir Leid um Philostratos. Ich weiß nicht, wer dahinter steckt. Hirtius sagt, Philostratos pflegte sich regelmäßig im Bad des Crassus mit Antipater zu treffen. Das scheint irgendjemandem nicht gefallen zu haben.«

Kleopatras Stimme wurde schärfer: »Hast du ihn umbringen lassen?«

Caesar hob die Brauen, als würde ihn diese Möglichkeit überraschen: »Nein.«

»Und der Mann, der deine Bücher für dich zu Ende schreibt?«

»Es spricht einiges dafür, dass Hirtius heutzutage recht selbständig handelt. Da er der Auffassung ist, dass du auf die eine oder andere Art an der Verschwörung des Brutus beteiligt bist, wäre es von seinem Standpunkt aus nur logisch, deine Kanäle zu Brutus zu stopfen. Und dass Philostratos mit dem Sekretär des Brutus nur über die Wassertemperatur gesprochen haben soll, ist dem fast schon sprichwörtlichen Misstrauen des guten Hirtius wohl nicht zuzumuten. Aber Genaueres weiß ich nicht, denn ich habe ihn nicht gefragt.«

»Man hat das Gefühl, dass sein Standpunkt in dieser Angelegenheit der ist, den eher du einnehmen müsstest.«

»Eigenartig, nicht wahr? In meiner Lage braucht man offenbar nicht einmal mehr einen Standpunkt zu haben, selbst das erledigen andere für einen. Ich hielt es schon für bemerkenswert, dass ein Herrscher nicht mehr ständig selbst zu handeln braucht. Aber sogar das Denken, die Gefühle, selbst die Angst nimmt man mir ab. Wie es scheint, werde ich desto überflüssiger, je mächtiger ich werde. Da, wo einst Caesar war, ist jetzt ein Nichts, mit dessen Füllung die anderen beschäftigt sind.«

Kleopatra schwieg. Jetzt, da Caesar genau vor ihr auf seinem Sessel saß, konnte sie ungehindert seine Glatze studieren, die sich im Licht der Öllämpchen spiegelte. Nur dort nicht, wo der Frisör vorsichtig die verbliebenen Haare nach vorne gekämmt hatte. Sie fragte: »Schmerzt es dich, dass Brutus unter den Verschwörern ist?«

»Aber sicher. Du wirst lachen: Ich habe ihm vertraut.«

Kleopatra schüttelte den Kopf: »Man lernt immer wieder Neues: Man sollte nie jemandem vertrauen, dem man das Leben geschenkt hat.«

»Hast du denn schon einmal jemandem das Leben geschenkt?«

Kleopatra richtete sich auf: »Das ist ein Luxus, der mir bislang nicht vergönnt war. Aber es ist nicht zu spät, damit anzufangen. Warum nicht jetzt zum Beispiel? Wir beide wissen, dass man dich übermorgen früh umbringen wird, wenn du in den Senat gehst.«

Caesar schien ihr gar nicht zuzuhören. Sie beugte sich vor und packte ihn an den Schultern: »Du hast nur noch zwei Möglichkeiten: Entweder du nimmst an der Sitzung teil und stirbst, oder du bleibst zu Hause und lebst.«

Plötzlich lachte Caesar laut, schüttelte die Königin ab, sprang aus dem Sessel hoch und umarmte sie mit den Worten: »Caesar hat nie nur zwei Möglichkeiten.«

Dann ging er.

LIBER DVODECIMVS

I

Calpurnia saß in ihrem Korbstuhl und las. Sie versuchte, sich auf ihr Buch zu konzentrieren. Draußen heulte der Wind durch die Straßen. Alles, was nicht befestigt war, wurde von den Böen erfasst, flog davon, wurde über das Pflaster getrieben, blieb irgendwo hängen. Ständig hörte man das Klappern der Fensterläden, manchmal sogar das Krachen von Ziegeln, die auf dem Pflaster zerschellten. Einmal hatte es im Atrium gerauscht und gespritzt: Ein großer Ast war durch die Öffnung im Dach geschleudert worden und in das Becken gefallen, in dem das Regenwasser gesammelt wurde. Noch regnete es nicht, doch der Himmel war schon seit Stunden fast schwarz. Trotzdem hatte Calpurnia nur ein kleines Öllämpchen entzünden lassen, dessen Flamme schwach zitterte und aussah, als würde sie gleich erlöschen. Wie meistens hatte sie die Beine hochgezogen und stützte ihr Kinn auf die Knie, während sie las.

Sie erkannte seine Schritte und blickte auf, ohne das Kinn von den Knien zu heben. Allerdings legte sie die Schriftrolle beiseite. Er trug die Purpurtoga und hatte einen vergoldeten Lorbeerkranz in den Händen, dessen Blätter er mit den Fingern hin- und herschnippte. Ohne weitere Begrüßung fragte er: »Gehst du heute Abend auf das große Fest bei Lepidus?«

»Nein, ich werde wohl zu Hause bleiben. Ich habe keine Lust, bei diesem Wetter vor die Tür zu treten.«

»Ist es nur der Sturm, oder halten dich noch andere Dinge ab?«

Calpurnia schloss die Augen und schlang ihre Arme fest um die Knie, so fest, dass ihre Knöchel weiß wurden. Sie schob ihre Unterlippe über die Oberlippe und antwortete nicht.

Caesar trat an ein Bord, auf dem Schriftrollen lagen. Er ließ seinen Zeigefinger zwischen den Rollen entlanggleiten, einmal vor, einmal zurück. Dann führte er sich den Finger dicht vor die Augen und betrachtete interessiert die Staubschicht, die sich auf der Fingerkuppe angesammelt hatte.
»Mir scheint, dass die Frau des Hauses ihre Sklaven nicht im Griff hat. Hier ist es staubig.«
Calpurnia blieb stumm.
»Ich verstehe, dass du über meine flachen Witze nicht lachst. Ich kann, glaube ich, erraten, warum du nicht auf das Bankett willst. Hat Hirtius mit dir gesprochen?«
»Ja, er hat mit mir gesprochen. Doch seine Nachricht hat mich nicht sonderlich überrascht. Ich habe so etwas Ähnliches schon länger erwartet. Porcia hat mich vor drei Tagen besucht.«
»Ist es nicht komisch, wie viele davon wissen? Eigentlich paßt das Wort ›Verschwörung‹ gar nicht mehr.« Er räusperte sich, bevor er weitersprach: »Es sieht so aus, als würde es diesmal gefährlich werden, gefährlicher als sonst jedenfalls.«
»Dir kommt die Situation bekannt vor?«
»Aber ja, natürlich. Ich muss immer damit rechnen.«
»Du hast mir nie davon erzählt.«
»Ich wollte dich nicht beunruhigen. Außerdem gab es auch nicht viel zu erzählen. Bisher haben sich die Verschwörungen meist von selbst aufgelöst, bevor etwas Entscheidendes geschah. Im Übrigen ist es ja nicht so, dass du nichts mitbekommen hättest. Warum diskutieren, was ohnehin alle Beteiligten wissen und das man nicht ändern kann?«
»Und diesmal?«
»Diesmal sind sehr viele sehr bedeutende Männer daran beteiligt …«
Calpurnia fiel ihm ins Wort: »Brutus zum Beispiel. Und Cassius. Und Casca. Und der Anschlag soll dich auf der nächsten Senatssitzung treffen.«

»Ich sehe, dass dir Hirtius nichts, aber auch gar nichts verheimlicht hat. Ich kann mir vorstellen, dass er diese Art der Vertraulichkeit mit dir genießt. Es ist doch schön, dass seine Versuche, mich zu retten, für ihn auch noch andere Formen der Befriedigung abwerfen.«
Calpurnia sog die Luft ein und sagte mit belegter Stimme: »Es ist nicht das erste Mal, dass du mir solche Geschmacklosigkeiten sagst. Aber mit diesem zynischen Unterton widern mich deine Anzüglichkeiten besonders an.«
»Mitunter habe ich das Gefühl, du übertreibst es«, stieß Caesar heiser hervor. »Deine Worte klingen wie Dialogsätze aus einer Komödie, Rollenfach tugendhafte Hausfrau.«
Calpurnia öffnete die Augen, Caesar wich ihrem Blick aus und fuhr müde fort: »Es ist wohl in Ordnung so. Rom ist keine Stadt, Rom ist ein einziges Theater, in dem alle Menschen reden und handeln, als seien sie Figuren auf der Bühne – oder in einem Buch. Oder in vielen Büchern – in Komödien, Tragödien, Geschichtsbüchern. Und alle sind sie Retter: Kleopatra rettet Ägypten, Brutus die Republik unserer Väter und Hirtius mich. Da kann ich es dir nicht übel nehmen, wenn auch du so sprichst, als seiest du eine Figur aus einem Stück.«
Kaum hörbar setzte er hinzu: »Sie kennen ihre Rollen alle so genau ...«
Calpurnia unterbrach ihn: »Manchmal ist es nicht das Schlechteste, eine Figur auf der Bühne zu sein und seine Rolle zu kennen. Außerdem ist es nicht das Gleiche, ob man Sätze sagt, die zwar nach Theater klingen, die man sich aber selber aussucht, oder ob einem die Sätze von dem Stück vorgegeben sind. Ich jedenfalls entscheide ganz allein darüber, was ich sage, auch wenn es sich anhört wie das, was du so liebenswürdig als ›tugendhafte Hausfrau‹ bezeichnest. Diese Sprache steht mir gut – weit besser zumindest als die der Retter und

weit besser auch als die der Zyniker. Die Rolle der ›Hausfrau‹ habe ich mir gewählt.«
»Ich bin mir nicht sicher, ob du wirklich weißt, was dir steht«, sagte Caesar und blickte viel sagend an ihrem Kleid herunter. »Vielleicht traust du dir in Bezug auf deine Rolle nur zu wenig zu, so wie bei deinen Gewändern.«
Calpurnia tat, als hätte sie ihn nicht gehört: »Was mich interessiert, ist, welche Rolle du selbst dir morgen früh zutrauen wirst, wenn sich die Herren Roms dazu anschicken, ein paar neue Seiten für ihre Geschichtsbücher zu schreiben oder ein paar neue Szenen für ihr Drama.«
Caesar rieb sich mit den Fingerspitzen die Schläfen: »Ich glaube nicht, dass ich dieses Theatergerede noch für sehr gelungen halte. Aber trotzdem: Welche Rolle würdest du mir denn empfehlen?«
»Du bist keine Figur in einem Schauspiel, du musst die Rolle selbst schreiben.«
»Ich werde sie selbst schreiben, wenn du mir ein paar Hinweise für ihre Gestaltung gibst.«
»Ich habe dir vor einigen Tagen Hinweise für die Gestaltung eines ganzen Buches gegeben. Du hast sie nicht befolgt. Woher plötzlich dieser Sinneswandel?«
»Ich bitte dich einfach um Rat. Ich will wissen, was du willst.«
Calpurnia fegte mit der Hand eine Schriftrolle zu Boden, ihre Stimme überschlug sich: »Du hast mich noch nie um Rat gefragt. Schon gar nicht, wenn es um Politik ging. Das war dein Recht. Aber warum dann jetzt, in diesem Augenblick? Warum verlangst du auf einmal von mir, dass ich dir sage, was du tun sollst? Lädst du mir damit nicht eine zu schwere Bürde auf? Ich bin doch fast eine Fremde für dich.«
Caesar hatte sich wieder abgewandt und malte mit den Fingern im Staub des Bordes. Er sagte: »Willst du denn, dass ich

die Rolle spiele, die mir jene Herren im Senat zugedacht haben?«

»Diese Frage ist beleidigend.«

»Warum weigerst du dich dann, es mir direkt zu sagen? Warum willst du mir nicht sagen, was du denkst?«

»Du hast mich nicht gefragt, als du dich aufmachtest, um ›ganz Gallien‹ zu erobern und ein paar Millionen Menschen in den Tod oder die Sklaverei zu schicken. Du hast mich nicht gefragt, als du den Rubikon überschritten hast, um der Republik, wie wir sie seit Jahrhunderten kannten, den Garaus zu machen. Warum fragst du mich jetzt?«

»Ich will wissen, welche Rolle ich morgen deiner Meinung nach spielen soll. Was ist so schwer daran zu begreifen? Warum willst du mir nicht antworten?«

»Indem du mir diese Frage stellst, verbindest du damit Dinge, die nichts miteinander zu tun haben. Ich nenne so etwas Erpressung. Das, was du wissen willst, kannst du so nie erfahren. Es lässt sich vielleicht nicht einmal ausdrücken, in einer Stadt, von der du selbst sagst, dass in ihr alle reden, als seien sie Büchern entsprungen. Du kannst es nur selbst herausfinden, aber nicht durch Erpressung.«

Noch immer schaute Caesar sie nicht an und malte mit den Fingern Kreise auf das Brett: »Ich bitte dich nur, mir zu sagen, was du dir von mir wünschst. Alle anderen sind da ganz freimütig, Brutus, Hirtius, Kleopatra – und auf ihre Weise sogar die Verschwörer, wenngleich mit dem Dolch in der Hand. Warum kannst du nicht aussprechen, was sie können?«

Calpurnia sprach schleppend, als kämpfte sie um jedes Wort: »Ich habe in den vergangenen fünfzehn Jahren die Rolle der ›tugendhaften Hausfrau‹ sehr bewusst gespielt. Ich habe mein Leben geführt und mich immer von der Politik fern gehalten, denn Politik machen die Männer und Frauen gehen darin unter. Du kannst nach so langer Zeit versuchen, wieder in mein

Leben zu treten, aber du darfst nach fünfzehn Jahren nicht versuchen, mich in deine Politik hineinzuziehen.«
Caesar verwischte seine Staubkreise und ging, ohne sich noch einmal umzudrehen.

II

Kleopatra zögerte, die Sänfte zu verlassen. Draußen kämpften ihre Sklaven mit der an Stangen befestigten Plane, die es der Königin ermöglichen sollte, trocken in Caesars Haus zu gelangen. Der Wind zerrte an der ledernen Bahn und riss sie immer wieder von den Stangen herunter, die die Sklaven verzweifelt umklammerten. Erst als es den völlig durchnässten Männern endlich gelungen war, sich in zwei Reihen aufzustellen, setzte Kleopatra vorsichtig einen Fuß auf die heimtückisch glatten Pflastersteine. Zitternd schlang sie sich ihre Stola um die Schultern und schlitterte mehr, als dass sie ging. Doch auf halbem Weg zum Eingang erfasste eine Sturmbö die Plane, entriss sie den Sklaven und gab die Herrscherin dem strömenden Regen preis. Fast wäre sie von einer Stange getroffen worden. Ihr Kleid und ihre Stola klebten an ihr, als sie unter dem Portikus stand und wartete, dass man ihr öffnen würde. Ihr Eunuch musste mehrmals klopfen, weil der Wind so laut heulte, dass er alle anderen Geräusche übertönte. Endlich knirschte das schwere Schloss, und ein Türflügel schwang langsam nach innen, sodass ein Lichtstreifen auf das nasse Pflaster fiel. Kleopatra schlüpfte hinein. Sie hatte dieses Haus noch nie betreten.
Man führte sie zum Peristyl. Sie trat in den Säulengang hinaus und blickte in den Garten, den der Wind seit dem Nachmittag gnadenlos gepeitscht hatte. Tonkrüge waren zerbro-

chen, der Wein von den Holzgittern gerissen worden. Kleine Torbogen und Statuetten, die ganze Architektur, die den Gewächsen Halt geben und zusätzliche Anmut verleihen sollte, lag längst am Boden. Überall waren Äste und Dachziegel verstreut, die Bäumchen entwurzelt worden und ihre sorgsam beschnittenen Kronen zerfetzt. Hin und wieder erleuchtete ein Blitz dieses Bild des Schreckens. Die Öllampen, die zwischen den Säulen hingen, hatte man gelöscht.
Kleopatra und ihr kleines Gefolge, zwei Eunuchen, zwei Leibwächter, eine Dienerin, eilten durch den Säulengang auf die Halle am anderen Ende zu. In deren Eingang konnte man durch die Regenwände hindurch die Umrisse einer Frau erkennen, hinter der ein schwaches Licht brannte. Kleopatra war erleichtert. Für einen Moment hatte sie gefürchtet, Calpurnia würde sie vielleicht nicht empfangen.
Kleopatra hob die Hand zum Gruß. Doch ihre Begrüßungsworte verschluckte der brausende Wind. Calpurnia nickte nur, fasste die Königin am Ellenbogen und zog sie in die Halle. Zwei Sklaven schlossen die schweren Türflügel hinter ihnen, sodass es ein wenig leiser wurde. Ein paar Lampen wurden angezündet, dann zogen sich die Sklaven in eine ferne Ecke des Raumes zurück. Erschöpft setzte sich Kleopatra auf eine leere Säulenbasis. Neben ihr stand eine kleine Siegesgöttin, der ein halber Flügel fehlte und die darauf wartete, zur Reparatur geschickt zu werden. Kleopatra tätschelte der verstümmelten Figur den Kopf und schüttelte sich. Sie konnte sich nicht erinnern, jemals so gefroren zu haben.
Calpurnia stand vor ihr und betrachtete sie halb von oben. Sie hatten sich kaum je aus solcher Nähe gesehen. Es war der Königin unangenehm, dass man so auf sie herabschaute. Sie wollte aufstehen, aber dann fürchtete sie, sie würde zu sehr zittern oder vor Schwäche wieder in die Knie gehen. Sie war in den letzten anderthalb Wochen immer so erschöpft.

Obwohl Kleopatras Herz raste, konnte sie der Versuchung nicht widerstehen, ihren Blick über Caesars berühmte Kunstsammlung gleiten zu lassen. Die kleinen Öllampen warfen gewaltige Schatten an die Wände: Köpfe, Nasen, Arme, Beine, alle riesengroß und von erstarrter Fleischlichkeit.
Kleopatra schaute wieder hoch, als Calpurnia ihr ein Tuch reichte, damit sie sich notdürftig abtrocknen konnte. Noch immer lief der Königin das Regenwasser über die Wangen, und das Haar klebte ihr in Strähnen auf der Stirn. Nachdem sich Kleopatra sorgfältig das Gesicht abgetupft hatte, bemerkte sie, wie Calpurnia sie fragend ansah. Unwillkürlich zog die Königin ihre Stola enger um ihre Schultern. Calpurnia musste es trotz des schlechten Lichts erkannt haben, aber die Zeichen waren ja auch unübersehbar: die teigigen Wangen, die runderen Brüste und Hüften. Bald würden alle wissen, dass die Königin wieder ein Kind erwartete.
Kleopatra nickte unmerklich und zwang sich zu sprechen: »Ich bin noch nie in diesem Raum gewesen. Caesar wollte mir seine Kunstsammlung immer zeigen und hat auch hin und wieder ein Stück vorbeigeschickt, damit ich es mir ansehen konnte, aber hierher hat er mich noch nie geführt. Er hatte es immer vor, und beinahe, ich glaube, du warst gerade bei deiner Tante Rutilia zu Besuch, wäre es auch dazu gekommen. Aber irgendetwas hat es verhindert. Ich weiß nicht mehr, was. Dass dieser ästhetische Genuss mir gerade heute geboten wird, ist schon komisch.«
»Du hättest dir die Werke ja auch ohne Caesars Begleitung anschauen können. Ich hätte sie dir ebenso gut gezeigt. Wir haben hier eine ausgezeichnete Bibliothek, auch sie hätte dir jederzeit offen gestanden.«
»Ich hätte einen solchen Besuch nicht besonders taktvoll gefunden. Wie dem auch sei, jetzt ist es jedenfalls zu spät.«
»Warum?«

»Das weißt du nicht?«
»Ich kann mir denken, was du meinst.«
»Wer hat dir davon erzählt?«
»Hirtius – und andere.«
»Du machst dabei einen sehr gefassten Eindruck.«
»Das täuscht, ich konnte die ganze Nacht nicht schlafen.«
»Ich schlafe selig wie ein Neugeborenes, das gerade seine Milch bekommen hat. Ich habe noch nie Probleme mit dem Schlaf gehabt. Das kommt davon, wenn man am ägyptischen Königshof aufwächst. Dort muss man immer damit rechnen, dass der Wein oder der Honig vergiftet sind, dass einem eine tödliche Viper ins Bett gelegt wird, dass man in einen dunklen Korridor gezerrt und erdrosselt wird, dass man unversehens in einen tiefen Kerker geworfen und einfach vergessen wird. Irgendwann lernt man, immer schlafen zu können. Denn sonst fände man überhaupt keinen Schlaf mehr.«
»Ich weiß nicht, ob ich mich daran hätte gewöhnen können.«
Kleopatra lachte bitter: »Und ich weiß nicht, ob es für oder gegen dich spricht, dass dir in so vielen Jahren an seiner Seite niemand nach dem Leben getrachtet hat.«
»Es war wohl allgemein bekannt, dass ich mich in Machtfragen nicht einmische. Die Königin Ägyptens hat einfach mehr Feinde als eine römische Ehefrau.«
Kleopatra staunte, dass Calpurnia offenbar nicht gekränkt war. Sie hatte die Bemerkung beantwortet, als hätte die Königin nur eine einfache Tatsache festgestellt. Kleopatra zuckte mit den Schultern: »Es kommt wohl auf die jeweilige Ehefrau an. Fulvia und Servilia würden das sicher anders sehen.«
Sie zögerte kurz und fragte dann so leise, dass Calpurnia sich unwillkürlich vorbeugte, um sie zu verstehen: »Warum hast du dich nie für Politik interessiert?«
»Ich habe mich durchaus für Politik interessiert. Ich interessiere mich immer noch dafür. Aber ich wusste, dass ich darin

keine Rolle spielen würde, und daher habe ich es auch gar nicht versucht.«

Kleopatra schnaubte: »Es ist immer wieder erstaunlich zu beobachten, wie viel Hochmut hinter Bescheidenheit stecken kann.«

»Mir scheint, dass weder das eine noch das andere mich ganz trifft. Ich hatte eben nur ein Auge für die Wirklichkeit.«

Kleopatra schüttelte heftig den Kopf: »O nein. Nach allem, was man mir erzählt, genießt du bei deinem Mann hohes Ansehen. Egal, wen ich frage, immer wird deine Klugheit gerühmt. Wenn du nur versucht hättest, sein Schicksal zu dem deinen zu machen, wärest du ihm eine wichtige Vertraute geworden, da bin ich mir sicher.«

»Und ich war mir nie sicher, dass ich sein Schicksal zu dem meinen machen wollte.« Calpurnia überlegte einen Augenblick, dann fügte sie hinzu: »Ich wollte auch nicht gezwungen sein, irgendjemandes Schicksal zu dem meinen machen zu müssen.«

Kleopatra lachte verächtlich: »Du wolltest etwas Eigenes haben? Als Frau eines römischen Staatmannes? Also doch Hochmut!«

»Ich habe etwas Eigenes. Man muss keine Heere befehligen, keine Länder erobern, keine Staaten regieren, um etwas sein Eigen nennen zu können.«

»Was nennst du denn dein Eigen? Was kannst du besitzen im Vergleich zu dem, was ihm gehört, was er ist? Dein Mann wurde mit sechzehn Jahren für vogelfrei erklärt, weil er mit der Tochter des Cinna verheiratet war. Wenn man in eine solche Welt hineingeboren wird, dann hat man nichts Eigenes, wenn man es nicht versteht, Heere zu befehligen und ein Gemeinwesen zu regieren. Man kann sich sein Eigenes nicht aussuchen. Es ist ein Schicksal. Wie solltest du je etwas anderes dein Eigen nennen können als das Schicksal deines Mannes?«

Calpurnia hatte ein leichtes Zittern in der Stimme, als sie antwortete: »Ich bin mein Eigen.«
»Das ist lächerlich, das ist unverständlich.«
Calpurnia sagte nichts. Ihre herabhängenden Arme leuchteten blass im Dunkel. Mit den Nägeln ihrer Zeigefinger schabte sie an der Haut um ihre Daumennägel.
Nach einer Pause fragte sie die Königin: »Warum bist du zu mir gekommen?«
Kleopatra musste schlucken, wich dem Blick Calpurnias aus und seufzte: »Ich hatte gehofft …« Sie stockte. »Ich hatte gehofft, ich könnte dich zu meiner Verbündeten machen. Ich möchte das, was morgen geschehen soll, verhindern. Ich habe den Eindruck, dass du mir dabei helfen könntest.«
»Ich glaube nicht, dass ich dir dabei helfen kann.«
»Entweder du verstehst überhaupt nichts, oder du lügst. Und nach allem, was ich von dir weiß, muss ich das zweite annehmen – auch wenn es mir fast genauso unwahrscheinlich scheint.«
Kleopatra stand auf und drehte Calpurnia den Rücken zu. Aber sie wandte sich nicht zum Gehen, sondern blieb, wo sie war, mit hochgezogenen Schultern und vorgestrecktem Hals. Wollte diese Frau nichts begreifen, oder war sie einfach nur dumm? Es lag jetzt allein in ihrer Hand, ihren Mann vor den Dolchen seiner Feinde zu retten. Das musste sie doch verstehen. Oder wollte sie nur noch eine Weile den Triumph auskosten, sich von Ägyptens gescheiterter Königin um Hilfe bitten zu lassen? Weidete sie sich bloß daran, wie ihre Nebenbuhlerin vor ihr in den Staub sank, wie diese ihren königlichen Stolz herunterschluckte und ihre Niederlage eingestand?
Ein Tropfen lief Kleopatra über die Stirn. Diesmal war es Schweiß, kein Regenwasser. Sie wischte ihn fort. Ihr fiel ein, dass sie noch nie eine Frau um etwas gebeten hatte, außer viel-

leicht ihre Amme, und die war seit zwölf Jahren tot, vergiftet von einem Becher, der für ihren Schützling gedacht war.
Nach ein paar Minuten begann sie erneut zu sprechen, sie stieß ihre Worte schnell und gepresst hervor: »Ich bin über alles, was in diesem Hause vorgeht, genauer unterrichtet, als du es dir vielleicht vorstellen kannst. Du bist Caesar sehr wichtig, wichtiger möglicherweise, als er es sich selber eingesteht. Wenn du wolltest, könntest du auf ihn einwirken und ihn von seinem Leichtsinn abbringen. Es sieht so aus, als würde er sich dem, was ihm bevorsteht, schutzlos, oder zumindest beinahe schutzlos, ausliefern. Ich habe versucht, es ihm auszureden – ohne Erfolg.«
Kleopatra machte wieder eine Pause, dann drehte sie sich langsam um und blickte Calpurnia gerade an. Sie ließ die Schultern sinken und reckte das Kinn hoch. Sie sprach langsam und betont: »Wenn du versuchtest, ihn zu überreden, sich der Gefahr nicht auszusetzen, dann würde er vielleicht auf dich hören. Wenn er einfach nicht zur Senatssitzung hinginge, wenn er bloß zu Hause bliebe, dann wäre alles überstanden. Die Täter würden glauben, er sei gewarnt worden, und würden es wahrscheinlich kein zweites Mal wagen. Und in ein paar Tagen bricht Caesar nach Osten auf, dann ist alles vorbei.«
Calpurnia antwortete nicht. Jetzt wich sie dem Blick Kleopatras aus.
Die Königin machte einen Schritt auf Calpurnia zu und kniff die Augen zusammen: »Willst du denn seinen Tod?«
Calpurnia schaute auf: »Nein, das will ich nicht.«
Sie sprach diesen Satz laut und deutlich, ohne auch nur das leiseste Beben in der Stimme.
»Dann nutze deinen Einfluss. Sprich mit ihm.«
»Ich werde ihm, bevor er geht, sagen, dass es mir lieber wäre, wenn er sich nicht in Gefahr brächte. Mehr kann ich nicht tun.«

Kleopatra musterte Calpurnia, die völlig reglos blieb. Dann, als hätte sie im Gesicht der anderen irgendein Zeichen gesehen, schüttelte die Königin unmerklich den Kopf.
»Ich weiß nicht, was dich davon abhält, ihn zu retten. Ich glaube dir, dass du mit ihm sprechen wirst und sogar, dass du es ernst meinst. Aber deine Worte machen mir trotzdem keinen Mut.«
Damit zog Kleopatra das Tuch, das ihre Schultern bedeckte, über den Kopf und ging zur Tür.
Calpurnia rief ihr nach: »Hirtius hat dich im Verdacht, selbst an dieser Verschwörung beteiligt zu sein. Stimmt das?«
Kleopatra blickte zu Boden: »Diese Verschwörung ist nicht wie andere Verschwörungen. Ich wollte die Dinge steuern, deshalb habe ich mich eingemischt. Ich wollte besonders klug und für alle Möglichkeiten gewappnet sein. Ich hatte einen sehr schlauen Plan und dachte, ich könnte Caesar zwingen, sich mir anzuschließen. Aber ich habe auf zu viele Pferde gesetzt, und wer auf zu viele Pferde setzt, kann nicht gewinnen. Soweit ich erkennen kann, hat inzwischen keiner mehr die Dinge im Griff. Ich am allerwenigsten.«
Die Königin streckte die Hand nach dem Türflügel aus. Doch dann zögerte sie und sagte: »Caesar hat damals fast zehn Monate in Alexandria verbracht. Ich war beinahe die ganze Zeit mit ihm zusammen. Als unsere Feinde besiegt waren, sind wir den Nil hinuntergefahren und haben mein Königreich in Besitz genommen. Er hat mir alle seine Gedanken anvertraut, seine Pläne mit mir besprochen, mich um Rat gefragt. Und doch war ich erstaunt, als ich vor einigen Wochen erfuhr, dass er sich darauf versteht, Frisuren zu flechten.«
Calpurnia öffnete den Mund, brachte aber keinen Laut heraus.
Kleopatra nickte kurz und ging.

III

Der Wind pfiff durch die Türöffnungen und peitschte die Vorhänge in die Räume hinein. Calpurnia stieß die knatternden Stoffbahnen beiseite und rannte. Sie folgte der Gestalt im Purpur von einem Saal zum andern. Kaum betrat Calpurnia ein Zimmer, verschwand der Purpurne schon hinter der nächsten Tür. Der Sturm, der ihr entgegenwehte, schwoll so stark an, dass sie sich in ihn hineinlehnen musste, um überhaupt vorwärts zu kommen. Der Wind heulte lauter und lauter. Dazu kam das Krachen von der Decke. Die schwarzen Balken bogen sich, wurden immer dicker und beulten sich aus, wanden sich wie Schlangen, pumpten sich auf, bis einer barst und eine Unzahl kleiner Punkte aus ihm herausbrach, die wie ein Platzregen niederfielen, Wände und Fußboden bedeckten und in Haufen hierhin und dahin jagten. Calpurnia blickte zu ihren Füßen hinunter. Ihre Zehen waren schwarz von den kleinen Wesen, die sich auch schon über ihr Kleid hermachten und den Saum heraufkletterten, wo sie in dichten Trauben hingen und Löcher in den Stoff bissen: Ameisen. Kräftig schlug Calpurnia mit beiden Händen auf ihr Kleid ein. Sie wollte schreien, doch ihre Stimme versagte. Schon krabbelten die Insekten auf ihren Armen, auf ihrer Brust, in ihrem Gesicht. Sie fraßen die Haut auf ihrem Arm, dass das rohe Fleisch hervortrat, freigelegt von einer schwarzen Brut unersättlicher Emsen, die sich bis zum Knochen durchwühlten. Blank und weiß bog er sich ihr entgegen. Da barst ein neuer Balken in der Decke und dicke, schwarze Tropfen perlten ihn entlang, sammelten sich in Rinnsalen, flossen in Bächen die Wände hinunter und überspülten im Nu den Fußboden. Calpurnia versuchte, der schwarzen Flüssigkeit auszuweichen, aber in Sekunden war der ganze Boden bedeckt. Die Flut stieg an und reichte ihr beinahe bis an die Knie. Überall gurgelten kleine Strudel, die

die Ameisen mit sich fortrissen. Calpurnia fühlte, wie auch ihre Haut benetzt wurde, wie ihr Tropfen auf die Zunge fielen. Sie schmeckten nach Blut. Calpurnia begann erneut zu laufen. Sie rannte und rannte, doch wohin sie ihren Fuß auch setzte, überall spritzte das schwarze Blut hoch. Endlich gelangte sie in einen Raum mit strahlend weißem Boden, der glänzte wie frischer Schnee. Schwarze Spuren führten hinüber zur nächsten Tür. Es war auf einmal völlig still geworden. Calpurnia ging zu der Tür, öffnete sie und sah in der Mitte des Zimmers einen Purpurmantel liegen, der einen Körper bedeckte, sodass man den Kopf nicht sehen konnte. Sie beugte sich über die Gestalt, zog an dem Stoff und enthüllte den Kopf. Es war Caesar. Er hatte die Augen geschlossen und lächelte sanft, als schliefe er. Erleichtert strich ihm Calpurnia über das Haar, da öffnete sich sein Mund und schwarzes Blut floß in einem dünnen Rinnsal heraus und über das Kinn zur Erde.
Draußen schien die Sonne frech und heiter. Von dem Sturm, der die Stadt bis in die frühen Morgenstunden heimgesucht hatte, war nichts mehr zu sehen. Für einen Augenblick war Calpurnia erleichtert, dass die schrecklichen Bilder ihres Traums nicht echt waren, da fiel ihr ein, welcher Tag es war. Sie strich sich mit der Handfläche kurz über die Nasenspitze.
Aspasia steckte ihren Kopf durch die Tür und begrüßte ihre Herrin: »Du bist nach dem Besuch der Königin noch einmal eingeschlafen, und weil du die ganze Nacht kein Auge zugetan hast, habe ich dich ausschlafen lassen. Caesar ist im Atrium, es ist gleich Zeit für ihn, in den Senat zu gehen.«
Calpurnia stieß die Decke fort und eilte ungekämmt und noch im Nachtgewand ins Atrium. Caesar hielt eine große Tonscherbe in der Hand, den Rest einer rotfigurigen Vase, die dem Sturm zum Opfer gefallen war. Als er seine Frau sah, reichte er ihr die Scherbe und sagte: »Nicht einmal im Haus war sie sicher. Ich wüsste zu gern, wie sie zu Bruch gekommen ist.«

»Du gehst jetzt in die Sitzung?«
»Gewiss.«
»Es wäre mir lieber, du gingest nicht.«
Caesars Nasenflügel weiteten sich leicht, er neigte den Kopf zur Seite und sagte nichts.
Calpurnia redete weiter: »Ich hatte einen Traum. Ich habe schlecht geträumt. Ich …«
»Auch ich habe geträumt«, unterbrach Caesar sie, »ich träumte, dass ich durch die himmlischen Sphären aufstieg, schneller und schneller, umgeben von gleißendem Licht, bis Jupiter mit strahlenumkränztem Haupt mir auf einer Wolke entgegenflog und mich bei der Hand nahm, um mit mir gemeinsam auf die Erde herabzuschauen.«
»Ich habe dich als Leiche auf dem Boden gesehen, und schwarzes Blut floß über deine Lippen.«
Caesar lächelte mit dem Mund, doch seine Augen blieben kalt: »Dann haben wir ja fast das Gleiche geträumt – vielleicht mit anderen Einzelheiten, aber immerhin.«
»Ich sage es noch einmal: Es wäre mir lieber, du würdest nicht hingehen.«
Caesar deutete eine seiner typischen leichten, fast unmerklichen Verbeugungen an und antwortete: »Die Wahrsager sind ganz deiner Meinung. Die Omina für den heutigen Tag sind ganz und gar nicht günstig.«
Er streckte die Lippen vor und trommelte mit Zeige- und Mittelfinger auf seinem Kinn herum. Nach einer kurzen Pause sprach er weiter: »Unter diesen Bedingungen könnte man vielleicht …«
Doch anstatt den Satz zu Ende zu führen, ging er plötzlich, ohne auch nur die Toga zu raffen, in die Knie und beugte sich über das Becken im Atrium, in dem sich der blaue Himmel spiegelte. Caesars Schatten fiel auf das klare Wasser, und man konnte ein Stück des Mosaiks sehen, das den Boden des Be-

ckens bedeckte. Eine weiße Theatermaske, die an einer Girlande hing, starrte ihn mit blutunterlaufenen Augen an. Caesar wühlte mit der Hand die Wasseroberfläche auf, um das Bild zu zerstören. Doch die Wellen ließen das bleiche Gesicht nicht verschwinden, sie verzerrten es nur.

Caesar nickte stumm, dann fischte er mit Daumen und Zeigefinger ein kleines, gelbes, rundes Blatt aus dem Wasser, das den Sklaven entgangen sein musste, als sie die Verwüstungen beseitigten. Er hielt das Blatt ins Licht und kniff ein Auge zu: »Dieses Blatt sieht aus wie ein goldenes Mosaiksteinchen, als hätte es sich aus dem Bild gelöst. Es erstaunt mich immer wieder, wie wenig so ein kleines Steinchen darüber aussagt, was auf dem Großen Mosaik dargestellt ist. Selbst wenn wir alle Steinchen einzeln hätten, würden wir doch das Bild nicht kennen.«

»Und selbst wenn alle Steine an ihrem Platz sind«, erwiderte Calpurnia, »heißt das noch lange nicht, dass man das Mosaik erkennen kann. Manchmal ist man viel zu nahe, um das Große Mosaik zu verstehen.«

Caesar ließ das Blatt los und pustete. Es wehte davon, ging in einer langsamen Spirale wieder über dem Becken nieder und fiel lautlos auf die Wasseroberfläche.

»Vielleicht sollten wir die Sitzung ja wirklich ausfallen lassen«, meinte er, seine Augen dabei auf den gelben Punkt im Becken gerichtet. »Ich könnte Antonius bitten, sie für mich abzusagen. Schließlich sollte der Pontifex Maximus den Zeichen der Götter seinen Respekt zollen ...«

»Aber nein, Caesar!« fiel ihm eine männliche Stimme allzu forsch ins Wort. Der Senator Albinus war hereingeschlendert, ein breites Grinsen im Gesicht, das seine weit auseinander stehenden Zähne freilegte. »Seit wann bist du denn abergläubisch? Du hast dich noch nie zum Spielzeug der Auguren und Opferschauer gemacht. Warum heute damit anfangen?«

Er nickte kurz in Calpurnias Richtung, ohne ihr in die Augen zu schauen, und redete hastig weiter: »Gerade heute darfst du die Herren nicht verprellen. Man würde die Geste falsch verstehen. Vergiss nicht, dass es die letzte Sitzung vor deinem Aufbruch nach Syrien ist. Du musst den Senatoren die Gelegenheit geben, sich von dir zu verabschieden.«
Caesar wandte sich Albinus zu und fuhr sich mit der Hand über die Augen, als würde ihn etwas blenden.
»Geh nicht, ich habe schlecht geträumt«, wiederholte Calpurnia.
Obwohl er sich nicht umdrehte, hörte Caesar jedes Wort. Sein Rücken straffte sich, als spürte er Calpurnias bohrenden Blick in seinem Kreuz. Albinus trat ganz dicht an den Diktator heran. Caesar sah nur seinen neuen Gast an und schwieg.
Es war Albinus, der Calpurnia antwortete, auch diesmal blickte er an ihr vorbei: »Und das aus deinem Munde. Von dir hätte ich nun wirklich keinen Aberglauben erwartet. Was sagen schon Träume? Bei dem Sturm letzte Nacht hat wahrscheinlich keiner gut geschlafen. Sollen wir deshalb den Senat auseinander schicken?« Und zu Caesar gewandt, fügte er hinzu: »Die Hälfte der Herren ist schon versammelt und wartet auf dich. Was sollen sie nur denken?«
Caesar zeigte Calpurnia noch immer den Rücken. Er schaute nach dem Blatt, das auf dem klaren Wasser des Beckens schwamm, schüttelte den Kopf und sagte: »Wie das kleine Blatt auf den Wellen treibt, ganz allein!«
Calpurnia sagte: »Es ist eben doch kein Stein aus dem Mosaik.« Endlich drehte Caesar sich zu ihr um: »Das stimmt. Aber deshalb ist es auch bedeutungslos. Wenn es ein Stein aus dem Mosaik wäre, wüssten wir, wo es hingehört. Es hätte dann einen Sinn. So ist es nur ein einzelnes Blatt auf der Wasseroberfläche.«
Calpurnias Bein zitterte. Sie musste sich zwingen, nicht auf-

zustampfen: »Wir haben eben beide festgestellt, wie schwer es ist, den Sinn des Mosaiks zu durchschauen. Vielleicht solltest du dich von dem Gedanken verabschieden, dass die Welt nur dann einen Sinn hat, wenn sie sich zusammenfügt wie die Steine eines Mosaiks.«
»Soll ich etwa sein wie dieses Blatt? Rom ist ein Mosaik, und ich bin ein Stein darin, wenn auch ein goldener. Ohne das Mosaik wäre Caesar nicht Caesar.«
Calpurnias Wangen röteten sich, ihre Stimme wurde brüchig: »Caesar bloß ein Stein in einem Mosaik? Caesar ist selbst ein Mosaik, und es steht noch lange nicht fest, wie sich das Bild am Ende zusammensetzt.«
Sie machte einen Schritt auf ihren Mann zu, zögerte kurz und streckte dann die Hand nach ihm aus. Caesar hob den Arm, er schien nach ihrer Hand greifen zu wollen, da fasste Albinus ihn grob am Ellenbogen, zog ihn zu sich heran und sagte: »Komm. Es ist Zeit.«
Caesar nickte, er hakte sich bei Albinus unter und strebte dem Ausgang zu.

IV

Antonius stand auf der breiten Freitreppe, die zum Sitzungssaal hinaufführte, und blickte in die Menge, die sich in dem kleinen Park und dem Säulengang, der ihn umschloss, eingefunden hatte. Die Menschen gingen auf und ab, allein, zu zweit, in Gruppen. Sie lachten laut, waren in ernste Gespräche vertieft, starrten düster ins Nichts oder warteten auf Bekannte. Vor allem aber umlagerten sie die Senatoren, die mit ihren weißen, purpurgesäumten Togen wie große Vögel über dem Gewimmel zu schweben schienen.

Der Sturm hatte auch diesen Park arg gezaust. Die kleinen Bäume, die Pompeius vor nicht einmal zehn Jahren hatte pflanzen lassen, waren umgeknickt oder trugen die hellen Wunden abgerissener Äste auf ihren schwarzen Stämmen. Allein das Theater des Pompeius, dessen Bögen am anderen Ende des Gartens aufragten, war unberührt geblieben. Es war das erste steinerne Theater der Stadt. Zwei hölzerne waren in der vergangenen Nacht zusammengestürzt.

Niemand sprach mit Antonius. Um den Konsul bildete sich eine Leere, die keiner zu durchbrechen wagte. Und das, obwohl immer mehr Menschen auf die Stufen drängten, je näher die Sitzung rückte. Antonius konnte sich nicht erinnern, wann sich zuletzt so viele Bürger vor dem Senat versammelt hatten. War es nur der bevorstehende Aufbruch des Diktators? Die letzte Sitzung vor dem Abmarsch ins Ungewisse, vor einem Feldzug, der direkt in die Unendlichkeit zu führen schien? Oder lag es daran, dass Caesar die Zahl der Senatoren von sechshundert auf neunhundert erhöht hatte? Vielleicht fehlte den neuen Senatoren und deren Anhängern auch nur die halb ererbte, halb eingeübte Gemessenheit, mit der die Vertreter der patrizischen Geschlechter einherschritten. Vielleicht war die Masse, die den Park füllte, ja gar nicht größer als sonst, vielleicht war sie nur lauter, aufgeregter, angespannter?

Antonius versuchte, sich die Gesichter der Vorübergehenden einzuprägen. Adlernasen, rote Backen, blasse Wangen, dunkel umrandete Augen, schwere Tränensäcke, Warzen, buschige Brauen, Falten und Narben flossen zusammen in einen Gesichterbrei, in dem Antonius nichts mehr unterscheiden konnte. Manchmal grüßten ihn Bekannte, die zum Sitzungssaal hinaufstrebten. Ein flüchtiges Nicken, eine hastige Handbewegung, mehr nicht, und schon kam der nächste. Hin und wieder fing er fragende Blicke auf. Aber bevor er auf die anderen zutreten konnte, wandten sie sich ab und eilten davon. Nicht einer sprach ihn an.

V

Nachdem Calpurnia sich angekleidet hatte, kehrte sie ins Atrium zurück. Sie ließ sich einen Korbstuhl bringen und ihn so aufstellen, dass sie den Korridor zum Hauseingang hinunterschauen konnte. Erst nachdem sie genau geprüft hatte, von wo aus man den besten Blick hatte, setzte sie sich und schickte die Sklaven fort. Sobald jemand durch die Tür trat, würde sie es wissen.

VI

Cassius beobachtete seine Mitverschworenen. Die meisten gingen am Eingang der Halle schweigend auf und ab. Ständig zupfte sich einer am Gewand, kratze sich ein anderer, tastete jemand nach seinem Lederfutteral, in dem statt eines Schreibgriffels ein Dolch steckte. Und alle schielten sie dauernd zum Eingang, ob Caesar endlich käme. Nur Brutus war merkwürdig gelassen. Sein sonst so steifer Schritt federte, und allen Senatoren, die eintraten, zwinkerte er zu. Selbst die linkischen Neulinge, die Caesars Gunst in den Senat gespült hatte, lächelte er freundlich an – Männer, denen er sonst nicht einmal die Ehre eines Blickes erwiesen hätte. Vielleicht hatte ihn die Aufregung um Porcia beruhigt. Auf dem Weg zum Senat hatte man ihm gemeldet, seine Frau liege im Sterben. Er hatte schon umkehren wollen, doch die Pflicht gegenüber den Verschwörern war ihm wichtiger gewesen, und er war bleich und zitternd weitergegangen. Dann, kurz nachdem er den Saal betreten hatte, hatte ein zweiter Bote berichtet, dass es sich um einen Irrtum handelte. Porcia sei nur in Ohnmacht gefallen, weil ihr vor Erregung das Atmen schwer gefallen war. Der Arzt habe ihr ein Beruhigungsmittel gegeben und sie sei leidlich wiederhergestellt.

Brutus war sichtlich erleichtert gewesen, und doch, fand Cassius, schien sein Stiefsohn insgesamt fast verärgert zu sein. Bevor er aufgebrochen war, so hatte Brutus erzählt, hatte sich Porcia mit einem Dolch absichtlich verletzt und geschworen, dass sie mit Brutus in den Tod gehen wolle und bereit sei, eher freiwillig zu sterben, als die Tyrannis noch länger hinzunehmen. Cassius fand das Ganze einigermaßen überspannt. Was ihn aber überraschte, war, dass Brutus das ähnlich zu sehen schien. Sonst war er doch so stolz auf die republikanische Tugend seiner Frau. Gerade Brutus hatte eigentlich immer etwas übrig für große Gesten und hehre Reden. Warum war ihm das auf einmal unangenehm?

Bevor Cassius weiter darüber nachdenken konnte, hörte er, wie vorn der Name »Trebonius« gezischt wurde. Cassius ging zur Treppe hinaus und blickte hinunter. Trebonius schob sich durch die Wartenden auf Marcus Antonius zu, der inmitten der Menge wie auf einer Insel stand. Weiter hinten bahnte sich Caesar mit seinen Begleitern den Weg durch die Massen.

VII

Der übliche Pulk aus Bewunderern und Bittstellern blockierte Caesars Weg. Ständig versuchte jemand, den Diktator am Arm

zu fassen, oder ihm eine Bittschrift in die Hand zu drücken. Die wenigsten schafften es. Kaum hatte sich einer zu Caesar durchgekämpft, wurde er schon wieder beiseite gestoßen. Gelang es aber doch, bis zu Caesar vorzudringen und eine Petition zu überreichen, gab der Diktator das Schriftstück an seine beiden Sekretäre weiter – ohne auch nur eine Zeile zu lesen.
Das Gewühl wurde immer dichter, sodass Caesar kaum noch vorwärts konnte. Er hatte die Stufen zum Saal fast erreicht, da kam sein kleiner Tross zum Stehen, weil ein Mann dicht vor ihm umgefallen war. Albinus herrschte die Nächststehenden an, man möge den Gestürzten wegtragen. Diese Gelegenheit nutzte Antipater. Weil die meisten von vorne oder von der Seite auf Caesar einredeten, gelang es ihm, von hinten etwas näher heranzukommen. Er schlüpfte zwischen den beiden Sekretären hindurch, die dem Diktator den Rücken freihielten, und fasste ihn an der Schulter. Dieser drehte sich um, um den Respektlosen zu strafen, der es wagte, ihn von hinten zu packen, lächelte jedoch, als er Antipater erkannte. Der Grieche reichte Caesar einen Zettel und sagte zu ihm: »Lies dies unbedingt, bevor du den Senat betrittst.«
Antipater wollte noch etwas hinzufügen, doch dazu kam er nicht mehr. Der Ellenbogen eines großen, starken Mannes traf ihn an der Brust, und er wurde beiseite gedrängt, denn inzwischen versuchten auch andere, von hinten an Caesar heranzukommen. Sogleich war Caesar wieder völlig belagert, und Antipater fand sich am Rande des Geschehens wieder.
Da bildete sich vor dem Diktator eine Gasse, und die Andrängenden machten respektvoll Platz. Ein hagerer, uralter Mann mit buschigen Augenbrauen und lederner Haut, der sich auf einen langen Stab stützte, trat Caesar in den Weg. Es war Spurinna, der Eingeweideschauer, der bei Munda dabei gewesen war. Spurinna sagte: »Ich bin gekommen, um dich an eine Prophezeiung zu erinnern. Die Iden des März sind da.«

»Bisher ist mir kein Unglück zugestoßen.«
Darauf antwortete der Priester: »Die Iden des März sind ja auch noch nicht vorüber.«
Dann trat Spurinna beiseite, und Caesar ging die Stufen hinauf. Die meisten derer, die ihn umlagert hatten, blieben jetzt zurück. Es waren nun vor allem Senatoren, die ihn begleiteten. Als er die halbe Höhe der Treppe erreicht hatte, blieb er stehen und schaute zu Antonius hinüber, der mit leerem Blick an Trebonius vorbeistarrte, während dieser auf ihn einredete. Caesar hob die Hand zum Gruß und lächelte. Antonius grüßte zurück, und auch Trebonius winkte zu Caesar hinüber. Doch der Diktator ging nicht weiter. Er wies stattdessen mit der offenen Handfläche die Treppe hinauf, als würde er Antonius einladen, mit ihm zu gehen. Antonius drehte sich von Trebonius weg und machte einen Schritt auf Caesar zu, da fasste Trebonius nach seiner Armbeuge und sagte etwas, das Antonius nicht verstand. Caesar verharrte noch immer lächelnd auf den Stufen. Er zwinkerte Antonius zu. Der Konsul setzte zu einem zweiten Schritt an, doch jetzt hielt Trebonius ihn richtig fest, während er Caesar zurief: »Wenn du erlaubst, Caesar, werde ich dir den Konsul noch einen Moment vorenthalten. Ich brauche seinen Rat in einer persönlichen Angelegenheit. Wir haben noch ein paar Augenblicke, bis die Sitzung beginnt. Ich verspreche, dass wir uns nicht verspäten werden.«
Während Trebonius sprach, lag Caesars Blick allein auf Antonius. Es war, als hätte Caesar die Worte des anderen gar nicht gehört. Der Diktator schwieg, er lächelte nicht mehr. Albinus, der an Caesars Seite wartete, zupfte ihn an der Toga. Aber niemand rührte sich. Antonius zuckte leicht, da legte ihm Trebonius die andere Hand auf die Schulter. Antonius wurde starr, er hatte sich keinen Zoll bewegt. Caesar schloss die Augen. Als er sie wieder öffnete, stand er vor dem Eingang zum Sitzungssaal.

VIII

Cassius sah, wie Caesar weiterging, und eilte zurück in den Saal. Einige der Verschwörer versammelten sich um Caesars goldenen Sessel, der im Zentrum des Saales aufgestellt worden war, die anderen blieben am Eingang zurück und hießen den Diktator willkommen. Auch jetzt noch regnete es Bitten auf ihn. Caesar nickte leutselig, ließ sich aber nicht aufhalten. Ein Senator, Tillius Cimber, warf sich vor dem Diktator zu Boden, kurz bevor dieser seinen Sessel erreicht hatte. Caesar schob ihn sanft beiseite und nahm Platz. Cimber stand aber nicht auf, sondern rutschte auf den Knien bis zu Caesars Thron. Er hob die Arme und flehte, aber Caesar unterbrach ihn schroff: »Ich habe dir schon zu oft sagen müssen, was ich in dieser Angelegenheit denke. Ich will mich heute nicht mit deinem Bruder beschäftigen. Alle Möglichkeiten sind bereits ausgeschöpft.«

Doch Cimber ließ sich nicht abweisen. Er warf sich vor Caesars Sessel nieder, fasste nach dessen Füßen, sprang dann aber auf, griff mit beiden Händen nach der Toga des Diktators und riss sie ihm von der Schulter. Wie auf ein Zeichen hin schwangen Casca und sein Bruder, die ganz dicht an Caesars Sessel standen, sofort ihre Dolche und bohrten sie in Caesars Brust. Auf seiner weißen Tunika erschien ein kleiner roter Fleck. Caesar rief: »Das ist Gewalt, Casca.«

Für einen Moment des Schreckens standen alle still. Caesar fasste sich als erster und stürzte sich den Verschwörern entgegen. Casca packte ihn am Unterarm, doch Caesar schüttelte ihn ab und rammte ihm seinen Schreibgriffel durch die Hand. Casca schrie laut auf und taumelte zurück. Nun stürmten die Verschwörer von allen Seiten heran und versuchten, ihm ihre Dolche in den Körper zu stoßen. Aber Caesar zuckte und wehrte sich, er preschte vorwärts, schlug nach ihnen und stieß

sie fort. Die Verschwörer behinderten sich gegenseitig, Caesars heftige Gegenwehr machte ihnen Angst, und ihre Stiche und Hiebe gingen immer wieder ins Leere. Statt in die Brust oder in den Bauch trafen sie ihn nur an seinen wild rudernden Armen. Wenn es einem gelang, Caesar am Rumpf zu treffen, glitt der Dolch seitlich an seinen Rippen ab. Schließlich wichen sie vor Caesars Wut zurück. Fast sah es so aus, als seien sie es, die Caesars Angriff abwehrten und nicht umgekehrt.
Da blieb Caesar stehen. Von einem Augenblick auf den anderen wurde es ganz ruhig, auch die Verschwörer regten sich nicht mehr. Der Diktator stand jetzt ganz dicht bei Brutus, der noch nicht zugestoßen hatte und den Dolch in seiner schlaff herabhängenden Hand hielt. Die Augen des Verschwörers waren weit aufgerissen, sein Kopf ein wenig zurückgeneigt. Caesar richtete sich so gerade auf, wie seine Wunde in der Brust es zuließ. Dabei wurde der rote Fleck ein kleines bisschen größer. Der Diktator lächelte, hustete kurz, schüttelte den Kopf und mahnte sein Gegenüber: »Du auch, mein Sohn Brutus.«
Brutus blieb starr. Er presste die Lippen zusammen, bis sie blau waren, und seine Kieferknochen mahlten unablässig.
Caesar lächelte erneut, obwohl er nun ein wenig zitterte. Er wurde zusehends blasser. Das Blut quoll jetzt schneller aus seiner Wunde in der Brust, die Tunika begann sich rot zu färben. Wieder schüttelte er den Kopf und flüsterte sanft, aber eindringlich: »Du auch, Brutus, du auch!«
Brutus verstand. Mit geschlossenen Augen holte er aus und stieß von unten zu. Sein Dolch fuhr Caesar in den Unterleib. Dieser wankte und öffnete den Mund, doch es kam kein Ton heraus, nur ein wenig Blut. Dann drängten auch die anderen Verschwörer heran und stachen erneut auf Caesar ein. Caesar zog sich mit der rechten Hand die Toga über den Kopf und ließ zugleich mit der Linken ihr anderes Ende über seine Beine fallen. So war er völlig bedeckt, als er zu Boden fiel. Keiner-

lei unschickliche Blöße war sichtbar, als die Mörder seine Leiche zu Füßen der Statue des Pompeius zurückließen.

IX

Calpurnia sah, wie die Sklaven am anderen Ende des Korridors die Türflügel beiseite schoben. Drei Männer kamen herein, drei dunkle Formen mit der Sonne der Straße im Hintergrund. Als die Tür sich hinter ihnen schloss, waren sie im dunklen Gang kaum noch zu erkennen. Sie trugen etwas, eine Bahre. Einer hatte sie vorn gepackt, die anderen beiden hinten. Was auf der Bahre lag, konnte Calpurnia nicht ausmachen – bis auf einen Arm, der herabhing. Er wippte starr vor und zurück, wenn sich die Träger zu heftig bewegten. Sie schleppten die Bahre langsam bis ins Atrium und stellten sie dort vor Calpurnias Sessel auf den Boden.

Das schwere Objekt auf der Bahre war mit einer purpurnen Toga bedeckt. Calpurnia zog das Gewand zurück. Darunter lag ihr Mann, sein Gesicht rot und aufgedunsen, die Augäpfel quollen hervor. Sie betrachtete seinen Körper, die vielen roten Flecke auf dem weißen Stoff. Als sie bei zwölf angekommen war, hörte sie auf, die blutumrandeten Löcher zu zählen.

Sie deckte ihn wieder zu. Dann zog sie sich ihre Stola über die Schultern und ging zur Tür. Die Leiche blieb zurück. Bald würden andere sie abholen. Der Tote wurde noch gebraucht.

NACHWORT

Romane sind Fiktionen. Das gilt auch für historische Romane – und in gewisser Hinsicht ganz besonders für sie. Denn historische Romane stützen sich auf andere Erzählungen, auf ein Material, das bereits Fiktion ist. Plutarch etwa, einer der wichtigsten antiken Historiker, die sich mit Caesar beschäftigen, schildert den Hergang von Caesars Ermordung zweimal, einmal in seiner Caesar-Biographie und dann noch einmal in seiner Lebensbeschreibung des Brutus. Doch obwohl Plutarch jeweils dieselbe Begebenheit berichtet, unterscheiden sich die beiden Darstellungen in vielen, oft wichtigen Details. Und andere Geschichtsschreiber erzählen wieder anderes. Unser Wissen über die Antike ist daher viel weniger ein Wissen über Tatsachen als ein Wissen über Geschichten, die geschrieben wurden, um bestimmten, immer auch politischen Zwecken zu dienen. Von Anfang an trug das Leben Caesars deshalb romanhafte Züge, und Caesar selbst ist daran nicht unschuldig. Wie nur wenige Figuren der Geschichte lädt der römische Diktator dazu ein, *die* Geschichte in *eine* Geschichte, in eine von vielen möglichen zurückzuverwandeln. Und seine dritte Frau Calpurnia erst recht, weil wir von ihr nun wirklich fast nichts wissen, weil uns über sie kaum Geschichten überliefert sind.

Ich verdanke meinen Stoff vielen Quellen, antiken wie modernen. Unter den antiken waren für mich die Caesar-Biographien von Sueton und Plutarch die wichtigsten, unter den modernen die von Christian Meier und Luciano Canfora. In verschiedenen Fällen habe ich die überlieferten Fakten meinen Bedürfnissen entsprechend zurechtgebogen. Um nur einige der auffallendsten zu nennen: Der Mann, der Caesar am Morgen der Ermordung abholte, hieß Decimus Iunius Brutus

Albinus. Bei mir heißt er nur Albinus, um die Leser nicht mit einem doppelten Brutus zu verwirren. Und die Schlacht bei Munda ist Berichten zufolge auch ganz anders abgelaufen als bei mir. Lesern, die wissen wollen, wie es angeblich »wirklich« war, sei empfohlen, sich an die Historiker zu wenden.

Ich genieße das Privileg, mich nicht nur bei Büchern bedanken zu müssen. Meine Lektorin Cordelia Borchardt hat *Caesar und Calpurnia* mit Einfühlungsvermögen und Sorgfalt betreut. Susanne Rupp und Frank Gertich sowie Indira Ghose haben mich mit multimedialer Ermunterung und Anregungen unterstützt. James und Irene Johnston haben das Manuskript kritisch gelesen. Dirk Naguschewski hat nicht nur das Manuskript gelesen, sondern auch seine anderen, vielfältigen Talente in den Dienst des Projekts gestellt. Ulrike Herrmann hat mich mit ihrem sprachlichen Gespür und ihrer analytischen Schärfe vor mancher Ungeschicklichkeit bewahrt. Ute Berns hat das Buch von Anfang bis Ende – von der ersten Idee bis zum letzten Wort – begleitet und es mit ihrer Klugheit, ihrer Sensibilität, ihrer Ehrlichkeit und ihrem Wohlwollen bereichert. Ihr ist es gewidmet.